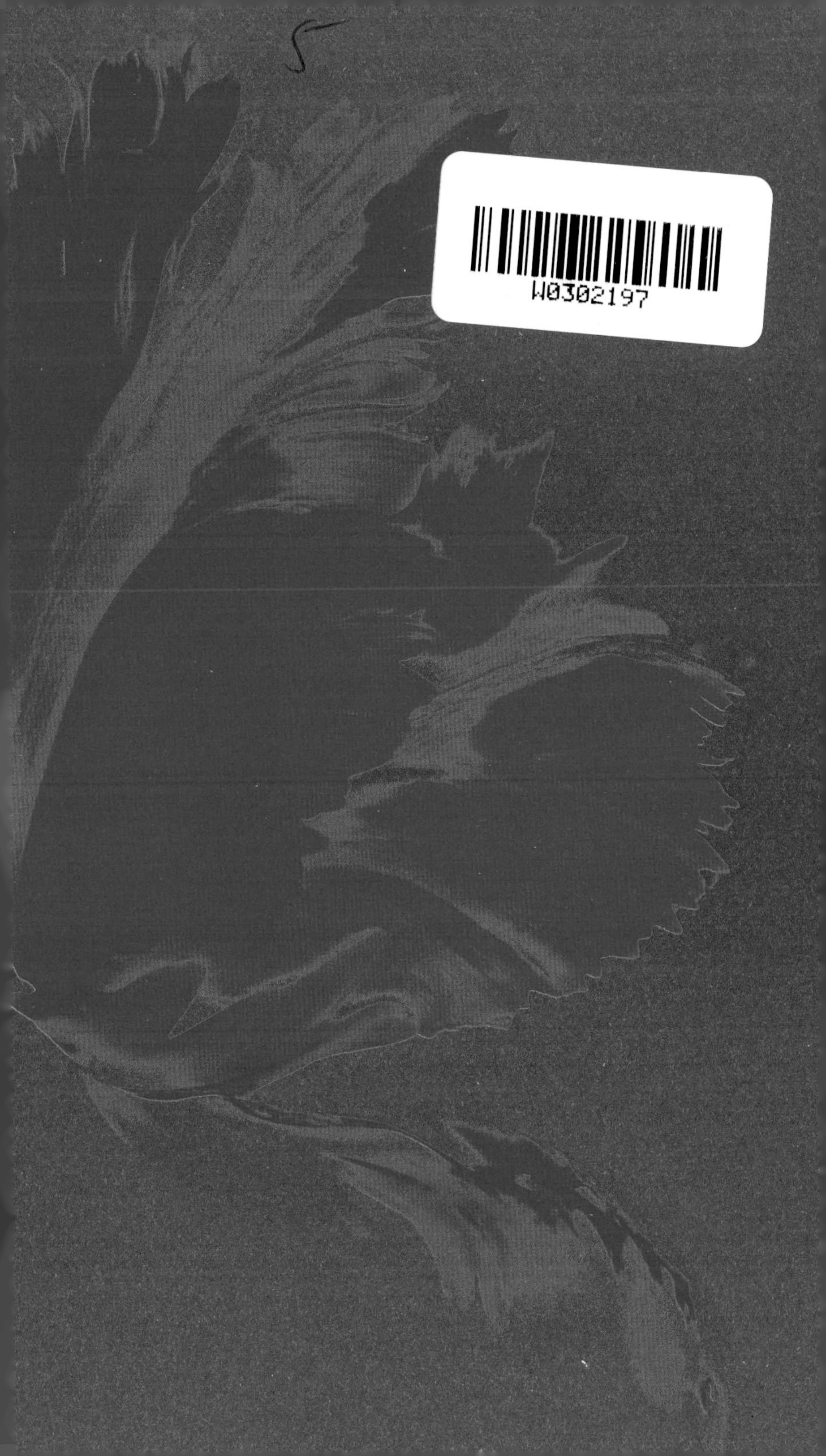

VINA JACKSON

80 DAYS

DIE FARBE DER SEHNSUCHT

VINA JACKSON

80 DAYS

DIE FARBE DER SEHNSUCHT

Aus dem Englischen von
Gerlinde Schermer-Rauwolf,
Barbara Steckhan,
Thomas Wollermann,
Kollektiv Druck-Reif

carl's books · ROMAN

Die Originalausgabe erschien 2013
unter dem Titel »Eighty Days White«
bei Orion Books, London.

MIX
Papier aus verantwortungsvollen Quellen
FSC® C083411

Verlagsgruppe Random House FSC® N001967
Das für dieses Buch verwendete FSC®-zertifizierte Papier
Lux Cream liefert Stora Enso, Finnland.

1. Auflage

Umschlaggestaltung: semper smile, München
Satz: Uhl + Massopust, Aalen
Druck und Bindung: CPI – Clausen & Bosse, Leck
Printed in Germany
ISBN 978-3-570-58527-6

www.carlsbooks.de

1

DAS MÄDCHEN MIT DEM TRÄNENTATTOO

Hätte ich gewusst, was dieses Tattoo bedeutet, hätte ich es mir wahrscheinlich nie zugelegt. Aber als ich es erfuhr, war es schon zu spät, und so bin ich nun für alle »das Mädchen mit dem Tränentattoo«.

Jahrelang hatte ich davon geträumt, mir ein Tattoo stechen zu lassen. Das gehörte für mich zu den Verheißungen der Zukunft – so wie einen Job zu ergattern und eines Tages einen Typen abzubekommen. Ich musste eigentlich nur den richtigen Zeitpunkt abwarten. Dass ich mein Tattoo bekommen würde, hielt ich für weniger fraglich, als nach der Uni einen Job zu finden. Sogar weniger, als mich je zu verlieben.

Als Neil endlich gegangen war und Liana und ich an der unscheinbaren, verwitterten Tür in der Straße mit den vielen kleinen Läden, Trödlern und Cafés vorbeikamen, hatte ich auf einmal das sichere Gefühl, jetzt wäre der richtige Moment gekommen. Auf dem Bürgersteig stand ein einfaches weißes Schild mit der Aufschrift *TATTOO STUDIO* in großen, schwarzen Kursivbuchstaben.

Ich hatte mich hier schon öfter herumgedrückt, und mehr als einmal hatte ich allen Mut zusammengenommen und die Tür ein Stück aufgemacht, aber drinnen war ich noch nie gewesen. Oft hatte ich geträumt, dass ich hineingehen würde, die Kataloge mit den Vorlagen durchblätterte, zielsicher das schönste Motiv aussuchte, mich in den Stuhl sinken und mir das Tattoo stechen ließ. Aber im letzten Augenblick hatte ich doch immer gekniffen. Ich hatte Angst, ein braves Mädchen wie ich würde von den gepiercten und mit Tattoos übersäten coolen Typen, die ich in dem Laden vermutete, einfach nur schallend ausgelacht.

»Also los jetzt«, sagte Liana und schob sich an mir vorbei in den Laden. Sie war schon immer die Mutigere von uns beiden gewesen. All die Selbstzweifel, mit denen ich mich ständig herumschlug, schienen ihr völlig fremd zu sein.

Hinter der Tür ging es eine steile, einst rot gestrichene, mittlerweile abgetretene Betontreppe hinauf. Auf der linken Seite befand sich ein dicker, aus einem alten Wasserrohr geschweißter Handlauf. Ich klammerte mich daran fest, als wäre es die Rettungsleine, die mich von meinem bisherigen Ich zu jener Person führte, die ich gern sein wollte, und folgte Liana die Stufen hinauf.

Oben erwartete uns das Studio. Die Wände waren dunkelrot gestrichen und voll mit Fotos von tätowierten Körperteilen, mit Skizzen und Plakaten von alten Heavy-Metal-Bands und Rockgruppen. Ich freute mich über ein etwas zerfleddertes Poster von Jimmy Page und Robert Plant, beide mit Gitarre in der Hand. Wer auch immer diesen Raum dekoriert hatte, schien einen guten Musikgeschmack zu haben.

Der Tätowierer beachtete uns gar nicht. Er schaute erst auf, als Liana hüstelte, nachdem wir uns schon vor dem Ladentisch die Beine in den Bauch gestanden hatten. Sein Name sei Jonah, er stamme aus Neuseeland, dieses Studio in Brighton betreibe er schon seit fünfzehn Jahren, jedenfalls erzählte er das Liana, die ihn mit ihrem Geplapper zu bezirzen versuchte.

Jonah hatte eine Glatze und trug von Kopf bis Fuß fast ausschließlich Leder. Sein Gürtel bestand aus dicken Metallgliedern und klirrte bei jedem Schritt. Die muskulösen Arme waren von den Fingerknöcheln bis zu den Schultern, wo sie unter seiner Lederweste verschwanden, komplett tätowiert.

»Sagt mal, Mädels, ihr seid doch nicht etwa betrunken?«, fragte er und musterte uns misstrauisch.

»Ach woher«, erwiderte Liana. »Nur ein Gläschen, um uns Mut zu machen. Wir haben das schon seit Jahren vor.«

»Habt ihr eure Ausweise dabei?«

Hinter einer Seitentür hörte man einen altmodischen Wasserkessel pfeifen. Sie flog auf, und ein anderer Mann trat ein. Er war viel jünger, Anfang zwanzig, und hätte Jonahs Sohn sein können. Beide Männer hatten den gleichen Mund, Lippen wie Mick Jagger, so voll, dass man gar nicht sagen konnte, ob das nun schön oder hässlich war. Jedenfalls gab es beiden einen verwegenen Gesichtsausdruck, der Liana sehr zu gefallen schien und mich ein wenig nervös machte. Der Jüngere lehnte sich an den Türrahmen und drehte sich eine Zigarette. Als er mit der Zunge über das Papier leckte, starrte er Liana ungeniert an.

»Komm schon, Jo«, sagte er schließlich. »Die beiden Mädels wissen schon, was sie tun. Mach hier nicht einen auf fies. Wenn sie das Geld haben, kriegen sie ihr Tattoo.«

Liana lächelte ihn dankbar an.

Jonah schnaubte verächtlich. »Keine Ausweise, keine Tattoos. Ich habe keinen Bock, mich mit angefressenen Eltern rumzuschlagen.«

Wir zückten unsere Studentenausweise, die er aber kaum eines Blickes würdigte. »Wisst ihr, was ihr wollt?«

Wir waren beide über achtzehn, sogar fast gleich alt, unsere Geburtstage lagen nur einen Monat auseinander – ihrer war am 22. Mai, meiner am 21. Juni. Zwillinge, genau am ersten und letzten Tag dieses Sternzeichens geboren, eine Tatsache, mit der sich Lianas esoterisch angehauchte Mutter gerne unsere Freundschaft erklärte.

»Ja. Wir wollen beide das Gleiche.«

Jonah hob die Augenbrauen, als hätten wir gerade eben wieder den Beweis geliefert, totale Kindsköpfe zu sein.

Liana wollte natürlich die Erste sein. Sie zwinkerte mir zu, als sie hinter dem Vorhang verschwand, der den Tattoo-Bereich vom Rest des Studios abtrennte. Ihr langer Rock schwang um ihre schmalen Fesseln. Sie war von Natur aus so schlank, dass sie fast dürr wirkte, und trug gern weite Klamotten im Zigeunerlook, von denen Neil immer sagte, sie erinnerten ihn an die Vorhänge seiner Großmutter. Doch sie verstand es, sich mit einem Stolz zu bewegen, der ihre gesamte Erscheinung sehr anziehend machte.

Der Typ mit der Selbstgedrehten schien jedenfalls eindeutig Gefallen an ihrer Figur zu finden und verbarg nicht im Geringsten, dass ihm ihr Hintern gefiel, als sie durch den Raum schwebte.

»Ich heiße Nick«, sagte er, den Blick unverwandt auf die Stelle geheftet, wo gerade eben noch Liana gestanden hatte. Offenbar war ich Luft für ihn.

»Lily«, warf ich ihm knapp hin.

»Hübscher Name«, entgegnete er gelangweilt.

Ich achtete nicht weiter auf ihn.

Meinen Vornamen hatte ich schon immer gehasst. Er klang

ganz nach bravem Töchterchen wohlhabender Eltern, was ich ja auch war. Unbedarft, langweilig und mehr oder weniger Jungfrau. Wenn meine Eltern mir schon unbedingt einen altmodischen englischen Namen hatten verpassen müssen, wieso dann nicht wenigstens einen, den man cool zu Jo oder Jac abkürzen konnte?

Nick zündete sich seine Zigarette an und blies den Rauch in meine Richtung. Ich hielt die Luft an, um ihm nicht die Freude zu machen, einen Hustenanfall zu bekommen.

Wir sprachen kein Wort miteinander, bis Liana fertig war. Kaum trat sie hinter dem Vorhang hervor, huschte ich dahinter. Ich wollte die Sache so rasch wie möglich hinter mich bringen, damit ich es mir nicht doch noch anders überlegte.

»Zeig mal«, hörte ich Nick zu ihr sagen. Sie kicherte, und ich stellte mir vor, dass sie ihren Rock höher als nötig hob und ihm ihr nacktes Bein entgegenstreckte, das Nick bestimmt streicheln würde.

»Für dich also das Gleiche?«, fragte Jonah, ohne mich anzuschauen. Er beugte sich über eine Schale mit Metallinstrumenten und bestückte seine Tätowierpistole mit einer neuen Nadel.

»Nein.«

»Nein?« Er sah mich an, und ein Lächeln spielte um seine vollen Lippen. »Ich dachte, ihr zwei hättet das seit Jahren vorgehabt.«

»Jetzt will ich aber etwas anderes.« Ich hatte es auf einmal gründlich satt, den Erwartungen anderer Leute zu entsprechen. Selbst wenn es Liana war, so gern ich sie auch hatte.

»Bist du dir sicher?«, hakte er nach, als ich ihm erklärt hatte, was ich mir vorstellte. Die Idee war mir gerade erst gekommen, als ich einen letzten Blick auf die Poster geworfen hatte.

»Ganz sicher.«

»Gut.«

Er wies auf den Stuhl neben sich, und ich nahm Platz. Ganz kurz überlegte ich, ihn um eine örtliche Betäubung zu bitten, wie man sie beim Zahnarzt bekommt. Aber vermutlich hätte mich Jonah nur verächtlich angeschaut, selbst wenn er so etwas im Angebot gehabt hätte. Und außerdem wollte ich ja cool und entschlossen rüberkommen, ganz so, als wollte ich jede Sekunde dieser Erfahrung genießen. Zudem war das Tattoo winzig, es würde bestimmt kaum mehr wehtun als ein Mückenstich, höchstens dass es ein bisschen zwickte und brannte. So stellte ich mir das jedenfalls vor.

Doch ich täuschte mich gewaltig.

Beim ersten Stich hätte ich vor Schmerz fast aufgeschrien. Ich umkrallte die Armlehnen. Der Schmerz breitete sich wellenförmig um die Einstichstelle aus, erfasste erst meine Wange und dann meinen Kiefer, bis dann sogar die Nervenenden in meinen Fingerspitzen kribbelten und zuckten, als wäre ich ein Frosch, den man vor einer kichernden Klasse auf dem Seziertisch mit Elektroschocks traktiert. Meine Fantasie ging mit mir durch.

Ich schloss die Augen.

Gerade als der Schmerz etwas nachließ, oder ich zumindest meinte, ihn aushalten zu können, stach die Nadel zum zweiten Mal zu. Ich holte tief Luft. Die Gerüche des Studios überwältigten meine Sinne: irgendwelche Chemikalien; trockener Staub; die männlichen Ausdünstungen von Jonah, der sich über mich beugte; seine alte Lederweste; frischer und abgestandener, kalter Zigarettenrauch; und sogar Lianas billiges Parfüm, das noch in der Luft hing, obwohl sie doch jetzt auf der anderen Seite des bunten Vorhangs war, wo sie sicher ihren Knöchel mit dem neuen Tattoo pflegte und mit Nick flirtete.

Allmählich blendete mein Bewusstsein das gedämpfte Geräusch von Jonahs Tätowierpistole aus und konzentrierte sich nun auf das Geschehen; es unterteilte die Empfindung in einzelne Stufen, schottete sich gegen den Schmerz ab, bis er in eine andere, unendlich weit entfernte Dimension abdriftete und nichts mehr mit mir zu tun hatte.

»Und, ist es auszuhalten?«, hörte ich Liana rufen.

Mit einem Schlag war ich wieder in der Realität. »Aujaah! Geht so.«

Jonah trat einen Schritt zurück und besah sich sein Werk.

»Fast fertig«, erklärte er. »Nur noch die Kontur ausfüllen.«

»Schwarz bitte, nicht blau. Auf keinen Fall blau!«

»Ja, das hast du schon gesagt …«

Aus dem Augenwinkel sah ich, dass er nach einer anderen Nadel griff und sie sorgsam in sein Instrument einsetzte. Ich holte tief Luft, als sich seine schwere Hand wieder der Stelle unterhalb meines linken Auges näherte.

Diesmal war der Schmerz nicht so stechend. Irgendwie dumpf, sogar beruhigend. Fast angenehm.

Schon immer war ich gern zum Arzt und zum Zahnarzt gegangen. Das hier war jetzt ziemlich ähnlich. Ich fand es tröstlich, wenn ich in einen Stuhl sinken und mich einem Experten in die Hand geben konnte. Die spartanische Einrichtung des Raums, der kühle Glanz der sterilisierten Instrumente und Jonahs präzise, bedachte Bewegungen, all das wirkte auf merkwürdige Weise angenehm. Seine Finger, die in Handschuhen steckten, berührten meine Wange so sanft wie Schmetterlingsflügel.

Nachdem ich den anfänglichen Schreck und Schmerz überwunden hatte, war es doch nicht so schlimm. Ich saß im hellen Schein der Lampe, während Jonah, dessen Augen meinen ganz nah waren, sich große Mühe gab. Wie unter einem Vergrößerungsglas sah ich jede einzelne Pore seiner rötlichen Wangen. Die Gesichtszüge dieses Fremden, der mich gerade fürs Leben zeichnete, erschienen vor mir wie in einem Zerrspiegel.

»Ich gehe nur mal schnell Zigaretten holen, okay?«, hörte ich Liana rufen, dann das Bimmeln der Ladenglocke.

»Dauert nicht mehr lang«, sagte Jonah und wischte vorsichtig mit einem Tuch um die Stelle herum, die er gerade bearbeitet hatte. »Nur noch sauber machen.« Der stechende Geruch eines Desinfektionsmittels nahm mir fast den Atem.

Nun war der Schmerz beinahe schon vergessen, und eine wohlige Wärme und Benommenheit beherrschten meine noch etwas trunkene Wahrnehmung. Und doch fühlte ich mich nüchterner denn je. Ich hatte es getan! Ich hatte mein Tattoo.

Was würden meine Eltern wohl dazu sagen? Eigentlich waren sie der Grund, dass ich es unbedingt haben wollte, und deshalb hatte ich Liana aus dem Moment heraus vorgeschlagen, uns jetzt endlich die lang ersehnten Tattoos stechen zu lassen.

Ich hatte es satt, die Lily vom Lande zu sein, das brave Töchterlein, die Langweilerin. Ich wollte endlich aus der Rolle fallen, anders sein. Etwas wagen, das mir niemand zugetraut hätte.

»So, fertig«, sagte Jonah und hielt mir einen kleinen Spiegel hin.

Ich schlug die Augen auf.

Perfekt.

Eine winzige Träne, die aus meinem linken Auge kullerte, und ein feiner schwarzer Strich, der sie verband.

Tiefschwarz auf weißer Haut.

Jetzt sah ich nicht mehr wie Schneewittchen aus. So hatten mich meine Eltern und Verwandten immer liebevoll genannt, bis ich einmal im Alter von zwölf Jahren so zornig dagegen aufbegehrt hatte, dass anschließend niemand mehr wagte, mich so zu nennen. Disneyfilme hasste ich aus tiefstem Herzen.

»Gefällt mir«, sagte ich. Jonah tupfte mir erst eine Creme unters Auge und klebte mir dann ein transparentes Pflaster darauf.

»Hoffentlich sagst du das auch noch in zwanzig Jahren«, entgegnete er.

Ich sammelte mein Zeug zusammen und verließ den Laden.

Liana und Nick standen rauchend auf dem Bürgersteig und blickten versonnen aufs Meer hinaus.

»Fertig«, verkündete ich.

Sie schauten mich an.

»Scheiße, verdammte!«, entfuhr es Liana. »Du hast dir ja das Gesicht tätowieren lassen!« Sie kniff die Augen zusammen, um die Sache genauer zu betrachten. »Bist du völlig übergeschnappt, Lily?«

»Ich habe mich halt umentschieden«, antwortete ich. »Ich wollte was anderes.«

Nick grinste anerkennend und pfiff leise durch die Zähne.

»Stille Wasser sind tief«, kommentierte er.

»Herrgott …«, zischte Liana. »Wir hatten doch gesagt, wir lassen uns das Gleiche machen.« Sie schob das Bein vor und deutete auf den kleinen, bunten Schmetterling, der nun ihren Knöchel zierte und unter dem durchsichtigen Pflaster leicht verzerrt aussah.

Ich lächelte.

Vielleicht würde ich mir morgen noch die Haare schneiden lassen. Um endlich ganz und gar eine andere zu werden. Da ich von Natur aus pechschwarzes Haar hatte, war Färben überflüssig.

»Du hast wirklich nicht alle Tassen im Schrank!«

Ich war nicht immer so überdreht gewesen. Wer mich vor meiner Zeit auf der Universität von Sussex kannte, fand mich wahrscheinlich eher langweilig. Gehobene Mittelschicht, beide Eltern Akademiker, Eigenheim mit Garten und Haustieren, eigenes Zimmer und so weiter. Alles, was eine glückliche, wenn auch etwas zu behütete Kindheit ausmachte. Erst als ich von zu Hause auszog, begann ich manches infrage zu stellen, zunächst die kleineren Dinge, dann das Ganze. Nachdem die Saat des Zweifels erst einmal aufgegangen war, wucherte sie immer weiter.

Wenn ich an das Leben meiner ewig duldsamen Mutter dachte, wurde ich ganz depressiv. Sie hatte ihre Karriere aufgegeben, um mich auf die Welt zu bringen, hatte viel Zeit mit Windeln verbracht, für mich die Chauffeurin gespielt und im Garten Unkraut gejätet. Das konnte doch nicht alles sein. Ich hatte ein paar Freunde gehabt und meine Unschuld im Alter von siebzehn an einen netten Jungen verschenkt, der mir nichts bedeutete, aber gerade zugegen war. Es war ganz in Ordnung gewesen, mit ihm zu schlafen, aber spektakulär war es nicht. Eines Tages würde ich in dieser Hinsicht mehr erleben, da war ich mir sicher. Doch irgendetwas fehlte mir die ganze Zeit. Etwas Wichtiges. Ich wusste nur nicht, was.

Als Jugendliche war ich gewiss keine Rebellin, denn es gab nichts, wofür oder wogegen ich meinte kämpfen zu müssen.

Meine Aufmüpfigkeit reichte gerade mal so weit, dass ich die Wände meines Zimmers mit Postern von Heavy-Metal-Bands und Rockstars zupflasterte. Die grimmigen Bilder von Alice Cooper und Kiss inspirierten mich irgendwie, obwohl ich mir eingestehen musste, dass selbst meine musikalische Rebellion dem Trend Jahrzehnte hinterherhinkte. Meine Rockidole waren längst alt und anständig geworden. Ich hing irgendwie in der Luft.

Liana lernte ich an meinem ersten Tag an der Uni kennen. Wir saßen zufällig am selben Tisch in der Mensa. Beide waren wir zum ersten Mal weg von zu Hause und noch ein wenig orientierungslos, hatten aber bereits das Gefühl, dass wir uns dort nicht so recht einfügen würden. Wir waren Außenseiter und passten gut zueinander, auch wenn wir uns äußerlich sehr unterschieden. Sie hatte mittelbraunes Haar und ich schwarzes, außerdem war sie größer und schlanker als ich. Meine Eltern waren beide Mediziner, ihr Vater war Patentingenieur, und ihre Mutter hatte früher als Stewardess gearbeitet.

Was mich zu ihr hinzog, war jedoch weniger unser ähnlicher familiärer Hintergrund, sondern ihre Wildheit und ihr Draufgängertum, die ich bewunderte. Sie schien die unsichtbaren Ketten abgeschüttelt zu haben, die mich noch zurückhielten. Wir hatten uns beide für englische Literatur eingeschrieben und besuchten mehrere Seminare gemeinsam. Bald waren wir unzertrennlich, und ein Jahr später zogen wir mit vier anderen Studenten in ein großes Haus nahe Hove.

Einer von ihnen war Neil. Er war ganz neu an der Uni, und so nahmen wir ihn unter unsere Fittiche. Er war wie ein kleiner Bruder für uns, harmlos und treu. Liana gestand mir allerdings einmal, dass er sie an ihren Vater erinnerte, der auch immer schweigend ihre Ausschweifungen missbilligte.

Es war ein Freitagnachmittag. Mit Liana, Neil und einem Dutzend anderer hatte ich früh in der Bar des Studentenwerks zu trinken angefangen, dann waren wir durch die Pubs der Stadt gezogen. Liana und ich hielten uns allerdings zurück – wir wollten die ganze Nacht durchmachen, wenn wir die anderen erst einmal losgeworden wären. Da wir beide keine Lust hatten, übers Wochenende zu unseren Eltern zu fahren, könnten wir uns zwei volle Tage lang von unserem Kater erholen, ehe es am Montag mit den Seminaren und Vorlesungen weiterginge.

Als wir schließlich zur Strandpromenade und den Lanes kamen, waren wir nur noch zu siebt. Gut gelaunt und ohne Eile klapperten wir die dortigen Bars ab. Liana und ich waren immer noch einigermaßen nüchtern und amüsierten uns köstlich über die Possen unserer Freunde, die spätestens in ein paar Stunden reif fürs Bett sein würden, während wir noch die ganze Nacht vor uns hatten.

Nachdem wir am Nachmittag am großen Pier eine Pause eingelegt hatten, um uns mit Fish and Chips zu stärken, verschwanden wieder einige. Weitere Verluste hatten wir auf dem Weg zur Bar des Komedia in der Gardner Street zu beklagen. Weil Neil die Bedienung kannte, konnten wir ungestört in einer Ecke sitzen, unsere übermütigen Späße treiben und uns ewig an unseren Gläsern festhalten.

Liana kramte in ihrer lächerlich großen Handtasche nach Geld und fluchte dabei leise vor sich hin, als könnte sie dadurch neue Scheine aus dem Nichts herbeizaubern.

»Scheiße, Scheiße, Scheiße«, sagte sie. »Hier war doch noch Geld drin, ich bin mir ganz sicher.«

»Das glaubst du immer«, warf ich ein.

Neil, der deutlich weniger Alkohol vertrug als wir, saß uns

bleich und nicht mehr ganz frisch gegenüber und starrte aus glasigen Augen ins Leere.

»Ich kriege keinen Tropfen mehr runter«, ächzte er.

»Spielverderber«, murmelte Liana, während ich nur lächelte.

»Ich gehe mal besser nach Hause«, sagte Neil und erhob sich schwerfällig von seinem Platz, wobei er sich mit einer Hand auf dem Tisch abstützte, der mit unseren leeren Gläsern den Anblick eines Schlachtfelds bot.

Liana blickte in die Runde, ohne ihn überhaupt noch zu beachten.

»Wo sind denn die anderen beiden abgeblieben? Wie hießen sie noch mal? Wally und Dasha?« Erst jetzt fiel ihr auf, dass sich die beiden Biologiestudenten, mit denen wir bislang rumgezogen waren, längst abgesetzt hatten und wir drei die letzten Mohikaner waren. Beziehungsweise wir zwei, denn Neil warf ja gerade das Handtuch.

»Na endlich. Nur noch du und ich, Süße.« Liana zwinkerte mir zu, als Neil verschwand. »Der Abend ist noch so jung, und wir sind noch so fit, Lily, mein Herzblatt.«

»Eigentlich glaube ich nicht, dass ich es schaffe, die ganze Nacht durchzumachen, selbst wenn ich es mir leisten könnte«, sagte ich. Liana kramte wieder in ihrer Handtasche. Der anstrengende Tag und das Glas Lager, das ich mir gerade gegönnt hatte, forderten bereits ihren Tribut.

Mit strahlendem Gesicht zog sie zwei Fünfziger heraus.

»Wusste ich's doch. Mein Notgroschen!«

Sie reichte mir einen der beiden Scheine. »Kannst du mir irgendwann mal zurückgeben«, sagte sie. »Ist eigentlich sowieso nicht mein Geld, und außerdem schulde ich dir bestimmt noch was von neulich.«

»Zwei Fünfziger!«, rief ich. »Wo hast du denn so viel Geld her?«

»Hat mir Dad geschickt. Offensichtlich hat er wegen irgendwas ein schlechtes Gewissen.«

»Wedle damit nicht so herum.«

»Wir sollten es für einen guten Zweck ausgeben. Wenn nicht für Alk, dann eben für was anderes, das sich lohnt. Hast du eine Idee?«

»Tja, keine Ahnung«, antwortete ich. »Schade, dass Neil schon gegangen ist. Ihm würde bestimmt was einfallen.«

»O ja, ganz bestimmt.« Liana grinste frech.

»Was willst du damit sagen?«, fragte ich.

»Spiel nicht die Unschuld vom Lande … Dir ist doch wohl nicht entgangen, wie er dich die ganze Zeit angestarrt hat?«

Nein, das nicht. Bloß hatte es mich nicht besonders interessiert. Neil sah ganz gut aus und war nett, aber auch reichlich langweilig.

»Er ist einfach nicht mein Typ.«

»Was ist denn dein Typ? Komm, hab dich nicht so. Wenn du so weitermachst, bleibst du bis an dein Lebensende solo«, neckte mich Liana.

Mir fielen die schon lang vergessenen Gesichter in meinem Kinderzimmer ein. Finster geschminkte Männer in schwarzem Leder mit Metallnieten, wilde Kerle. Diese Poster hatte ich natürlich zu Hause gelassen, hier in meiner Wohngemeinschaft hätte man mich dafür ausgelacht. Da Liana merkte, dass ich keine Lust hatte, über das Thema zu reden, ließ sie rasch davon ab.

»Puh«, sagte sie und strich sich die Haare aus der Stirn. »Viel zu warm hier drin. Mir fallen auch schon die Augen zu. Wollen wir einfach ein bisschen an die frische Luft gehen? Früher oder später finden wir bestimmt etwas, das Spaß macht.«

»Ich bin dabei.«

Der Abend brach herein, und es wurde merklich kühler. Die Juweliere und Antiquitätenhändler in den Lanes schlossen bereits ihre Läden, und die Passanten zerstreuten sich.

Wir wanderten ziellos umher. Noch immer hatten wir keinen Plan, wie wir uns diesen Abend und die Nacht um die Ohren schlagen wollten, als wir auf einmal an dem Tattoo-Studio vorbeikamen.

»Halt mal!«, rief ich.

»Was denn?«

»Weißt du noch, dass wir uns mal geschworen haben, uns beide das gleiche Tattoo stechen zu lassen?«

Über ein Jahr war das nun her. Wir hatten uns gerade erst kennengelernt und waren damals viel betrunkener gewesen als heute. Unsere Begeisterung, endlich unseren Familien entronnen zu sein und einander gefunden zu haben, war noch ganz frisch. Ich erinnerte mich nur undeutlich an unser damaliges Gespräch, doch der Plan erschien mir plötzlich ungeheuer reizvoll. Das wäre ein echter Tabubruch, etwas, das brave Mädchen nie und nimmer tun würden.

»Super Idee. Genau das machen wir«, sagte Liana. »Meinst du, das Geld reicht?« Sie deutete auf ihre Rocktasche, wo der zerknitterte Geldschein nun steckte.

Ich hatte nicht die geringste Ahnung, wie teuer ein Tattoo war.

»So ein kleines kann ja nicht die Welt kosten«, meinte ich achselzuckend und ging auf die Ladentür zu.

»Mensch, Lily, ist das aufregend«, sagte Liana kichernd.

Und nun hatten wir es tatsächlich getan.

»Was habt ihr jetzt vor, ihr zwei Hübschen?«

»Noch was trinken, das muss doch gefeiert werden, oder?«, antwortete Liana, die bester Laune war, auch wenn ihr der Knöchel sicherlich höllisch wehtat, jedenfalls wenn ich von dem brennenden Schmerz in meinem Gesicht ausging.

»Ich erhebe ja nur ungern die Stimme der Vernunft«, sagte Nick und strich Liana eine Strähne aus dem Gesicht, als würde er sie schon seit Ewigkeiten kennen. Allmählich kam ich mir vor wie das fünfte Rad am Wagen und war drauf und dran, die beiden allein zu lassen, mich eifersüchtig schmollend nach Hause zu verziehen und mein Tattoo zu pflegen. Doch ich machte mir Sorgen, Liana könnte mal wieder in eine üble Geschichte hineinschlittern. Also würde ich diesen Nick tapfer ertragen, solange Liana ihn nicht abhängte. »Aber es ist keine gute Idee, mit einem frisch gestochenen Tattoo Alkohol zu trinken«, fuhr er fort. »Ihr müsst nach Hause gehen und die Stelle waschen. Habt ihr nicht zugehört, als es um die Nachbehandlung ging?«

»Natürlich haben wir zugehört«, erwiderte Liana und zog an ihrer Zigarette. »Wir sind doch nicht blöd. Aber ein kleiner Schluck wird ja wohl noch drin sein? Es ist Freitagabend, und wir sind noch stocknüchtern.«

Ich sagte nichts dazu. Mir war zum Heulen zumute. Wie dumm von mir, geglaubt zu haben, ein Tattoo würde alles verändern. Ich hatte jetzt zwar mein neues Gesicht, war aber immer noch dasselbe Mädchen mit demselben Leben.

»Ich wohne gleich hier um die Ecke. Und habe jetzt frei, den Laden schließt Jonah ab. Kommt doch auf ein Glas mit zu mir. Warmes Wasser für eure Tattoos gibt es auch. Dann kriegt ihr einen Kaffee, und ich bestelle euch ein Taxi, sobald ihr bereit seid, euch Mami und Papi zu präsentieren. Darum beneide ich euch allerdings nicht«, fügte er mit einem Blick auf die ewige Träne unter meinem Auge hinzu.

»Wir leben nicht bei unseren Eltern«, erwiderte ich schnippisch.

»Na, dann könnt ihr auch bei mir übernachten, nur zur Sicherheit. Nicht, dass du dir am Ende noch eine Augenentzündung holst.«

Seine plumpe Anmache brachte ihn selbst zum Lachen. Ich hätte ihm am liebsten eine geklebt, auch wenn ich zugeben musste, dass er ein Hingucker war, besonders wenn er lächelte und zwischen seinen vollen Lippen die schönen, weißen Zähne blitzten. Auf seine strubbelige, nachlässige Art war er sehr attraktiv. Auf Typen wie Neil, die ständig ins Fitnessstudio rannten, ohne dass man es ihnen ansah, blickte er bestimmt verächtlich herab. Er blieb offenbar ohne Anstrengung schlank, und einen ansehnlichen Bizeps hatte er auch. Und ganz bestimmt hatte er schon eine Woche lang keinen Kamm mehr in der Hand gehabt.

»Worauf warten wir noch?« Liana hielt jedem von uns einen Arm hin, damit wir uns einhakten, und so zogen wir zu Nicks Wohnung in der King's Road.

Ich ließ die beiden allein im Laden nebenan Wein und noch mehr Zigaretten kaufen und schaute unterdessen aufs Meer, das sich am Pier brach. Da vibrierte mein Handy.

Alles in Ordnung? Soll ich euch abholen?

Neil hatte sich genügend erholt, um sich Sorgen zu machen, und fühlte sich auch schon wieder in der Lage, uns zu retten. Wahrscheinlich plagte ihn das schlechte Gewissen, seit er die Kneipe verlassen hatte. Das war ja süß, aber auch irgendwie nervig. Erinnerte mich schwer an meine Eltern.

Uns geht's bestens. Übernachten bei Freund. Warte nicht auf uns, simste ich ihm zurück, damit Neil nicht durchdrehte und am Ende noch die Polizei rief, falls wir wirklich nicht nach Hause kämen.

Mein Tattoo pochte noch immer, und ich hatte das plötzliche Bedürfnis, zum Pier zu rennen und mich ins Meer zu stürzen, damit die eisigen Fluten meine brennende Wange kühlten und am besten auch gleich diesen blöden Bammel fortspülten, der mir ständig im Nacken saß. Als könnte ein beherzter Sprung ins kalte Nass aus mir einen ganz neuen Menschen machen – wie eine Taufe. Und ich hatte tatsächlich das Gefühl, dieser Abend würde einen Neuanfang setzen.

Ich hatte ja keine Ahnung, wie sehr sich das bewahrheiten sollte.

»Alles in Ordnung mit dir, Schatz?« Lianas Stimme riss mich aus meinen Tagträumen. »Schau nicht so betröppelt. Deine Eltern werden schon drüber hinwegkommen. So oft besuchst du sie ja nicht, sie müssen es also nicht tagtäglich ertragen.«

Lachend nahm sie mich bei der Hand und zog mich hinter Nick her bis hoch zu seiner Wohnungstür.

»Alle Achtung«, sagte Liana, als wir in das helle, weite Wohnzimmer traten, dessen großes Erkerfenster einen grandiosen Ausblick aufs Meer bot. »Hier wohnt kein verarmter Künstler, habe ich recht?«

»Ihr könnt meinen Eltern für die Wohnung danken. Ihr beiden seid nicht die einzigen rebellischen Kinder in der Stadt, auch wenn ihr das vielleicht glaubt.«

Seine Mutter sei eine erfolgreiche Rechtsanwältin, erzählte er uns, und sein Vater Banker. Er aber habe sein Jurastudium abgebrochen, um bei seinem Onkel Jonah als Tätowierer in die Lehre zu gehen. Das sei seine Art, sich den Erwartungen seiner Eltern zu entziehen.

Liana fühlte sich bei ihm gleich wie zu Hause. Sie fläzte sich aufs Sofa und legte den Knöchel mit dem neuen Tattoo auf einen Schemel. Ich ließ mich etwas steif neben ihr nieder.

Nick reichte uns beiden ein Glas Wein und verschwand dann kurz, um mit einer Schüssel warmem Wasser und sauberen Tüchern wiederzukommen. Er zog sich einen Stuhl zu Liana heran, schob ihr den Rock bis weit übers Knie hoch, obwohl er doch nur an ihren Knöchel musste, den sie schon entblößt hatte.

Ich trank einen Schluck Rotwein. Es war ein mieses, billiges Gesöff, aber ich brauchte einen Stimmungsaufheller. Egal was, Hauptsache, es half mir zu ertragen, wie Liana und ihr neuer Typ miteinander turtelten.

Er strich mit seinen Händen um ihr Fußgelenk und betastete jede Wölbung, als wäre sie ein Universum für sich, bis er plötzlich mit einem Ruck das Pflaster abriss. Sie sog hörbar die Luft ein.

»Bisschen vorsichtiger, Mann«, sagte sie mit zusammengebissenen Zähnen.

Ihre Reaktion schien ihn nur anzuheizen. Seine Wangen glühten, und seine vollen Lippen waren leicht geöffnet, als würde er sie bereits küssen – zumindest in seiner Vorstellung.

Als mein Blick seine Hose streifte, bekam ich fast einen Schreck, so groß war die Beule in seinem Schritt. Lianas Schmerzen machten Nick offensichtlich an. Ich war hin und her gerissen. In diesem Augenblick hätten wir die Beine in die Hand nehmen sollen. Ich als die Vernünftigere von uns beiden hätte aufstehen und gehen sollen, Liana wäre mir trotz ihrer Dickköpfigkeit sicher gefolgt. Sie war zwar leichtsinnig, aber auch eine treue Seele.

Andererseits, was ging es mich an, mit wem Liana rumflirtete. Sie war nicht betrunken und mochte den Typen offenbar.

»Raucht ihr?«, fragte er.

Es war klar, dass er damit nicht Zigaretten meinte.

Liana grinste ihn an. »Warum nicht? Lustiger, als eine Aspirin zu nehmen.«

Nick streichelte noch einmal über ihr Bein, stand auf und kramte in einem Schrank.

»Reicht gerade noch für uns drei«, sagte er und warf Liana ein kleines Alufolienpäckchen und Zigarettenpapier in den Schoß. »Kannst du drehen?«

Sie nickte und faltete die Folie vorsichtig auf. Zum Vorschein kam grünes, trockenes Gras, und ein unverkennbarer klebrig süßlicher Geruch verbreitete sich. Ich hatte noch nie Marihuana geraucht, aber auf dem Campus schon oft den Duft in der Nase gehabt.

»Na, Lily, mein Unschuldslamm, heute noch ein zweites erstes Mal?«, neckte sie mich, zupfte reichlich von dem grünen Zeug ab und verstreute es auf dem Zigarettenpapier. Ich nickte. »Keine Angst, ich zeige dir, wie man das richtig macht.«

»Gib nicht so an«, erwiderte ich. Der Wein stieg mir langsam zu Kopf, und ich fühlte mich streitlustiger als sonst. Liana lachte nur.

Sie zündete die Tüte an, nahm einen tiefen Zug und winkte hektisch, damit ich mein Gesicht ihrem näherte.

»Es knallt nicht so rein, wenn du es von mir nimmst«, presste sie zwischen den Zähnen hervor, den Rauch immer noch in den Lungen. Sie legte mir sanft die Hände auf die Schultern, beugte sich vor und drückte ihre Lippen auf meine, nicht um mich zu küssen, sondern um mir den Rauch in den Mund zu blasen.

»Drin behalten«, japste sie, als sich unsere Münder voneinander lösten. Ihre Lippen waren unglaublich weich und schmeckten nach Wein. Zu meiner Überraschung bedauerte ich es, als sie sich wieder zurücklehnte.

»Oh, wie niedlich«, sagte Nick, der die nächste Flasche geholt hatte und gerade rechtzeitig zurückkam, um die Atemspende zu beobachten.

»Jetzt bin ich dran.«

Er nahm den Joint zwischen Daumen und Zeigefinger und saugte ihn förmlich aus. Dann fasste er Liana am Kinn und hob ihren Kopf an. Seine Hand strich über ihren Kehlkopf. Ich bekam einen Schreck und spannte alle Muskeln, um notfalls aufzuspringen und ihm in den Arm zu fallen. Ihr Hals wirkte unter seiner Pranke so erschreckend zart.

Doch statt Angst und Panik zu zeigen, krümmte sie zu meinem Erstaunen nur den Rücken und reckte ihm den Mund entgegen. Er schloss fest die Hand um ihren Hals und ließ nicht locker, während er ihr den Rauch in den Mund blies. Als er sie plötzlich freigab, sank sie mit einem glückselig entspannten Gesichtsausdruck aufs Sofa zurück.

Das Bild, wie er ihren Hals umfasste und sie darauf reagierte, taumelte in meinem Kopf herum, und ich begann haltlos zu kichern.

»Ich glaube, ich muss mal kurz verschwinden«, flüsterte ich, als ich endlich wieder einen Ton herausbekam.

Nick wies zum Flur. »Zweite Tür«, sagte er, ohne aufzuschauen. Sein Blick klebte förmlich an Liana. Sie hatten mein unkontrolliertes Gekicher gar nicht beachtet. Für die beiden war ich inzwischen ohnehin Luft, sie benahmen sich, als hätten sie gerade eine völlig faszinierende Entdeckung aneinander gemacht.

Ich stand auf und tastete mich mit weichen Knien an der Wand entlang zum Klo. Dabei versuchte ich zu begreifen, was zwischen Liana und Nick eigentlich abging und was ich da gesehen hatte, aber in meinem Kopf drehte sich nur alles. Der Shit hatte die Regie übernommen.

Im Spiegel glotzten mich meine blutunterlaufenen Augen an. Durch das Tattoo auf der einen Wange wirkte mein Gesicht wie aus dem Gleichgewicht geraten. Es kam mir so vor, als hätte ich mich in der Mitte durchgeschnitten und als gäbe es nun zwei Lilys: mein altes, braves Ich und die neue Rockerbraut. Ich sah aus wie ein Clown, und das Pflaster juckte. Am liebsten hätte ich es abgerissen und mich gekratzt, aber ich beherrschte mich, spritzte mir nur kaltes Wasser ins Gesicht und ging zurück ins Wohnzimmer.

Aus der Stereoanlage waberte *Dark Side of the Moon* von Pink Floyd. Die Klänge zogen mich völlig in ihren Bann, sie schienen unter meiner Haut zu vibrieren. Ich ließ mich auf die nächste Sitzgelegenheit fallen, einen Sitzsack, der direkt hinter der Tür lag, entspannte mich und ließ die Musik Welle um Welle über mich hinwegspülen. Selbst wenn ich noch einmal hätte aufstehen wollen, hätte ich es wohl kaum geschafft.

Es dauerte ein Weilchen, bis ich begriff, dass die Szene, die sich da vor meinen Augen abspielte, ganz real war und nicht bloß meiner Fantasie entsprang.

Nick hatte inzwischen das Hemd ausgezogen. Die Jeans hing ihm tief auf den Hüften und enthüllte seine V-förmigen Lendenmuskeln, die wie ein Pfeil auf seine mächtige Hosenbeule zeigten. Er war muskulös, aber eher auf die drahtige Art, nicht wie ein Bodybuilder. Bei jeder Regung ging eine Wellenbewegung durch seinen sehnigen Körper. Die spärlichen Haare auf seiner Brust hatten den gleichen Farbton wie seine goldbraune Haut. Seine Hände steckten in schwarzen Latexhandschuhen, wie sie auch Jonah getragen hatte, als er mir das Tattoo gestochen hatte.

Liana kniete nackt vor ihm auf dem Fußboden, ihre Hände waren hinter dem Rücken zusammengebunden und mit einem Seil verknotet, das ihre Oberschenkel umspannte, sodass ihr Hintern eingerahmt war. Ihr Kopf und ihre Knie ruhten auf Kissen. Angesichts der Art, wie sie gefesselt war, wirkten die fürsorglichen Kissen geradezu komisch, und ich fürchtete, gleich wieder loszukichern.

Mein Mund war trocken und brannte von dem inhalierten Rauch. Ich wollte etwas sagen, brachte aber nur ein Krächzen heraus, das in der Musik unterging. Anfangs fand ich den Anblick der gefesselten Liana bloß merkwürdig. Erst nach einer Weile kam mir der Gedanke, Nick könnte sich vielleicht an ihr vergangen haben, aber da sah ich ihr Gesicht, das eine völlig andere Geschichte erzählte.

Ihr Gesichtsausdruck war ekstatisch, ihr Mund leicht geöffnet, immer wieder spitzte ihre Zunge hervor, und sie leckte sich über die Lippen. Sie machte keine Anstalten, sich aus ihrer Lage zu befreien, im Gegenteil, sie reckte ihm den Hintern entgegen und spreizte einladend die Beine.

Nick schien ebenso fasziniert vom Anblick der gefesselten Liana wie ich. Er stand da und starrte ewig auf sie hinunter. Schließlich kniete er sich hin und prüfte mit seinem behandschuhten Finger, wie feucht sie war. Er schob erst einen Finger in sie hinein, dann noch einen und noch einen, bis nur noch sein Daumen zu sehen war, der in ihrer Arschfalte ruhte.

Liane presste sich ihm entgegen und stieß trotz der Seile, die ihr sichtbar in die Handgelenke und Schenkel schnitten, mit dem Hintern wild nach hinten. Die Lustlaute, die sie dabei von sich gab, übertönten mühelos die Musik und klangen viel kehliger als ein normales Stöhnen. Sie hörten sich fast tierisch an, eine Mischung aus Schmerz und höchster Lust, die sich gegenseitig hochpeitschten. Je fester Nicks Hand in sie stieß, desto heftiger stöhnte Liana. Er keuchte im selben Rhythmus wie sie, als versuchte er, seinen Grad an Erregung ihrem anzupassen.

Plötzlich griff er mit der anderen Hand fest in ihr langes Haar und zerrte ihren Kopf hoch, bis sie aufschrie.

»Was bist du?«, brüllte er.

»Ich bin eine Schlampe.«

»Wie heißt das richtig?«

»Ich bin deine Schlampe.«

»Schon besser. So, und jetzt komm für mich.«

Er ließ ihre Haare los, und sie fiel zurück auf das Kissen. Da hob Nick die Hand und schlug ihr mit lautem Klatschen auf den Hintern. Rasch schob er die Finger wieder zwischen ihre Beine, und an der Röte, die ihr in die Wangen stieg, und am jäh veränderten Tempo ihres Stöhnens verstand ich, dass er nun mit ihrer Klitoris spielte.

Die Luft im Raum war stickig, voller Ausdünstungen von Sex, die sich mit dem leicht chemischen Geruch der Latexhandschuhe mischten. Ich war im Rausch, nicht nur vom Wein, dem Hasch und dem Schmerz meines noch immer pochenden Tattoos, sondern auch vom Anblick meiner nackten Freundin, die vor mir auf allen vieren kauerte. Ich hätte mich vorbeugen und sie berühren können, aber ich tat es nicht. Zwischen uns lag ein Abgrund, sie befand sich in einer ganz anderen Welt.

Schließlich kam Liana. Ihr letzter Schrei war der lauteste, und als sie ihn ausstieß, überflutete mich eine so starke Welle der Erregung, dass ich glaubte, in Ohnmacht zu fallen, wenn ich nicht selbst gleich einen Höhepunkt erlebte. Ich wollte nur noch, dass Nick von ihr abließ, sich mir zuwandte und auch mich in diese seltsame Art von Lust einführte. Aber ich bekam den Mund nicht auf, und meine Glieder waren schwer wie Blei.

Nick zog sich schnalzend die Handschuhe von den Fingern, warf sie weg und nahm Liana wie ein krankes, müdes Kind in die Arme. Sie schmiegte sich wie ein Baby an seine Brust, und er streichelte ihr Haar und ihr Gesicht mit so großer Zärtlichkeit, dass ich an der groben Behandlung, deren Zeugin ich eben noch gewesen war, zu zweifeln begann.

Sie lagen eng aneinandergekuschelt, während ich mich noch immer auf dem Sitzsack lümmelte. Ihre Intimität wirkte noch viel intensiver als zuvor beim Sex, und nach einer Weile war es mir peinlich, sie weiter zu beobachten. Was, wenn der Zauber, der sie umfing, brach, und sie mich, die ungebetene Zuschauerin, entdeckten? Würden sie mich nicht für pervers halten? Meine Skrupel waren unter den gegebenen Umständen natürlich übertrieben, das wusste ich wohl, und doch genügten sie, um mich aus meiner Benommenheit zu reißen.

Ich warf einen Blick auf die Uhr. Stunden waren vergangen. Nach dem Joint hatte ich jedes Zeitgefühl verloren. Es war schon kurz vor Morgengrauen.

Liana lag noch immer zusammengerollt in Nicks Armen auf dem Fußboden, beide hatten die Augen geschlossen, und ihre Köpfe ruhten auf den Kissen, die zuvor Lianas Knie geschont hatten.

Ich nahm eine Decke vom Sofa und breitete sie sorgsam über die beiden. Sie rührten sich nicht.

Dann schnappte ich mir meine Handtasche und stürzte aus der Wohnung.

Zehn ganze Tage hörte und sah ich keinen Mucks von Liana. Sie kam nicht zurück in unsere Wohnung, wahrscheinlich steckte sie bei Nick, vielleicht war sie aber auch zu ihren Eltern gefahren.

Wir unternahmen keinen Versuch, einander anzurufen, wahrscheinlich beide aus demselben Grund: Sie schämte sich für den Abend, und ich hatte keine Lust, über das zu reden, was ich beobachtet und was es in mir ausgelöst hatte.

Den Tag nach unserer gemeinsamen Nacht hatte ich fast in Gänze verschlafen und kaum mein Zimmer verlassen. Ich ernährte mich von alten Keksen und Wasser aus dem Hahn und wälzte mich unruhig im Bett hin und her. Während mein Körper mit den Folgen des Weins und des Haschs kämpfte, bemühte ich mich, die Bilder von Liana und Nick aus dem Kopf zu bekommen, vor allem ihren Gesichtsausdruck bei seinen intimen Berührungen.

Ich versuchte mir zurechtzulegen, was ich ihr beim nächsten Mal, wenn wir uns sähen, sagen wollte. Da aber nichts so richtig Sinn ergab, dachte ich mir alle Viertelstunde etwas Neues aus. Vielleicht sollte ich einfach die Klappe halten und so tun, als wäre ich nicht dabei gewesen, als hätte ich nichts gesehen.

Ab und zu klopfte es an meiner Tür, doch ich reagierte nicht, bis Neil am späten Nachmittag schließlich meinen Namen rief.

Ich stöhnte zur Antwort, warf die Decke zurück und tapste in Unterwäsche zur Tür.

Neil starrte mit großen Augen auf meine spärliche Bekleidung. Doch das war noch nichts gegen seinen verblüfften Blick, als er mein Tränentattoo entdeckte.

Ich hatte das Pflaster vorsichtig entfernt, kaum dass ich nach Hause gekommen war, und die Stelle sorgfältig gesäubert. Sie war noch immer gerötet, und auch unter der Wundcreme, die ich nach Jonahs Anleitung aufgetragen hatte, war die Träne deutlich zu erkennen.

Neil klappte den Mund sperrangelweit auf und bekam ihn gar nicht mehr zu, während ich gähnte und mich vor ihm reckte. Offenbar fand er keine Worte für das, was er sah.

Ich lächelte und machte sein Fischgesicht nach. »Willst du mir vielleicht was sagen?«, fragte ich ihn.

»Schei… was …«, stotterte er und stierte wie hypnotisiert auf die schwarze Träne.

»Das ist ein Tattoo, Neil. Nicht mehr und nicht weniger.«

Er verzog das Gesicht und musterte es eingehend.

»Ist das echt? Oder geht das wieder ab?«, fragte er.

»Das ist echt. Kein Kinderkram. Total echt.«

Wenn er mich jetzt gefragt hätte, wie ich denn auf die Idee gekommen sei, hätte ich ihm sicher die Meinung gegeigt, aber er fragte nicht. Ich war mir allerdings sicher, dass er das bald nachholen würde.

»Wann?« Es ratterte erkennbar in seinem Hirn. Neil überlegte fieberhaft, wie mir das hatte zustoßen können, nachdem er uns am späten Nachmittag in der Komedia Bar allein gelassen hatte.

»Gestern, kurz nachdem du nach Hause gegangen bist«, erzählte ich ihm in aller Gemütsruhe. »Liana hat auch eines. Am Knöchel.«

»Am Knöchel?« Die Vorstellung, Liana habe eine Träne an ihrem Knöchel, verwirrte ihn offenbar.

»Ein anderes«, half ich ihm. »Sie hat sich einen Schmetterling stechen lassen.«

»Oh.« Er schluckte und starrte noch immer auf die Träne in meinem Gesicht.

»Sieht … merkwürdig aus«, sagte er. »Steht dir aber irgendwie. So schwarz, auf deiner blassen Haut.«

»Wirklich?«

Es brachte mich etwas aus der Fassung, dass es ihm zu gefallen schien – gerade von ihm hatte ich das nicht erwartet.

»Ich sehe damit aber nicht aus wie ein Clown oder wie Alice Cooper, oder?«, fragte ich ihn, plötzlich von Zweifeln gepackt.

Sein Blick blieb unbeirrt.

»Nein, nein, überhaupt nicht«, erklärte Neil. »Der hatte ja nur schwarze Ringe um die Augen und so dünne schwarze Striche, keine Träne. Außerdem war es bloß Make-up. Nichts Dauerhaftes.«

»Ich hätte nie gedacht, dass du weißt, wie Alice Cooper aussieht«, sagte ich.

»Ich habe ihn mal kennengelernt«, enthüllte er zu meiner Überraschung. »Mein Vater hat mit ihm zusammen bei einem Wohltätigkeitsturnier Golf gespielt. Golf ist seine große Leidenschaft.«

Ich prustete laut los. Das war doch einfach zu lächerlich. Schließlich löste sich sein Blick von meinem Gesicht und wanderte über meinen spärlich bekleideten Körper. Da fiel mir plötzlich ein, dass mein Schlüpfer ziemlich durchsichtig war und ich nicht geduscht hatte, nachdem ich am Morgen nach Hause gekommen war. Aber ich fühlte mich weder in einer gefährlichen noch in einer prickelnden Situation – Neil war in jeder Beziehung harmlos. Er machte mich kein bisschen an.

»Gefällt es dir wirklich?«

»Ja, sehr hübsch, überraschend, obwohl ...«

»Obwohl?«

»So ein Tränentattoo steht ja für was, das weißt du doch, oder?«, fragte er vorsichtig.

»Für was denn?«

»Komisch, ich dachte, das ist Allgemeinwissen.«

»Also, was denn nun?«, fragte ich ihn ungeduldig.

»Das lassen sich Knackis machen, die jemanden umgebracht haben.«

»Scheiße!«, entfuhr es mir.

Neil, der meinen Aufschrei für Ärger hielt, wurde blass.

»Na schön«, sagte ich schließlich. »Vielleicht habe ich es vergeigt, aber jetzt ist es zu spät. Ich war nie im Knast und habe niemanden umgebracht. Noch nicht. Verschwinde jetzt, damit ich mir was anziehen kann.«

Neil ging und ließ mich mit meinen Gedanken allein.

Es war ein verrückter Einfall gewesen, aus einer Laune heraus, aber nun musste ich damit klarkommen.

Von jetzt an war ich das Mädchen mit dem Tränentattoo, und mein Leben sollte nie mehr so sein wie früher.

2

GLITZERNDE GROSSSTADT

Das Bett war zu schmal, und als er sich über mich lehnte und die Hand ausstreckte, um seine Hose vom Boden aufzuheben, zog er mir die Decke weg. Die kühle Morgenluft riss mich aus meiner Träumerei. Verblüfft stellte ich fest, wie behaart seine Schulter war.

Wie hieß er doch gleich?

Peter? Mark? Verflixt, ich konnte mich einfach nicht mehr erinnern. Jedenfalls ein ganz alltäglicher Name. Genauso durchschnittlich wie der Sex. Ich dachte daran, dass er sich kurz nach seinem schnellen Orgasmus von mir heruntergerollt hatte und eingeschlafen war, sodass ich mir unbedingt mit der Hand hatte Erleichterung verschaffen müssen.

David. Genau.

»Kippe?«, bot er mir an, während er sich eine ansteckte.

»Nein, danke.«

Wir hatten in den letzten Wochen in einem Pub am Cambridge Circus, wo wir beide Stammgäste waren, hin und wieder miteinander geflirtet; und gestern Abend hatte ich – eher aus Trägheit – nachgegeben und war mit ihm in sein WG-Zimmer nach Hackney gefahren. Vielleicht war seine halbherzige Performance ja die Reaktion auf meine spürbar fehlende Leidenschaft gewesen.

Hatte er mir wirklich einmal gefallen? Das Leben in London verleitete mich oft zur Unvernunft, und diese hier war nur die letzte in einer ganzen Reihe kleinerer Entgleisungen. Kaum hatten wir die Haustür hinter uns zugezogen, begannen wir uns im Dunkeln linkisch zu küssen; und nachdem wir uns gegenseitig ausgezogen hatten, merkte ich, dass David mich ungeschützt vögeln wollte. Ich hatte mich jedoch nicht erweichen lassen und darauf bestanden, dass er ein Kondom benutzte. Der Trottel hatte nicht mal welche im Haus. Zum Glück fand ich noch eines in den Tiefen meiner Handtasche. Dass eine Frau so etwas mit sich herumtrug, geilte ihn dermaßen auf, dass sein Schwanz sofort steinhart war. Allerdings nicht lange.

Mit selbstgefälligem Lächeln qualmte er seine Zigarette, ohne weiter von mir Notiz zu nehmen. Ich entschied, dass es höchste Zeit war, einen Strich unter diese lauwarme Sache zu ziehen, stand schweigend auf, suchte meine verstreuten Klamotten zusammen und zog mich an.

»Willst du nicht erst noch duschen und dann mit mir frühstücken?«, fragte David.

»Nein, keinen Bock.«

Seit kurzer Zeit lebte ich in London endlich das unabhängige Leben, von dem ich so lange geträumt hatte. Und war dabei keinen Deut glücklicher. Nach meinem Abschluss an der Sussex University hatte ich beschlossen, den Sommer nicht bei meinen Eltern zu verbringen, sondern an der Küste. Dass auch Liana in Brighton bleiben wollte, hatte mit den Ausschlag gegeben.

Neil hingegen war nach Hause gefahren und widmete sich vernünftigerweise einige Monate fern aller Ablenkungen seinen Bewerbungen. Er hatte sogar jemanden gefunden, der übergangsweise in unsere Wohnung einzog, einen Informatikstudenten, der Tag und Nacht Online-Poker spielte und kaum je das Zimmer verließ.

Zu meiner Überraschung hatten meine Eltern keine Einwände erhoben und sogar angeboten, mich weitere sechs Monate finanziell zu unterstützen, bis ich irgendwo beruflich Fuß gefasst hätte. Wahrscheinlich hatten sie sich in den drei Jahren meiner Abwesenheit daran gewöhnt, allein zu leben, und waren nicht gerade scharf darauf, eine inzwischen tätowierte Tochter wieder in den Schoß der Familie aufzunehmen.

Liana und Nick waren mittlerweile seit über einem Jahr ein Paar, und am Ende des Sommers hatte sie beschlossen, bei ihm einzuziehen. Unter diesen Umständen konnte ich es mir nicht mehr leisten, in der Wohnung zu bleiben, in der wir eine gefühlte Ewigkeit miteinander gelebt hatten. Doch ich hatte auch nicht die Energie und die Willenskraft, endlose Vorstellungsrunden möglicher neuer Mitbewohner durchzustehen, die ich aus Kostengründen gebraucht hätte. Wahrscheinlich wären es ohnehin Studenten im ersten oder zweiten Studienjahr gewesen, ebenso unbedarft wie ich damals, sodass ich mit ihnen nicht viel hätte anfangen können.

So landete ich schließlich in der Glitzerwelt der Großstadt, in London. Eine entfernte Cousine hatte mir für den Anfang ihr Sofa in Mill Hill zur Verfügung gestellt. Doch die Entfernung von dem Vorort zur Innenstadt schlug mit viel zu hohen Fahrtkosten zu Buche und ließ sich außerdem nur schlecht mit meiner Abenteuerlust vereinbaren. Kaum hatte ich einen Job als Teilzeitbedienung ergattert, zog ich deshalb in ein WG-Zimmer in Dalston.

Mit meinem Abschluss in Literatur hatte ich eigentlich auf

eine Stelle in einer Buchhandlung gehofft, aber offenbar gab es da auf jedes Angebot circa tausend Bewerber, und das blöde Tattoo in meinem Gesicht war nicht unbedingt eine Empfehlung.

Mein wahres Problem, wie ich nun erkannte, aber war, dass ich eigentlich gar nicht wusste, was ich wollte. Ich war nie besonders ehrgeizig oder durchsetzungsstark gewesen. Die Liebe war mir noch nicht über den Weg gelaufen, und allmählich fragte ich mich, ob ich sie überhaupt erkennen würde, wenn sie mir denn einmal begegnete. Die wahre Liebe. Bisher hatte ich mich immer nur mit Männern getroffen, die sich dann als Missgriff erwiesen, und Intimität war ein flüchtiges Gefühl, dem allzu oft Enttäuschung folgte. Willkommen im richtigen Leben, Lily!

Mit Liana blieb ich in Verbindung, wir besuchten einander, so oft es ging, und telefonierten häufig, doch unterdessen sah ich auch stärker die dunkle Seite ihrer Persönlichkeit, die immer mehr in den Vordergrund trat, seit sie mit Nick zusammen war. Mit gewissem Unbehagen bekam ich aus der Entfernung mit, dass sie von neuen Bekannten in eine merkwürdige Welt eingeführt wurde, wo man sich mit BDSM und noch undurchsichtigeren Praktiken befasste, von denen sie mir aber nichts weiter erzählen wollte.

Bei einem ihrer Besuche in der Hauptstadt erlaubte sie mir dann aber doch, einen Abend lang ihr und ihrem Gefährten hinterherzutrotten. Er war ein älterer Kerl mit einem gruseligen Faible für Leder. Ich begleitete sie in einen Club in einem Kellergeschoss gegenüber vom alten Smithfield Market, in dem offenbar alles möglich war.

Weil Liana mir nichts von dem Dresscode erzählt hatte, sah ich erst bei unserer Ankunft, dass sie unter ihrem Mantel nur einen hauchdünnen Spitzenbody trug. Und da sie nichts darunter anhatte, zeichneten sich ihre Nippel durch den feinen Stoff so deutlich ab, dass das Mädchen an der Tür, das sie offenbar gut kannte, vorschlug, den Mantel doch gleich daran aufzuhängen. Ergänzt hatte Liana ihr Outfit mit Handschuhen und einer Fliege um den Hals aus Latex, was an diesem Ort ein angesagtes Material zu sein schien.

Als ich ihr und ihrem Freund in Leder neugierig zur Bar folgte, sah ich tatsächlich überall Latex. Einige scharf aussehende Frauen auf der Tanzfläche waren ausschließlich damit bekleidet.

Doch als mein Blick auf ihre männlichen Begleiter fiel, war das Latex rasch vergessen. Einer trug ein Halsband und kauerte wie ein Hund zu Füßen einer Frau, die ihn an der Leine hielt. Ein anderer, der neben den beiden stand, wartete darauf, an der Bar bedient zu werden. Er hatte nur einen Plastiktanga an mit einem pinkfarbenen Beutel vorne für seine Genitalien. Eine der Frauen fragte ihn barsch, warum er denn so lange brauche, ihnen die Getränke zu bringen; und voll Entsetzen sah ich, dass sie ihm mit etwas, das sie in der Hand hielt, auf den Hintern klatschte, um ihn zur Eile anzutreiben.

»Wo zum Teufel sind wir hier, Liana?«

»Es wird dir gefallen«, erwiderte sie. »Vertrau mir.«

Im Laufe des Abends benahmen sich die Leute immer seltsamer. Liana verbrachte die meiste Zeit auf der Tanzfläche, während ich mich in den Bereich schlich, den sie Dungeon genannt hatte, und mich dort näher umsah. Männer und Frauen, alle mehr oder weniger nackt, beugten sich über verschiedenste Geräte und wurden dabei von einem Partner auf die eine oder andere Weise gequält. Ein Mann mit Lederschurz schlug einer Frau immer wieder mit der bloßen Hand auf den Hintern. Sie stöhnte so laut, dass die Wände wackelten.

Ich kam mir vor wie in einem Horrorfilm. Ich sah Dinge, die ich nicht sehen wollte, brachte es aber auch nicht fertig, wegzuschauen. Ich empfand eine sonderbare Verbundenheit mit den Leuten im Dungeon. Nicht dass es mich wirklich erregte, was ich dort erlebte, aber es stachelte meine Neugier an. Deshalb fragte ich Liana am nächsten und auch am übernächsten Wochenende, ob sie nicht wieder in den Club gehen wolle, was sie amüsiert zur Kenntnis nahm.

Das Treiben, das von bizarr bis Hardcore reichte, faszinierte mich auf seltsame Weise. Allerdings hatte ich nicht das geringste Verlangen, daran teilzunehmen; ich zog es vor, am Rande des Geschehens zu bleiben und meine voyeuristische Ader zu befriedigen. Damit fiel ich der Geschäftsführerin auf, und nach ein paar Wochen bot sie mir einen Teilzeitjob an. Ich sollte zwei, drei Nächte pro Woche die Garderobe übernehmen und andere kleinere Aufgaben erledigen.

»Ich habe den Eindruck, dass dir nichts entgeht und du dir im Kopf Notizen machst«, sagte sie. »Das ist gut. Eines Tages brauchen wir vielleicht jemanden, der die Geschichte des Hauses schreibt.«

Als ich die beeindruckende Frau an jenem Abend zum ersten Mal sah, trug sie einen roten Latex-Catsuit, und das dunkelbraune Haar floss ihr über den auf Hochglanz polierten Rücken. Der Anzug umschloss hauteng ihre rundum weiblichen Formen und ihre kräftigen Beine, die durch turmhohe High Heels in den Blick gerückt wurden. Offenbar agierte sie an diesem Abend als Zeremonienmeisterin, denn sie mischte sich unter die Menge, ermunterte, machte Vorschläge, stupste hier etwas an und gab da einen Schubs. Ihre heisere Stimme weckte Vertrauen, obwohl sie in der einen Minute noch beschwichtigte und in der nächsten bereits barsch die Gäste herumkommandierte, als wären sie Marionetten. Jeder hier nannte sie nur SIE, und es schien nicht ratsam zu sein, sich bei anderen nach ihrem richtigen Namen zu erkundigen.

Wie SIE jede Situation beherrschte, fand ich erstaunlich, und beinahe ehrfürchtig sagte ich sofort zu, als sie mir den Job anbot.

»Allerdings musst du dich anders anziehen«, verlangte SIE. Da ich keine Fetischkleidung besaß, wie sie im Club fast jeder trug, borgte ich mir für meine Besuche normalerweise ein schlichtes schwarzes Kleid von Liana.

»Ich fürchte, ich habe nichts Passendes«, erwiderte ich mit Bedauern.

»Kein Grund zur Sorge.« SIE musterte mich von Kopf bis Fuß, als wollte sie meine Maße nehmen. »Ich bin sicher, wir treiben etwas auf, das zu dir passt. Du hast so blasse Haut, und mir gefällt die Art, wie du die Haare trägst.«

Ich gehörte zu den wenigen Mädchen in meinem Bekanntenkreis, die die Haare weder gefärbt noch sonst irgendwie verändert hatten. Sie waren pechschwarz und reichten mir bis zur Taille, denn ich hatte sie seit Jahren nicht schneiden lassen.

Tagsüber arbeitete ich inzwischen in einem Musikgeschäft in der Denmark Street, Londons früherer Tin Pan Alley, fast an der Ecke Charing Cross Road. Für Musik hatte ich mich schon immer begeistert; sie war vielleicht das Einzige, das mich je wirklich interessierte. Ich hatte nicht nur etwa zehn Jahre Cello-Unterricht gehabt, sondern mir auch selbst das Gitarrespielen beigebracht. Seit meinem Auszug von zu Hause hatte ich allerdings aus unerklärlichen Gründen kein Instrument mehr angerührt. Das Geschäft verkaufte und vermietete Musikinstrumente und führte Noten.

Mit dieser Stelle und dem Teilzeitjob in dem Fetischclub war ich zum ersten Mal in meinem Erwachsenenleben finanziell unabhängig, zumal ich keine kostspieligen Vorlieben hatte und keinen aufwendigen Lebensstil führte. Dass ich wenig Freizeit hatte, machte mir nichts aus, denn mir gefiel es hier wie da, und den krassen Unterschied zwischen den beiden Jobs fand ich prickelnd – zwei völlig unterschiedliche Welten, die mein Leben bereicherten.

London bot eine Fülle an Möglichkeiten, und ich wollte jede einzelne erkunden: laute Musik und gleißende Scheinwerfer, allein unter Menschen und dann wieder Teil einer riesigen Menge, Picknicken im Regent's Park, im Hyde Park oder in den Hackney Downs, stundenlanges Schlendern über die Brick Lane oder im Gewusel von Camden Market, Gelage in Hoxton und Meditation am frühen Morgen auf dem Primrose Hill, exotische Gemüsestände im Brixton Market, Halal-Fleisch in Southall oder koscheres Gebäck in Golders Green.

Doch zuerst einmal gönnte ich mir ein weiteres, größeres Tattoo und ließ auf meiner rechten Schulter eine bunte Landschaft wilder Orchideen erblühen. Meine frisch gestochenen Ohrlöcher schmückte ich mit unzähligen kleinen Edelstahlringen. An manchen Tagen klemmte ich mir noch einen falschen Nasenring an, um total dem Gothic-Look zu entsprechen, und trug dazu dunkelvioletten Lippenstift.

Lily aus London war geboren.

Und ich ahnte nicht, dass ausgerechnet Geigen all meine unfertigen Pläne durchkreuzen sollten.

Ich arbeitete seit knapp drei Monaten in dem Geschäft in der Denmark Street, als morgens um zehn, kurz nach Ladenöffnung, ein seriöser und gut aussehender, wenn auch merkwürdig abwesend wirkender Typ mittleren Alters hereinkam und sich nach unseren Leih-Violinen erkundigte.

Wir handelten zwar mit Geigen, doch wegen der viel größeren Nachfrage nach E- und Bassgitarren präsentierten wir sie hinter der Kasse in einer Glasvitrine.

Der Mann schien verunsichert, als zweifelte er, hier an der richtigen Adresse zu sein, doch als ich auf die große Vitrine hinter mir zeigte und ihm versicherte, dass wir die Instrumente nicht nur verkauften, sondern auch verliehen, schenkte er mir ein warmes Lächeln.

Mein erster Blick bei Männern gilt immer ihren Händen, ich erkenne einen Musiker von Weitem. Er war keiner, obwohl seine Finger die richtige Länge hatten und recht schmal waren. Gern hätte ich gewusst, womit er seinen Lebensunterhalt verdiente, konnte ihn aber wohl schlecht danach fragen. Ich nahm den schweren Schlüsselbund, der an der Kasse angekettet war, und schloss die Vitrine auf.

Er brauche die Geige nicht für sich, erklärte er, was meine Vermutung bestätigte, dass er kein Musiker war. Höflich erkundigte er sich, ob ich ein Instrument spiele. Er besorge die Geige für eine Freundin, die in der klassischen Musik zu Hause sei. Als ich beiläufig erwähnte, mein Ding sei eher die Rockmusik, lächelte er leise.

Ich reichte ihm eines der infrage kommenden Instrumente. Er nahm es vorsichtig in die Hand, wiegte es fast und beobachtete fasziniert, wie sich das Licht der Neonröhren im rötlich gelben Holzlack spiegelte. Dann strich er zärtlich über den Korpus, als handelte es sich um eine Frau.

Unwillkürlich erschauerte ich. Noch nie hatte mich ein Mann so liebkost, wie er diese Geige streichelte. Ich spürte, dass ungeheuere Erregung, aber auch Neid in mir hochstiegen. Als er kurz aufschaute, begegneten sich unsere Blicke, und ich hatte das Gefühl, als könnte er mit Röntgenaugen durch meine Kleidung hindurchsehen. Einen Moment wirkte er nachdenklich, als würde er Vermutungen darüber anstellen, wie ich nackt aussah. Ich wurde rot und schaute fort.

Damit brach die flüchtige Verbindung zwischen uns ab. Er widmete sich wieder der Geige und erklärte, dass er sie, wie vorher besprochen, leihen wolle. Ich beschäftigte mich mit dem Papierkram und berechnete die Kosten.

Nachdem er die Formulare ausgefüllt hatte, beglich er die Kaution und die Gebühr mit seiner Kreditkarte. Er hieß Dominik.

Ich sah ihm nach, als er den Laden verließ und auf die windige Denmark Street trat. Rasch war er in der wogenden Menge verschwunden.

In dieser Nacht lag ich allein in meinem kleinen WG-Zimmer und fror, aber ich war zu faul, aufzustehen und die Heizung anzustellen. Ich überlegte stundenlang, was das wohl für eine Frau sein mochte, für die Dominik die Geige besorgt hatte. Meine Fantasie trieb wilde Blüten. Ich war aufgewühlt, ohne mir den Grund dafür erklären zu können. Wie konnte eine derart unbedeutende Begegnung so merkwürdige Reaktionen in mir hervorrufen?

In dieser Nacht träumte ich allerhand seltsames Zeug. Wenigstens war kein Albtraum dabei.

Am nächsten Morgen bekam ich einen Anruf von David, der sich mit mir verabreden wollte. Er arbeitete für eine große

Steuerkanzlei nur ein paar Straßen vom Laden in der Denmark Street entfernt. Kurz angebunden lehnte ich ab. Es war, als hätte die kurze Begegnung mit einem völlig Fremden in mir ein Fenster zu neuen Möglichkeiten und einem anderen Leben aufgestoßen. Es war Unsinn, das wusste ich, und dennoch wurde ich dieses Gefühl nicht los. Dabei hatte ich nicht einmal eine Ahnung, was der nächste Schritt sein könnte.

Es geschah, als ich es erneut mit einer Geige zu tun bekam.

Nach meiner Begegnung mit dem rätselhaften Dominik beschäftigte ich mich seit einigen Wochen wieder intensiver mit Musik. Ich hatte meine Eltern besucht, was ich hin und wieder anstandshalber tat, und bei der Gelegenheit meine alte Gitarre und ein paar Kisten mit Schallplatten und CDs aus meinem Zimmer mitgenommen. In meiner Teenagerzeit hatte ich zu dieser Musik ganz für mich allein stundenlang getanzt und gesungen, was mir nach meinem Studienbeginn und dem Umzug nach Brighton gar nicht mehr in den Sinn gekommen war.

Es war ein bisschen wie Radfahren nach langer Zeit, als ich die ersten Gitarrenakkorde anschlug. Zwar war ich etwas eingerostet, aber es klang gar nicht mal so schräg, obwohl ich kaum noch ein paar Dutzend Melodien zustande brachte. Und die Musik von Alice Cooper, Kiss, Free, Iron Maiden, Def Leppard und all meinen anderen früheren Lieblingsbands machte mir wieder richtig viel Spaß, wenn ich sie voll aufdrehte, allerdings aus Rücksicht auf meine Mitbewohner nur mit Kopfhörern.

Wenn ich abends nicht im Fetischclub arbeitete, eilte ich vom Musikgeschäft nach Hause und verbrachte halbe Nächte damit, in meinem Zimmer der vergessenen Musik meiner Jugend zu lauschen. Früher hatte ich Punk nichts abgewinnen können, aber als ich die Songs jetzt von einer anderen Warte aus hörte, entdeckte ich bei Clash, Jam und anderen, die ich vorher kaum zur Kenntnis genommen hatte, einen neuen Reiz.

Musik wurde wieder zu einem Teil meines Lebens, und das war ein sehr schönes Gefühl. Als würde man etwas wiederfinden, das einem vor ewigen Zeiten abhanden gekommen ist.

Als Dominik zwei Wochen später die Leih-Violine zurückbrachte, hatte ich gerade meinen freien Tag. Und so sah ich ihn nicht wieder. Was vielleicht auch besser war.

Es war Samstag, ein grauer Spätnachmittag. Jonno, einer der anderen Verkäufer, und ich konnten es kaum erwarten, den Laden endlich zu schließen. Wegen des Nieselregens waren nur wenige Kunden gekommen, und die hatten sich dann meist nicht entscheiden können oder waren unhöflich gewesen.

Als noch ein Mann hereinkam, seufzten wir beide leise auf, weil es nun hieß, noch eine Viertelstunde oder länger hier auszuharren, bis wir ihn fertig bedient hätten. Jonno ignorierte den neuen Kunden und verzog sich ins Untergeschoss, sodass ich mich allein um ihn kümmern musste.

Er war Mitte, Ende vierzig, hatte dunkles Haar und wirkte traurig. Sein braunes Cordsakko und die saubere, gerade geschnittene Jeans passten gut zu seinem Typ. Unterm Arm trug er einen zerbeulten schwarzen Geigenkasten.

Die glatten, ausdruckslosen Gesichter jüngerer Männer hatten noch nie eine besondere Wirkung auf mich gehabt. Mit älteren Männern war das etwas anderes, denn manchmal verrieten ihre Züge, welch ein Leben sie geführt hatten, als hätten sich ihre Erfahrungen und durchlebten Emotionen in sie eingegraben. Das machte sie für mich attraktiv. Natürlich nicht alle. Meine Lehrer an der Schule und die oft recht flotten Universitätsdozenten hatten mich zum Beispiel nie interessiert. Aber auf diesen Mann traf es zu. Sein Gesicht war wie ein Buch, das ich lesen wollte, und die faszinierende Mischung aus Kummer und animalischer Anziehungskraft traf mich unvermittelt wie ein Fausthieb in die Magengrube.

Fragend sah er mich an, und ich bemerkte, dass sein Blick an meinem kleinen Tattoo hängen blieb. Allerdings schaute er nicht missbilligend wie viele ältere Leute, sondern eher leicht amüsiert und zugleich auch neugierig.

»In dem Laden da vorn hat man mir gesagt, dass Sie gelegentlich gebrauchte Instrumente ankaufen?« Er legte den Geigenkasten auf die gläserne Ladentheke, hinter der ich stand.

»Ja, das stimmt«, erwiderte ich. »Allerdings dürfen nur die Geschäftsinhaber den Wert eines Instruments schätzen, und von denen ist heute keiner da. Sie müssen wohl noch einmal wiederkommen.«

»Oh«, sagte er.

Und blieb stehen.

Bestimmt konnte er bis Montag warten. Er sah nicht so aus, als ob er dringend Geld brauchte.

»Wenn Sie wollen, schaue ich sie mir mal an und sage Ihnen meine Meinung dazu. Vielleicht kann ich auch eine grobe Schätzung abgeben. Allerdings ohne Garantie, dass die Geschäftsinhaber Ihnen wirklich ein entsprechendes Angebot machen, wenn Sie wiederkommen.«

»Es geht mir nicht ums Geld«, sagte der Mann. »Die Geige soll nur einen neuen Besitzer bekommen. Jemanden, der sie gerne spielt. Sie hat meiner Frau gehört.«

»Ihrer Frau?«

»Sie ist kürzlich verstorben.«

»Mein Beileid.«

»Ich würde sie sogar verschenken, wenn ich wüsste, dass sie an jemanden geht, der sie zu schätzen weiß«, fügte er beinahe entschuldigend hinzu.

»Wie nett von Ihnen«, sagte ich. »Kommen Sie doch nächste Woche wieder. Ich bin sicher, wir finden eine Möglichkeit.«

Er wollte schon den Geigenkasten von der Theke nehmen, doch ich beugte mich vor, hielt ihn fest und öffnete ihn. Das Instrument war in gutem Zustand, nicht antik, aber schön und gepflegt.

»Dafür lässt sich bestimmt ein Käufer finden«, sagte ich.

Seine Züge entspannten sich. »Das wäre gut.«

Ich schob ihm den Kasten wieder hin.

Dabei berührten sich unsere Finger. Seine waren warm und überraschend weich.

»Ich bin Lily«, stellte ich mich vor.

»Leonard.«

Eine Woche darauf kam er wieder und vereinbarte mit einem der Inhaber einen vernünftigen Preis. Beide Seiten schienen mit dem Ergebnis zufrieden. Knapp zwei Wochen später verkaufte ich das Instrument mit einem kleinen Gewinn an eine junge Studentin, die gerade an der Musikhochschule ihr Studium aufnahm.

Im Zuge des Ankaufs musste Leonard einige Formulare unterschreiben, deshalb kannte ich seine E-Mail-Adresse. Nach dem Verkauf hielt ich es für eine nette Geste, ihn zu informieren, wem die Geige seiner Frau jetzt gehörte. Ich wusste, dass ihm die neue Besitzerin gefallen würde.

Wir fingen an, uns zu schreiben.

Anfangs ging es vor allem um Musik. Darum, was er mochte, was mir nicht gefiel. Um unsere Erinnerungen an bestimmte Stücke oder Songs – er hatte ein erstaunliches Wissen über Rockmusik der verschiedenen Jahrzehnte. Bei Clash, die ich erst vor Kurzem wirklich zu schätzen gelernt hatte, trennten sich allerdings die Geister, denn Leonard hegte eine heftige Abneigung gegen sie.

Auch Heavy Metal in seinen verschiedenen Ausprägungen mochte er nicht. Der rege Meinungsaustausch, der sich daraus entspann, machte uns beiden viel Spaß, auch wenn mich seine häufigen Schlussstriche unter eine Diskussion oft ärgerten. Trotzdem lernte ich seinen Geschmack zunehmend zu schätzen und teilte seine harten Urteile im Lauf der Zeit.

An manchen Tagen gingen ein Dutzend E-Mails hin und her, und schon bald freute ich mich darauf, morgens nach dem Aufstehen als Erstes meine Nachrichten aufzurufen und Leonards letzte Mail vom Vortag zu lesen, die er normalerweise um Mitternacht abgeschickt hatte. Er war ein verlässlicher Charakter mit festen Gewohnheiten.

Selbstverständlich klammerten wir bestimmte persönliche Dinge aus: seine verstorbene Frau und die Umstände ihres Todes; unsere sexuellen Vorlieben; warum wir uns auf diese besondere Weise verbunden fühlten; wie eigentümlich unsere wachsende Nähe doch war; oder die Tatsache, dass uns zwei Jahrzehnte trennten.

Doch während wir diese Themen geschickt umschifften, schloss sich der Kreis um unsere ungesagten Worte immer enger, und jede neue Mail schien bedeutungsschwangerer als die vorhergehende. Und obwohl es keiner von uns offen aussprach, wurde uns immer klarer, dass es unausweichlich auf ein persönliches Treffen hinauslief, wenn wir unseren Austausch so intensiv fortsetzen. Wir würden uns zum ersten Mal wieder leibhaftig gegenüberstehen, seit er die Geige seiner Frau bei uns im Laden gelassen hatte. Damals war er davon ausgegangen, mich nie wieder zu sehen – wie es in einer normalen und anständigen Welt ja auch der Fall gewesen wäre.

Leonard war viel auf Reisen. Er arbeitete im Exportgeschäft, von dem ich trotz all seiner Erklärungen kaum etwas verstand. Jedenfalls war er jeden Monat mindestens eine Woche außer Landes. Während dieser Tage setzen wir unseren E-Mail-Austausch fort, oft wurde er sogar besonders intensiv, weil ich seine Einsamkeit ahnte, wenn er in einem düsteren Hotelzimmer oder einer anonymen Flughafenlounge seine endlosen Mails schrieb. Nicht dass er schwermütig gewesen wäre, oft bewiesen seine Mails sogar einen hinreißenden Humor, etwa wenn er die Menschen beschrieb, mit denen er zusammenarbeiten musste, oder sich über die Besonderheiten der Städte auf anderen Kontinenten ausließ.

Unser beider Einsamkeit führte uns zusammen. Unsere Mails verbanden uns über die Datenwüste hinweg.

Wollen wir nicht irgendwann zusammen Kaffee trinken? Es wäre doch nett, mal länger und ohne Unterbrechungen miteinander zu plaudern.

Ich bin nächste Woche in London. Hättest du vielleicht Lust, dich mit mir zu treffen?

Er befand sich irgendwo im Mittleren Westen der USA in einem der ewig gleichen Marriott-Hotels, und ich war im Untergeschoss des Musikgeschäfts in der Denmark Street, als wir beide gleichzeitig auf »Senden« drückten.

Manchmal besteht das Leben aus einem Geflecht unwahrscheinlicher Zufälle.

Wir hatten uns für zehn Tage später abends in der Bar eines großen internationalen Hotels am Marble Arch verabredet, nachdem Leonard zu bedenken gegeben hatte, dass man in einem Pub nicht mal sein eigenes Wort verstehen könne.

Ich hatte keiner Menschenseele verraten, dass ich mich mit Leonard treffen wollte. Ich erzählte es weder Jonno noch Neil, mit dem ich weiterhin gelegentlich Kontakt hatte. Nicht einmal Liana, mit der ich noch häufig telefonierte, wenn auch nur, um unsere unterschiedlichen Lebenswege zu vergleichen. Ich hatte ja auch niemandem gesagt, dass wir uns kennengelernt hatten und E-Mails schrieben. Neil hätte es missbilligt, Jonno hätte mich aufgezogen, und Liana hätte mich nicht verstanden. Zwar hätte sie den Altersunterschied hinreißend unkonventionell gefunden, aber Leonard wäre von ihr als zu sensibel und auch nicht annähernd charismatisch genug eingestuft worden. Sie stand mehr auf das Extreme.

Gute zehn Minuten starrte ich missmutig in meinen Kleiderschrank und überlegte, was wohl die passende Aufmachung war, um mich in einem Hotel in der Londoner Innenstadt mit einem Mann zu treffen, der doppelt so alt war wie ich. Dann entschied ich mich für eine schlichte schwarze Jeans, flache Stiefeletten und eine hellblaue Strickjacke mit einem weiten Ausschnitt, sodass das Orchideentattoo auf meiner Schulter gut zu sehen war.

Dies war nicht der Zeitpunkt, etwas auszuprobieren, das mir nicht entsprach, oder in ein Cocktailkleid zu schlüpfen und so zu tun, als wäre ich achtundzwanzig und nicht einundzwanzig Jahre alt. Leonard sollte sich der Situation voll und ganz bewusst werden. Den Unterschied zwischen uns wahrnehmen.

Für Liana war es ein Ritual, sich anzuziehen. Sie suchte ihre Kleidung danach aus, wie der Stoff sich in ihrer Hand anfühlte oder sich an den Körper schmiegte. Einmal hatte sie mir das Kleiderkaufen sogar als sexuelle Erfahrung beschrieben.

Für mich hingegen war es eine lästige Pflicht. Trotz meiner Neigung zum Gothic-Stil fühlte ich mich nirgends richtig zugehörig, so als hätte ich meinen Platz in der Welt noch nicht gefunden und wüsste nicht, in welche Haut ich schlüpfen sollte, wenn ich das Haus verließ. Überraschenderweise fühlte ich mich in den Latexklamotten im Fetischclub noch am wohlsten. Zumindest war mir klar, welche Rolle ich dort zu spielen hatte, und die Regeln, wie ich aussehen musste, waren eindeutig.

Ein Treffen mit Leonard hingegen war etwas gänzlich anderes. Dafür gab es keine Regeln.

Als ich eintraf, saß er bereits am Ende der langen, hochglanzpolierten Mahagonitheke auf einem Barhocker. Er hatte mich nicht hereinkommen sehen; die Ellbogen aufgestützt, tippte er hoch konzentriert in ein Smartphone. In seinen Anzughosen und dem weißen Hemd mit hochgekrempelten Ärmeln sah er aus, als käme er direkt von einem wichtigen geschäftlichen Treffen. Sein Jackett hing über der Lehne.

Das wellige, grau melierte Haar war für einen Mann seines Alters eine verwegene Spur zu lang. Wobei das nicht affektiert wirkte, sondern eher so, als wollte er auf ganz natürliche Weise zeigen, wie egal ihm Mode und Konventionen waren und dass er sich in seiner Haut wohlfühlte. Seine Mundwinkel waren fast immer leicht gekräuselt, und ich fragte mich, ob es sich dabei um ein angedeutetes Lächeln handelte oder ob er grundsätzlich mit einer gewissen Ironie an die Dinge heranging. Er wirkte ruhig und ausgeglichen, eine Ausstrahlung, die mir das Herz wärmte.

So sieht also sein Leben aus, dachte ich. Hotelbars und E-Mails. Flüchtig fragte ich mich, mit wie vielen anderen Frauen er sich auf diese Art einließ. Bestimmt war ich nicht die einzige. Hatte er jeden Abend eine Verabredung mit einer Fremden, die er in einem Geschäft oder online kennengelernt hatte und die ihn die Einsamkeit des internationalen Geschäftsreisenden vergessen lassen sollte?

Er hob das Glas an die Lippen und trank einen Schluck. Gin Tonic, konstatierte ich, als ich die kleine Flasche Diätlimonade an seinem Platz entdeckte. Das Glas war voller Eiswürfel, und ich stellte mir vor, wie kalt seine Finger sein mussten.

Endlich blickte er auf und lächelte mich an.

»Lily«, sagte er. »Schön, dich zu sehen.«

Er steckte das Smartphone in die Jacketttasche, rutschte vom Hocker und legte mir leicht die Hand auf den Arm. Ich beugte mich vor und küsste ihn auf die Wange.

»Komm, setz dich«, meinte er und zog den nächsten Stuhl heran. »Was willst du trinken?«

Da eilte auch schon die Bardame herbei.

»Einen Whisky Sour«, sagte ich mit vorgetäuschter Selbstsicherheit. Den Blick, den die Frau Leonard zuwarf, als sie ihn fragte, ob er noch einmal dasselbe wolle, ignorierte ich lieber. Sie nannte ihn »Darling« und berührte seine Fingerspitzen eine Sekunde zu lang, als sie ihm das Wechselgeld herausgab.

Meine Getränkewahl veranlasste ihn, eine Augenbraue hochzuziehen, und er konnte ein Lächeln nicht ganz unterdrücken. Ich wusste nicht einmal genau, was ein Whisky Sour war. Als Liana sich einmal mit einem älteren Studenten traf, den sie auf ihre nonchalante Art beeindrucken wollte, hatte ich mitbekommen, dass sie diesen Drink bestellte. Er wurde ihr mit einer großen roten Kirsche im Glas serviert, und ich erinnerte mich, wie einladend Lianas Mund ausgesehen hatte, als sie die kandierte Kirsche zwischen die Lippen nahm und den Stiel mit den Fingerspitzen abzupfte. Der ältere Student war Wachs in ihren Händen gewesen.

Ich hoffte, eine ähnliche Wirkung zu erzielen. Doch als der Drink dann kam, war ich zu schüchtern, um mich auch nur ansatzweise sexy zu geben, und ließ die Kirsche einfach in der Flüssigkeit dahindümpeln.

Als ich mich auf den Barhocker setzte, berührten sich unsere Knie. Ich fühlte mich immer wie ein kleines Kind, wenn ich so hoch oben hockte und meine Beine in der Luft baumelten. Leonard, der bestimmt über eins achtzig groß war, saß ganz bequem.

»Möchtest du lieber auf eines der Sofas?«, fragte er höflich, während ich auf der Suche nach einer bequemen Sitzposition hin und her rutschte.

»Gern«, erwiderte ich leichthin und betrachtete ein bisschen beklommen die Sitzlandschaft vor dem Barbereich: zwei monströse Ledersofas und ein eleganter Glastisch von der Größe einer kleineren Insel.

Leonard nahm sein Jackett und legte es sich über den Arm. Ich verlor kurz die Balance, als ich mit gestrecktem Bein den Boden erreichen wollte, doch ehe ich hinfallen konnte und ihn beinahe umgerempelt hätte, fing er mich am Ellbogen ab.

»Ein bisschen ungewohnt, der Whisky?«, fragte er, nachdem er mich wieder aufgerichtet hatte.

»Nein, eher der Barhocker«, entgegnete ich. »Ich sitze lieber näher am Boden.«

Es gab einen unbehaglichen Augenblick, als wir vor den Sofas standen und feststellten, dass wir uns weder an den verschiedenen Enden eines Sofas noch einander gegenüber hinsetzen konnten, weil wir in beiden Fällen so weit voneinander entfernt gewesen wären, dass wir uns anschreien oder mit Handzeichen hätten verständigen müssen. Die einzige Möglichkeit war, direkt nebeneinander Platz zu nehmen. Doch wegen der abgerundeten Kanten der Sitzkissen rutschten wir ständig aufeinander zu, sodass wir schließlich so eng nebeneinander saßen wie ein Pärchen.

Aus diesem Blickwinkel konnte ich sein Profil eingehend betrachten. Kantiges Kinn, nicht der Hauch von Stoppeln und eine kleine Schramme vom Rasieren, die ich plötzlich unbedingt küssen wollte. Hinter seinen Ohren wuchs flaumig graues Haar, auch die Locke, die ihm störrisch in die Stirn fiel, war grau. Mir ging auf, dass er älter war als Lianas Vater; ihre Eltern hatten Liana bereits im Teenageralter bekommen. Zum Glück hatten sich meine Eltern mehr Zeit gelassen, mein Vater war bereits Ende fünfzig, sodass mir zumindest dieser Vergleich erspart blieb.

»Wie war's in Amerika?«, fragte ich ihn.

»Ganz okay«, antwortete er. »Aber das viele Reisen ist nicht so glamourös, wie es klingt. Die Zimmer der Hotelketten sehen auf der ganzen Welt gleich aus.«

Wir machten weiter Smalltalk. Er fragte mich nach meinem Alltag in London, und wie es kam, dass ich in der Stadt in einem Musikgeschäft arbeitete, wo ich doch in Berkshire groß geworden war. Allmählich entspannte ich mich und öffnete mich ihm gegenüber wie noch nie jemandem zuvor.

Leonard war ein guter Zuhörer – eine nette Abwechslung zu den meisten anderen Männern, mit denen ich bislang verabredet war und die endlos über sich selbst gesprochen hatten. Ich wusste, dass das auch an mir lag, denn um nicht im Mittelpunkt zu stehen, hatte ich mir angewöhnt, andere zum Reden zu ermuntern. Aber es war doch ganz schön, mal mit jemandem zu reden, der tatsächlich Interesse an mir zeigte. An meinem wahren Ich. Nicht an meiner Fassade des bösen Mädchens oder an dem braven dahinter, sondern an der ganzen Lily. Er war auch der Erste, der mich nicht wegen meiner Tattoos ausfragte. Kaum etwas ärgerte mich mehr, als wenn jemand wissen wollte, was denn mein Tränentattoo bedeutete und warum ich es mir hatte stechen lassen.

Erst hinterher fiel mir auf, dass er, abgesehen von seinen Fragen, kaum etwas gesagt hatte, und ich schämte mich. Ich hatte den ganzen Abend gequasselt.

Als sich der Abend dem Ende zuneigte, dachte ich kurz, er würde mich vielleicht fragen, ob ich mit ihm aufs Zimmer gehe, das er womöglich in weiser Voraussicht reserviert hatte. Doch er bot mir nur an, mich zur U-Bahn zu begleiten. Eigentlich wollte er mir zuerst ein Taxi spendieren, aber als ich ihm erklärte, dass ich gern nachts durch die Stadt laufe, ging er mit mir zur U-Bahn-Station Tottenham Court Road und gab mir zum Abschied einen Kuss auf die Wange. Dabei legte er leicht die Hand auf meine Taille.

Beschwingt winkte ich ihm zum Abschied zu. Im Weitergehen merkte ich, dass ich mich nach diesem Abend leichter fühlte, als wäre mir eine Last von den Schultern genommen. Endlich verstand mich mal jemand.

Kaum war ich zu Hause, schrieb ich ihm eine Mail. Denn ich hatte Angst, dass ich mich nicht mehr trauen würde, wenn ich es nicht gleich tat.

Ich fand unser Treffen sehr schön. Sollen wir das nicht bald wiederholen?

Da er nur noch zwei Tage in London war, trafen wir uns gleich am nächsten Abend wieder. Diesmal lud er mich zum Essen nach Chinatown ein. In einem Restaurant Ecke Newport Place und Lisle Street aßen wir honigglasierte Schälrippchen und knusprig ausgebackene Meeresalgen. Wir blieben so lange dort sitzen, bis wir die letzten Gäste waren und die Kellner schon Anstalten machen, uns rauszuwerfen. Nachdem wir uns durch die üppige Mahlzeit gefuttert hatten, hatten wir ein Bier nach dem anderen bestellt.

Bei meinem dritten oder vierten (oder fünften?) Asahi fühlte ich mich heiter und bedrückt zugleich. Bald würde Leonard wieder in ein Flugzeug steigen und ins Ausland fliegen und mich allein mit meinem gewöhnlichen Leben in London zurücklassen. Er würde zwar nur eine Woche fort sein, auf einer Konferenz in Berlin. Aber angesichts unserer Unterschiede und unserer eigenartigen Beziehung, die bislang noch nicht körperlich geworden war, schien mir Leonard nun mal nicht mehr als ein Schmetterling in meiner Hand. Wenn ich kurz die Augen schloss und sie dann wieder öffnete, konnte er für immer verschwunden sein. Dieser Gedanke machte mich traurig.

Die Rechnung wurde uns zusammen mit zwei Glückskeksen gebracht. Seiner war leer. In meinem stand: *Hör auf zu suchen.*

»Was um Himmels willen soll das denn bedeuten?«, überlegte ich laut.

»Ich glaube, die Kellner können uns einfach nicht leiden«, sagte er lachend. »Sie sind doch nicht etwa abergläubisch, mein vernünftiges Fräulein Lily?«

»Nein, nicht besonders. Aber auch nicht immer vernünftig.« Ich knüllte den Zettel mit dem kursiv geschriebenen Spruch zusammen und warf ihn in meine Tasche.

Es war ziemlich kühl, als wir auf die Gasse mit dem Kopfsteinpflaster und den vielen roten Fähnchen und Lampions traten. Ich schlug den Kragen meiner Bikerjacke hoch.

Leonard war ohne Mantel gekommen und schob die Hände in die Jeanstaschen, um sie warm zu halten.

Ich schmiegte mich an ihn und fasste ihn bei der Hand.

»Sollen wir?«, fragte ich ihn, als ich vom Randstein auf die Straße trat.

Händchen haltend, als wäre es das Normalste auf der Welt, schlenderten wir durch Soho, vorbei an den Sexshops, den vielen Cafés und den lärmenden Clubs. Kurz dachte ich an Liana und fragte mich, was sie wohl sagen würde, wenn ich ihr irgendwann von Leonard erzählte. Bis dahin würde ich diesen Augenblick allerdings so wenig preisgeben wie seine Hand.

Als ich ihn küsste, wurde sein Körper steif.

»Ach, Lily«, sagte er und machte sich von mir los. »Ich kann dich jetzt nicht küssen. Morgen früh würdest du es bereuen.«

»Nein. Ganz bestimmt nicht.«

Wieder versuchte ich ihn zu küssen. Doch er hielt mein Kinn fest.

»Glaube mir. Nicht, dass ich es nicht möchte. Mehr als alles auf der Welt.«

»Und warum dann nicht?«, fragte ich gekränkt. Ich fühlte mich zurückgewiesen und hätte am liebsten mit dem Fuß aufgestampft.

»Du solltest mit jemandem deines Alters zusammen sein.

Das ist doch verrückt. Es tut mir leid. Ich hätte mich nicht noch einmal mit dir treffen sollen. Das Ganze ist allein meine Schuld.«

»Ich will keinen Gleichaltrigen«, beharrte ich. »Ich will dich.«

»Lily ... Geh nach Hause und schlafe eine Nacht darüber. Morgen früh können wir reden.«

Er gab mir einen zarten Kuss auf die Wange, drehte sich um und ging.

In dieser Nacht schlief ich unruhig und auch erst, nachdem ich eine Hand zwischen meine Beine geschoben und mir einen beglückenden Orgasmus verschafft hatte. Wie immer wenn Alkohol meine Empfindungen dämpfte, fiel es mir schwerer, zum Höhepunkt zu kommen; und als die ersehnten Wellen der Lust schon in Reichweite, aber noch immer quälend weit entfernt schienen, stellte ich mir vor, dass Leonards Hände meine Brüste streichelten, dass seine Zunge rau über meine Nippel leckte, er mir schlimme Dinge ins Ohr flüsterte und ich seinen heißen Atem auf der Haut spürte. In Gedanken bei ihm, kam ich heftig.

Am Morgen hatte ich das Gefühl, er wüsste, an was ich gedacht hatte, als ich mich in der Nacht zuvor unter dem Laken berührt hatte.

Ich rollte mich auf die Seite und griff nach meinem Handy, um die E-Mails zu checken, wie es mir seit Beginn unserer Korrespondenz zur Gewohnheit geworden war. Mittlerweile las ich Leonards E-Mails, bevor ich nur daran dachte, irgendetwas anderes zu tun, und wenn morgens ausnahmsweise keine im Postfach war, überfiel mich ein komisches Gefühl – als hätte ich Schuhe ohne Socken an.

Sein Name blinkte im Posteingang, und ich lächelte, als ich die Nachricht öffnete:

?

Nichts als ein Fragezeichen.

Vor meinen Augen liefen wieder die Bilder ab, die mir beim Einschlafen geholfen hatten.

Und so antwortete ich:

Ich will dich immer noch.

Dann drückte ich auf »Senden«.

Seine Antwort traf wenige Minuten später ein:

Komm ins Hotel.

Er hatte mir einen Wagen geschickt, der mich binnen einer halben Stunde quer durch London bis vor sein Hotel fuhr. Ich hatte das Gefühl, dass alle Augen auf mich gerichtet waren, als ich am Portier vorbei zum Aufzug ging. Schnell huschte ich in die Kabine und drückte auf den Knopf zum 14. Stock.

An der Zimmertür hing das Schild »Bitte nicht stören«, aber sie stand einen Spalt weit offen.

Ich drückte sie auf und trat ein.

Leonard wartete in einem weißen Sessel am Fenster auf mich.

»Schließ ab«, sagte er mit heiserer Stimme. »Und komm her.«

Ich tat wie geheißen.

»Lily«, raunte er. Ich stand zwischen seinen Knien und

sah ihm ins Gesicht, als er sich vorbeugte und mit dem Finger über mein Kinn strich. »Du bist so schön.«

Ich wusste nicht, was ich sagen sollte, also schwieg ich.

»Und du weißt, was du tust?«

»Wäre ich sonst hier?«, erwiderte ich.

»Du bist da.«

Er nahm mich in die Arme und zog mich auf seinen Schoß. Ich schmiegte mich an seine Brust, hob dann den Kopf und küsste ihn, wie ich es mir seit unserer ersten Begegnung ersehnt hatte.

Er küsste entschlossen, aber ohne zu drängen. Anders als die Jungs bei den Uni-Feten und in den Nachtclubs schob er mir nicht gleich die Zunge in den Hals. Und er fummelte auch nicht an meinem BH herum, als würden sich meine Brüste in Luft auflösen, wenn er nicht auf der Stelle einen Blick darauf erhaschte.

Stattdessen wiegte er mich in seinen Armen und küsste mich sanft, bis ich es nicht mehr aushielt. Ich griff in sein Haar, bog seinen Kopf zurück und biss zart in seine Unterlippe.

Er schob mich weg und lachte.

»Es gibt keinen Grund zur Eile«, sagte er. »Mein Flieger geht erst heute Abend um acht. Wir haben den ganzen Tag Zeit.«

»Fick mich«, flüsterte ich.

Mein Orgasmus am Abend zuvor hatte das tiefe Verlangen nicht gestillt, das sich anscheinend schon mein ganzes Leben lang in mir angesammelt hatte. Meine Möse pochte, und ich hatte nur den einen Wunsch, dass Leonard mich ausfüllte, bis kein Raum mehr für etwas anderes war, weder für einen Gedanken noch für ein Gefühl – außer dem, ihn tief in mir zu spüren. Seinen Schwanz, seine Finger, egal.

»Bitte«, sagte ich.

»Pass auf, was du dir wünschst. Du könntest es bereuen.«

»Nein, das werde ich nicht.« Ich klang sehr entschieden.

»O Gott, Lily, was machst du nur mit einem Mann …«

Er stand auf, mit mir in seinen Armen, und legte mich sanft auf das Bett.

»Trotzdem werde ich dich nicht gleich ficken«, sagte er. »Geduld, mein Schatz.«

Ich versuchte, mich aufzusetzen und ihn zu mir herunterzuziehen, aber er drückte mich zurück aufs Bett. Dann schob er mir den Rock hoch, zog mir den Slip herunter, und als er mir mit der Zunge leicht über den Kitzler leckte und mir den Finger in die Möse schob, vergaß ich, wo ich war, und alles, was ich hatte sagen wollen.

»Du bist so eng …«

»Fester«, bettelte ich. »Bitte.«

»Alles zu seiner Zeit.«

Dann zog er mir das T-Shirt über den Kopf. »Arme hoch«, kommandierte er. Ich wand mich aus meinen Kleidern.

Er hielt sich nicht erst damit auf, mir den BH aufzuhaken, sondern schob einfach die Körbchen runter, sodass meine Brüste hervorsprangen. Dann zupfte er an meinen Nippeln und rieb sie zwischen seinen Fingern, bis ich nach Luft schnappte.

»Zu fest?«, fragte er. Inzwischen hatte er sich neben mir ausgestreckt und strich mir mit der anderen Hand über den Körper. Dabei beobachtete er aufmerksam, wie ich auf seine Liebkosungen reagierte.

»Nein, mach weiter«, sagte ich. Er zwickte fester.

Bisher hatte mich noch nie einer gefragt, was ich wollte oder was mir gefiel. Leonards Interesse an meiner Lust war außerordentlich befreiend. Es war auch das erste Mal, dass ich, ohne meine Hemmungen mit Alkohol weggespült zu haben, am helllichten Tag mit einem Mann ins Bett ging. Sein offenkundiges Begehren und sein Selbstvertrauen strahlten deutlich auf mich ab, denn mir war völlig egal, wie ich aussah oder was Leonard von den Sachen hielt, die mich scharf machten.

Als er merkte, wie ich auf seine Worte reagierte, lachte er.

»Dir gefallen schmutzige Ausdrücke? Das hätte ich nie gedacht.«

»Mir gefällt der Klang deiner Stimme.«

Das stimmte. Leonard hätte mir aus der Zeitung vorlesen können, sogar aus dem Wirtschaftsteil, und trotzdem hätte ich mich bei jeder Silbe, die er mit seiner heiseren Stimme und in diesem leicht lasziven, ironischen Ton vortrug, auf dem Laken gewunden.

»Ich möchte, dass du für mich kommst.«

Seine Stimme klang dunkler, als er das sagte, und seine Finger fanden den Weg nach unten, wo er so lange experimentierte, bis er jenen einen Rhythmus gefunden hatte, der mich jede Beherrschung vergessen ließ.

Er beugte sich über mich und zog mich dichter an sich heran. Er hatte mich fest im Arm, als sich in meinem Körper die Spannung ausbreitete und ich auf den Höhepunkt zusteuerte.

»Ja, genau … und wenn du für mich gekommen bist, Lily, werde ich dich ficken. Aber erst dann, vorher nicht. Willst du meinen Schwanz in dir spüren? Soll ich dich nehmen?«

»O Gott«, stöhnte ich. Dann spürte ich, wie meine Muskeln zuckten. Mein ganzer Körper erschauerte in seinen Armen, bis ich schließlich in mich zusammensank.

»Braves Mädchen«, flüsterte er.

Leonard war immer noch vollständig angezogen. Seine

Stoppeln kratzten leicht meine Wange, als er sich über mich beugte und mich küsste.

»Na«, fragte er, »wie oft kannst du das noch für mich tun, bis ich zum Flughafen muss?«

An diesem Tag weihte er mich in mehr Sexstellungen ein, als ich bis dahin für möglich gehalten, geschweige denn, ausprobiert hatte. Am liebsten waren mir die, bei denen ich ihn ansehen und beobachten konnte, welche Bandbreite von Empfindungen über sein Gesicht zuckte, wenn er sich wirklich gehen ließ.

Denn die meiste Zeit blieb er etwas reserviert; entweder war er von unbekümmerter Nonchalance, oder er gab sich als allwissender Don Juan, der überzeugt war, dass er mich zum Orgasmus bringen konnte. Doch wenn er tief in mir war und kurz davor, selbst zu kommen, hatte er etwas Animalisches, als zerrte der wahre Leonard an seiner Leine. Dann ließ er kurz so heftige Empfindungen aufblitzen, dass ich erbebte.

Es musste doch etwas geben, das ihn dazu brachte, sich vollkommen gehen zu lassen. Ich beschloss, es herauszufinden.

»Mädchen, du weißt nicht, was du da tust«, stöhnte er, als ich ihn aufs Bett stieß und ritt, während ich seine Handgelenke festhielt.

Als er das sagte, bewegte ich mich noch stürmischer, obwohl ich wusste, dass ich mit meinen kleinen Händen im Grunde keine Chance gegen seine starken Arme hatte. Doch es gab mir einen Kick, mal den Spieß umzudrehen und zur Abwechslung oben zu sein.

Weil er ansonsten mittags hätte auschecken müssen, hatte er noch eine weitere Nacht gebucht und bezahlt. Statt also zurück nach Dalston zu fahren und mich dort einsam in mein Bett zu legen, blieb ich, nachdem Leonard rasch geduscht und seine Sachen gepackt hatte, ausgestreckt wie ein Seestern liegen und suhlte mich in dem Geruch von Sex, der noch in den feuchten Laken hing. Der Geruch von ihm und mir, von uns.

»Ach, Lily«, sagte er, als er mich zum Abschied küsste. »Was soll ich bloß mit dir anfangen?«

3

80 TAGE LEONARD

Natürlich war es schön mit Leonard.

Und doch kam es mir auch ungeheuer falsch vor.

Einerseits machte ich nun die Erfahrung, was es hieß, mit einem Mann zusammen zu sein und nicht mit einem Jungen. Er war im Bett nicht so zögernd, stümperhaft, unerfahren. Er ging entschlossen vor und kostete jeden Augenblick genüsslich aus. Ich fühlte mich bei ihm so geborgen wie bei keinem anderen Menschen zuvor. Von einem Mann, der mehr als doppelt so alt war wie ich, hatte ich allerdings auch nichts anderes erwartet.

Andererseits war mir aber auch klar, dass ich jemanden wie ihn niemals mit nach Hause zu meinen Eltern nehmen oder meinen Bekannten als meinen Freund vorstellen konnte, ohne auf Ablehnung zu stoßen. Und ich hatte auch gar nicht die Absicht, ihn groß herumzuzeigen. Mir gefiel es, dass unsere Beziehung ein Geheimnis war, dass ich einen heimlichen Liebhaber hatte.

Wir trafen uns nur in Hotelbars, die nicht in der Nähe unserer Arbeitsplätze lagen. Manchmal gingen wir dann in sein leeres Büro, um wie wild auf dem Teppich zu vögeln. Wenn er auf Geschäftsreise ging, verbrachten wir die Nacht davor gerne in einem Hotelzimmer am Flughafen. Meine Wohngemeinschaft stand nicht zur Debatte. Ebenso wenig sah ich je sein Haus in Blackheath, das für uns beide als Liebesnest nicht infrage kam. Unsere Beziehung fand gewissermaßen in einem luftleeren Raum statt, was uns aber nur recht war. Dass es Leonard peinlich sein könnte, mit mir gesehen zu werden, mit dem Tränentattoo, den Piercings und den schwarzen Klamotten, kam mir nie in den Sinn.

Da er häufig ins Ausland reiste, arrangierte er es gelegentlich, dass wir uns an einem Freitagabend in Paris, Amsterdam oder Barcelona trafen, um nach Ende seiner Termine das Wochenende gemeinsam zu verbringen. Normalerweise kehrten wir dann am Sonntagabend mit dem letzten Flug nach London zurück.

Dies gestaltete sich für mich mit der Zeit immer schwieriger, denn ich machte mich bei meinen Kollegen im Musikladen in der Denmark Street nicht sonderlich beliebt, wenn ich samstags – meist unter dem Vorwand von Familienangelegenheiten – häufig fehlte. Jonno vermutete wahrscheinlich längst, dass da ein Mann im Spiel war. Wenn er mich mal wieder aus dem Dienstplan strich, zwinkerte er mir immer vielsagend zu.

Den Leuten im Fetischclub und der herrischen SIE schien es weniger auszumachen. Sie hatten ja auch eine ganze Reihe von Aushilfen, die abrufbereit waren. Außerdem sorgte ich dafür, dass ich an den Wochenenden, die ich nicht mit Leonard verbrachte, uneingeschränkt zur Verfügung stand. Gewöhnlich traf ich ihn dann an den Wochentagen abends in London.

»Du bist nie zu Hause. Man erwischt dich nie am Telefon«, beschwerte sich Neil einmal, als ich etwa seit einem Monat mit Leonard zusammen war. Ich hatte gerade Mittagspause, wir saßen in einer Snackbar und bissen ohne große Begeisterung in unsere Sandwiches und tranken dazu Kaffee.

»Ach, ich habe einfach viel zu tun.«

»Und was genau tust du?«, fragte er.

»Ich habe jemanden kennengelernt«, gestand ich.

Ich sah ihm an, wie enttäuscht er war. Seit auch er in London wohnte, hatte er immer wieder vorgeschlagen, wir sollten zusammen ausgehen. Ich hatte ihm jedoch klipp und klar erklärt, dass wir besser einfach nur gute Freunde bleiben sollten.

»Kenne ich ihn?«, fragte er.

»Nein.« Dabei beließ ich es.

Wie sollte ich einem knapp einundzwanzigjährigen Unschuldslamm erzählen, dass ich mit einem Mann ins Bett ging, der gut und gern sein oder auch mein Vater hätte sein können. Dass mir der Altersunterschied einen Kick gab. Dass ich mich dadurch so weiblich und begehrenswert fühlte, wie ich es mit Männern meines Alters nie erlebte. Dass ich mich an Leonards Weltläufigkeit gewöhnt hatte, dass mir seine vergleichsweise raue Haut und die Lachfalten um seine Augen Freude bereiteten. Dass wir endlos lange zusammen schweigen und uns auch wieder stundenlang über Gott und die Welt unterhalten konnten. Manchmal saß er einfach nur da, sah mich an und hörte zu, wenn ich über mein Leben sprach. Mein nicht besonders aufregender Alltag schien ihn ehrlich zu interessieren. Es hätte Neil nur wehgetan, wenn ich ihm all das gesagt hätte, deshalb erzählte ich ihm lieber gar nichts.

Danach versandete unser Gespräch rasch, außerdem mussten wir beide zurück zur Arbeit – ich in die Denmark Street und er in die Chancery Lane, wo er ein Praktikum bei einer großen Werbeagentur machte.

Ein Paketwagen mit einer größeren Lieferung stand vor dem Laden, als ich zurückkam.

Schwere Kartons gingen von Hand zu Hand, und Kollegen trugen das Sortiment neuer amerikanischer Gitarren in den Keller. Ich reihte mich in die Kette ein, obwohl ich das vertraute Signal meines Handys in der Hosentasche hörte. Erst eine Viertelstunde später kam ich dazu, die SMS zu lesen.

Sie stammte von Leonard. Es würde mal wieder nach Paris gehen. Er hatte den Referenzcode für den Eurostar angehängt und mir Namen und Adresse des Hotels geschrieben, in dem wir wohnen würden. Die Woche über hatte er in Griechenland und der Türkei gearbeitet, jedoch einen Zwischenstopp in der französischen Hauptstadt organisiert, um sich dort mit mir zu treffen. Dabei hatte ich eigentlich gehofft, er würde mich nach Istanbul einladen. Nun, Paris war auch nicht schlechter als der Große Basar.

Eilig rief ich im Club an, und zum Glück war es möglich, meinen Dienst am Samstag gegen einige Abende in der Woche zu tauschen.

Als ich am Nachmittag gerade mit offenen Augen von Paris und meinen gemeinsamen Tagen mit Leonard träumte, kamen drei Männer in den Laden. Sie unterhielten sich in einer Sprache, die ich nicht einordnen konnte – aber Fremdsprachen waren ja ohnehin nicht mein Ding.

Zwei der Männer waren richtige Bohnenstangen, der dritte mittelgroß und stämmig, mit den kräftigen Schultern eines Schwimmers. Sie waren so gekleidet wie viele unserer Kunden: schwarze Lederjacke, T-Shirt und Jeans. Der Dunklere wandte sich an mich, zum Glück auf Englisch.

»Meine Freunde würden sich gerne die Gibsons ansehen, falls Sie welche haben.« Sein Akzent, ein kehliger Singsang, klang irgendwie skandinavisch.

»Interessieren Sie sich für neue oder gebrauchte?«

»Beides«, antwortete er, nachdem er sich mit den beiden anderen beraten hatte.

Da er wohl ahnte, dass ich mir über ihre Nationalität den Kopf zerbrach, fügte er hinzu: »Sie kommen aus Island.«

»Aha.« Damit war meine Neugier befriedigt.

»Ich auch«, fuhr er fort. »Aber ich habe Island schon vor einer Ewigkeit verlassen. Ich bin seit zehn Jahren in England.«

Ich nickte.

»Ich spiele hier in einer neuen Band. Als Jungs hatten wir drei früher in der Heimat gemeinsam eine Band. Ich heiße Dagur Sigurdarsson, aber nenn mich ruhig Dagur.« Er reichte mir die Hand.

»Lily.«

Er hatte ein nettes Lächeln und perlweiße Zähne.

Ich kümmerte mich um seine Freunde, während Dagur durch den Laden schlenderte und sich verschiedene Instrumente ansah. Einem der beiden isländischen Musiker stach ziemlich bald eine Dobro ins Auge, und er bat mich, sie für ihn von der Wand zu nehmen. Kurz darauf erklang im Laden eine Melodie im Countrystil.

Gleich zu Anfang meiner Arbeit in dem Musikladen war mir klar geworden, dass man keinerlei Verkaufsgespräche führen musste. Ein Musiker weiß, was er will, er hört ohnehin nicht auf das, was andere ihm raten. So auch diesmal, der Gitarrist entschloss sich ziemlich rasch zum Kauf und gab mir seine Kreditkarte. Ich reichte die schwere Dobro an Jonno weiter, der sie in ihren Kasten legte und verpackte. Dann gab ich dem Kunden mit der Quittung seine Kreditkarte zurück. Dagur stand nun wieder neben seinem Freund.

»Irgendwas Interessantes gefunden?«, fragte ich ihn kess, weil ich glaubte, vielleicht noch mehr verkaufen zu können.

»Ich bin Schlagzeuger«, erklärte er.

Ich wurde rot, obwohl ich ja eigentlich nicht wissen konnte, was er spielte. Rhythmusinstrumente führten wir nämlich nicht. Das war ein Spezialgebiet, um das sich andere Läden kümmerten.

Mit einer theatralischen Geste warf er mir eine Kusshand zu, dann waren die drei fort.

»Du hast keine Ahnung, wer das war, oder?«, meinte Jonno mit einem breiten Grinsen.

»Der Drummer? Müsste ich ihn kennen?«

»Er ist bei den Holy Criminals.«

»In Viggo Francks Band?«

»Ja, genau. Ist zwar nicht ganz mein Geschmack, aber die meisten Mädchen fahren voll darauf ab.«

Da dies auf mich nicht zutraf, schien ich in Jonnos Achtung ein Stückchen gestiegen zu sein.

Ich zuckte die Achseln und gab mich unbeeindruckt, um ihm zu imponieren. Insgeheim aber war ich stolz, einem echten Rockstar oder zumindest dessen Freund eine Gitarre verkauft zu haben.

Doch rasch hatte ich das kleine Abenteuer mit Dagur vergessen und träumte wieder von Paris. Und von Leonard.

Nachdem ich den ganzen Tag im Musikgeschäft auf den Beinen gewesen war, erschien ich völlig erledigt zu meinem Dienst im Fetischclub. Mir drehte sich der Kopf, und von den vielen Energiegetränken, mit denen ich mich wach zu halten versuchte, war ich schon ganz zittrig.

Normalerweise legte ich die beiden Jobs nicht auf denselben Tag, denn das war viel zu anstrengend. Doch wenn ich mich mit Leonard treffen und meine Arbeitgeber bei Laune halten wollte, musste ich Opfer bringen. Und eines dieser Opfer bestand eben darin, Tag und Nacht Dienst zu schieben. Ich hatte in der Denmark Street am Vormittag um zehn angefangen und würde erst am nächsten Morgen um sechs wieder nach Hause kommen.

Der Club hatte ja immer etwas Surreales, doch an diesem Tag kam er mir vor wie eine Traumwelt. Weil es donnerstags in der Regel ruhiger zuging als an einem Samstag, kamen viele Paare und machten sich die Ausstattung und die Anonymität zunutze, die ihnen hier geboten wurden. Das Klatschen der Flogger, das Knallen der Peitschen auf nackter Haut und die darauf folgenden Schreie sind Geräusche, die weit tragen. Verständlich, dass sich die Leute lieber bei uns austobten, statt zu riskieren, mit ihren ungewöhnlichen nächtlichen Spielchen die Nachbarn aufzuwecken.

In regelmäßigen Abständen wurde ich von einer Kollegin an meinem Platz am Einlass abgelöst, damit ich auch mal auf die Toilette gehen oder eine Zigarettenpause einlegen konnte, wenn mir danach war, obwohl ich gar nicht rauchte. In diesen Pausen trieb es mich immer in die Spielzimmer des Clubs, wo ich mir ansah, was unsere Gäste so anstellten.

An den Anblick von gefesselten und geschlagenen Frauen würde ich mich nie richtig gewöhnen können. Oft dachte ich an die Geschichte mit Nick und Liana in jener Nacht, deren Zeuge ich geworden war. Es hatte mich zwar erregt, doch im Grunde genommen fand ich es entsetzlich, dass meine Freundin Schmerzen litt, die ihr noch dazu von einem Mann zugefügt wurden. Hier im Club wusste ich: Was die Leute miteinander anstellten, war zuvor in allen Einzelheiten abgesprochen und hatte sich im Verlauf einer längeren Beziehung entwickelt. Wer mit dem Paddle bearbeitet wurde, hatte oft selbst um diese Behandlung gebeten. Sicher gab es zahlreiche Doms, die ihre Befriedigung daraus zogen, den Partner oder die Partnerin nach Belieben herumzudirigieren; die meisten jedoch erfüllten die Wünsche ihrer Subs, wenn sie ihnen Schmerzen zufügten, und diese dankten es ihnen mit leidenschaftlicher Hingabe.

Richard war der einzige männliche Kerkermeister des Clubs. Seine Aufgabe bestand darin, den Gästen mit Rat und Tat zur Seite zu stehen, ein Auge auf sie zu haben und darauf zu achten, dass sich Neulinge an die Regeln hielten. Einmal hatte er versucht, mir die Feinheiten der Wechselbeziehung von Doms und Subs in ihren verschiedenen Spielarten zu erklären. Ich fand es ausgesprochen faszinierend.

»Du musst es nicht verstehen«, hatte er gesagt, als ich gebannt auf einen Mann starrte, der einer Frau so heftig mit einer Rute auf den Hintern schlug, dass sie bei jedem Hieb hochfuhr und vor Schmerz aufschrie. »Du musst nur akzeptieren, dass jeder das Recht hat, mit seinem Körper zu tun, was ihm gefällt.«

»Natürlich«, antwortete ich. »Jeder, wie er will. Ich weiß schon. Aber ich kann einfach nicht nachvollziehen, was sie davon haben.«

»Hat dich noch nie jemand an den Haaren gezogen? Oder dir einen Klaps auf den Hintern gegeben?«

Rasch ging ich meinen begrenzten Schatz an sexuellen Erfahrungen durch. Vieles war in meiner Erinnerung verschwommen, weil meist auch Alkohol im Spiel gewesen war. In meinem zweiten Uni-Jahr hatte mich mal ein Typ auf einer Party beim Küssen an den Haaren gezogen und an meiner Lippe genagt, dann die Hände unter meinen Rock geschoben und mir auf den Arsch geklatscht. Es war in der Küche gewesen, er lehnte am Kühlschrank, und als ich herantrat, um mir eine neue Flasche Bier zu holen, nahm er mich einfach in die Arme. Als er mich am Pferdeschwanz zog und mir in die Lippe biss, hatte ich noch gemeint, er wäre einfach unerfahren und ungeschickt, aber der Klatscher auf den Po war dann eindeutig zu viel. Empört stieß ich ihn zurück und ging hinaus. Für wen hielt er sich eigentlich? Für den Star eines Rap-Videos? Liana hatte amüsierte gegluckst, als ich es ihr erzählte.

»Du musst lockerer werden«, hatte sie gemeint. »Sich einfach mal als Lustobjekt hergeben, kann eine irre Erfahrung sein.«

Damals hatte es mich schockiert, aber ich hatte nicht weiter darüber nachgedacht. Liana hatte mich schon immer gern provoziert.

Allerdings beschloss ich, niemals mehr mit Pferdeschwanz auf eine Party zu gehen.

Richard riss mich aus meinen Gedanken.

»Und wie denkst du über weibliche Doms und ihre männlichen Subs und Sklaven?«, wollte er wissen.

Er deutete auf SIE, die mit ihrem schimmernden Latex-Catsuit und den turmhohen Stilettos wie die Heldin eines Actionfilms aussah. Kerzengerade stand sie da. Der Knoten, zu dem sie ihr dunkles Haar aufgesteckt hatte, ließ sie noch größer wirken. Mit ihren leicht gespreizten Beinen schien sie wie mit dem Boden verwachsen, sie taumelte kein bisschen im Gegensatz zu vielen anderen Frauen in solchen Schuhen. In jeder Hand hielt sie einen silbernen, mit funkelnden Steinen besetzten Reif. Daran war jeweils eine lange Kette befestigt, an der zwei auf allen vieren kauernde Männer hingen. Die beiden, links und rechts von ihr, blickten starr zu Boden. Sie trugen nichts anderes als Latex-Hotpants mit der rosaroten

Aufschrift »IHR SKLAVE«, die über beide Arschbacken reichte. SIE schenkte den beiden kaum Beachtung, nur hin und wieder zerrte sie kurz an einer der Ketten. Dann huschte ein Lächeln über ihr Gesicht.

»Das ist was anderes«, sagte ich bestimmt.

»Inwiefern? Und warum?«

»Keine Ahnung. Es ist eben was anderes.«

Richards Fragen waren mir unangenehm.

Ich kehrte an meinen Platz an der Kasse zurück, wo nichts los war. Dabei hatte ich auf ein bisschen Trubel gehofft, um mich von meinen Gedanken abzulenken. Doch mittlerweile war es schon spät, und unsere Stammgäste kamen gewöhnlich früher, es sei denn, sie hatten zuvor noch eine Party oder einen anderen Club besucht.

Ich verurteilte es keineswegs, wenn Frauen sich dem Willen von Männern unterwarfen, vorausgesetzt, alle Beteiligten waren erwachsen, wussten genau, auf was sie sich einließen, und taten es aus sexueller Lust – auch wenn ich damit wenig anfangen konnte und nicht einsah, was daran Lust machen sollte.

Die Beziehung zwischen IHR und ihren Sklaven fand ich hingegen verständlicher. Dabei ging es wohl weniger um ein Sexspielchen, als um Autorität, wie in einem Matriarchat, mit IHR in der Rolle der Kleopatra. Dem konnte ich durchaus etwas abgewinnen, die Feministin in mir fand es sogar recht vernünftig. Die Herrschaft der Männer hatte seit Jahrhunderten nur Schaden angerichtet.

Leonard gab mir im Bett manchmal Anweisungen oder hielt mich fest, wenn ich mich bei besonders intensiven Empfindungen hin und her wand. Aber dabei war er sanft und gab mir immer das Gefühl, als könnte er meine Gedanken lesen und wollte mir das geben, wonach ich mich sehnte. Nie zwang er mich zur Hingabe, um selbst daraus Genuss zu ziehen. Und gar nicht selten betrachtete er mich mit einem derart anbetungsvollen Blick, dass ich wegschauen musste. Meiner Meinung nach verdiente ich nicht die Art von Aufmerksamkeit, die IHR zuteil wurde, aber ich war sicher auch keine Leibeigene, die man nach Lust und Laune benutzen durfte.

Ich konnte mir nicht vorstellen, dass Leonard die Neigung verspürte, mich auszupeitschen, bis ich schrie, oder mich so zu fesseln, dass ich bewegungsunfähig war; auch bei Neil hielt ich es für unmöglich.

Das Bild in meiner Fantasie, dass Neil in voller Ledermontur hoch über mir eine Reitgerte schwang, war so komisch, dass ich laut auflachte.

»Vielleicht solltest du besser nach Hause gehen«, zwitscherte Sherry, die an diesem Abend als Aushilfe die Garderobe betreute. Sie hatte zufällig gehört, dass ich leise in mich hineinkicherte, als sie gerade auf eine Zigarette nach draußen huschte. »Wir machen sowieso gleich zu, und ich übernehme deinen Posten. Du siehst ziemlich fertig aus.«

Sherry war nicht ihr richtiger Name, und SIE hieß auch nicht SIE. Die meisten Angestellten und Gäste des Clubs benutzten ein Pseudonym oder einen Szenenamen. So blieben sie anonym und schützten ihr Privatleben. Der Name hatte aber auch die Funktion, von der einen Persönlichkeit in die andere überzuwechseln, fast so, als würde man ein neues Paar Schuhe anziehen oder sich in sein Partydress werfen.

Bei meinem Arbeitsantritt im Club hatte man mich gefragt, wie ich mich nennen wolle, doch nach kurzem Nachdenken war ich bei Lily geblieben. Ich wusste ja bislang selbst noch nicht richtig, wer ich war. Warum also sollte ich es mir noch komplizierter machen? Ich hatte keine Lust, mich in eine gute Lily und eine böse Lily aufzuspalten, in die Lily vor dem Tattoo und die Lily danach, in die Berkshire-Lily und die London-Lily.

Damals hatte ich beschlossen, einfach nur Lily zu sein. Schließlich bot mir der Club ein Umfeld, in dem ich mich geben konnte, wie ich war, was immer dort auch ablief. Ich wollte nicht alles durcheinanderbringen, indem ich einen anderen Namen, eine zweite Persönlichkeit annahm, die für mein »wahres Ich« stand. Ich wollte immer nur einfach ich selbst sein. Die gute alte Lily.

London erwachte schon wieder zum Leben, als ich mich aus meiner Latexweste schälte und für den Heimweg nach Dalston eine schlichte Jeans, ein Sweatshirt und alte Turnschuhe anzog. Es war kurz nach fünf, eine merkwürdige Tageszeit, in der man nur Leute auf der Straße sieht, die entweder gerade aus dem Bett gekrochen sind oder es todmüde ansteuern. Da um diese Uhrzeit auch jede Menge Durchgeknallte unterwegs sind, ging ich flott und mit gesenktem Kopf. Angst hatte ich eigentlich nicht, sondern einfach nur keine Lust, dumm angequatscht zu werden. Später würden sich die Anzugtypen dazugesellen, doch zu dieser Zeit sah ich nur Betrunkene, Penner und Arbeiter der Stadtverwaltung – eine seltsame Mischung, zumal man sich in dieser frühen Morgenstunde nur selten von seiner besten Seite zeigt.

Die frische Luft und der kurze forsche Marsch zur U-Bahnstation Farringdon konnten die quälenden Gedanken nicht vertreiben, die mich in dieser Nacht bewegten. Ich machte mir Sorgen um Liana. Unser Kontakt war in letzter Zeit fast gänzlich eingeschlafen – wir lebten nicht mehr in derselben Stadt, und in den vergangenen Wochen war ich voll und ganz mit Leonard beschäftigt gewesen.

Soviel ich wusste, war sie noch mit Nick zusammen, doch bei unserem letzten Gespräch war deutlich geworden, dass es zwischen den beiden Spannungen gab. Sie hatte nur nebenbei erwähnt, dass sie immer mehr Zeit mit Leuten verbrachte, von denen Nick nicht sonderlich viel hielt. Und das beunruhigte mich.

Schon nach wenigen Nächten im Fetischclub hatte ich kapiert, dass Liana von Natur aus eine Sub war oder zumindest damit herumexperimentierte, auch wenn sie sich vielleicht selbst nicht so sah. Wir hatten zwar nie offen darüber gesprochen, doch in meinen Augen war Nick ganz sicher ihr Dom. Nachdem ich mich einmal an diesen Gedanken gewöhnt hatte, kam ich besser mit Nick zurecht, wenn ich die beiden traf. Er war besonnen und behandelte Liana mit großer Zuneigung, und sie wirkte in seiner Gesellschaft immer sehr glücklich. Bei Nick war sie in guten Händen, davon war ich überzeugt.

Doch der Gedanke, die beiden könnten sich getrennt haben und Liana würde wieder allein durchs Leben ziehen, machte mir Angst.

Sie gehörte zu den Menschen, die alle Vorsichtsmaßnahmen in den Wind schlugen, wenn sie die Aussicht hatten, etwas Aufregendes zu erleben. Wo ich auf mein Herz hörte, folgte Liana dem Diktat ihres Körpers. Schnell ging sie zu weit und schlug gefährliche Wege ein.

Die allermeisten Doms in der Szene waren ganz normale Leute, denen an ihren Spielpartnerinnen oder -partnern sehr viel lag, und auch die Subs waren meist ausgeglichene und im Grunde durchschnittliche Leute, nur dass sie zufällig auf eine andere Art von Sex standen als der Rest der Menschheit. Doch in den Randbereichen der Szene gab es auch Typen, denen man besser aus dem Weg ging.

Jeder Teil der Gesellschaft hat seine eigenen Spinner. Richard hatte mich schon gleich zu Anfang vor den Tücken gewarnt, nach denen es Ausschau zu halten galt, wenn man die Spielwiesen des Clubs beaufsichtigte. Ungepflegte Gäste musste man im Auge behalten, um sie gegebenenfalls vor die Tür zu setzen. Oft waren es Männer in billigen Militärjacken, die ohne Begleitung erschienen und unangenehm nah an den Spielwiesen herumlungerten. Aber es gab auch andere, die großen Manipulatoren, die nach außen die Fassade der Seriosität wahrten. Ich hatte Sorge, dass Liana es mit so einem zu tun bekam.

Liana war nicht dumm, aber leichtfertig. Und sie war meine beste Freundin.

Daher beschloss ich, mir nach meinem Paris-Wochenende die Zeit zu nehmen, sie zu besuchen. Wenn ich ihr alles über Leonard erzählte und sie in meine jüngsten Geheimnisse einweihte, fühlte sie sich hoffentlich wieder so vertraut mit mir, dass sie sich mit ihren jüngsten Erlebnissen revanchierte.

Bis dahin wollte ich den Club vergessen, diese ganz eigene, aufregende Welt, die ich immer noch nicht richtig verstand. Ich wollte lieber meine ganze Aufmerksamkeit Leonard zuwenden.

So eilte ich nach Hause, um auszuschlafen und dann zu packen.

Leonard hatte natürlich ein Leben vor mir gehabt. Näheres wollte ich gar nicht wissen. Es hatte eine Ehefrau gegeben und etliche Abenteuer und sicher noch vieles mehr. Es machte mich eifersüchtig.

Ich wollte lieber meine eigenen Abenteuer erleben. Eine innere Stimme versicherte mir lautstark, dass sie mir zustünden, viele sogar. Deshalb war ich oft verunsichert, wenn sich meine Gefühle für Leonard zu stark in den Vordergrund drängten und ich nur noch von der unwahrscheinlichen Möglichkeit einer gemeinsamen Zukunft mit ihm träumte. Mein Herz gehörte ihm, meine Seele aber befand sich im Zwiespalt.

Das Zimmer war im obersten Stockwerk eines kleinen Hotels zwischen dem linken Seineufer und dem Boulevard Saint-Germain. Leonard erklärte mir später, der Sänger Serge Gainsbourg, der für seinen ausschweifenden Lebensstil berühmt war, habe nur hundert Meter weiter in derselben Straße gewohnt. Wenn ich den Hals reckte, konnte ich von unserem Fenster aus sogar das Tor sehen, das zu dem Haus führte.

Da mein Zug von London durch den Eurotunnel eine halbe Stunde Verspätung hatte, war es schon dunkel, als ich im Hotel eintraf.

Der ältere Mann am Empfang sah nur kurz von seiner Zeitung auf und nickte, als ich ihm sagte, dass ich zu Leonard wolle.

Bei meiner Ankunft an der Gare du Nord hatte ich ihm eine SMS geschrieben, woraufhin er mir seine Zimmernummer schickte. Ich hatte lediglich eine Reisetasche mit ein paar Sachen zum Wechseln und mein Waschzeug dabei.

Leonard saß auf dem Bett und las in einem Taschenbuch. Er trug wie gewöhnlich eine dunkle Hose und ein T-Shirt und begrüßte mich mit einem warmen Lächeln. Er legte das Buch sofort beiseite. Die Tür war nicht verschlossen gewesen.

»Bonjour, Mademoiselle Lily«, sagte er. »Bienvenue à Paris.«

»Hallo, Monsieur Leonard. Schön, Sie zu sehen …« Ich wollte ihm gern etwas Witziges sagen, natürlich nicht auf Französisch, das ich nicht beherrschte, doch mir fehlten die Worte. Irgendwie wirkte er so furchtbar gelassen, als er zu mir in diesem Zimmer mit der schummrigen Beleuchtung aufsah.

»Hast du Hunger? Schwierig, so spät noch ein richtiges Restaurant aufzutreiben«, meinte er. »Aber wir finden bestimmt einen Imbiss oder so etwas. An der Metrostation Odéon gibt es einen Stand mit guten Crêpes.«

»Nicht nötig. Ich habe im Zug ein Sandwich gegessen und noch Äpfel in meiner Tasche.«

Er stand auf und nahm mich in die Arme.

Ich fand es merkwürdig mit ihm hier. Wenn wir sonst gemeinsam in ein Hotelzimmer kamen, wussten wir nur zu genau, dass wir gleich miteinander schlafen würden. All unsere früheren Treffen hatten im Zeichen spontan auflodernder Lust gestanden. Mit Smalltalk hatten wir uns noch nie aufgehalten. Aber dieses Mal waren wir nacheinander eingetroffen, und das dämpfte irgendwie die Stimmung. Es lag eine Art Zweifel in der Luft, so als hätte das Ganze etwas Gekünsteltes. Ich stellte meine Tasche auf den Boden.

Leonard zog mich an sich und küsste mich auf die Wange. Dabei ließ er seine Zunge liebevoll über mein winziges Tattoo gleiten, als wollte er seinen Geschmack kosten. Er behielt die Augen offen, und ich zwang mich, es ihm gleichzutun, obwohl ich sie eigentlich am liebsten geschlossen hätte, um mich seinem Liebeswerben hinzugeben.

Er knöpfte meine leichte Sommerjacke auf und half mir, sie auszuziehen. Ich spürte seinen Atem über mein Gesicht streichen, doch als ich ihn küssen wollte, trat er einen Schritt zurück.

»Nein«, sagte er. »Erst möchte ich dich ausziehen.«

Ich nickte gehorsam. Zweifellos hatte er diesen Augenblick geplant, sich jeden seiner Schritte zuvor überlegt, und ich wollte ihm willig folgen. Ich musste an den Club und an mein Gespräch mit Richard zurückdenken. Aber dies hier war etwas anderes, auch wenn Leonard mir genaue Anweisungen gab. Wir waren beide auf Augenhöhe, zwei, die sich gegenseitig Lust bereiteten, so unterschiedliche Formen das manchmal auch annahm.

»Und zwar langsam«, sagte Leonard, als er sich hinkniete, um meine Stiefel aufzuschnüren.

Ich sah auf seinen Schopf mit den wilden, ungezähmten Locken, das dichte Gewirr von grauen Haaren, die sich in alle Richtungen ringelten. Plötzlich verspürte ich den Drang, in diese Haarpracht zu fassen, aber ich bremste mich. Auf keinen Fall wollte ich ihn dabei stören, mich aufmerksam und feierlich zu enthüllen – ein Schnürsenkel, ein Kleidungsstück nach dem anderen und dazwischen immer wieder ein sanftes Wort.

Durch das Fenster drangen gedämpft die Geräusche der Passanten auf der Straße zu uns hoch, unverständliche Worte in einer mir fremden Sprache. Ihre Stimmen waren der Hintergrundchor, zu dem mich dieser zärtliche Mann, von dem ich so wenig wusste, fast schon quälend langsam auszog.

Was mochte Leonard nur in mir sehen? Ich war alles andere als perfekt, hatte noch längst nicht alles ausgeschöpft, was in mir steckte. Ein Großteil meines Lebens lag noch vor mir, mit all den Abenteuern, die mich erwarteten. Dennoch war mir bewusst, dass sich kostbare Augenblicke wie dieser für immer und ewig in mein Gedächtnis einbrennen und mir bis zu meinem Todestag einen Stempel aufdrücken würden. Wie kam es nur, dass ich im Beisein von Leonard immer an die schreckliche Endlichkeit, ja sogar an den Tod denken musste? Lag es an unserem Altersunterschied? An der unvermeidlichen Tatsache, dass ich, wenn er sterben würde, noch immer jung wäre?

Verdammt! Ich nahm das alles viel zu ernst.

Zuerst zog er mir die dünnen Socken aus, die ich unter meinen Stiefeln trug, dann die Strumpfhose und schließlich mein Höschen. Als ich endlich unten herum hüllenlos vor ihm stand, seufzte Leonard auf und vergrub sein Gesicht zwischen meinen Beinen. Er nahm meinen Duft in sich auf, und ich spürte seinen warmen Atem. Es war ein ernster, aber auch sehr erotischer Moment, und plötzlich begriff ich, dass er jede kleinste Geste dieses Rituals und jeden Anblick ganz bewusst in sich aufnahm. Um sich später daran zu erinnern? Um den lustvollen Augenblick wieder zu erleben?

Ich versuchte, mich in ihn hineinzuversetzen. Die kleine Lily mit den nicht gerade üppigen Brüsten, der blassen Haut, dem pechschwarzen, taillenlangen Haar und dem frechen bunten Tattoo auf der Schulter, mit dem ungezähmten Schamhaar und der Träne unter dem Auge. Dieser Mann hatte schon viel mehr Erfahrungen gesammelt als ich. Was fand er nur so anziehend an mir? Vielleicht lag es daran, dass wir beide, selbst unter Menschen, einsam waren? Es heißt zwar, Gegensätze ziehen sich an, doch das hatte ich schon immer für ein Klischee gehalten. Uns verbanden die Übereinstimmungen, die innere Leere, das Schweigen und das tiefe Bedürfnis, unsere Schwächen zu teilen. Das machte uns einzigartig.

Mit gespreizten Beinen stand ich da, trug nur noch das dünne, bis zum Bauch reichende Baumwollhemdchen, und Leonard kniete wie ein Betender zu meinen Füßen und betrachtete mit seelenvollem Blick meine Möse.

Sanft spreizte er meine Lippen, öffnete mich, enthüllte feierlich mein zartrosa Fleisch und schob seine Zunge in meine Höhle. Ich erschauerte. Und er begann, meine stetig ansteigende Lust zu lenken. Jede Berührung, jedes Lecken ein kalkulierter Angriff auf meine Abwehr, ein Necken meiner Nervenenden. Er berührte meine Seele, löste alle Hemmungen, die sich in mir aufgebaut hatten, und riss sie nieder. Gleich darauf wand sich seine Zunge um meinen Kitzler und löste Wellen der Lust in mir aus, die durch meinen ganzen Körper schossen. Meine Knie wurden weich. Leonard umfasste nun mit seiner anderen Hand fest meinen Hintern. Er drückte mich an sich und gab mir Halt.

Ich schloss die Augen und ließ mich vom Sturm davontragen.

Meine Möse glühte. Meine Empfindungen standen in Flammen.

Es war eine köstliche Folter, und jede Faser meines Körpers rief stumm nach Erlösung.

Mit Sicherheit spürte Leonard, welchen Aufruhr er in mir entfachte, dass er mir meine Sinne trübte und meinen Körper beherrschte, doch er gab sich ahnungslos. Ich war so nass wie noch nie und fragte mich, wie ich wohl schmeckte.

Noch immer neckte mich seine Zunge, seine heißen Lippen schmiegten sich an meine Möse, liebkosten, umspielten sie mit reizvollen Pausen, während ich meine Beine unmerklich noch etwas mehr spreizte, damit er sich ermutigt fühlte, mir noch näher zu kommen.

Seine Zähne.

Genüsslich und behutsam knabberte er an meinen Lippen, zog an ihnen, biss zärtlich in das empfindsame Fleisch, drang dann tiefer vor, höher, umschloss die glühende Kuppe meines Kitzlers, leckte sie erst und nagte dann vorsichtig an ihrer hart gewordenen Knospe, bis ich die Spannung, das Verlangen, die rasiermesserscharfe Qual zwischen Schmerz und Überirdischem nicht mehr aushielt. Atemlos schrie ich seinen Namen.

»Fick mich, Leonard! Jetzt gleich.«

Als er aufstand, stieß ich ihn rückwärts aufs Bett und begann, ihm die Hose zu öffnen. Ich zog den Reißverschluss runter und schnallte den festen Ledergürtel auf. Ich gierte danach, seinen dunklen Schwanz hervorzuholen, um meinen eigenen unersättlichen Appetit zu stillen, und seinen Puls in meinem Mund zu spüren, bis er ihn gänzlich ausfüllen würde. Dann würde ich ihn rasch hinunter zu meiner Möse führen, die verzweifelt nach ihm schrie wie ein Bettler nach Nahrung, um mich endlich wieder ganz eins zu fühlen.

Leonard aber hatte es nie eilig, und selbst wenn wir heftig vögelten, tat er es mit Besonnenheit, Geduld und Genuss. Nie drängte er voran, sondern stieß rhythmisch – langsam, langsam, schnell, schnell – und lenkte durch das Spiel mit den unterschiedlichen Geschwindigkeiten geschickt meine übererregten Sinne. Dabei beobachtete er mit offenen Augen und jenem neugierigen kleinen Lächeln, wie ich dem Orgasmus immer näher kam. Ich wusste, dass es keine Selbstgefälligkeit war, wenn er mich beim Ficken so ansah, sondern dass er ganz bewusst unsere Verschmelzung und unserer Reaktionen aufeinander im Stadium höchster Leidenschaft erleben wollte.

Er war so anders als die Männer, mit denen ich zuvor zusammen gewesen war.

Und als wir uns danach in einem Gewirr aus Laken und Gliedern auf dem zerwühlten Bett ausstreckten, als unser Atem sich allmählich beruhigte und die Wogen der Lust langsam abebbten, deckte er sich nicht eilig zu, wie andere es tun würden. Er schämte sich nicht, seinen Körper meinen aufmerksamen Blicken auszusetzen, und schien fast stolz auf die kleinen Schönheitsfehler zu sein, auf die eine Falte hier, den Fleck da und die schmale Narbe auf seiner Schulter.

Ich liebte Leonards Körper. Aber sah er in mir nicht hauptsächlich meine Jugend? War ich womöglich gar nicht Lily für ihn, sondern nur eine Art Jungbrunnen?

»Da täuschst du dich«, erwiderte er ruhig, als ich ihm eines Morgens von meinen Zweifeln erzählte. Es war in Barcelona, beim letzten Mal, als ich ihm innerhalb Europas hinterherflog. »Glaub bloß nicht, dass ich von deiner Jugend profitieren will. Ganz und gar nicht. Ich fühle mich einfach nur so lebendig, wenn ich mit dir zusammen bin.«

Ich genoss diese faulen Morgenstunden in einer fremden Stadt und in den anonymen Hotels, wenn er mir nach dem Aufwachen erlaubte, seinen wundervollen Körper zu betrachten, während wir innig zärtlich waren. Sein Penis faszinierte mich, ob in entspanntem Zustand oder voll in Aktion. Ganz unbescheiden bot er ihn meinen forschenden Blicken dar, und so prägte ich mir jedes Fältchen, jede Furche, seinen Hautton ein und auch, wie er aus seinem Körper herausragte und an seinem Oberschenkel ruhte, fast wie ein Geschöpf mit eigenem Willen.

Ich würde ihn untersuchen wie ein Arzt, meinte Leonard oft im Scherz.

Vielleicht versuchte ich aber auch, in seinem Körper zu lesen, um mehr über sein Leben vor meiner Zeit zu erfahren. Alles in allem war es ein seltsames Gefühl.

Er gestand mir, dass auch er mich unglaublich gerne betrachte und sich an meiner Nacktheit erfreue. Doch das hatte ich schon längst erkannt an der Art, wie er mich mit Blicken verfolgte, wenn ich durchs Zimmer ging, um mich an- oder auszuziehen.

Unser Hotelzimmer in Amsterdam ging auf die Singelgracht und die kopfsteingepflasterten Uferstraßen hinaus. Durch den feinen Regenschleier sah man unzählige abgestellte Fahrräder, und der Wind peitschte die Bäume. Leonard fütterte mich mit Himbeeren und Schokolade, und ich räkelte mich faul auf dem Bett wie eine römische Kurtisane, die sich verwöhnen und dann vernaschen ließ. Nachdem er meine Möse ganz unzeremoniell mit dem letzten Stück dunkler Schokolade gefüttert und gewartet hatte, bis sie geschmolzen war, schleckte er mich genüsslich aus. Ich hatte mich halb totgelacht, dann Leonard rasch geküsst und mich selbst und den starken Kakao geschmeckt, als sich unsere Lippen berührten.

In Amsterdam hatte er mir auch zur Feier des Frühlings eine Blume ins pechschwarze Haar gesteckt und mich gebeten, einen weiten, weißen, bis auf meine Doc Martens reichenden Rock, aber kein Höschen anzuziehen und so Arm in Arm mit ihm durch die Stadt zu spazieren.

»Tu es für mich«, sagte er. Und ich erfüllte ihm den Wunsch.

In einem kleinen Juweliergeschäft in der Nähe des Dam kaufte er mir ein zartes goldenes Fußkettchen, das er mir um die Fessel legte und verschloss, ehe er den Schlüssel mit einer raschen Bewegung in seiner Tasche verschwinden ließ. Wollte er mich damit symbolisch in Besitz nehmen? Diese Frage schoss mir durch den Kopf, weil ich mich an Liana erinnert fühlte. Nein, das entsprach nicht unserem Verhältnis. Aber was hatte es sonst zu bedeuten?

»Damit du immer an mich denkst«, erklärte er. »Wenn ich aus deinem Leben verschwunden bin. Die Zeit nach Leonard … Klingt fast wie der Titel eines existenzialistischen Theaterstücks, findest du nicht?«

Zutiefst erschrocken wollte ich protestieren, aber Leonard ließ nicht mit sich reden.

»Das mit uns ist nichts von Dauer, Lily. Ich bin doch nicht dumm. Es kann nicht ewig halten. Irgendwann wirst du mich satt haben. Dann triffst du einen Jüngeren, der nicht so langweilig ist und mit dem du dich ohne Bedenken in der Öffentlichkeit zeigen kannst. Du wirst schon sehen.«

Ich öffnete den Mund, um ihm zu widersprechen, aber Leonard legte mir den Finger auf die Lippen.

»Keine Widerrede.« Unversehens umhüllte uns eine Wolke der Traurigkeit. »Mach dir nichts vor. So wird es sein. Das war doch von Anfang an klar.«

Dann nahm er den Finger von meinem Mund und küsste mich auf die Stirn.

Zwei Wochen später, als er von einer Geschäftsreise aus dem Nahen Osten zurückkehrte, trafen wir uns in Barcelona. Wir hatten uns am Flughafen verabredet und fuhren mit dem Taxi zu unserem Hotel. Die livrierten Angestellten am Empfang in der modernistisch kühlen und mit vielen Spiegeln ausgestatteten Hotellobby warfen sich vielsagende Blicke zu, als wir eincheckten. Unser Kleidungsstil hätte unterschiedlicher nicht sein können: Leonard in seinem üblichen dunkelblauen Geschäftsanzug und ich in fransenbesetzter Lederjacke, Leggins und kniehohen Stiefeln. Die meisten Angestellten waren womöglich nur wenige Jahre älter als ich, und ich meinte, ihnen ihre Missbilligung anzusehen. Vielleicht spürte Leonard es ebenfalls. Er hätte spontan irgendeine Flunkerei vorbringen können – mich beispielsweise als seine Tochter ausgeben –, doch er bestätigte ganz offen, dass wir zusammen seien und keine zwei Einzelbetten brauchten, wie man uns vorschlug. Ich wurde rot bis in die Haarspitzen, begann jedoch zu begreifen, welche Probleme unser Verhältnis mit sich brachte. Bislang hatten meine Gefühle für Leonard die Realität überblendet, in der wir uns so unbekümmert als Paar verhielten.

Ein Paar, das nur wenig gemeinsam hatte. Keine Freunde und nicht einmal den Musikgeschmack.

Als wir von der Plaça de Catalunya aus über die Ramblas schlenderten, packte mich plötzlich die nackte Angst bei der Vorstellung, unser Glück könnte schwinden. In meiner Panik erklärte ich Leonard, dass ich ihn liebte und nichts anderes für mich zähle auf der Welt. Wir waren in eine riesige Markthalle eingebogen und betrachteten fasziniert die farbenprächtigen Früchte, die exotischen Fische und das Fleisch im schmelzenden Eisbett auf den Marmortischen.

Als wir auf dem Rückweg zu unserem Hotel am Kleintiermarkt vorbeikamen und die vielen Vögel in den Käfigen sahen, war mir zum Weinen zumute. Es war absurd, doch mir war, als wandelten wir durch dichten Nebel, der uns von der Stadt abschnitt. Wir gingen schweigend nebeneinander her, beide in düstere Gedanken und Vorahnungen versunken.

In jener Nacht fickten wir wie wild, als wollten wir uns zerfleischen. Kaum kamen wir uns nahe, fielen wir in Rage übereinander her wie Preisboxer im Ring. Ich kratzte ihn. Er kniff mich. Entschuldigungen waren überflüssig, Worte bedeutungslos.

Am nächsten Morgen blieben uns noch einige Stunden Zeit, bis wir am späten Nachmittag unseren Rückflug nach London antreten würden. Wir besuchten den Park Güell. Wir waren beide außer Puste, nachdem wir die endlos lange Treppe bis zur Eingangspforte hinaufgegangen waren, doch der überwältigende Ausblick entschädigte uns. Vor uns lag die Stadt im Sonnenschein. Zum ersten Mal hielten wir in der Öffentlichkeit Händchen, und wir setzten uns auf eine steinerne Bank und küssten uns. Eine Kinderschar kam an uns vorbei, angeführt von Brillen tragenden Nonnen, die uns missbilligende Seitenblicke zuwarfen.

Nach den viel zu kurzen Tagen in Barcelona, nach dieser verrückten Gemengelage aus Leidenschaft und Zweifeln, aus Unsicherheit und zu lange währendem Schweigen, aus zu vielen ausgesprochenen und unausgesprochenen Worten, trennten wir uns für die bisher längste Zeitspanne. Für fast einen Monat.

Zurück in London, rollte ich mich nach dem Aufwachen im Bett auf den Bauch und angelte wie üblich mein Handy vom Nachttisch, um meine Mails zu checken. Leonard schrieb mir gewöhnlich noch einmal nach Mitternacht, und ich hob mir diese Nachricht immer auf, um sie am nächsten Morgen als Erstes zu lesen. Das war mir zu einer Gewohnheit geworden, an der ich abergläubisch festhielt. Auch wenn ich nachts mal aufwachte und wusste, dass bestimmt eine Botschaft von Leonard auf mich wartete, ließ ich sie unangerührt, bis der Wecker bei Tagesanbruch klingelte. Würde ich seinen Namen einmal nicht im Posteingang finden, wäre mir der ganze Tag verhagelt, da war ich mir sicher.

Und an diesem Morgen war meine Mailbox tatsächlich leer. So leer, wie ich mich fühlte. Leonard hatte in den letzten Wochen viel reisen müssen. Vielleicht saß er einfach nur an irgendeinem Flughafen fest und hatte kein Netz. Oder er hatte versehentlich sein Ladegerät mit seinem Koffer aufgegeben.

Aber Leonard war ein Gewohnheitsmensch, das wusste ich nur zu gut, und wenn er sich nicht meldete, dann hatte er dafür seine Gründe.

Ich beschloss, ihm keine Mail zu schreiben, bis ich nicht von ihm gehört hatte. So lief das bei uns. Und ich wollte ihm nicht nachrennen wie ein liebestolles Schulmädchen.

Stattdessen versuchte ich, mich mit meinem alten Leben und meiner gewohnten Routine abzulenken. Lily wie in den Zeiten vor Leonard.

Zuerst setzte ich mich mit meinen Freunden in Verbindung, doch sooft ich es auch bei Liana versuchte, ich konnte sie nicht erreichen. Nach einer Woche hatte sie noch immer nicht zurückgerufen. Die Sorge um sie und meine Angst, ich könnte Leonard ein für allemal verloren haben, ballten sich in meinem Magen zu einem harten Knoten zusammen und waren so überwältigend, dass ich im Musikladen bedrückt und im Fetischclub nachdenklich umherschlich. Doch meine beiden Arbeitgeber waren froh, dass ich für viele zusätzliche Schichten zur Verfügung stand.

Weder Jonno noch SIE fragten, was mit mir los sei. Wahrscheinlich nahmen sie an, dass mein häufiges Erscheinen die gleiche Ursache hatte wie zuvor meine häufigen Abwesenheiten. Irgendeine Männergeschichte.

Einige Wochen nach meiner Rückkehr rief ich Neil an, einfach weil ich die tröstliche Stimme eines alten Freunds hören wollte.

»Lily!«, rief er schon nach dem zweiten Klingeln.

Er klang munterer als je zuvor.

»Dir geht es offenbar gut!«, sagte ich.

»Ich habe den Job bekommen«, jubelte er. »In der Buchhaltung.«

Dunkel fiel mir ein, dass er sich bei der Werbeagentur beworben hatte, in der er das Praktikum gemacht hatte. Hastig versuchte ich, mich an Einzelheiten zu erinnern. Plötzlich bekam ich ein furchtbar schlechtes Gewissen. Ich war so mit mir selbst beschäftigt gewesen, dass ich meine Freunde und ihr Leben völlig aus den Augen verloren hatte.

»Mensch, das ist ja toll!«, sagte ich. Neil war der erste meiner Uni-Freunde, der nach dem Examen so etwas wie einen richtigen Arbeitsplatz gefunden hatte. Wir anderen ließen uns treiben und schlugen uns mit irgendwelchen Jobs durch, bis uns klar wurde, wie es weitergehen sollte.

»Und was ist deine Aufgabe?«, fragte ich mit bemühter Fröhlichkeit. Vielleicht würde es mich von meinem Kummer ablenken, wenn ich ihn in ein Gespräch verwickelte.

»Na, der ganze Finanzkram eben. Für die Planungsabteilung«, erklärte er. »Ist zwar keine leitende Stellung, aber ich bin an einigen Kampagnen und so beteiligt. Die nächste Stufe ist dann ein Firmenwagen ... Die ersten Schritte sind getan, Lily. Ist das nicht großartig?«

»Ja«, sagte ich nur. Irgendwie hatte ich immer vermutet, dass er in der Buchhaltung landen würde. Rechnungen prüfen, Gehaltslisten verwalten.

»Und wie geht es dir, Süße? Wir haben uns ja ewig nicht mehr gesehen.«

»Mir geht's gut«, log ich. »Wir sollten mal wieder einen draufmachen. Hast du heute Abend schon was vor?«

»Heute geht es nicht. Muss noch Arbeit mit nach Hause nehmen. Morgen auch. Nächste Woche vielleicht?«

»Aber sicher.« Mit dem unverbindlichen Versprechen, uns bald einmal zu treffen, legten wir auf.

Ich freute mich für ihn, fühlte mich aber nach unserem Gespräch nur noch einsamer. Der alte Neil, den ich mal gekannt hatte, schien von einer neuen Person ersetzt worden zu sein. Von einer, zu der ich keinen Bezug hatte, die mir nicht vertraut war.

Was hatte ich nur falsch gemacht? Ich wünschte mir die alten Zeiten zurück, das sorglose Studentenleben, als ich nichts anderes hatte tun müssen, als zu den Vorlesungen zu gehen und für die Prüfungen zu lernen. Zwar hatte auch damals schon das wirkliche Leben im Hintergrund gelauert, doch in weiter, weiter Ferne.

Nicht einmal eine CD von Alice Cooper in Dauerschleife konnte meinen Weltschmerz lindern.

Ohne große Hoffnung checkte ich noch einmal meine E-Mails.

Noch immer nichts.

Leonard war verstummt. Und mit der unerbittlichen Gewissheit der Jugend wurde mir klar, dass ein entscheidendes Kapitel in meinem Leben zu Ende gegangen war.

4

80 TAGE DAGUR

Wochenlang machte ich mir schwere Vorwürfe und fragte mich, ob ich richtig reagiert hatte. Doch letztlich war es ja Leonards Entscheidung gewesen.

Es war, als hätte er während der achtzig Tage unserer Beziehung – die Anzahl der Tage wusste ich genau, weil ich morgens immer auf den Wandkalender über meinem kleinen Schreibtisch in meinem Schlafzimmer schaute – nach und nach in mir die Samen des Zweifels gelegt, sodass ich jeden Tag ein bisschen mehr einsah, warum unsere Geschichte keine Zukunft haben konnte. Irgendwann war er dann ganz aufgegangen. Ja, so muss es wohl gewesen sein.

In gewissem Sinn hatte er also unsere Trennung von Anfang an geplant, um mir zukünftigen Schmerz zu ersparen. Je klarer mir das wurde, desto mehr liebte ich ihn.

Zigmal war ich drauf und dran gewesen, ihn anzurufen, ließ es dann aber immer aus der absurden Angst bleiben, er könnte mich im selben Moment auch gerade anrufen wollen, und wir würden uns deshalb nicht erreichen. Alles in mir lehnte sich gegen diese unvermeidliche Trennung auf.

Nach meiner Arbeit im Musikgeschäft zog ich oft allein durch die Bars, die wir gemeinsam besucht hatten, und hoffte, ihn dort irgendwo zu entdecken. Doch im Grunde fürchtete ich diese Begegnung auch, denn womöglich befand er sich in Gesellschaft eines anderen Mädchens in meinem Alter. Dann gäbe es keinen Zweifel mehr, dass er nichts anderes als ein Dreckskerl war, ein schleimiger Casanova. Andererseits hätte es den Schmerz gelindert, der an meiner Seele fraß. Ich fand jedoch keine Spur von ihm. Hätte ich gewusst, wo er wohnte, hätte ich glattweg vor seinem Haus in Blackheath mein Lager aufgeschlagen. Immer wieder packten mich die widersprüchlichsten Emotionen, vor allem aber fühlte ich mich einsam und verloren.

Zu allem Überfluss gab es wegen Renovierungsarbeiten einige Wochen lang keine Arbeit im Fetischclub, sodass ich an den Abenden auf mich selbst gestellt war. Im Laden war auch nicht viel zu tun, und so blieb mir alle Zeit der Welt, trüben Gedanken nachzuhängen. Wieder und wieder spulten sich die kostbaren Momente mit Leonard vor meinem inneren Auge ab: wie er mit seinen Fingern eine Speichelspur über die Blüten meines Tattoos gezogen hatte, damals, im Hotelzimmer an der Zufahrtsstraße zu Heathrow, und wie wir dann zum Rhythmus der unter uns auf der Autobahn vorbeidonnernden Autos gefickt hatten; sein bebender, heißer Atem, der über meine Nippel strich; der feste Griff seiner Finger, die meine Arschbacken auseinanderhielten, wenn er mich von hinten nahm; die langen Minuten des Schweigens, die unserer Beziehung so viel Tiefe gaben. Es kam mir vor, als wäre ein Damm von Erinnerungen gebrochen, und was einst so ungeheuer lustvoll gewesen war, verwandelte sich nun rückblickend nach und nach in Schmerz.

Endlich gelang es mir, Liana zu erreichen. Sie wohnte immer noch in Brighton, war aber nicht mehr mit Nick zusammen. Aus ihren Andeutungen schloss ich, dass sie einen Neuen hatte, über den sie aber offenbar nicht gern sprechen wollte.

Sie hatte einen Job in einer Anwaltskanzlei gefunden, und da auch sie inzwischen erkannt hatte, dass man mit einem Abschluss in englischer Literatur in der Arbeitswelt nicht sonderlich weit kam, überlegte sie, eine juristische Zusatzausbildung zu machen. Weil ich mich unbedingt einmal mit jemandem aussprechen musste und Liana früher meine engste Vertraute gewesen war, verabredeten wir, dass ich sie am nächsten Samstag an der Küste besuchen würde.

Es war ein grauer Tag, und es nieselte, als ich in Brighton aus dem Zug stieg. Liana war in ein möbliertes Zimmer in Hove gezogen. Sie hatte mir den Weg zu ihr mit öffentlichen Verkehrsmitteln erklärt, aber ich fuhr lieber mit dem Taxi. Auf den Reisen mit Leonard hatte ich meinen Sinn für Annehmlichkeiten entdeckt.

Als ich Liana dann gegenüberstand, bekam ich einen gehörigen Schreck. Ihr früher so glänzendes braunes Haar war nun stumpf und zerzaust, sie hatte sich offenbar seit Tagen nicht mehr gekämmt, und ihre Wangen waren eingesunken. Wir hatten beide von Natur aus blasse Haut, aber sie hätte jetzt, so wie sie war, auf eine Zombieparty gehen können.

»Ist alles ein bisschen schwierig im Moment«, erklärte sie, als sie meinen entsetzten Gesichtsausdruck sah.

»Herrje«, sagte ich. »Und da komme ich angedüst, damit du mich aufmunterst.«

»Willkommen im Club Frohsinn«, meinte sie nur, als wir die Treppe zu ihrer Küche hinaufgingen, um uns eine Dosis Koffein zu gönnen.

»Probleme mit einem Typen?«, erkundigte sie sich.

»Wie hast du das nur erraten?«

»Du kennst mich doch. Ich habe das zweite Gesicht.« Sie lächelte matt.

Ich war enttäuscht. Sich gegenseitig sein Leid zu klagen, entsprach nicht gerade meiner Vorstellung von einem aufbauenden Wochenende mit einer Freundin.

Natürlich war ihre Geschichte ganz anders als meine. Leonard und ich waren bereits auseinandergegangen, während Liana sich noch an die letzten Trümmer einer Beziehung mit einem älteren Mann klammerte. Ich traute mich nicht, ihr zu erzählen, wie groß der Altersunterschied zwischen mir und Leonard war, und sie äußerte sich ähnlich vage über das Alter ihres Freunds, aber ich vermutete, er war Anfang vierzig. Das war auch schon die einzige Gemeinsamkeit unserer Geschichten.

Natürlich hatte ich mal wieder geglaubt, meine Leidensgeschichte wäre nicht zu toppen, aber Liana belehrte mich rasch eines Besseren.

»Er ist ein Dom«, sagte Liana.

Als ob ich es geahnt hätte.

»Ein guter?«, fragte ich.

»Irgendwie schon.«

Sie klärte mich ein wenig über die Dynamik der Beziehung mit ihrem Dom auf, dessen Namen sie allerdings standhaft verschwieg. Vielleicht fürchtete sie, ich könnte ihn anzeigen. Je mehr sie mir erzählte, umso mehr Lust bekam ich, es tatsächlich zu tun, allerdings nicht, ohne ihm erst persönlich das Fell über die Ohren zu ziehen.

»War denn Nick nicht auch schon ein Dom?«, wunderte ich mich. »Dein Dom?«

Liana seufzte.

»Genau da liegt ja das Problem. Das dachte ich nämlich auch. Aber damals habe ich mich ja selbst kaum verstanden. Es war alles so neu für mich …«

»Also ist Nick gar kein Dom? Und was sollte dann die Nummer mit dem Fesseln und all das?«

Ich erinnerte mich an den verrückten Abend, an dem wir Nick im Tattoo-Studio kennengelernt hatten. Dass er sie gefesselt hatte, wie grob er mit ihr umgesprungen war, an ihren ekstatischen Gesichtsausdruck, an seine Freude über ihre Reaktion, und wie mir klar geworden war, dass ich hier die wahre Liana vor Augen hatte, einen mir bis dahin völlig unbekannten Menschen, dessen innerste Bedürfnisse und Motive so ganz anders waren als meine.

Danach war der Kontakt zwischen uns zwar nicht völlig abgerissen, aber wir hatten uns deutlich weniger gesehen und immer seltener miteinander telefoniert. Irgendwie hatte uns diese Nacht auseinandergebracht. Auch wenn sich mein sexueller Horizont seitdem weiter geworden war, hatten wir nie wieder zu der alten Vertrautheit zurückgefunden – vielleicht einfach deshalb, weil wir nie darüber gesprochen hatten.

Es war eben alles kompliziert. Und da ich nun etwas reifer war und selbst Erfahrungen mit einer ernsthaften Beziehung gemacht hatte, verstand ich nun besser, dass die Dinge oft nicht so einfach liegen.

»Ja«, fuhr Liana mit ihren Erklärungen fort. »Nick hat es mit Seilen. Er ist eben ein Künstler und fand das toll. Aber mehr war an der Sache nicht dran.«

»Für mich sah das aber ziemlich heftig aus.«

»Du warst high, Lily, und hattest so was noch nie gesehen. Dabei war das total harmlos.«

»Heißt das, du stehst auf ganz andere Sachen als Bondage? Und Nick nicht? Und deshalb hast du mit ihm Schluss gemacht?«

»Das ist in etwa die Kurzfassung.«

»Wir haben den ganzen Tag Zeit. Warum erzählst du mir nicht die Langfassung?« Ich erhob mich vom Sessel und setzte den Kessel wieder auf.

»Nick hatte keinen Spaß daran, mich zu schlagen. Oder mir sonst irgendwie wehzutun. Er ist ein totaler Softie.«

»Du wolltest, dass er dich schlägt?«

»Ich bin schließlich submissiv. Finde dich damit ab.«

»Tut mir leid«, sagte ich. »Ich will es nicht beurteilen. Ich versuche nur, dich zu verstehen.«

»Ich stehe nicht unbedingt auf Schmerz. Eher auf Machtspiele. Diese ganze Dom/Sub-Geschichte eben.«

Ich nickte, um sie zum Weitersprechen zu ermutigen. In den Clubs hatte ich Leute bei ihren Sessions beobachtet, aber nie Paare mit solchen Neigungen näher kennengelernt. Daher konnte ich nicht so richtig nachvollziehen, was sie zu dieser Art von Sex bewog.

»Es geht letztlich immer um das Vertrauen in den Partner. Die Schläge und das Peitschen sind nur der körperliche Ausdruck davon ... Aber es gibt noch tausend andere Sachen. Deepthroating, Spiele mit Feuer, heißem Wachs, Nadeln, Folter mit Strom ...«

Ein ironisches Lächeln spielte um ihre Lippen, als sie sah, wie sehr mich ihre Beschreibungen schockten. Das war die alte Liana, so wie ich sie kannte, die da unter ihrer traurigen Oberfläche durchschimmerte. Es machte ihr immer noch Spaß, zu provozieren.

»Das hört sich aber ziemlich schmerzhaft an.«

»Ach was. Nicht, wenn man es richtig macht. Ein guter Dom führt seinen Sub langsam heran. Wenn es dann zu den härteren Sachen kommt, ist alles nur noch halb so schlimm. Und es tut auch nicht weh, es sei denn, man will es. Du solltest es mal probieren. Du arbeitest schließlich in einem Fetischclub.«

»Das ist nicht so mein Ding.«

»Wie willst du das wissen, wenn du es nie ausprobiert hast? Manches ist ganz anders, als es auf den ersten Blick scheint. Feuer, zum Beispiel, fühlt sich wie eine warme Umarmung an. Und Wachs ist sogar ganz angenehm, wenn man die richtigen Kerzen nimmt und es nicht zu heiß wird.«

»Hm.« Ich blieb skeptisch. »Aber was hat man davon? Geht es um Lust?«

»Nicht nur. Es hat fast etwas Spirituelles. Mit dem richtigen Partner gerät man in eine Art Trance. Und es ist so befreiend, alle Verantwortung an den anderen abzugeben und sich endlich mal ganz fallen zu lassen. An etwas Spaß zu haben, das als verboten gilt. Mit der Gefahr zu spielen. Das hast du doch im Club sicher schon gesehen. Lässt du denn nie richtig los?«

Ich schüttelte den Kopf.

»Dann hast du noch nicht richtig gelebt. Wenn er mich an den Haaren zieht und mir ins Gesicht spuckt, löscht das jeden Gedanken in meinem Kopf aus. Und alle Sorgen. Es ist, als wäre ich gehäutet und als säße meine Seele wie ein Schmetterling auf seiner Hand. Mein wahres Ich. Ohne diesen ganzen Mist, den ich mir in all den Jahren antrainiert habe. Dieses vorgetäuschte Selbstvertrauen, mein forsches Auftreten. Mir ist dann so, als würde er mich sehen, wie ich wirklich bin. Und danach, wenn ich mich total aufgegeben habe, nimmt er mich auf den Schoß und wiegt mich wie ein Kind …«

Ich verbrannte mir den Mund, so verschluckte ich mich an meinem heißen Tee. Liana war richtig in Fahrt und wirkte inzwischen leicht entrückt. Sosehr ich mich auch freute, dass sie mir all dies anvertrauen wollte, machte es mir auch ein wenig Angst. Leute, die kinky drauf sind, werden immer gleich so extrem.

»Aber wieso klappt es dann nicht? Wenn das alles so toll war, wo ist jetzt das Problem?«

»Eine Weile hat es mit Nick und mir ganz gut funktioniert. Ich glaube, ich bin schon submissiv geboren. Ich war schon immer so. Und er war der Erste, der es aus mir herausgekitzelt hat. Anfangs fand ich das alles aufregend und großartig. Aber nach einer Weile wollte ich mehr. Dinge, die er mir nicht geben konnte.«

»Er stand also nicht auf härtere Sachen? Konnte er sich nicht einfach dir zuliebe darauf einlassen?«

»Wir haben es eine Weile versucht, aber es lief nicht richtig. Es ist ein Unterschied, ob dich jemand wirklich benutzen will oder ob er das nur macht, weil du es dir von ihm wünschst. Ich hatte das Gefühl, dass ich die ganze Zeit den Ton angebe, obwohl es doch gerade andersrum sein sollte. Es war eben nicht sein Ding, ich wusste es ja. Schließlich haben wir abgemacht, dass ich es auch mit anderen versuchen darf. Damit ich endlich dieses Gefühl der Befreiung erleben konnte.«

»Und da ist er eifersüchtig geworden?«

Sie rührte einen weiteren Löffel Zucker in ihren Tee. Der fünfte, wenn ich richtig gezählt hatte. Dazu schob sie sich ein Ingwerplätzchen nach dem anderen rein. Liana war auf dem Zuckertrip.

»Eigentlich nicht. Es ist nicht so ungewöhnlich, mehr als einen Spielpartner zu haben. Ich bin viel in Clubs unterwegs gewesen und habe mich da vom Kerkermeister oder von Bekannten aus der Szene mit dem Flogger schlagen lassen. Das war lustvoll, für sie und für mich. Nick war nicht eifersüchtig. Aber ich konnte ihn nicht mehr als meinen Dom ansehen, und das hat meine Gefühle für ihn verändert. Wir haben uns immer öfter gestritten. Und dann habe ich einen anderen kennengelernt.«

»Der, mit dem du jetzt zusammen bist?«

»Nein, seinen Freund. Wir haben uns nur ein paarmal getroffen. Aber es hat sofort gefunkt zwischen uns. Hast du das schon mal erlebt? Diese enge Verbindung, die von Anfang an da ist? So wie Liebe auf den ersten Blick, bloß dass es keine Liebe ist.«

Ich dachte an Leonhard, bei dem ich vom ersten Moment an den Eindruck gehabt hatte, wir würden uns schon eine Ewigkeit kennen. Ohne dass ich etwas gesagt hatte, wusste er ganz genau, wie er mich anfassen musste.

»Ja. Ich weiß, was du meinst.«

»Er hieß Alice.«

»Komischer Name für einen Kerl.«

»Allerdings.« Liana lachte. »Über den sind wir auch miteinander ins Gespräch gekommen, weil er mich an dich erinnerte. Ich weiß ja, dass du bis heute auf Alice Cooper stehst, auch wenn du es abstreitest … Er schreibt sich nur anders. Amerikanisch. A-L-Y-S-S. Wir hatten ein paar wunderbare Sessions zusammen. Irre intensiv. Einfach grandios …«

Wieder verlor sich ihr Blick in der Ferne, im Subspace, wie man das im Club nannte, wenn die Leute unter dem Flogger oder in Fesseln in Trance geraten. Bei Liana hatte ich das bisher nicht beobachtet. Ich fragte mich, ob sie die Entdeckung ihrer submissiven Seite ganz allgemein verträumter gemacht hatte.

»Aber Alyss ist nicht mehr da«, erzählte sie weiter. »Ist zurück in die USA. Er hat hier nur ein paar Wochen Urlaub gemacht. Beziehungen dieser Art werden schnell ungeheuer intensiv. Wegen des Vertrauens und des engen Austauschs, die sich dabei entwickeln. Normale Leute können so eine Verbindung einfach nicht verstehen und schätzen. Man kommt sich vor, als wäre man zu zweit auf einer einsamen Insel.«

Wieder dachte ich an Leonard und wie sehr es uns zusammengeschweißt hatte, dass wir unsere Beziehung wegen des Altersunterschieds vor der Öffentlichkeit verborgen hatten. Dass sie unser Geheimnis war.

Ich nickte. »Verstehe.«

»Alyss hat schließlich selbst gesagt, ich solle mir einen anderen Partner suchen. Und das habe ich getan. Um über ihn hinwegzukommen, habe ich mich dann vielleicht schneller in etwas hineingestürzt, als gut war. Habe es übertrieben. So getan, als könnte ich mich auf Dinge einlassen, für die ich noch nicht bereit war. Ich wollte hart sein, das starke Mädchen spielen. Mich unbesiegbar geben. Damit mir niemand mehr wehtun konnte. Und so habe ich den Mann getroffen, mit dem ich jetzt zusammen bin. Er mag es hart, manchmal zu hart, und kann dann nicht mehr aufhören. Und jetzt will er alles kontrollieren. Das passt mir überhaupt nicht, aber ich weiß auch nicht, wie ich da rauskommen soll. Ich bin völlig ratlos.«

»Ach herrje, du Ärmste«, sagte ich. Ich sprang auf und nahm sie in die Arme. Ihr rollten die Tränen über die Wangen, aber sie wischte sie rasch weg. »Du bist immer schon stark gewesen. Du musst dich niemandem gegenüber beweisen.«

Sie ließ den Kopf an meine Schulter sinken und schluchzte.

Im Vergleich mit ihrer Geschichte wirkte meine Begegnung mit Leonard und ihr recht gewöhnliches Ende nicht mehr sonderlich aufregend. Eigentlich hatte ich Liana alles erzählen wollen, doch letztendlich erwähnte ich nur, dass ich mit jemandem Schluss gemacht hätte. Mein eigenes Unglück wirkte neben ihrem einfach zu kümmerlich.

Wir verbrachten den größten Teil des Wochenendes damit, durch die Lieblingskneipen unserer Studentenzeit zu ziehen und unseren Kummer im Alkohol zu ertränken. Zwischendurch machten wir einen Schaufensterbummel, rümpften die Nase über Klamotten, die wir uns nicht leisten konnten und sowieso nie tragen würden, und zogen ausgiebig über die Frauen auf den Straßen her, die sie offenbar kauften. Allerdings linderte es unseren Kummer kaum, dass wir uns ihnen überlegen fühlten.

Aus einer Alkohollaune heraus schnitten wir uns, kurz bevor ich am späten Sonntagnachmittag meinen Zug zurück nach London nahm, gegenseitig die Haare. Ich verpasste Liana einen Pagenkopf, und sie stutzte mein Haar zu einem knapp schulterlangen Bob. Als ich mir das Ergebnis im fleckigen Badezimmerspiegel betrachtete, erkannte ich mich selbst kaum wieder.

»Zu kurz?«, fragte Liana.

»Ach, das wächst wieder«, antwortete ich. »Und wie findest du deine?«

Sie fuhr sich mit den Händen durch den Schopf.

»Er wird mich sicher dafür bestrafen, wenn er mich nicht gleich totschlägt«, sagte sie. »Er macht mir ständig Komplimente über meine langen Haare und hat mir strengstens verboten, sie abzuschneiden.«

Ihr Gesicht war aschfahl geworden.

»Das hättest du mir sagen müssen!«

»Ist schon okay«, antwortete sie schulterzuckend. »Er wird darüber hinwegkommen.«

Auch bei Neil in London fand ich wenig Mitgefühl.

»Das finde ich ein bisschen gruselig, Lily«, meinte er, als ich ihm erzählte, dass ich mit einem älteren Mann zusammen gewesen war.

»Warum?«

»Ich weiß nicht. Kommt mir eben so vor.«

»Kannst du mir vielleicht erklären, wieso?«, beharrte ich.

»Na ja … er könnte immerhin dein Vater sein. Schaust du ihn denn nie an … wenn ihr … du weißt schon … und denkst …?« Vorsichtig suchte er nach den richtigen Worten, um seine Vorbehalte zu beschreiben.

»Nein, ich denke gar nichts. Leonard ist nicht mein Vater. Er ist eben einfach nur ein Mann, der zufällig ein bisschen älter ist als ich.«

»Ein bisschen älter!«, rief er. »Mehr als doppelt so alt wie du. Allein schon der Name. Leonard, so heißen doch nur alte Knacker!«

Ich musste über Neils Vorurteile lachen.

»Du verstehst es einfach nicht. Wenn sich zwei Menschen voneinander angezogen fühlen, spielt das Alter keine Rolle.«

»Aber …«, stotterte er.

»Egal, das ist jetzt vorbei, und wie ich sehe, kann ich mich an deiner Schulter nicht ausweinen.« Ich glitt vom Barhocker.

»Lily!«

»Verpiss dich, Neil.«

Er hatte sich verändert. Das war nicht mehr mein alter Freund Neil, daher fiel es mir nicht schwer, ihn sitzen zu lassen. Er kannte nur noch seine Arbeit und sah mittlerweile wie ein richtiger Werbefuzzi aus. An diesem Abend war er in einem tadellosen neuen Anzug und mit leicht gelockerter Krawatte erschienen. Die hätte ich ihm am liebsten vom Hals gerissen und ihn damit an einen Stuhl gefesselt, um ihm zu zeigen, dass er nicht der tolle Hecht war, nur weil er jetzt im West End arbeitete.

Nein, Neil war mir keine Hilfe. Ich war allein mit meinen Erinnerungen. Die gute alte Lily, gefangen in ihrer Melancholie. Aber ich würde es schaffen, das wusste ich. Mit der Zeit würde das Bild von Leonard verblassen und damit hoffentlich auch die Gefühle, die er in mir ausgelöst hatte. Das Leben würde weitergehen. Ich war entschlossen, mich nicht unterkriegen zu lassen. Und wenn Leonard mich – so wie Lianas Freund Alyss – ermuntert hätte, das Leben auszukosten, solange ich noch jung war, und es in allen Facetten, die es zu bieten hat, zu genießen, dann hätte ich es getan. Aber ich fühlte mich gar nicht jung, sondern kam mir im Augenblick sogar uralt vor.

In *Time Out* hatte ich die Ankündigung eines Konzerts der Holy Criminals gesehen und versucht, ein Ticket zu bekommen, aber es war bereits ausverkauft. Als ich Jonno im Musikgeschäft davon erzählte, meinte er, eine Bekannte von ihm sei im Büro ihres Managements beschäftigt; er würde sie anrufen und fragen, ob sie mich auf die Gästeliste setzen könne. Er spöttelte aber auch, ich hätte mich doch nie für diese Band interessiert, bis der Drummer mit seinen isländischen Freunden in unserem Laden aufgekreuzt sei.

Ich lief mit voller Kriegsbemalung beim Konzert auf: dunkelvioletter Lippenstift, dicker schwarzer Lidstrich, Gelfrisur. Außerdem war ich von Kopf bis Fuß in Leder gekleidet und trug natürlich auch meine von Leonard so verabscheuten Doc Martens. Mein Name stand wie versprochen auf der Gästeliste, ich hätte sogar noch jemanden mitbringen können, war allerdings allein gekommen. Jonno war kein Fan des dubiosen Viggo Franck und seiner Band.

Der Ausweis, den man mir gab, ermöglichte mir sogar den Zugang zum Backstage-Bereich.

Viggo mit dem wildem Haarschopf und seiner knallengen Hose erkannte ich auf Anhieb. Er war von einer Traube von Frauen umgeben, die an seinen Lippen hingen und über jedes noch so schwache Witzchen lachten. Am anderen Ende des Green Room hatte man eine gut bestückte Bar aufgebaut, dazu gab es Früchte, Wurst und Käse im Überfluss. Ich schob mich gerade vorsichtig mit meinem Plastikbecher voll Rotwein und einem Teller mit Chips, Nüssen und einem Ei-Kresse-Brötchen durch die Menge, als mir jemand auf die Schulter tippte. Ich drehte mich um.

»Die kurzen Haare stehen dir.«

»Ich hätte nicht gedacht, dass du mich wiedererkennst.«

»Wie könnte ich eine so schöne Träne vergessen«, sagte Dagur.

Ich durfte das Konzert von Anfang bis Ende mit ein paar ausgewählten Fans von der Seitenbühne aus verfolgen. Die Show war mitreißend und eindrucksvoll, obwohl die Musik im Grunde nicht ganz meine Wellenlänge war.

Nach dem Konzert zog Viggo sich mit einigen langbeinigen Blondinen in kurzen Röcken in seine Garderobe zurück. Dagur, noch immer schweißnass, hatte sich das T-Shirt ausgezogen und zeigte ein prächtiges, schwarzes Pferdetattoo auf der straffen Haut seines Rückens. Er kam auf mich zu und zwinkerte. Das war keine plumpe Anmache, sondern einfach nur eine kumpelhafte Art, freundlich zu sein.

Ich trat näher an ihn heran und strich ihm über die Stirn. Er küsste mich. Seine Lippen waren fest und fordernd. Und als ich mich in seine Arme sinken ließ, legte er seine Hände auf meine Hüften und hielt mich fest, ohne meine Lippen freizugeben. Er versuchte nicht, an mir herumzufummeln oder auf andere Weise vorzeitig aus der Situation Profit zu schlagen. Ich fand es unwiderstehlich, wie er mich gleichzeitig anmachte und auf Abstand hielt.

Am nächsten Morgen erwachte ich in seinem Bett. Er hatte die Heizung voll aufgedreht, und kaum schlug ich die Augen auf, um den Tag zu begrüßen, zog er mir die Bettdecke weg und betrachtete mich, als ich mich nackt auf seinem Futon streckte und gähnte. Außer dem riesigen, niedrigen Bett aus Walnussholz mit blütenweißer Bettwäsche war seine Wohnung so gut wie leer.

»So ist es besser«, sagte er. »Ich will dich sehen.«

Er hatte mir bereits ein Tablett mit einer Tasse Kaffee und einen Teller mit honigbeträufelten Obstscheiben hingestellt. Neben der Kaffeetasse stand ein Kännchen Sahne.

Daran konnte ich mich gewöhnen. Jungs in meinem Alter brachten einem gewöhnlich kein Frühstück ans Bett. Sie hatten viel zu viel Angst, die Mädchen würden gleich an Verlobung und Familie denken, wenn sie auch nur ein bisschen nett waren.

Ältere Männer sind da anders. Sie nehmen das alles etwas lässiger und können deshalb die Frauen ruhig auch mal nett behandeln. Und das gefiel mir.

Dagur schätzte ich auf Anfang dreißig. Vielleicht ein wenig jünger. In Klamotten machte er keinen besonderen Eindruck, was aber vielleicht auch daran lag, dass er im Schatten des Mädchenschwarms Viggo Franck stand. Nackt hingegen sah er ziemlich gut aus. Er hatte fast keine Körperhaare, war muskulös, und dann hatte er dieses Tattoo, das sein Muskelspiel zur Geltung brachte, wenn er sich bewegte. Ich brauchte nur daran zu denken, und schon wurde ich feucht.

»Was machst du morgen, Süße?«, fragte er. Er saß auf der Bettkante und hatte ein Laptop auf den Knien. Von Zeit zu Zeit strich er mir gedankenverloren über den Knöchel, bis ich so weit heruntergerutscht war, dass meine Beine aus dem Bett hingen und seine Hand direkt unterhalb meiner Möse lag statt auf meiner Wade.

Er schaute grinsend auf.

»Ach, so eine bist du also«, sagte er. Er beugte sich über mich und schob mir einen Finger rein, bewegte ihn langsam kreisend, bis ich zu stöhnen begann und mich ihm entgegenreckte. Ich rutschte auf dem Bettlaken weiter nach unten, damit seine Hand noch tiefer in mich eindringen konnte. Ich gierte danach, dass Dagur meine Möse ganz ausfüllte, die Leonard leer zurückgelassen hatte.

Sein Laptop fiel scheppernd zu Boden.

»Tiefer«, sagte ich. »Ich will mehr spüren …«

Als meine Füße den Boden fanden, stemmte ich mich ab, umschlang seinen Arm und zog daran, um seine Hand weiter in mich hineinzudrücken.

»Dafür bist du zu eng, Baby.«

»Versuch es«, beharrte ich. Ich presste seine Faust fester an mich. »Ich will ganz voll sein.«

In Dagurs Augen blitzte es auf. Im nächsten Moment drückte er mich aufs Bett, und nachdem er mir die Beine über den Kopf gehoben hatte, ließ er seine Finger mit raschen Bewegungen in mich hinein und wieder heraus gleiten. Dabei hielt er sie eng zusammen, um leichter in mich eindringen zu können. Ich stöhnte auf, als er den vierten Finger bis zum Knöchel in mich hineingeschoben hatte.

»Entspann dich«, sagte er. Mit ungewohnter Zärtlichkeit strich er mir über die Wange. Dann griff er unters Bett und holte eine Tube Gleitcreme hervor. Sie roch stark nach Zimt und fühlte sich kalt und feucht an.

»Warum versuchst du es nicht selbst?«, fragte er.

»Ich?«

»Ja. Ich möchte dir zusehen, wie du dich selbst fistest.«

Er nahm meine Hand und umschloss meine Finger, um mir zu zeigen, wie viel weniger Raum sie zusammengedrückt einnahmen.

»Ich weiß nicht, ob ich das kann …«

»Ich helfe dir«, sagte er und zog langsam seine Hand aus mir heraus. Dann ergriff er mein Handgelenk, um mich zu führen. Seine Finger waren feucht und klebrig.

»Hast du Erfahrung mit DP?«, fragte er, als ich mir erst einen, dann zwei, dann drei, dann vier Finger hineinschob.

»DP?«

»Doppelte Penetrierung. Zwei Männer auf einmal.«

»Nein«, keuchte ich, nahezu überwältigt von dem Gedanken, dass fast schon meine ganze Hand in meiner Vagina steckte. Meine Überraschung war beinahe größer als meine Erregung, und für einen Augenblick verlor ich mich ganz in Gedanken an all die neuen Möglichkeiten, die sich mir dadurch eröffneten.

Ich hatte noch nie einen Dreier versucht. Liana, das wusste ich, hingegen schon – ihr erster Typ war bi gewesen und hatte einmal mit ihrer Einwilligung einen Freund hinzugebeten. Liana hatte ihrer Schilderung nach dabei zugeschaut, als sich die beiden Männer einen bliesen, und dann hätten die zwei gleichzeitig ihren Schwanz in sie gesteckt. Den einen habe sie geritten, und der andere habe hinter ihr gekniet und sie anal genommen. Sie musste sich dabei wie eine Königin vorgekommen sein, stellte ich mir vor, als ich das hörte: zwei Männer auf einmal reiten!

Sie hatte nur gelacht, als ich das gesagt hatte. Und jetzt verstand ich auch, warum. Wahrscheinlich führte eine derartige Situation bei ihr eher zu einem doppelten Kontrollverlust. Für mich aber stellte es sich anders dar: Zwei Männer, die mich voller Begierde anschauten, die meinen Körper bewunderten und mich so berührten, wie ich es ihnen sagte. Nachdem Liana gegangen war, hatte ich mich in mein Zimmer eingeschlossen und es mir mit der Hand zwischen den Schenkeln in allen Einzelheiten ausgemalt.

»Aber die Idee gefällt dir, nicht wahr?«, hakte Dagur nach. »Ich sehe ja, dass du ganz nass wirst. Macht dich das an, dir vorzustellen, dass du zwei Schwänze in dir hast?«

Er hatte sich zu mir heruntergebeugt, um mir ins Ohr zu flüstern. Sein isländischer Akzent gab seinen Worten eine raue, harte Note, bei der mir der Atem stockte und ich bis auf die Lust, die mich plötzlich durchzuckte, alles um mich herum vergaß. Wenn ich nicht schon gelegen hätte, hätten mir Dagurs Worte weiche Knie und Schwindel bereitet. Zum ersten Mal hatte ich mit Leonard gemerkt, wie sehr es mich anmachte, wenn er mir schmutzige Dinge ins Ohr flüsterte. Aber offenbar machte mich das auch bei anderen an.

»Oh, mein Gott, ja«, antwortete ich. Jede Nervenfaser meines Körpers verlangte nach Erlösung.

»Damit kann ich jetzt leider nicht dienen, aber so ist es sicher auch nicht schlecht.«

Seine Finger schlossen sich sanft um mein Handgelenk und schoben es voran, bis ich spürte, dass meine Möse sich dehnte und meine Hand ganz hineinglitt.

»Wahnsinn«, sagte ich verwundert. Meine Scheide fühlte sich ganz anders an, als ich erwartet hatte. Nur der Eingang war eng, dahinter weitete sie sich bequem. Ich streckte die Finger und tastete herum. Kurz schloss ich die Augen, und ohne noch an Dagur zu denken, versank ich in dem Empfinden, dass meine Faust mich bis zum Anschlag ausfüllte.

Als ich die Augen wieder aufschlug, schaute mich Dagur mit glänzendem Blick an.

Er gab einen kehligen Laut von sich und drehte mich auf die Seite, presste meine Knie gegen meine Brust und hielt mein Handgelenk zwischen meinen Schenkeln fest.

»Mehr«, stöhnte ich. Selbst meine Faust war mir noch nicht genug. Sie würde nie ausreichen, um die große Leere auszufüllen, die Leonard in mir hinterlassen hatte.

Ich wand mich, als Dagur wild an meinen Brüsten zu ziehen und sie zu kneten begann, als wäre er ganz außer sich. Und als er mir mit dem Mund über den Hals fuhr, spürte ich scharf seine Zähne auf meiner Haut.

»Dann sollst du mehr kriegen«, flüsterte er heiß und rau und drückte mir einen Finger ins Arschloch.

»O mein Gott, du bist so eng«, flüsterte er, als er seinen Finger kreisen ließ und dann einen zweiten einführte.

»Mehr«, verlangte ich. Dagur ließ mein Handgelenk los und suchte unter dem Bett nach einem Kondom. Seine Hände bebten fast so sehr wie mein Körper. Dann drückte er erneut gegen meine Faust und schob meine Hand wieder tief in mich hinein, während sein Schwanz in meinen Arsch glitt. Überwältigt von Entzücken, schrie ich auf.

Sein Schwanz rieb an meinen Fingerknöcheln. Er war von meiner Hand nur durch die dünne Wand getrennt, die zwischen meinen beiden Öffnungen, meiner Möse und meinem Arsch, lag.

»Spürst du das?«, fragte ich ihn und bewegte meine Hand, um seine Empfindungen zu verstärken.

»Verdammt, ja, ich spüre es.« Er rollte mich zu einer Kugel zusammen, griff fest in mein kurzes Haar und stieß schneller und schneller in mich, bis sein Körper sich auf einmal anspannte und härter wurde. Da wusste ich, dass sein Samen sich unter der dünnen Latexschicht des Kondoms in meinen Hintern ergoss.

Seine Brust war schweißnass, als er auf mir zusammensackte und mich fest umarmte, ohne den Schwanz aus mir herauszuziehen. Er küsste mich sanft auf die Lippen und strich mir mit den Fingerspitzen über die Hüfte.

»Oh«, sagte ich, als ich meine Hand befreite. Mir tat das Gelenk weh, weil es so lange in einer unbequemen Position verharrt hatte. Dagur führte meine Hand an die Lippen und küsste sie, als würde er einer Prinzessin seine Reverenz erweisen.

»Alle Achtung«, sagte er. »Aber bist du denn nicht gekommen?«

»Nein«, antwortete ich. Ich hatte nie einen Sinn darin gesehen, meinem Partner etwas vorzumachen.

»Es war merkwürdig. Ich habe gespürt, dass meine Muskeln sich gespannt haben, als würde ich gleich kommen. Aber vielleicht war ich zu sehr ausgefüllt, dass ich gar keinen Platz für einen Orgasmus hatte. Die Spannung war da, aber ich konnte nicht loslassen.«

»Interessant«, sinnierte er. Dann stützte er sich auf einen Ellbogen und verlagerte sein Gewicht, sodass er halb über mir lag und sein Körper schwer auf mir ruhte. »Ich kümmer mich drum. Gib mir nur ein paar Minuten, damit ich mich erholen kann.«

Er hielt Wort. Wir verbrachten den ganzen Tag im Bett, ein einziges Knäuel in nass geschwitzten Laken.

Es war früher Abend, als ich endlich in mein Zimmer in Dalston zurückkehrte und in mein Bett kroch.

Die Erleichterung, endlich mit meinem angenehm müden Körper und mir selbst allein zu sein, wurde von Sorgen um Liana getrübt. Es gelang mir nicht, sie abzuschütteln, sooft ich mir auch sagte, dass sie erwachsen und schon seit Langem in der Lage war, für sich selbst zu sorgen, auch wenn sie ganz anders tickte als ich.

Schließlich beschloss ich, sie anzurufen, um mich nach ihr zu erkundigen und sie mit meinem jüngsten Abenteuer aufzuheitern.

»Oh, Lily«, kicherte sie. »Du bist vielleicht eine Schlampe!«

»Das sagt die Richtige!«, antwortete ich mit gespielter Empörung.

»Aber eine nette Schlampe, natürlich. Kaum bist du deinem alten Knacker vom Schoß gesprungen, schon hüpfst du mit einem Rockidol ins Bett.« Sie seufzte. »Ich bin neidisch. Obwohl ich mir wahrscheinlich den Sänger oder den Gitarristen gekrallt hätte. Drummer sind die unterste Stufe auf der Groupieleiter, soweit ich weiß. Typisch für dich, dass du unten anfängst. Du willst dich wohl hocharbeiten, was?«

»Wer im Glashaus sitzt, sollte nicht mit Steinen werfen«, erwiderte ich. »Wer lässt sich denn gerne gefesselt den Hintern versohlen, du oder ich?«

»Eine Schlampe hackt der anderen kein Auge aus.« Liana setzte einen Schlussstrich unter unser Geplänkel. »Jetzt erzähl mal. Ich will alles über deinen Rockstar hören, vor allem die deftigen Details. War er hemmungslos?«

»Nicht unbedingt«, antwortete ich. »Aber ein paar neue Kniffe hat er mir schon gezeigt.«

»Er hat ja den Ruf, ein echt wilder Kerl zu sein«, meinte sie.

»Er ist eigentlich eher nett, wenn auch nicht der Beziehungstyp.«

»Also keiner zum Nestbauen?«

»Nein, zum Heiraten taugt er nicht«, bestätigte ich.

»Dann erzähl mal was über die neuen Kniffe. Vielleicht kann ich noch was lernen.«

»Ist eher unwahrscheinlich.« Ich lachte.

In den folgenden Wochen traf ich mich mit Dagur, wann immer es sein Tourneeplan und meine Arbeit zuließen. Ich war total in ihn verknallt und genoss jeden Augenblick, den wir zusammen verbrachten, im Bett oder außerhalb. Mit ihm machte einfach alles Spaß, er war ein fantasievoller Liebhaber, voller Energie, und hatte einen schrägen Sinn für Humor. Ganz anders als Leonard, bei dem stets die Melancholie unter der Oberfläche gelauert hatte, selbst in Momenten, in denen er mal aus sich herausging und fröhlich war. Wenn Dagur lachte, dann hielt ihn nichts. Das Dröhnen, das aus seiner Kehle kam, war alles andere als dezent, es war das pralle, unzensierte Leben. Und wenn er fickte, dann war er mit Leib und Seele bei der Sache, vielleicht ein bisschen egoistisch, aber unermüdlich und sehr aufmerksam für meine Reaktionen und Regungen. Er spielte mit mir wie auf seinem Schlagzeug, mit Leidenschaft und Präzision, fand immer den richtigen Rhythmus und gab das Tempo vor. Für ihn war es kein Unterschied, ob er sein Vergnügen aus einem gelungenen Trommelsolo zog oder aus den körperlichen Empfindungen in einer wilden Liebesnacht.

Dabei war er kein bisschen sentimental.

Einmal fragte er mich nach dem Fußkettchen, das ich immer noch trug. Es war ein Geschenk von Leonard, das mich jedes Mal, wenn mein Blick darauffiel, an ihn erinnerte. »Von einem anderen Typen?«, fragte er ganz leidenschaftslos. Als ich nickte, meinte er nur: »Stört mich nicht. Wirklich nicht.«

Sex war für ihn einfach ein Spiel, das ihm riesigen Spaß bereitete, so wie sein Schlagzeug, die Auftritte mit der Band oder Essen. Ein körperliches Bedürfnis, dem er sich von ganzem Herzen hingab, ohne Rückhalt und ohne Bedenken.

Natürlich mochte er mich, aber ich hatte das Gefühl, für ihn hätte es auch jedes andere Mädchen getan. Frauen waren für ihn austauschbar, Einwegprodukte, zeitweilige Vergnügungen am Rand einer endlosen Straße von Freuden. Er tat den Frauen nicht weh, aber er machte auch nie irgendwelche Versprechungen, schon gar nicht auf länger. Frauen waren für ihn Freunde, mit denen er fickte. Über den Spaß an gutem Sex hinaus bedeuteten sie ihm nichts.

»Ist doch okay«, meinte Liana eines Abends am Telefon. »Genuss ohne Reue. Nimm es mit, solange es läuft.«

»Also, ich weiß nicht so recht«, sagte ich.

»Sicher, er ist vielleicht kein Märchenprinz. Aber den gibt es ja auch gar nicht, oder?«

Vielleicht aber wollte ich tief in meinem Innern doch nicht bloß eine Schlampe sein.

Wenn Dagur mich rücksichtslos und laut und im Maschinentakt fickte, hemmungslos wie ein Wikinger in mich hineinstieß, dann sehnte ich mich nach Leonards ruhiger Sanftheit. Und wenn mein Drummer mit dem Pferdetattoo sich dann erholt hatte und mich wieder lüstern in seine muskulösen Arme schloss, dann wünschte ich mir im Stillen einen jener seltenen Augenblicke zurück, in denen Leonards Gesicht über mir geschwebt hatte mit dem Ausdruck jenes inneren Widerstreits, als fühlte er sich hin und her gerissen zwischen seiner angeborenen Empfindsamkeit und seinem Drang, mich immer fester zu stoßen, um im Einklang mit meiner anschwellenden Lust den Puls meines Lebens zu fühlen und sich ihm in vollkommener Verschmelzung anzupassen.

Einmal wachte ich in den frühen Morgenstunden auf. Dagur war nach einem Auftritt in East London erst spät zu mir gekommen, und wir lagen eng umschlungen in meinem schmalen Doppelbett. Ich glühte noch innerlich von unserem leidenschaftlichen Liebesspiel, aber ich musste geträumt haben, denn ich war völlig durcheinander – Menschen, Ereignisse, Dinge schwirrten in meinem Kopf herum. Dagur lag auf seiner Seite des Betts und hatte einen Arm zärtlich um mich gelegt. Er schnarchte leise vor sich hin, ein Mann, zufrieden mit sich und mit der Welt im Reinen. Auch ich hätte zufrieden sein können, doch als ich ihn so ansah, sehnte ich mich plötzlich nach Leonard. Und zwar heftig.

Klarer Fall von falschem Mann zur falschen Zeit.

Ich löste mich aus Dagurs Umarmung, nahm mein Handy vom Nachttisch, rief die Kontaktliste auf und scrollte bis zu Leonards Nummer. Eine halbe Ewigkeit schwebte mein Finger über »Anruf«. Dabei durchlebte ich die gesamte Gefühlsskala zwischen Entschlossenheit und Angst.

Schließlich dämmerte mir, dass ich ihn aus dem Schlaf reißen würde – sofern er noch in Europa war und nicht gerade in der Weltgeschichte herumreiste – und dass ich ihm das kaum zumuten konnte, zumal ich ihm gar nichts Sinnvolles zu sagen hatte. Vor allem nichts, das aus der Welt schaffen konnte, was uns trennte und für immer trennen würde.

Dann überlegte ich, ihm eine SMS zu schreiben. Doch das war kaum das richtige Mittel, um die Gefühle zum Ausdruck zu bringen, die mich innerlich zerrissen.

Vielleicht lag Leonard ja gerade ebenfalls wach, schaute unschlüssig auf sein Handy und dachte genau dasselbe wie ich, wurde von denselben Zweifeln geplagt. Aber das war wohl Wunschdenken.

Also legte ich das Handy auf den Boden neben das Bett, betrachtete Dagurs breite Schultern und lauschte auf seinen Atem. Meine Hand glitt unter die Bettdecke und tastete nach seinem Schritt. Ich umfasste seine Eier, wog ihr Gewicht. Und schon rührte er sich, drehte sich auf den Rücken, und sein schlaffer Schwanz begann unter meinen Fingern zu wachsen.

Ich steckte den Kopf unter die Bettdecke und nahm ihn in den Mund. Umfangen von den süßen Ausdünstungen unserer warmen Körper, lutschte ich sein Glied, bis es hart war und in meinem Mund pulsierte. Dann schob ich mich auf ihn und führte seinen Schwanz in mich ein. Dagur schlug die Augen nicht auf, aber ich war mir sicher, er wusste, was vor sich ging. Ich ritt ihn ohne Gummi, und es war mir egal.

Er stöhnte. Ein träger Seufzer der Zufriedenheit. Gierig federte ich auf und nieder und nahm seinen steifen Schwanz tief in mir auf.

Immer wieder, bis es mir schon fast so vorkam, als würde ich mich selbst ficken und Dagur wie einen Dildo benutzen. So ähnlich empfand er es wohl, wenn er mich oder irgendein Groupie bumste, dachte ich.

Ich spürte schon, dass ich so nicht kommen würde. Dennoch gierte ich danach, dass sein harter Schwanz mich ausfüllte, mich spaltete, bis ich aufschreien und den Geist von Leonard aus dem Zimmer treiben könnte, sodass er verblassen, zur Vergangenheit würde, zu jemandem, den ich vergessen musste, wenn ich nicht verrückt werden wollte. Hallo, Dagur, tschüss, Leonard. Es klang fast schon wie der Titel eines Songs. Goodbye Leonard, hello Rockstar.

Dagur bekam von meiner Unzufriedenheit nichts mit. Es war ihm völlig egal, wer beim Sex die Initiative übernahm, und wenn ich im Morgengrauen mit dem Bedürfnis aufwachte, mit ihm zu ficken, dann war das für ihn total okay. Allerdings meinte er, wenn wir weiterhin ungeschützten Verkehr haben wollten, müssten wir uns testen lassen. Dass er das so locker nahm, brachte mich zum Erröten. Aber es gab mir auch ein Gefühl von Vertrauen und die Freiheit, meinen eigenen Wünschen nachzugeben. Dagur runzelte nur die Stirn, als ich mich zum Spaß eine Schlampe nannte, so, als hätte er dieses Wort noch nie gehört und könnte dieses Urteil nicht nachvollziehen. Für Dagur konnte es gar nicht zu viel Sex mit zu vielen Partnern geben. Für ihn war Sex einfach eine Lebensnotwendigkeit.

Ich nahm mir also vor, seinem Vorbild zu folgen und nicht so lange zu überlegen, ob ich mit jemanden ins Bett steigen sollte oder lieber nicht – also einfach nur meinen Spaß zu suchen.

Deshalb zögerte ich nicht lange und sagte sofort zu, als er anrief und mich zu einem von seinem Manager arrangierten Fotoshooting einlud.

»Nicht mit den anderen?«, fragte ich Dagur, weil ich eigentlich erwartet hatte, dass die Holy Criminals zusammen fotografiert wurden.

»Nein«, antwortete er. »Unser Manager findet, dass das Bildmaterial in unserer Pressemappe veraltet ist. Er will neue Fotos. Viggo und die anderen haben das schon vor Wochen erledigt. Ich bin der Letzte und schiebe es schon eine Ewigkeit vor mir her. Aber jetzt hat der Manager keine Geduld mehr mit mir.«

»Hast du etwa Angst, dass die Kamera dir die Seele raubt?«, neckte ich ihn.

»Ja, irgendwie schon. Der Fotograf scheint ziemlich bekannt

zu sein. Macht mehr Modefotos, wie die Mädels im Büro des Managers mir erzählt haben. Wahrscheinlich geht es heute nur um Probeaufnahmen. Keine große Sache eigentlich. Aber ich fühle mich nicht wohl, wenn ich allein vor einer Kamera stehe. Mit der Band zusammen ist es kein Problem, dann albern wir einfach herum. Deshalb hat der Fotograf vorgeschlagen, ich soll jemanden mitbringen …«

Es schmeichelte mir, dass Dagur an mich gedacht hatte. Sicher stand eine ganze Schar blonder Mädels bereit, die ihm gern das Händchen halten würden.

»Hi, ich bin Grayson«, stellte sich der Fotograf in munterem Ton vor. Sein Blick blieb an meinem Tränentattoo hängen, aber er sagte nichts dazu. Ich fand ihn auf Anhieb sympathisch.

Mit einem Kaffee in der Hand schaute ich zu, wie Grayson die Scheinwerfer aufbaute und die Ausrüstung zurechtrückte. Danach schoss Grayson eine halbe Stunde lang in hohem Tempo Foto um Foto. Dabei umkreiste er Dagur wie ein surrendes Insekt, setzte zwischendurch auch mal kurz ab oder gab ihm neue Anweisungen. Die ganze Zeit über zeigte Dagur ein gequältes Lächeln, und man sah ihm an, dass er sich vor der Kamera unwohl fühlte.

»Mann, entspann dich«, sagte Grayson.

»Wenn du mir sagst, wie das geht?«

»Mach irgendwas, was dir ganz natürlich vorkommt«, schlug Grayson vor. Er verzog keine Miene, als Dagur die Arme über den Kopf hob und sich sein langärmeliges T-Shirt abstreifte, den Gürtel öffnete, seine Jeans aufknöpfte, sie auszog und die Kleider zur Seite warf.

Dagur zwinkerte schalkhaft erst mir, dann dem Fotografen zu. Man könnte förmlich sehen, wie die Anspannung von ihm abfiel.

Grayson lächelte. »Okay, wenn es so besser geht«, meinte er nur.

»Ja, so geht es besser, und wie«, sagte Dagur. »Ich vertraue dir und unserem Manager, dass nichts Kompromittierendes an die Öffentlichkeit dringt.«

»Darauf hast du mein Wort«, sagte der Fotograf. Dann nahm er seinen Tanz um den zunehmend lockeren und entspannten Dagur wieder auf.

Natürlich hatte ich Dagur schon zigmal nackt gesehen, aber noch nie so. Wenn wir uns voreinander auszogen, rissen wir uns gewöhnlich unter Küssen die Kleider vom Leib, in die wir dann morgens in aller Eile wieder hineinschlüpften, um zu unseren Proben oder zur Arbeit zu fahren. Das Ausziehen war bei ihm nie ein Ritual wie mit Leonard. Der hatte sich immer die Zeit genommen, Schicht um Schicht freizulegen; als würde mit jedem abgelegten Kleidungsstück ein Gefühl befreit oder eine Hemmung beseitigt; als kämen wir uns mit jedem ausgezogenen Stück Stoff näher – sodass nicht nur unsere Körper, sondern auch unsere Seelen nackt waren.

Aber als Grayson einen Scheinwerfer auf Dagurs Oberkörper richtete, sah ich ihn mit ganz neuen Augen. Trotz seiner mächtigen Schultern und den deutlich ausgeprägten Rücken- und Brustmuskeln wirkte er auf merkwürdige Art zerbrechlich, wenn er so ruhig und ohne Erregung dastand. Sein Schwanz, der kurz und schlaff herunterhing, ruhte umrahmt von dunklen Haaren zwischen seinen Beinen. Irgendwie zart. Verletzlich.

Ich lehnte mich in meinem Stuhl zurück und beobachtete voller Genuss, wie hilflos Dagur dem grellen Licht der Scheinwerfer ausgeliefert war. Als er Graysons Anweisungen ausführte, spürte ich, dass meine Nippel hart und mein Höschen feucht wurden. Mir gefiel das. Da ich Klamotten anhatte und dem nackten Dagur bei diesem Schauspiel aus einiger Entfernung zusah, konnte ich mir leicht vorstellen, dass ich hier die Regie führte, meinen Kerl fest in der Hand hatte und er jeder meiner Launen folgen musste.

»Das macht dir wohl Spaß?«, fragte Dagur, als Grayson in einen Nebenraum verschwand, um den Akku seiner Kamera zu wechseln.

Er fuhr mit der Hand unter mein T-Shirt und drückte meine Brüste. Ich trug an diesem Morgen auf Dagurs Anraten hin keinen BH, denn wenn ich vor der Kamera Haut zeigen sollte, würden die unvermeidlichen Druckstellen nur stören.

»He«, sagte ich und gab ihm spielerisch einen Klaps auf die Hand. »Wer hat dir das erlaubt?«

»Ich störe doch nicht?«, fragte Grayson amüsiert, als er zurückkehrte und gerade noch sah, dass Dagur die Hand wieder aus meinem T-Shirt zog.

Ich hatte vorher nicht groß auf den Fotografen geachtet. Er war nett, aber auch so professionell und unnahbar wie jemand, der nur seinen Job im Kopf hat. Er verschmolz förmlich mit seiner Ausrüstung, sodass man leicht vergaß, dass auch er nur ein Mensch und nicht bloß das Anhängsel einer Kamera war.

Als mir plötzlich warm das Blut in die Adern schoss und Dagur nackt so nah vor mir stand, erschien mir Grayson mit einem Mal in einem ganz anderen Licht. Gar keine schlechte Figur, dachte ich, schaute auf seinen Oberkörper und versuchte mir vorzustellen, wie er unter den Kleidern aussah. Er trug ein enges T-Shirt, das ihm wie eine zweite Haut am Körper klebte; und er war schlank, aber nicht so muskulös wie Dagur, der regelmäßig ins Fitnessstudio ging. Die Jeans hing ihm so locker und tief auf den Hüften, dass gelegentlich seine teure Markenunterhose aufblitzte.

Und kaum hatte Grayson gefragt, ob Dagur auch Aufnahmen mit mir gemeinsam wolle, waren meine Nippel schon steinhart. Es war mir zunächst peinlich, mein T-Shirt auszuziehen, weil den beiden Männern dann nicht entgehen konnte, welche Wirkung sie auf mich hatten.

Grayson schien von meiner wachsenden Erregung nichts mitzubekommen. Seine Coolheit heizte die Glut, die wie eine Blume in meinem Innern aufging, nur noch mehr an.

»Super«, rief der Fotograf. »Super! So bleiben bitte! Ich muss nur noch die Beleuchtung justieren.«

Dagur saß auf einem schwarz-weiß gestreiften Hocker und hielt zwei Trommelstöcke in der Hand. Ich glitt hinter ihn und drückte mich mit gegrätschten Beinen an seinen Rücken.

»Meine Güte«, sagte er, wandte sich um und sah mir in die Augen. »Du bist ja ganz nass.«

Meine Möse rutschte über die Haut seines Rückens, als ich mich noch fester an ihn schmiegte und meine Schenkel um seine Hüften schob.

Sein Schwanz, der an meinem Unterschenkel lag, wurde steif. Plötzlich wurde ich mir bewusst, dass Grayson diese intime Situation durch die Kamera beobachtete. Ich musste kichern.

»Tut so, als wäre ich nicht da«, rief Grayson, der sich nicht aus der Ruhe bringen ließ. »Benehmt euch einfach ganz natürlich.«

Die Versuchung war zu groß für mich. Ich wollte mir nicht bloß vorstellen, Dagur, ein Gefangener seiner Erregung, zwischen meinen Beinen eingeklemmt zu haben, sondern ich wollte, dass er so fotografiert wurde. Ich ließ mich vor ihm auf Händen und Knien nieder und begann, seinen Schwanz zu lutschen. Ich wollte ihn dazu bringen, dass er die Kontrolle verlor.

Was würde Liana jetzt wohl von mir denken?, fragte ich mich und musste über mich selbst lächeln – so gut das mit vollem Mund ging. Grayson schoss weiter seine Bilder. Ich wartete so lange, bis Dagur kurz davor war, in meinem Mund zu kommen. Dann sprang ich auf die Füße, packte ihn an den Haaren und drehte mich zur Kamera.

Grayson fotografierte wie wild. Ständig flackerte das Blitzlicht auf. Mein Gesicht glühte vor Hitze und Erregung, und Dagur sank vor mir zu Boden. Er knurrte empört, weil sein Orgasmus so kurz vor der Entladung aufgehalten worden war. Und ich bebte begeistert, weil ich so viel Macht über ihn hatte.

In diesem Augenblick sah ich die Schwellung in der Hose des Fotografen und verlor endgültig den Verstand.

»Leg die Kamera weg«, befahl ich ihm.

Grayson gehorchte, als würde ich ihn an einer unsichtbaren Kette führen.

»Komm her.«

Als er auf mich zutrat, griff ich ihm in den Schritt und knetete ihn.

»Ich will euch beide«, sagte ich. »Jetzt sofort.«

»Dein Wunsch ist mir Befehl«, antwortete Grayson und fiel auf die Knie.

5

80 TAGE SIE

Dagur regte sich.

Sein linkes Bein ruhte auf meinem Bauch. Unsere ineinander verschlungenen Glieder lagen wie ein einziges Knäuel auf einem Haufen Decken und bunten Laken, die auf dem Fußboden des Ateliers ausgebreitet waren. Als ich mich zur Seite drehte, hatte ich Graysons Ellbogen vor der Nase. Ich war von beiden Männern eingekeilt. Als ich langsam wach wurde und meine Gedanken sich klärten, erinnerte ich mich an die Nacht, die wir zusammen verbracht hatten.

Liana hatte mich am Telefon zärtlich »Schlampe« genannt. Nun, jetzt war ich eine, dachte ich trocken und lächelte selbstzufrieden. Zwei Männer an einem Abend – und nicht nacheinander.

Und mich plagten überhaupt keine Schuldgefühle. Auch war mir nichts peinlich, im Gegenteil, mir ging es blendend. Endlich einmal fehlte es mir an nichts. Ungewohnt für mich.

Ein Gefühl der Freiheit durchflutete mich, wie ich es bisher noch nie erlebt hatte.

Vorsichtig streckte ich mich ein wenig und wollte weder Dagur noch Grayson wecken, die wie unschuldige Kinder schliefen. Ihre weichen und zugleich festen Körper zwängten mich ein und schützten mich mit ihrer wohligen Umarmung.

Genüsslich ließ ich die Erinnerungen an die letzte Nacht Revue passieren und sezierte geradezu die Gesten, die wenigen Worte, die Liebkosungen, die fabelhaften Exzesse, als suchte ich nach einer Rechtfertigung für meine Hemmungslosigkeit. Ich dachte daran, dass ich mich manchmal mit geschlossenen Augen ganz dem Strudel der Empfindungen hingegeben und versuchte hatte, aus dem Rhythmus der Stöße und den gedämpften Lauten zu schließen, welcher der beiden Männer gerade in mir war. Oder dass beide gleichzeitig erregende, verruchte Kombinationen mit mir durchgespielt hatten, die mir wie das Natürlichste von der Welt vorgekommen waren. Zwei Meister der Erotik, die einen Pakt geschlossen hatten, um meine Wollust immer noch weiter anzufeuern, sodass aus simplem Sex raffiniert zelebrierte hohe Kunst wurde.

Doch jetzt spürte ich in meiner eingeklemmten Wade den heimtückischen Schmerz eines beginnenden Krampfs und musste meine Lage ändern. Einer der beiden stöhnte, und ich spürte seinen Atem an meinem Ohr. Dagur. Im Laufe der letzten Monate waren mir seine verschiedenen Stufen des Aufwachens vertraut geworden. Gleich würde er seine Glieder in alle Richtungen unseres improvisierten Betts dehnen, sich einige Male am Kopf kratzen, die Augen aufreißen, sich räuspern, und schon – Simsalabim! – wäre er bereit, aufzustehen und einen neuen Tag in Angriff zu nehmen. Im Gegensatz zu mir, die stundenlang dösend und träumend faul im Bett liegen bleiben konnte, stand er sofort auf, als wäre jede weitere Minute unter der Decke ruchlose Zeitverschwendung.

Grayson zu meiner anderen Seite rührte sich noch nicht.

Als Dagur sich jetzt tatsächlich streckte, stieß er mir seinen Ellbogen in die Rippen. Ich zuckte zusammen.

Mit seinem Gestrampel zog er uns die Decke weg, sodass Grayson und ich kurzerhand nackt dalagen, der Fotograf auf dem Bauch, die festen Arschbacken entblößt.

»Welch ein erfreulicher Anblick.«

Die Frau stand plötzlich hinter uns; ich hatte nicht gehört, dass sie hereingekommen war. Ich drehte den Kopf in ihre Richtung.

Es war SIE.

In einem exquisiten, figurbetonten Seidenkimono, die leuchtenden Rot- und Pinktöne das reinste Farbenfeuerwerk in der unterkühlten Eintönigkeit des Fotostudios.

Dagur stützte sich auf die Ellbogen und betrachtete SIE, ohne sich seiner Nacktheit bewusst zu sein.

Im Gegenzug musterte SIE ihn, wobei ihr Blick anerkennend an seinem langen, schlaffen Schwanz hängenblieb, der auf seinen Oberschenkel sank, als er sich schamlos breitbeinig aufsetzte. Grayson schlief immer noch.

Dann fiel ihr Blick auf mich.

»Dich kenne ich«, sagte SIE. »Aber wer ist dieser Adonis? Dein Freund oder einer von Graysons ungehobelten Models?«

Mir hatte die Überraschung die Sprache verschlagen.

Dagur erhob sich jetzt zu voller Größe und sah sich nach seinen Klamotten um.

»Ich bin Dagur. Von den Holy Criminals. Unser Management hat Grayson beauftragt, Fotos von der Band zu machen. Lily ist eine Freundin von mir. Und wer bist du?«

SIE lächelte geheimnisvoll.

»Wie ich sehe, ist der liebe Grayson noch im Land der Träume und bekommt nichts mit. Nach einem guten Fick schläft er immer wie ein Baby. Wir leben zusammen«, erklärte sie.

Immer noch splitternackt ging Dagur auf SIE zu und schüttelte ihr ganz formell die Hand.

Im Club hatten viele von uns Angestellten endlos über ihr Privatleben gerätselt. Für die meisten war SIE eine stete Quelle großer Faszination, überheblich, herrisch und auf eine kühle, unnahbare Weise wunderschön, mit einer Aura der Grausamkeit, egal ob in ihrer strengen Domina-Aufmachung oder in der zweckmäßigen Alltagskleidung, in der wir SIE manchmal abends zu Gesicht bekamen, ehe sie sich umzog, um die autoritäre Zeremonienmeisterin zu mimen. Dass SIE nicht die Besitzerin des Clubs war, wussten wir – das waren zwei Hedgefonds-Investoren mittleren Alters, die bei ihren seltenen Visiten im Club gern Frauenklamotten trugen –, aber sie benahm sich so, und ihr Wort war dort Gesetz.

SIE war also Graysons Frau, seine Gefährtin, seine Geliebte – vielleicht sogar seine Domme?

Mir schwirrte der Kopf, nicht zuletzt, weil SIE wusste, wer ich war, und nun bedrohlich nahe neben mir stand, während ich nackt neben ihrem ebenso nackten Mann lag. Es war ziemlich offensichtlich, was sich hier letzte Nacht abgespielt hatte.

Doch SIE schien nicht im Mindesten irritiert zu sein. Es zeichnete sich sogar ein amüsiertes Lächeln auf ihren perfekt geschminkten Lippen ab.

»Mach dir keinen Kopf, Lily«, sagte SIE, als hätte sie meine Gedanken erraten und wollte mich beruhigen. »Er darf herumspielen. Mit wem und so oft er will. Ich bin nicht eifersüchtig. So eine Beziehung ist das nicht.«

»Ihr kennt euch?«, fragte Dagur, der gerade in seine Jeans schlüpfte. Mit Unterwäsche hielt er sich nie auf.

»Mein Zweitjob im Fetischclub«, erklärte ich. »Wir arbeiten dort zusammen.«

»Was für ein Zufall«, sagte er und zog sich sein T-Shirt an.

Er schaute auf seine Uhr. »Oh.«

»Was ist?«

»Mir war nicht klar, wie spät es schon ist. Ich muss zur Probe. Nach Maida Vale.«

»Ich könnte dir ein Taxi rufen«, schlug SIE vor.

»Das wäre großartig.«

Er sah zu mir. »Du kommst zurecht, Lily?«

»Aber klar kommt sie zurecht«, versicherte SIE ihm, nahm ihr Handy und bestellte ihm ein Taxi.

Wenige Minuten später fiel die Tür hinter Dagur ins Schloss. SIE, ich und der immer noch schlafende Grayson blieben zurück. Die interessierten Blicke, die SIE mir zuwarf, ließen mich knallrot anlaufen, und ich zog ein Laken über unsere nackten Körper.

»Macht einen netten Eindruck, dein Musiker«, sagte SIE. »Hätte ich davon gewusst, hätte ich mich vielleicht dazugesellt. Wir hätten bestimmt viel Spaß gehabt.«

Ich öffnete den Mund, doch mir fehlten die Worte.

»Hat es dir gefallen?«, fragte sie.

»Ähm … ja … ja«, stammelte ich.

SIE lächelte über das ganze Gesicht.

Ich konnte nicht anders, als mich für sie zu erwärmen. Es kam mir so vor, als wäre die unnahbare Eisgöttin, die ihre Bedingungen vom fernen Nordpol diktierte, plötzlich aufgetaut und wieder menschlich geworden. SIE schien fast froh darüber zu sein, dass ich mit ihrem Kerl geschlafen hatte, nachdem sie nun wusste, dass der Sex Spaß gemacht hatte und erfüllend gewesen war. Und dass Dagur unsere Konstellation bereichert und der kleinen Affäre einen hedonistischen Touch gegeben hatte, begrüßte sie offensichtlich von Herzen.

SIE kam näher und wuschelte mir durchs Haar, das seit der spontanen Schneide-Session mit Liana schon ein ganzes Stück nachgewachsen war, auch wenn es noch sehr lange nicht wieder bis zur Taille reichen würde. Dann stupste SIE Grayson einen nackten Zeh in die Rippen.

»Hey, Gray, kuckuck«, flüsterte sie. Und an mich gewandt: »Da drüben ist eine Dusche.« Dabei zeigte sie auf eine Tür am anderen Ende des Raums.

Ich stand auf. SIE war fast einen Kopf größer als ich.

Grayson wachte auf.

Er rieb sich den Schlaf aus den Augen, sah, dass ich auf das Bad zutrippelte, und erkannte dann SIE.

»Hi, du …«

»Guten Morgen, Gray.«

Aus den Augenwinkeln bekam ich mit, dass SIE sich neben ihn kniete, ihn küsste, die Hand zwischen seine Beine schob und seine Genitalien zusammendrückte.

»Autsch«, beschwerte er sich.

»Will nur überprüfen, ob noch alles funktioniert«, sagte SIE und drückte ein bisschen fester zu, womit sie kess zeigte, dass sie hier die Chefin war. Grayson wurde bleich. »Für den Anfang.«

Ich war im Bad angekommen und hatte den Eindruck, jetzt sei Diskretion angebracht. Als das Wasser dann aus dem Duschkopf rauschte, übertönte es ohnehin jedes Geräusch, das aus dem Atelier dringen mochte.

Aber egal, was für eine merkwürdige Atmosphäre zwischen Grayson und IHR herrschte, ich war in Hochstimmung. Und fühlte mich befreit. Als hätte ich unsichtbare Ketten abgeworfen.

Außerdem war ich nicht mehr eifersüchtig darauf, dass es

in Dagurs Leben noch andere Mädchen gab. Und soweit es Grayson betraf, machte es mir auch nichts aus, lediglich ein nettes Spielzeug, eine reizvolle Abwechslung gewesen zu sein. Die Erkenntnis, dass es nicht mehr um Gefühle ging, eröffnete grenzenlose Möglichkeiten. Ich war frei, Männer zu genießen, Sex zu genießen, in den Tag hineinzuleben, die Gelegenheit beim Schopf zu packen, meine Chancen zu nutzen. Jetzt konnte ich Leonard wirklich vergessen. Ich würde von nun an mein eigenes Leben führen und mich den lustvollen Vergnügungen hingeben. Ich würde mich nicht mehr verstellen. Vielleicht sogar mich selbst finden.

Bis zum späteren Vormittag hatten wir etliche Tassen extra starken, belebenden Kaffee getrunken, und Tom, einer von Graysons Assistenten, ein ganz in Schwarz gekleideter, ausgemergelter junger Mann mit kahlem Schädel und Knollennase, hatte beim Bäcker um die Ecke eine Tüte ofenwarmer Croissants besorgt, die wir drei mit gesundem Appetit verdrückten. Als ich aus dem Bad gekommen war, hatten SIE und Grayson erledigt, was immer sie auch getan hatten; allerdings war er ganz bleich im Gesicht und wirkte erschöpft, was er gleich nach dem Aufwachen nicht gewesen war. SIE hingegen zeigte sich unter ihrer Sonnenstudiobräune cool, gelassen und gefasst wie immer.

Dann musste SIE los, um Bürokram im Club zu erledigen. Als ich gleichzeitig gehen wollte, schüttelte SIE den Kopf und beharrte darauf, ich solle noch bleiben, es gebe für mich keinen Grund zur Eile. Nach dem Mittagessen komme sie wieder zurück und würde sich gern mit mir unterhalten, bis dahin könne ich ja Grayson bei einem Projekt helfen. Wie ich das tun könne, sagte SIE nicht. Da ich an diesem Tag nicht im

Musikgeschäft in der Denmark Street arbeiten musste, willigte ich ein. Ich war neugierig, was SIE mit mir bereden wollte.

»Mir war nicht klar, dass du im Club arbeitest«, sagte Grayson, nachdem SIE gegangen war. Ich betrachtete geruhsam einige Fotos an den weißen Wänden des Ateliers: elfenhafte Models in absurd unpraktischer Mode; wohlbekannte Promis, die übers ganze Gesicht grinsten; und trostlose Fassaden verlassener Gebäude im Regen. Mittlerweile hatte einer seiner Assistenten aufgeräumt, sodass von unserem improvisierten Nachtlager oder gar von unserem nächtlichen Herumtollen keine Spur mehr zu entdecken war.

»Nur Teilzeit, meist zwei Nächte pro Woche. Darum haben wir bisher nur selten miteinander gesprochen.«

»Sie kann ziemlich kühl und distanziert sein, wenn sie jemanden nicht gut kennt«, meinte Grayson.

»Wie lange seid ihr schon zusammen?«, traute ich mich zu fragen.

»Schon geraume Zeit«, erwiderte er. »Und du und der Schlagzeuger?«

»Noch nicht sehr lang.«

»Das habe ich mir gedacht«, entgegnete er.

»Ja?« Ich war etwas pikiert, dass er sich hierzu ein Urteil erlaubte. Er trug nun eine schwarze Jeans und ein Hemd mit weißem Kragen, das vorne weit aufgeknöpft war, sodass man ein Kettchen mit einem Kreuz sehen konnte. Er war barfuß.

»Wie hast du ihn kennengelernt?«

»Wie lernt man jemanden kennen?«, gab ich zurück. »Durch Zufall, wie immer.«

Er nickte.

»Und machst du das oft?«, fragte ich ihn. »Dich mit den Leuten einlassen, die du fotografierst?«

»Nicht so oft, wie du vielleicht denkst. Eigentlich sehr selten.« Er wechselte das Thema. »Ich hab einige neue Lampen und Scheinwerfer, die ich ausprobieren möchte. Was hältst du davon, wenn ich Aufnahmen von dir mache?«

Ich hatte mal in einer Zeitschrift gelesen, dass er gar nicht erst aufstand, wenn man ihm nicht etliche tausend Pfund für ein Shooting hinblätterte. Und jetzt bot er mir einfach an, umsonst Fotos von mir zu machen? Warum nicht?, dachte ich.

»Ja, gern.«

Ich bildete mir nicht ein, dass er das tat, um mich nachher flachlegen zu können. Das hatte er ja sozusagen schon vorweggenommen. Er wollte wohl einfach nur nett sein. Postkoitale Fotografie. Und falls es damit endete, dass ich wieder mit ihm vögelte, diesmal ohne Dagur, dann sollte mir das recht sein. Mich machte höchstens die Aussicht nervös, dass SIE mittendrin wiederkommen oder sich gar beteiligen könnte – eine Vorstellung, die sich sogleich in meinem Hinterkopf festsetzte und mich erbeben ließ.

Er rief seine Assistentin, die offenbar zusammen mit Tom ständig auf Abruf in einem Nebenraum bereitstand. Sie eilte mit etlichen Kameras und Objektiven herein. Mit ihrem ausgeblichenen Jeansrock, den kniehohen Stiefeln, einem grauen Strickoberteil und dem kurzen rotbraunen Haar verkörperte sie, schlank und sachlich, Schnelligkeit und Effizienz. Sie entpuppte sich auch als seine Visagistin. Nach einem flüchtigen Blick in mein Gesicht schlug sie vor, mich aufzuhübschen. Gestern waren weder sie noch Tom zugegen gewesen, was in mir den Verdacht schürte, dass unser Dreier vielleicht kein bloßer Zufall gewesen war.

Der Make-up-Vorschlag der Visagistin sah vor, auch die Träne abzudecken, was Grayson aber vehement ablehnte. Gerade das mache mich zu etwas Besonderem, und es störe ihn nicht, dass bei jedem Porträt von mir das Tattoo sofort die Aufmerksamkeit des Betrachters auf sich ziehen würde.

Tom, der andere Assistent, kam dazu. Er zog eine fahrbare Garderobenstange mit den verschiedensten Outfits hinter sich her, doch auch dies lehnte Grayson ab. Er wollte mich fotografieren, wie ich war, in meinen eigenen Kleidern und mit meinem natürlichen, nicht perfekten Gesicht. Ich fühlte mich zunehmend wohler. Schließlich war ich kein professionelles Model und wollte gern Bilder von mir haben, die mich zeigten, wie ich war, nicht angemalt und kostümiert wie ein Clown. Lily, die Echte. Mit ausdrucksloser Miene schob Tom die Garderobenstange zurück in den Nebenraum und kam mit leeren Händen wieder.

Den kategorischen Anweisungen des Fotografen folgend, stellten Graysons Helfer eilends Hintergründe und Reflexschirme auf, richteten das Licht ein und schraubten das Equipment zusammen.

»Zuerst möchte ich dein Gesicht, Lily«, verkündete Grayson und schickte seine Assistenten mit einer wedelnden Handbewegung fort.

Nur noch ich und er.

»Musik?«, fragte er.

Ich nickte.

Er schloss einen iPod an kleine Lautsprecher an.

Nach dem wenigen, das ich von Grayson wusste, hätte ich Rockmusik erwartet. Stattdessen hörte ich eine klassische Melodie, die mir von meinen lang zurückliegenden Cello-Stunden vertraut war. Vivaldis *Vier Jahreszeiten.*

Als hätte er meine Gedanken erraten, sagte Grayson, dass er klassische Musik beruhigender finde und sich damit leichter die nötige intime Atmosphäre einstelle. Aber wir könnten später zu Rock wechseln, bot er an.

»Soll ich sitzen oder stehen?« Ohne Dagur fühlte ich mich ganz anders. Nicht nur, dass ich nun allein vor der Kameralinse stand, es fehlte auch die erotisch aufgeladene Stimmung von gestern.

Dem Lichtkegel ausgeliefert, wusste ich nicht, wie ich mich bewegen oder schauen sollte, während Grayson anfing, mich genau zu beobachten. Er taxierte mich, vermaß mit analytischem Blick den Winkel meiner Augenbrauen und die Wölbung meiner Wangenknochen und bewertete den Schimmer meiner Haut. Er nahm mein Gesicht ins Visier wie einen Schmetterling, bevor er, der Fotograf, sein Netz über mich warf, mich aufspießte oder wie eine Fliege in die Ewigkeit des Bernsteins bannte.

»Den Kopf ein bisschen nach links. Und steh ganz still.«

Er drehte am Objektiv und schoss einige Fotos.

»Okay, jetzt die andere Seite. Genau, das ist es.«

Bei jedem Klicken des Verschlusses flammte ein Blitz auf, sodass ich blinzeln musste.

»Einen halben Schritt zurück. Nein, nicht ganz so weit. Und jetzt einen halben Schritt nach rechts … nein … zurück … nein. Entspann dich. Komm, lass mich mal.«

Er kam zu mir und bog meinen Kopf ein bisschen nach oben, dann wieder nach unten, drehte ihn nach rechts und nach links. Immer wieder trat er ein paar Schritte zurück und fotografierte mein Gesicht aus jedem nur erdenklichen Winkel.

Sein Verhalten war das glatte Gegenteil zu dem vom Abend zuvor, als er zusammen mit Dagur jede Kontrolle aufgegeben, sich mir ganz unterworfen und in der Nacht sich jedem meiner Befehle gefügt hatte.

Heute trat er wie ein Diktator auf und modellierte meinen Körper wie ein Bildhauer einen Klumpen Lehm. Was mir nicht besonders gut gefiel. Dass mir jeder Wimpernschlag vorgeschrieben wurde, war meine Sache nicht. Ziemlich bald wurde ich unruhig und hatte schwer damit zu kämpfen, stillzustehen, bis er eine Pose eingefangen hatte.

Bald ließ er von meinem Gesicht ab und konzentrierte sich auf meinen Körper.

»Hättest du etwas dagegen, das T-Shirt auszuziehen?«, fragte er, und ich lachte, weil er so höflich darum bat. Immerhin hatte er mich erst vor wenigen Stunden nackt gesehen, und das in den obszönsten Stellungen. Ich zog mir das T-Shirt über den Kopf und ließ auch den Rock zu Boden fallen, nur um ihm zu beweisen, dass ich mich ihm heute genauso gern nackt präsentierte wie gestern. Da ich nicht damit gerechnet hatte, hier zu übernachten, hatte ich meine Unterwäsche von gestern in die Handtasche gestopft und trug nichts darunter.

Grayson schien überhaupt nicht überrascht. Wahrscheinlich sah er tagtäglich nackte Körper, und so war meiner nichts Besonderes für ihn.

»Großartig. Beuge dich zurück. Nein, weniger. Jetzt bieg dich nach rechts«, wies er mich an.

Das Licht der Scheinwerfer wurde mir allmählich zu warm, ich fühlte mich unwohl und schwitzte. Als ich von einem Fuß auf den anderen trat, seufzte Grayson ärgerlich, drückte meine Arme an meine Seiten und schob mich wieder in die ursprüngliche Position.

Ich schüttelte ihn ab und fauchte ihn an: »Schon gut! Kein Grund, mich herumzuschubsen.«

Sofort ließ er mich los und schnappte sich die Kamera.

»Großartig, Lily«, sagte er atemlos. »Mach das noch mal.«

»Was?« Ich spürte, dass mir der Zorn im Gesicht stand. Ob Starfotograf oder nicht, ich hatte die Schnauze voll davon, für ihn zu posieren.

»Genau das. Sei du. Zeig mir die echte Lily. Lass es raus!«

Ich beugte mich vor und knurrte ins Objektiv.

»Ja, verdammt!«, schrie er. »Noch mal. Lauter!«

Beim nächsten Mal ballte ich die Fäuste, ich heulte auf und brüllte los. Es war, als drängten alle bisher ungesagten Worte und alle Gedanken, die ich tief in mir vergraben hatte, aus meinem Bauch durch meine Kehle hinaus ins Universum. Bestimmt war mein Schrei in halb London zu hören.

Ich fühlte mich erfrischt und gestärkt.

»Stoß mich«, sagte er.

»Was?«

»Geh auf mich los. Kratz mich. Schlag mich.«

Ich zögerte. Immerhin hielt er eine Kamera in der Hand, allein das Objektiv war bestimmt Tausende wert. Und im Atelier standen überall Scheinwerfer, Kabel schlängelten sich über den Boden, man konnte sich leicht darin verfangen oder über die Stative stolpern. Auch hatte ich nicht das Bedürfnis, ihm wehzutun oder gewalttätig zu werden. Oder vielleicht doch? Die Vorstellung, auf einen Mann loszugehen – und von ihm dazu aufgefordert zu werden –, gab mir einen Kick.

Ich packte ihn am Hemd und zog ihn zu mir.

»Genau. Großartig. Jetzt stoß mich weg.«

Als ich ihm einen Schubs gab, stolperte er, fing sich aber gleich wieder.

»Fester«, schrie er. Er atmete schneller. Grayson, der Profi, verlor doch noch seine Coolness.

Seine Reaktion erregte mich, und ich packte ihn wieder am Kragen und rang ihn nieder. Er drehte sich auf den Rücken und fotografierte immerzu. Bei jeder Bewegung hielt ich kurz inne, damit er meine Pose einfangen konnte. Mir wurde klar, dass die Aufnahmen jetzt immer intimer wurden. Meine Titten schwebten vor seinem Gesicht, meine Beine waren über seinem Körper gegrätscht. Unter seinem Blick wurde meine Möse nass.

»Ja, ja, sei noch wütender, box mich, los, Lily«, ermutigte er mich unentwegt.

»So?«

Ich setzte mich rittlings auf ihn und nahm seinen Oberkörper mit meinen Beinen kräftig in die Zange, wobei meine Schamlippen nur wenige aufreizende Zentimeter von seinem Gesicht entfernt waren, und krallte meine Finger in die weiche Haut seiner Schultern.

»Versuch, noch wilder zu gucken«, flüsterte er.

Ich schob mich ein wenig nach hinten, um meinen Angriffswinkel zu verbessern, und als mein Hintern auf seinen Schritt stieß, kniff ich wütend die Lippen zusammen. Der Jeansstoff spannte über seinem harten Schwanz. Ich rieb mich absichtlich an ihm. Das beglückende Gefühl der Kontrolle über ihn überwältigte mich.

Graysons Lippen entrang sich ein leises Stöhnen. Er fotografierte die ganze Zeit, und jetzt richtete er die Kamera auf mein Gesicht. Ich beugte mich vor und krallte mich noch fester in sein Fleisch.

Er krümmte sich.

»Hat das wehgetan?« Ich ließ etwas lockerer.

»Ja«, sagte er atemlos. »Aber mach weiter. Los, Lily, das ist gut!«

Ich beugte mich nun so über ihn, dass meine Brüste ins Sichtfeld seines Objektivs gerieten. Meine Nippel schabten über die offene Knopfleiste seines Hemds, und ich genoss das Gefühl der rauen Baumwolle auf meinen empfindsamen Brustspitzen. Die Situation erregte mich immer mehr, aber auf ganz eigenartige Weise. Nicht in erster Linie sexuell, es war mehr das Gefühl der Macht, das mir zu Kopf stieg und mich quicklebendig fühlen ließ.

Ich weiß nicht, was mich dann überkam, aber als ich meine Hände von seinen Schultern nahm, war ich kurz versucht, ihm den Hals zuzudrücken. Stattdessen gab ich ihm fast unwillkürlich mit der flachen Hand eine Ohrfeige auf die rechte Wange und legte dabei all meine Kraft in den Schlag. Überrascht zuckte er zusammen und ließ die Kamera zur Seite sinken. Aber er protestierte nicht.

Im Gegenteil. Seine Augen glänzten vor Lust und Vergnügen. »Oh, verdammt«, sagte er. »Mach das noch mal.«

Ich versetzte ihm noch einen Schlag.

Seinen Körper durchlief ein so heftiges Beben, dass ich mich fragte, ob er wohl gekommen war.

Ich holte tief Luft. Und war schockiert, wie sehr ich die Situation genoss. Doch was sollte ich als Nächstes tun?

Da unterbrach SIE meine Gedankengänge.

»Wow«, sagte sie anerkennend hinter mir. »Den hast du aber schnell in den Griff gekriegt.«

Mein Gesicht lief puterrot an.

»Ich … ähm …« Ich wollte gern erklären, dass Grayson mich dazu ermuntert und dass er es so gewollt habe. Aber ich brachte keinen Ton heraus. Wie kompromittierend musste das hier für SIE aussehen? Ich, splitternackt auf ihrem Kerl kauernd und schamlos alle meine Reize zeigend, schlug ihm wütend ins Gesicht.

»Wenn ich es nicht besser wüsste, würde ich jetzt glauben,

dass ich eine junge Rivalin habe«, sagte sie heiter. »Nur gut, dass ich nicht eifersüchtig bin.«

SIE baute sich über unseren eng umschlungenen Körpern auf und sah mir ins Gesicht.

»Zum Anbeißen«, bemerkte sie.

Es gab keine Möglichkeit, mich auch nur teilweise zu bedecken. Grayson, der unter mir lag, grinste seine Gefährtin ohne das geringste Schuldbewusstsein an.

»Du bist ein Naturtalent, Lily«, stellte sie fest.

»Ein Naturtalent?«

»Ja, wie du Herrschaft und Kontrolle ausübst. Völlig instinktiv.«

Graysons Gesichtzüge entspannten sich, auch verblasste bereits das leuchtende Rot, das beim Höhepunkt unseres Zusammenspiels seine Wangen gefärbt hatte.

»Finde ich auch«, sagte er.

Da fiel ihm die überraschte Miene seiner Gefährtin auf. »Damit hast du nicht gerechnet, was? So ein unschuldig wirkendes Mädchen. Aber wenn sie die Gelegenheit dazu gehabt hätte, hätte sie mich in Grund und Boden gefloggt.«

Beim bloßen Gedanken daran wurde ich wieder knallrot, die Vorstellung machte mich an. Ich hatte im Club an manchem Abend die Dominas bei ihren Spielen beobachtet, aber so faszinierend ich ihre Rituale auch fand, hatten sie in mir keine Saite angeschlagen. Es war eine mir fremde Welt. Doch jetzt wurde mir klar, woran das gelegen hatte: Ich hatte mich nie in ihre Lage versetzt, war nie in ihre Haut geschlüpft, hatte mir nie vorgestellt, einmal selbst einen Mann herrisch und grob herumzukommandieren.

Ich kletterte von Grayson und richtete mich zu voller Körpergröße auf. SIE musterte mich mit wachsendem Interesse.

Dann schoss ich quer durchs Studio zu dem Sofa, wo ich meine Kleider abgelegt hatte. Auch Grayson erhob sich vom Boden und wischte sich ein paar Flusen ab. Er und SIE tauschten einen vielsagenden Blick, bevor er die drei Kameras einsammelte, mit denen er mich fotografiert hatte, und im Nebenraum verschwand.

»Ich will sehen, was rausgekommen ist«, sagte er zu mir. Und ließ mich mit ihr zurück. SIE hatte eine Menge Tragetaschen in der Hand, etliche mit exklusiven Markennamen: Prada, Burberry, Agent Provocateur, Coco de Mer. Andere Tüten waren unbeschriftet, was auf diskretere Einkäufe schließen ließ.

»Komm, trink einen Kaffee mit mir«, schlug sie vor und deutete zur Tür.

Ich wusste, dass ich tagelang nicht mehr schlafen könnte, wenn ich heute noch mehr Kaffee trank – das stimulierende Koffein und die Erkenntnis, wie viel Lust es mir bereitet hatte, Grayson zu beherrschen, würden meinen Geist beglückt überschäumen lassen –, dennoch trottete ich brav hinter ihr her.

Sie schaltete eine glänzende Edelstahl-Espressomaschine ein und drehte sich dann zu mir. Ihre Augen waren überraschend hell, ein Kaleidoskop aus Grau und Grün. Ob SIE wohl Kontaktlinsen trug?, fragte ich mich, denn bisher war mir ihre Augenfarbe nicht so aufgefallen. Allerdings war ich ihr im Club auch nie so nahe gekommen.

»Sag mir, Lily, was hast du empfunden, als Grayson unter dir lag? Versuche, mir deine Gefühle zu schildern und zu erklären, was genau dich angemacht hat. Was ist dir durch den Kopf gegangen? Was hättest du ihm noch antun wollen? Was hätte er anderes sagen sollen? Was hat dich wie erregt?«

Ich schwieg eine Weile, bis ich antwortete, und SIE drängte mich nicht.

»Es war ein Rausch«, sagte ich schließlich, obwohl das nicht einmal die Hälfte der Gefühle beschrieb, die mich ab dem Zeitpunkt durchflutet hatten, als Grayson vor mir auf die Knie gegangen war, bis zu seiner ekstatischen, ja verzückten Miene, nachdem ich ihm ins Gesicht geschlagen hatte. Und dann sein Ton, als er mich gebeten hatte, das noch einmal zu tun.

Sie nickte, wandte sich von mir ab und holte bunte Kaffeetassen, eine Zuckerdose und eine Schachtel Kekse aus dem Küchenschrank. Wie Spinnenbeine krochen ihre Finger in die Schachtel und zogen ein mit Schokolade gefülltes Waffelröllchen heraus, das sie wie eine Zigarette zwischen die Lippen steckte. Mir fiel auf, dass sie die Fingernägel in ihrer Augenfarbe lackiert hatte, in einem glänzenden Graugrün, das an die Farbe des Meeres an einem bewölkten Tag erinnerte. Jetzt biss sie fest in den Keks und fuhr sich mit der Zungenspitze über die Lippen, um die Schokoladenbröckchen von ihrem Lippenrot zu lecken.

Schließlich stellte sie einen kochend heißen Espresso vor mich. Ich nahm rasch einen Schluck, um mich zu fangen, und verbrannte mir prompt den Mund. SIE zog mir einen Barhocker heran und bedeutete mir, mich zu setzen.

Auf dem hohen Ding baumelten meine Beine haltlos in der Luft, und ich fühlte mich in der Gegenwart dieser kühlen, autoritären Frau noch mehr wie ein kleines Kind. SIE war stehen geblieben, und da sie keine Anstalten machte, etwas zu sagen, sprach ich weiter.

»Es war, als hätte ich etwas in mir befreit. Als hätte ich einen Käfig geöffnet, und mein wahres Ich wäre herausgeflogen. Ohne Angst vor Konsequenzen. Als könnte ich alles tun, jede Regel brechen, und nichts wäre falsch. Ich würde niemandem wehtun. Und Grayson würde mich schätzen, egal, was ich tat. Nein, mehr als das. Es war, als hätte er mich angebetet. Es hat ihm unheimlich gefallen. Und ich habe mich unbesiegbar gefühlt. Und so lebendig. Als hätte ich ihn total in der Hand gehabt.«

SIE lächelte ein bisschen schräg.

»Und was wolltest du ihm antun? Sag es mir«, ermutigte sie mich.

»Ich wollte mich ihm ins Gesicht reiben.« Die Worte rutschten mir heraus, ohne dass ich darüber nachgedacht hatte. Am liebsten hätte ich sie zurückgenommen. Doch es war wahr, und ich ergötzte mich daran, es laut ausgesprochen zu hören.

»Und? Was noch? Kein Grund, rot zu werden, Schätzchen.«

»Ich wollte, ich hätte einen Schwanz gehabt. Den hätte ich ihm in den Mund gestopft.«

Sie lachte, und ihre strahlend weißen Zahnreihen blitzten.

»Das hätte ihm gefallen«, meinte sie. »Hättest du ihn auch gern damit gefickt?«

»Daran habe ich gar nicht gedacht«, antwortete ich wahrheitsgemäß. Rasch malte ich mir aus, Grayson würde auf allen vieren vor mir kauern und das Gesicht auf den Teppich pressen, während ich die Hände in sein Haar krallte; wie würde es sich wohl anfühlen, ihn zu reiten? Der Gedanke ließ mich vor Erregung erschauern, sodass meine Hand zitterte und ich ein paar Tropfen Espresso aus dem Tässchen auf die glatte Marmorplatte der Küchentheke verschüttete.

»Wie ich sehe, gefällt dir die Vorstellung«, sinnierte sie. »Hast du schon mal einen Anschnalldildo getragen?«

»Nein.«

»Schon mal einen gesehen?«

Ich schüttelte den Kopf.

»Dann haben wir eine Menge Arbeit vor uns.«

»Arbeit?«

»Ja, bis du eine richtige Domme bist. Ich werde dich ausbilden.«

Das war kein Angebot, sondern ein Befehl, und ich fügte mich widerspruchslos.

»Du hast heute Abend keinen Dienst, oder?«

»Nein, heute ist Sherry dran.«

»Gut. Wir beginnen im Club. Warst du schon mal Sub?«

»Nein, nie.« Ich war entsetzlich unerfahren. Da arbeitete ich in einem Fetischclub und musste nun meiner Arbeitgeberin gestehen, dass ich noch nicht einmal die grundlegendsten Praktiken unserer Kundschaft ausprobiert hatte.

»Du hattest noch nie ein Spanking? Warst noch nie gefesselt?«

Ich dachte an Liana und verzog das Gesicht.

»Das hat mich alles nie gereizt.«

»Ich verstehe auch, warum«, sagte SIE. »Wirklich. Aber es ist wichtig, dass du auch mal die andere Seite erlebst, damit du verstehst, welche Empfindungen du in deinem Sub auslöst.« Sie hielt einen Moment inne. Dann lächelte sie, ihr war plötzlich ein erfreulicher Gedanke gekommen. »Ich könnte dafür sorgen, dass Grayson die Rolle des Doms übernimmt«, schlug sie vor.

Mir graute bei dem Gedanken, und SIE lächelte boshaft.

»Er hätte überhaupt keinen Spaß daran«, sagte sie. »Aber er würde es tun.«

Daran zweifelte ich nicht im Geringsten. Sie war seine Domme. Und ihm zu befehlen, mich zu unterwerfen, war für SIE die ideale Gelegenheit, ihre Autorität über uns beide unter Beweis zu stellen.

»Zuerst müssen wir ein Outfit für dich finden. Gray hat bestimmt etwas Passendes hier. Wie du heute erlebt hast, gefällt es ihm, aus seinen Kundinnen die Domme herauszukitzeln.«

»Was hat er eigentlich davon?«, fragte ich, plötzlich neugierig geworden. Denn ich war mindestens so verdutzt wie damals, als Liana mir beschrieben hatte, welchen Genuss sie aus ihrer Unterwerfung zog.

Im Club gaben sich manche Männer nur als Sub, um an attraktive Frauen heranzukommen. Die meisten hatten so viel Charisma wie ein Teebeutel nach dem Aufguss. Aber Grayson war ein gut aussehender Mann, der bestimmt keine Probleme hatte, eine Frau aufzugabeln, ohne sich vor ihr in den Staub werfen zu müssen.

»Warum fragst du ihn nicht selbst?«, antwortete sie und deutete mit dem Kopf in Richtung Atelier. Ihr Kimono schmiegte sich bei jedem Schritt um ihre langen Beine. Es sah aus, als würde ein lebendiges Geschöpf ihren Körper liebkosen. Ihre Seidenpantoffeln, im selben Muster und mit dünnen Sohlen, machten ihre Schritte auf dem Holzboden lautlos.

Grayson saß in einem kleinen Raum neben dem Atelier auf einem Bürostuhl und klickte sich, tief versunken in seine Arbeit, durch die Fotos auf dem Computerbildschirm. Hin und wieder strahlte er, dann wieder runzelte er die Stirn, wenn er etwas entdeckte, mit dem er unzufrieden war. Entweder hatte er uns nicht kommen hören, oder er beachtete uns nicht.

»Lily möchte wissen, welchen Genuss du in der Unterwerfung findest. Erzähl es ihr.«

Sich von seiner Arbeit loszureißen fiel ihm sichtlich schwer, aber diesen Kampf hatte SIE schon vor langer Zeit gewonnen, also wandte er sich uns zu. Seufzend.

»Die Menschen sind eben so, wie sie sind. Dafür gibt es keine Gründe.«

»Ach komm, das kannst du doch besser, Gray«, sagte SIE, stellte sich hinter ihn und beugte sich über seine Schulter, dabei fuhr sie ihm mit den Fingernägeln vorn unters Hemd und legte ihm die Hände um den Hals. Man hätte die Geste leicht als schlichte Liebkosung missdeuten können, aber ich sah, dass seine Lider sich zuckend schlossen und sein Atem schneller ging, als SIE fester zupackte und ihm die Luftröhre abzudrücken begann.

Das Geräusch, das tief aus seiner Kehle drang, halb Knurren, halb Schnurren, war jedenfalls ohne Zweifel Ausdruck großer Wollust. Doch kaum ergab sich Grayson ihrer Umklammerung, ließ SIE wieder locker und trat zurück, sodass er unbefriedigt blieb. Allerdings griff sie ihm wieder ins offene Hemd und kniff so unbarmherzig in eine seiner Brustwarzen, dass er einen Satz machte.

»Wenn zum richtigen Zeitpunkt von der richtigen Person die richtigen Hebel gezogen werden«, erklärte er, »entsteht ein überwältigendes Verlangen, gefallen zu wollen, sich zu unterwerfen, zu dienen. Und werden die Daumenschrauben noch stärker angezogen, will man sich erniedrigen oder erniedrigt werden, um gedemütigt der Domme, der Herrin, zu huldigen. Warum? Keine Ahnung. Ich habe da eigentlich gar keine Wahl. Es ist eher eine instinktive Reaktion. Manche glauben, es gebe einen Zusammenhang zwischen dieser Art von Machtverlust und der Ohnmacht eines kleinen Kindes, das sich sicher und geborgen fühlt und keine Entscheidungen treffen muss. Ich bin allerdings kein Anhänger dieser Theorie, das ist mir zu freudianisch. Wobei es schon stimmt, dass ich mich sicher und geborgen fühle, wenn SIE sagt, wo es langgeht. Und frei. Es ist ausgesprochen entspannend, keine Entscheidung treffen zu müssen, nicht verantwortlich zu sein. Und für manche ist es einfach eine Möglichkeit, Formen der Lust zu genießen, die ansonsten Scham oder Schuldgefühle auslösen können.«

»Und wie ist es, wenn du den dominanten Part einnimmst?«, fragte SIE. »Beschreibe ihr, was du dabei empfindest.«

»Nichts.« Er lachte. »Absolut nichts. Es ist einfach harte Arbeit. Wenn du deine dominante Seite entdecken willst, hast du eine ganze Menge Plackerei vor dir. Es erfordert viel Geschick, jemanden richtig zu schlagen oder zu fesseln. Du musst genau wissen, wo die Grenzen deines Subs sind, damit du ihn weit genug treibst, aber nicht zu weit. Es bedeutet auch unheimlich viel Verantwortung, stets die Sicherheit des anderen im Auge zu behalten und seine Dienste anzunehmen. Manche Subs verlangen einem ganz schön was ab.«

SIE verdrehte die Augen.

»Die ewige Frage ist«, sagte SIE, »wer dient eigentlich wem? Letztlich wohl jeder jedem, weil jeder seinen Kick daraus zieht. Und Gray hat recht, es ist völlig egal, warum. Aber los jetzt. Zieh das an.«

Sie warf mir ein schwarzes Korsett und einen langen, schmal geschnittenen Rock aus elastischer Spitze zu, dem Rüschen am Saum einen viktorianischen Touch gaben. Als ich ihn mir anhielt, sah ich, dass er nicht nur durchsichtig, sondern zudem am Hintern ausgeschnitten war, sodass er die Pobacken frei ließ.

»Das ziehe ich nicht an«, protestierte ich.

Grayson lachte. »Wetten?«

Die Arme in die Seiten gestemmt, zwang SIE mich mit ihrem Blick, die Augen niederzuschlagen.

»Ich helfe dir mit dem Korsett«, sagte sie.

Zum gefühlt zehnten Mal in den letzten vierundzwanzig Stunden zog ich mich aus und zwängte mich in den Rock.

»Dreh dich um. Hände an die Wand.«

Sie klang wie ein Bulle im Fernsehkrimi, und ich musste zugeben, die Vorstellung, dass SIE eine Uniform trug und einen Schlagstock und Handschellen schwang, stieß mich ganz und gar nicht ab.

Die Metallstäbchen des Korsetts drückten mir bereits unangenehm in die Rippen, doch sie schnürte das Korsett noch enger.

»Ich krieg keine Luft«, japste ich.

»Da gewöhnst du dich dran«, antwortete sie ohne Spur von Erbarmen.

Als wir eintrafen, ging es im Club gerade erst los. Einige Pärchen standen mit einem Drink an der Bar und plauderten miteinander. Um diese frühe Zeit lief immer recht leise Musik, damit sie die Unterhaltungen nicht störte. Wenn dann aber im Laufe der Nacht nebenan im Dungeon Peitschenriemen durch die Luft zischten und Paddles auf Fleisch klatschten, legte der DJ laute, harte Beats auf.

»Wow.« Richard, der Kerkermeister, pfiff durch die Zähne, als er mein Outfit und die turmhohen High Heels sah, die SIE mir geliehen hatte. Normalerweise trug ich bei der Arbeit bequemere Schuhe, schließlich stand ich den größten Teil der Nacht hinter dem Empfangstresen.

»Herrin«, sagte eine leise Stimme zu meinen Füßen. Ich sah hinunter.

Einer IHRER Sklaven, ein Stammgast, war auf Händen und Knien herangekrochen. Er war nackt bis auf die üblichen Latex-Hotpants, die seinen Hintern nur unzureichend bedeckten, sodass ein paar Zentimeter seiner Arschspalte und der fleischige Ansatz seiner runden Pobacken frei lagen. Dass er heute ein neonpinkes Höschen mit weißer Spitze trug, verstärkte noch den erniedrigenden Eindruck. An seinen Nippeln klemmte jeweils eine dünne Kette mit einem Glöckchen, die warnend bimmelten, wenn er sich näherte.

Er streckte sich vor mir aus. Dieser Anblick brachte meine Nerven zum Kribbeln, und das Blut rauschte mir heiß durch die Adern, als hätte ich gerade einen Whisky gekippt oder ein Glas Champagner hinuntergestürzt.

SIE trat an meine Seite. Ich hatte gar nicht bemerkt, dass sie, lautlos wie ein Schatten, durch den Raum geschwebt war.

»Stuart bietet heute Abend Ponyreiten an«, sagte sie und hielt mir einen Ledersattel und eine Reitgerte hin. Der Sattel war hellbraun und abgenutzt, das Leder rissig. Gepolstert war er mit Schaffell, ein hoher Sattelknauf bot dem Reiter Halt. Stuart reckte ein bisschen den Hintern, als wolle er mich einladen, auf ihn zu steigen. Den Blick hatte er fest auf den Boden gerichtet.

»Dann mal los«, sagte SIE. »Dreh eine Runde mit ihm.«

Unsicher nahm ich ihr den Sattel ab und bückte mich zu Stuart hinunter.

»Darf ich?«, fragte ich. Domme oder nicht, das schien mir einfach ein Gebot der Höflichkeit.

»Bitte, Herrin«, antwortete er.

Der Sattel passte wie maßgeschneidert auf seinen Rücken.

Leider sah ich keine Möglichkeit, würdevoll aufzusteigen. Mein enger Rock ließ sich nicht so weit dehnen, dass ich mich rittlings auf Stuart setzen konnte, dazu hätte ich schon den ganzen Stoff bis zur Taille hochschieben müssen. Also hielt ich die Knie zusammen und ging in die Hocke, um im Damensitz Platz zu nehmen, zögerte jedoch, mich mit meinem ganzen Gewicht auf ihm niederzulassen.

»Tut ihm das nicht weh?«, fragte ich SIE.

»Glaub mir, es stört ihn nicht.«

Stuart hob den Kopf und schnaubte ein bisschen wie ein echtes Pony.

SIE schlug ihm mit der Gerte auf den Hintern und reichte sie dann mir. Als er nach dem Hieb losruckelte, presste ich die Oberschenkel fest zusammen, um nicht herunterzufallen.

»Mach nicht so lange«, sagte SIE. »Ich will, dass du noch etwas anderes ausprobierst, wenn du zurückkommst.«

Die ersten Meter kam ich mir ziemlich blöd vor. Ich ritt auf dem Rücken eines erwachsenen Mannes! Das hatte ich zuletzt als kleines Mädchen getan, wenn mein Vater Pferdchen für mich spielte, was selten genug vorkam, weil er nach der Arbeit meist keine Zeit für mich hatte.

Doch nachdem ich einmal meinen Rhythmus gefunden hatte und sah, dass die anderen Clubgäste uns Platz machten, fing ich an, es zu genießen. Anfangs setzte ich die Gerte nur vorsichtig ein, weil ich nicht wusste, wie man sie richtig schwang, und nicht wollte, dass Stuart laut aufheulte, falls ich ihn zu fest traktierte. Aber als ich nach den ersten zarten Klapsen an Selbstvertrauen gewonnen hatte, ließ ich die Gerte fest auf seine rechte Arschbacke niedersausen.

Allerdings hatte ich nicht die geringste Lust, ihn zu ficken. Schon der Gedanke war vollkommen abwegig. Einfach unvorstellbar. Aber seine Eier hätte ich gern in die Hände genommen und gequetscht, bis er um Gnade winselnd vor mir auf die Knie gesunken wäre.

Wir torkelten zu IHR zurück, und als wir an ihren hochhackigen, spitzen Stiefeln angekommen waren, legte sich Stuart platt auf den Boden. Als ich abstieg und ihm danken wollte, sah ich, dass seine Zunge vorschnellte und IHRE Stiefelspitze leckte. SIE hob unmerklich den Fuß, damit er besser dran kam.

»Jetzt ist es an der Zeit, dass du ausprobierst, was die Subs erleben«, sagte SIE.

»Gray«, rief sie und winkte den Fotografen herbei, der entspannt hinter uns an der Wand lehnte und unser Treiben mit schrägem Lächeln beobachtet hatte.

Heute Abend trug er eine tief auf den Hüften sitzende Lederhose mit Nietengürtel und schwere silberfarbene Stiefel. Seine schwarze Netzweste bot einen ungehinderten Blick auf seinen schlanken Oberkörper und die Nippelklemmen, an denen eine dicke, straff über die Brust gespannte Kette hing.

Es schien ihn nicht im Geringsten zu beunruhigen, dass dieser Körperschmuck ausgesprochen schmerzhaft werden konnte, falls SIE unversehens mit einem harten, grausamen Ruck an der Kette zog.

Offenbar brauchte Grayson einen Augenblick zu lang, bis er zu uns herübergeschlendert kam. Im Nu hatte SIE ihm eine Hand um den Hals gelegt, und mit der anderen packte sie so grob die Kette, dass er und ich zusammenzuckten, als sich die Zähnchen der Klemmen in seine Nippel gruben.

»Verpass ihr ein Spanking«, zischte sie.

Ich verzog das Gesicht.

Ausgerechnet. Natürlich hatte ich so etwas vermutet, seit SIE diesen Rock für mich ausgesucht hatte, doch wider alle Wahrscheinlichkeit hatte ich darauf gehofft, dass SIE vielleicht etwas anderes im Sinn hatte. In meinen Augen war Spanking die allerblödeste und erniedrigendste Unterwerfungsprozedur. Ich fand es abscheulich und albern, für mich war es alles, was ich an billigen Pornofilmen unerträglich fand oder an diesen geschmacklosen Erotikgeschichten von Hausherrn und Dienstboten, in denen unweigerlich ein schlecht abgestaubtes Wohnzimmer und eine in Lack gekleidete Zofe vorkommen, die für ihre Pflichtvergessenheit unbedingt gezüchtigt werden muss.

Grayson schien von dem Ganzen genauso begeistert wie ich. SIE sah zwischen uns beiden hin und her und wirkte so zufrieden wie eine Katze, die gerade den Rahmtopf ausgeschleckt hatte.

»Ich warte«, sagte sie streng und zog noch einmal an seiner Nippelkette.

»Auf die Bank«, wandte sich Grayson im Befehlston an mich.

Ich warf einen Blick auf die beängstigend unbeteiligt dreinblickende SIE und fügte mich. Natürlich würde es erniedrigend sein, aber es wäre auch rasch vorbei, und vielleicht lernte ich ja was. Seit ich hier arbeitete, hatten mir schon einige Leute mehr oder weniger deutlich zu verstehen gegeben, es könne nicht schaden, wenn ich mir zumindest mal ein Grundwissen darüber zulege, was unsere Kunden antörnte.

Der erste Schlag war noch ziemlich sanft, doch der Schreck ließ mich hochfahren. Der zweite war schon härter, und ich musste ein leises Stöhnen unterdrücken. Denn ich wollte weder Grayson noch IHR die Genugtuung geben, mich verletzlich zu sehen. Nach dem laut klatschenden dritten Schlag merkte ich an dem Gemurmel um mich herum, dass sich etliche Leute um uns geschart hatten. Das war keine Überraschung. Grayson hatte man noch nie hier im Club gesehen, und SIE tauchte sonst auch nur auf, um zu arbeiten, nie um mitzumachen. Auch hatte man noch nie erlebt, dass ich mich an einem der Spiele beteiligt hatte, weder als Sub noch als Domme, geschweige denn als beides am selben Abend.

Mir schoss das Blut in die Wangen, die vor Scham brannten, als ich mir ausmalte, welchen Anblick ich hier auf der Spankingbank bot, mit hängendem Kopf und schlaffen Gliedern, leblos wie eine Puppe, den blanken Hintern in der Luft, sodass jeder alles von mir sehen konnte. Kurz war ich sogar dankbar für den Ausschnitt am Po, denn SIE hätte in jedem Fall darauf bestanden, dass ich mein Spanking auf das nackte Fleisch erhielt. So war wenigstens nur mein Hintern entblößt, was schlimm genug war, aber nicht zu vergleichen mit der Demütigung, mit hoch geschobenem Rock jedem neugierigen Spanner auch noch Beine und Möse zeigen zu müssen.

Ich spürte Graysons heißen Atem auf meiner Haut, als er sich rasch vorbeugte und mir ins Ohr flüsterte: »Versuch, dich fallen zu lassen. Lass los. Dann ist es einfacher.« Und er strich mir eine Strähne aus dem Gesicht. Diese schlichte Geste der Zuneigung erinnerte mich daran, dass wir uns beide nicht freiwillig dieser Prozedur unterzogen und er nicht mein Gegner war. Ich probierte einfach etwas Neues aus.

Seine nächsten Schläge kamen rhythmischer. Ich versuchte, seinem Rat zu folgen und mich zu entspannen, wenn seine Hand auf meine Haut klatschte. Irgendwann gingen die Schläge ineinander über, und ich spürte keinen Schmerz mehr. Ich fühlte mich eher einer großen Hitze ausgesetzt. Nach jedem Schlag umfasste er sacht meine Pobacke, als könnte er mit seiner Hand den Schmerz einfangen. Allmählich erkannte ich das Muster seiner Schläge und reckte mich ihm schon entgegen, wenn er seine Hand auf meine Arschbacke legte, damit er sie dort länger verweilen ließ. Außerdem fiel mir auf, dass ich mich nicht nur im Rhythmus seiner Schläge vor und zurück bewegte, sondern mich auch an dem rauen Lederpolster der Bank rieb.

Doch dann verlor ich die Kontrolle. Ich schrie laut auf, als mir plötzlich eine viel kleinere, kühlere Hand einen viel härteren Schlag versetzte. SIE. Schnell drückte Grayson seine warme Handfläche auf die Stelle, um meinen Schmerz zu mildern.

Harsch flüsterte SIE mir ins Ohr: »Bedenke, wie sehr er es hasst. Er tut es nur, um mir zu dienen.«

Wahrscheinlich dirigierte SIE jetzt Graysons Schläge. Ich stellte mir vor, dass sein Gesicht einen Ausdruck von Demut und vielleicht auch Enttäuschung annahm, denn nach einem kurzen Kampf widerstreitender Neigungen hatte nun doch wieder der innere Drang zur Unterwerfung gesiegt.

Kurz war ich berauscht, als ich mir ausmalte, jemand könnte mir in dieser Form ergeben sein. Und ich wäre es, die ihn erniedrigte, ihm Schmerz zufügte, ihn demütigte, für ihn sorgte und ihn sicher durch alles geleitete.

»Oh«, stöhnte ich, diesmal vor Lust, als Grayson mir wieder die Hand auflegte.

»Das reicht«, sagte SIE. »Sie soll nicht zu viel Spaß auf einmal haben. Der Abend ist noch jung, und wir haben noch einige andere Leckerbissen auf Lager ...«

6

VOR DER KAMERA

Neil hielt mir die Tür auf, nahm mir den Mantel ab und rückte mir, als wir im Restaurant an unserem Tisch angekommen waren, galant den Stuhl zurecht.

Mit seinem blütenweißen Hemd, der grauen Weste, der dazu passenden schmal geschnittenen Anzughose und den schwarzen, spitzen, blank gewienerten Schuhen war er ein britischer Gentleman wie aus dem Bilderbuch. Sein von Natur aus lockiges Haar hatte er glatt nach hinten gegelt, nur die eine widerspenstige Strähne, die ihn nervte, seit wir uns kannten, fiel ihm über das linke Auge.

Ich beugte mich vor und strich sie ihm aus der Stirn. Neil griff nach meiner Hand und hielt sie fest.

»Wie schön, dich zu sehen, Lily«, sagte er. »Das hätten wir schon längst einmal tun sollen.«

»Ja«, murmelte ich, als ich ihm meine Hand entzog und dabei das Blumenarrangement zwischen uns ins Wanken brachte. Neil fing die Vase auf und konnte gerade noch verhindern, dass sie auf die makellos weiße Tischdecke kippte.

Unser Verhältnis war ziemlich frostig gewesen, seit ich vor einigen Monaten wegen seiner wenig mitfühlenden Reaktion auf Leonard aus der Bar gerauscht war, obwohl ich mich nach dem Ende der Beziehung eigentlich bei ihm hatte ausheulen wollen. Er hatte mir danach noch einige E-Mails und SMS geschickt, in denen er mich munter über seinen Job und seine neue Wohnung in Hoxton auf dem Laufenden hielt. Ich hatte sie nach dem Durchlesen immer gleich gelöscht, ohne darauf zu antworten.

Überraschenderweise hatte Liana bei unserem letzten Gespräch jedoch eine Lanze für ihn gebrochen.

»Sei nicht so hart zu dem armen Kerl«, hatte sie gesagt. »Es ist nicht seine Schuld, dass es bei ihm beruflich so gut läuft.«

Deshalb sagte ich zu, als Neil kurz darauf anrief und mich zum Abendessen einlud. Er wollte seine Beförderung feiern.

»Aber nicht mit meinen Arbeitskollegen«, fügte er hinzu.

»Weshalb nicht?«, fragte ich. »Sind sie so schlimm?«

»Nein, das nicht. Nur furchtbar von sich eingenommen. Ich möchte mal einen Abend verbringen, ohne an Werbung denken oder darüber reden zu müssen. Und ich will dich sehen.«

Er ging mit mir ins Miyama, ein japanisches Restaurant in der City. Es erinnere ihn an Brighton, meinte er, er müsse da an den Abend denken, als Liana einen Batzen Geld ihres Vaters auf den Kopf gehauen hatte. Sie hatte uns damals ins Sushi-Restaurant am Pier eingeladen, wo wir viel zu viel Sake tranken und alle greifbaren Essstäbchen auswickelten, um aus dem Papier Origami-Schwäne und -Frösche zu falten.

Wir machten uns gerade über unsere gemeinsame Sashimi-Platte her, die ein junger Japaner mit einer dickrandigen schwarzen Brille vor uns hingestellt hatte, als Neil seine Stäbchen vor meinen Gesicht schwenkte, um auf sich aufmerksam zu machen.

»Erde an Lily«, sagte er. »Dein Handy klingelt.« Seine Stimme und mein Telefon riefen mich in die Gegenwart zurück. Ich war abgelenkt gewesen, weil ich mir ausgemalt hatte, wie der Kellner aussehen würde, wenn man seinen Körper in Seile einschnürte. In letzter Zeit sprangen mich derartige Bilder immer häufiger an, und manchmal bereiteten mir meine lebhaften, BDSM-gefärbten Vorstellungen richtig Sorge. Um wieder klarer denken zu können, schüttelte ich leicht den Kopf, was aber nicht viel bewirkte.

»Netter Klingelton«, meinte Neil, als ich mein Handy aus der Tasche holte. Es war »Bad Things« von Jace Everett, ein Motiv aus der Fernsehserie *True Blood.* Liana hatte den Song heraufgeladen, als ich bei ihr zu Besuch war. Ich war noch nicht dazu gekommen, ihn zu löschen.

Neil runzelte die Stirn, als er den Namen SIE auf dem Display las.

Ich antwortete sofort.

»Lily«, sagte SIE und sprach gleich weiter, ohne meine Antwort abzuwarten. »Hast du heute Abend Zeit? Sherry hat sich krank gemeldet.«

»Oh!« Ich sah Neil an. Wir hatten bislang nur den ersten Gang serviert bekommen, und es wäre wohl ziemlich unhöflich, ihn jetzt einfach hier sitzen zu lassen – auch wenn ich den Verdienst einer zusätzlichen Schicht gut brauchen konnte.

SIE schnaufte in den Hörer. »Kannst du es nicht irgendwie möglich machen? Ich brauche dich wirklich. Und ich wäre dir sehr dankbar, Lily.«

»Ich sitze hier gerade mit einem Freund zusammen.«

»Ach so«, sagte sie. Ich meinte zu hören, dass sie schmunzelte. »Dann bring ihn doch einfach mit. Ich würde mich freuen, deinen ›Freund‹ kennenzulernen.«

Ich verzog das Gesicht. Sie würde Neil zum Frühstück verspeisen; und was er von ihr halten würde, wollte ich mir lieber gar nicht erst vorstellen. Er fand es ja bereits schräg, dass ich mit einem älteren Mann zusammen gewesen war. Wie würde er dann erst über den Club und seine mehr oder weniger nackten Gäste denken!

Offenbar hatte Neil gemerkt, dass ich mich in Gedanken mit ihm befasste, denn er wedelte erneut mit seinen Essstäbchen vor meiner Nase herum.

»Warte mal kurz«, sagte ich zu meiner Anruferin. Die Vorstellung, dass SIE über die Unterbrechung verärgert schnaubte, gefiel mir gut.

»Wenn du zur Arbeit musst, Lily, ist das in Ordnung«, meinte Neil. »Das verstehe ich.«

»Nein, ich …«

»Ehrlich. Lass uns das Sashimi verputzen. Die übrigen Gänge holen wir ein andermal nach.«

Er tupfte sich den Mund ab, rief den Kellner herbei und bat um die Rechnung.

»Lily!«, zischte SIE am anderen Ende der Leitung. »Bring ihn einfach mit.« Damit war das Telefon stumm. Sie hatte aufgelegt, noch ehe ich zustimmen konnte.

Da ihre Stimme nicht gerade leise war, hatte Neil, wie ich wusste, den Großteil unseres Gesprächs mit angehört.

»Sollst du zur Arbeit in deinen Club kommen?«, fragte er.

»Ja. Eine Kollegin hat sich krank gemeldet.«

»Dann begleite ich dich gern. Ich bin seit Ewigkeiten nicht mehr ausgegangen.«

Ich seufzte. »Ich glaube nicht, dass du dich dort wohlfühlen würdest.«

»Woher willst du das wissen? Kann ich das nicht selbst entscheiden?«, erwiderte er ärgerlich. »Du regst dich immer furchtbar auf, wenn andere dich irgendwo einsortieren wollen, aber du selbst tust es die ganze Zeit, Lily.« Er spießte ein übrig gebliebenes Stück Ingwer auf ein Essstäbchen und biss herzhaft hinein.

»Na gut«, sagte ich, obwohl mir eines klar war: Sobald er den Fuß über die Schwelle des Clubs gesetzt und sich einmal kurz umgesehen hatte, würde er wie von der Tarantel gestochen wieder hinausrauschen, und ich würde nie wieder ein Wort von ihm hören. Was vielleicht sogar das Beste war. Wenn er damit nicht umgehen konnte, sollten wir uns lieber nicht länger vorgaukeln, dass es zwischen uns noch Gemeinsamkeiten gab. Dann sollten wir unsere Freundschaft aus Studienzeiten ein für allemal begraben.

SIE sah so fertig aus wie selten, als sie uns an der Tür empfing, nachdem wir mit dem Taxi vorgefahren waren. Das Fox and Garter, nach außen hin ein normaler Pub, im Hinterzimmer jedoch mit einem Dungeon ausgestattet, hatte wegen eines Stromausfalls früh schließen müssen, und weil dessen Gäste allesamt zu uns weitergezogen waren, um das einmal Begonnene zu vollenden, war heute im Club besonders viel Betrieb.

Neil staunte Bauklötze, als er SIE in ihrem hautengen tiefroten Catsuit mit dem dazu passenden Mini-Zylinder und den schwindelerregend hohen Absätzen sah. An diesem Abend hatte sie sich als Zirkusdirektorin zurechtgemacht und hielt eine Peitsche in der Hand. Noch hingen ihre Arme entspannt nach unten, doch etwas an ihrer Haltung verriet, dass sie mit dieser Peitsche bald in Aktion treten würde, auch wenn sie jetzt scheinbar ungerührt am Türrahmen lehnte.

»Aha, Lilys Freund«, raunte sie mit verführerisch heiserer Stimme und musterte Neil besitzergreifend von oben bis unten. »Willkommen!«

Unwirsch unterbrach ich ihren Annäherungsversuch, nahm ihn bei der Hand und zog ihn hinein.

»Oh!« SIE zog die Augenbrauen hoch. »So ist das also!«

»Ja«, sagte ich. »So ist das. Hier entlang, Neil.« Ich sprach so bestimmt wie möglich, während ich ihn in den Personalraum führte.

Auf dem Weg durch die gut besuchte Bar mit Gästen in den unterschiedlichsten Kostümierungen schossen seine Blicke hin und her. Ich hatte mich mittlerweile daran gewöhnt, für Neil musste es jedoch ein überwältigender Anblick sein. Einige Männer trugen Korsetts, Rüschenröckchen und High Heels, manche Frauen militärische Uniformen und wieder andere Reizwäsche. Es gab Vertreter beiderlei Geschlechts in hautengen Latexanzügen, manche auch mit Maske. Mehrere Frauen waren oben ohne, und auch der obligatorische Typ, der nichts anderes als einen Penisring trug und dessen schlaffer Schwanz beim Gehen hin und her baumelte, fehlte nicht.

»Du musst dich umziehen«, erklärte ich Neil kurz angebunden. »Sonst fällst du auf wie ein bunter Hund.«

»Okay«, antwortete er matt.

Ich knöpfte ihm die Weste auf und dann das Oberhemd. Der Stoff fühlte sich angenehm kräftig an, unwillkürlich strich ich über die gestärkte Baumwolle und nestelte länger an den Knopflöchern, als eigentlich nötig gewesen wäre. Als ich ihm die einzelnen Kleidungsstücke auszog, streckte er die Arme in die Höhe. Ich hängte alles auf einem Bügel an die Garderobenstange.

Von sich aus machte Neil keinen Mucks. Wie eine Puppe ließ er sich von mir ganz nach Bedarf hin und her drehen. Ich zögerte kurz, ehe ich mir seinen Gürtel vornahm. Das Leder fühlte sich warm an, im Gegensatz zu dem kalten Metall der Schnalle. Dagur hatte mir einmal erlaubt, ihm mit seinem Gürtel die Beine an den Knöcheln zusammenzubinden, und unwillkürlich schoss mir durch den Kopf, wie Neil wohl aussehen würde mit dem Gesicht auf dem Boden und dem unangenehm schweren Gewicht seines Körpers auf der Erektion, während ich ihm den Finger in den Arsch schob. Die Vorstellung erregte mich, doch resolut rief ich mich in die Gegenwart zurück. Dies hier war Neil, nicht Dagur, ich befand mich an meinem Arbeitsplatz, und jeden Augenblick konnte er von Panik gepackt davonlaufen.

»Hast du eine Unterhose an?«, fragte ich ihn so sachlich wie möglich.

Er nickte.

In einem Regal hinter mir lagen Hotpants, die gewöhnlich von den Sklaven getragen wurden. Wahrscheinlich würden sie Neil passen, aber ich wollte ihn nicht in ein Höschen mit der Aufschrift »IHR SKLAVE« stecken. Neil gehörte nicht IHR!

Seine schwarze, völlig unauffällige Designer-Boxershorts musste reichen. Ich musterte Neil genauer. Allem Anschein nach ging er noch immer ins Fitnessstudio. Und es zeigte mittlerweile Wirkung, denn er sah gut aus mit nacktem Oberkörper. Allerdings ließ sich die Beule in seiner Unterhose nicht übersehen. Aber er war nun mal ein Mann, und bei uns wimmelte es von spärlich bekleideten Frauen. Ich bezog diese Reaktion nicht auf mich, und im Club würde niemand an seiner Erektion Anstoß nehmen, wenn sie auf dem Weg zur Bar nicht ohnehin wieder in sich zusammenfiel.

Es war für Neil eine völlig neue Situation, und er hatte nicht die geringste Ahnung, wie er sich unter all diesen Leuten bewegen sollte. Daher nahm ich ihn bei der Hand und führte ihn hinunter in den Dungeon – nicht etwa, weil ich befürchtete, dass er sich danebenbenehmen könnte, geil glotzte oder eine Brust antatschte, die ihm zufällig gerade in den Blick geriet. Dazu war er viel zu schüchtern und zu gut erzogen. Nein, mit seiner unschuldig wirkenden Art und dem Kindergesicht würde er von IHREN Dommen mit Haut und Haaren verschlungen werden. Sie fläzten nebeneinander an der Bar wie Löwinnen an einem Wasserloch, geschmeidig und entspannt, aber allzeit bereit loszupreschen, um den Neuen in die Freuden einer Behandlung mit der Reitgerte einzuweisen.

»Gott sei Dank bist du da, Richard«, sagte ich. Heute Abend zeigte der Kerkermeister seinen nackten Oberkörper, dazu trug er einen Lederkilt mit einem halben Dutzend Taschen, in denen er sein Werkzeug verstaut hatte. Zum ersten Mal fiel mir auf, dass er an beiden Brustwarzen ein silbernes Barbell-Piercing trug. Eigentlich hatte ich ihn nicht als Fan von Nippelpiercings eingeschätzt. Er war klein und untersetzt, hatte aber starke Oberarmmuskeln. Da ich ihn schon oft in Aktion gesehen hatte, wusste ich, welch ungeheuere Kräfte er entwickeln konnte, was man bei seinem freundlichen Gesicht nicht unbedingt vermuten würde. Die meisten erfahrenen Doms – Liana nannte sie die »guten« – wirkten nach außen hin eher sanft, waren jedoch im Innern stahlhart. Überzeugt von der eigenen Macht, brauchten sie nicht durch den Club zu stolzieren, um ihre Durchsetzungskraft zu beweisen, oder demonstrieren, dass sie jederzeit einen gehorsamen Sub von der Decke baumeln lassen konnten.

»Für dich doch immer, Lady Lily«, antwortete Richard. Er nannte mich in letzter Zeit »Lady«, was für ihn ein Ausdruck zärtlicher Zuneigung war, nachdem ich vor einigen Monaten auf IHREM gesattelten Sklaven Stuart durch den Raum geritten war. Seitdem hatte ich schon viel über die Kunst des Dominierens gelernt. Besonders stolz war ich auf meine Fertigkeit, eine Bullenpeitsche zu schwingen, die zur Verblüffung aller Anwesenden länger war als ich.

»Was ist das?«, fragte Neil, der das Pinwheel entdeckt hatte, das aus einer der Taschen in Richards Rock herausragte und im Schein der Lampen bedrohlich schimmerte. Offenbar gewann in ihm gerade die Neugier die Oberhand.

Ich zog das Instrument aus Richards Tasche und hielt es Neil vor die Augen. Er wurde bleich.

»Ein Pinwheel.«

»Sieht aus wie ein Kopierrädchen. Aber viel stacheliger. Tut das nicht … weh?«

Ich hatte damals das Gleiche gefragt, als ich zum ersten Mal das von dem Neurologen Wartenberg entwickelte Nadelrad sah. Ehe es die BDSM-Szene als Sexspielzeug entdeckte, hatten es Mediziner verwendet, um die Sensibilität der Hautnerven zu testen, diese Methode dann aber zugunsten modernerer Techniken aufgegeben. Es sah richtig gefährlich aus mit seinem etwa achtzehn Zentimeter langen Griff und den ungefähr zwanzig spitzen Zacken am Rädchen. Doch im Gegensatz zu vielen anderen Geräten, die harmloser aussahen, als sie wirklich waren, tat das Pinwheel längst nicht so weh, wie man es erwarten würde. Das hatte SIE mir gezeigt, als sie es Grayson über die Haut rollte, nachdem sie ihn zuvor mit dem Flogger bearbeitet hatte. Er hatte vor lauter Entzücken gezittert, gezuckt und gestöhnt, während sie eine Zackenlinie nach der anderen auf seine glühende Haut zog. Und ich hatte das Muster bewundert, das weiß und rot aufleuchtete und dann verblasste, wie eine Straßenkarte von Lust und Pein.

Richard grinste breit.

»Nicht, wenn man es richtig einsetzt«, erklärte er. »Unsere Lady hier würde es dir sicher nur allzu gern demonstrieren.«

»Ich muss arbeiten«, fuhr ich dazwischen. Dabei funkelte ich Richard wütend an, was ihm hoffentlich zu verstehen gab, besser den Mund zu halten. »Ich hatte gehofft, du könntest Neil unter deine Fittiche nehmen, solange ich am Einlass festsitze.«

Neil starrte erst mich und dann Richard an. »Ich kann auf mich allein auf…«

»Bitte, Richard!«, sagte ich, ohne auf Neils Freiheitsstreben einzugehen.

»Kein Problem. Du kriegst ihn unversehrt zurück.«

Als es Neil dämmerte, dass seine Unversehrtheit keinesfalls selbstverständlich war, wurde er noch bleicher. Ich aber war schon spät dran mit meinem Schichtbeginn, hatte darum also weder die Zeit noch die nötige Geduld, ihn zu beruhigen.

»Prima«, antwortete ich deshalb nur, ließ noch einmal kurz den Blick über Neils leicht gebräunten Oberkörper und seine schicke Boxershorts schweifen und eilte dann in den Eingangsbereich.

Es war einer der hektischsten Abende, die ich je im Club erlebt hatte; daher blieb mir keine Minute, um nach Neil zu sehen, bis Richard ihn zu mir an die Kasse brachte, als wir zusperrten.

Neils Wangen waren gerötet, und seine Augen glänzten.

»Das war irre«, sagte er, während er armwedelnd ein vorbeifahrendes Taxi heranwinkte.

Er hatte diesen leicht benommenen Ausdruck eines Menschen, der gerade gefesselt oder geschlagen worden war, und ich wurde ein bisschen wütend auf Richard, dass er ihn nicht besser im Auge behalten hatte.

»Ja?«, fragte ich. »Hast du irgendwas ausprobiert?«

»Nein«, antwortete er. »Aber da war dieses Mädchen.

Wahnsinn, wie sie aussah, als er diese Sachen mit ihr gemacht hat.«

Er starrte verträumt in die Ferne. Genauso wie Liana, als sie mir erzählt hatte, wie sie ihre Rolle als Sub erlebe.

Der Taxifahrer hupte ungeduldig. Neil hielt mir die Tür auf und sah mich erwartungsvoll an.

Ich geriet in Panik.

»Ich glaube, ich hab meine Jacke im Club vergessen. Fahr nur. Ich nehme die U-Bahn.«

»Aber du hast sie doch an«, rief er verdutzt.

»Ich melde mich demnächst bei dir, okay?«, entgegnete ich nur, drehte mich um und lief weg.

Als ich Tage später schließlich Mitleid mit ihm hatte und ihn zurückrief, war Neil wieder ganz der Alte. Hatte ich den Kontakt zu ihm gemieden, weil er plötzlich die Fetischseite in meinem Leben so prickelnd gefunden hatte? Ich war froh, dass er das Thema nicht mehr ansprach und zwischen uns alles wieder so lief wie früher – außer dass bei unseren Telefonaten verstörenderweise regelmäßig ein Film in meinem Kopf ablief, in dem Neil nackt bis auf seine Boxershorts dalag und ihm ein Pinwheel über die Haut fuhr.

Außerdem plagten mich nach wie vor meine seltsamen Träume. Nun aber war es nicht mehr der japanische Kellner mit auf dem Rücken zusammengebundenen Händen und Füßen, der mich seit unserem Besuch im Miyama im nächtlichen Schlaf heimsuchte, sondern ein Mann, der eindeutig Neils Züge trug.

Doch abgesehen von den unruhigen Nächten verlief mein Leben friedlich. Die Zeit verstrich ohne besondere Vorfälle in einem steten Wechsel von Tagen im Musikladen und Abenden im Club. Ich nutzte die Flaute in meinem Gesellschafts- und Liebesleben für möglichst zahlreiche Arbeitsschichten, und obwohl ich nicht viel verdiente, wuchsen meine Ersparnisse allmählich zu einem hübschen Sümmchen an. Ich fand es äußerst befriedigend, dass mein Kontostand immer weiter nach oben kletterte, und heftete jeden Auszug, sobald er eingetroffen war, sorgfältig in einem Ordner ab, den ich in meinem Schreibtisch aufbewahrte.

Nach einem ruhigen Abend im Club zog ich gerade meine Straßenkleidung an, als SIE den Kopf durch die Tür zum Umkleideraum des Personals steckte.

»Lily, rufst du bitte Gray an? Er möchte etwas mit dir besprechen.«

Ich musste wohl leicht perplex gewirkt haben, denn sie beruhigte mich rasch. »Keine Sorge. Nichts Verrücktes. Es geht um ein neues Projekt, bei dem du ihm helfen kannst.«

Immerhin gab es noch jemanden, der sich für mich interessierte. Von Leonard hatte ich seit Ewigkeiten nichts mehr gehört, und Dagur war mit der Band auf einer dreimonatigen Auslandstournee und sicherlich vollauf damit beschäftigt, nach den Auftritten die Avancen exotischer Schönheiten abzuwehren. Ich hatte aber auch nicht damit gerechnet, dass er anrief oder mir E-Mails oder Postkarten schickte. Das war nicht seine Art.

Ich nickte.

Ich wusste nicht genau, wie ich Grayson nach dem spontanen Dreier und unserer heißen Fotosession gegenübertreten sollte. Schließlich hatte das Ganze damit geendet, dass ich mit gespreizten Beinen auf ihm saß und mir dabei unversehens klar wurde, wie sehr ich es genoss, Männer zu beherrschen – ein Wesenszug, der in mir geschlummert und mit dem ich mich noch nicht völlig angefreundet hatte. Sicher, der Reiz war groß, er entfachte in mir ein Feuer. Aber ich genoss auch weiterhin das normale Zusammensein mit Männern, und es gefiel mir, traditionell mit ihnen zu vögeln. Beides bereitete mir große Lust.

Am nächsten Abend rief ich Grayson an, konnte mich aber erst für die folgende Woche mit ihm verabreden, da ich im Musikladen nicht frei bekam und an den wenigen Abenden, die ich nicht im Club jobbte, nach der Arbeit schlicht zu müde sein würde, um mich auch nur vom Sofa oder Bett zu erheben. Nach den vielen stressigen Wochen musste ich erst meine Batterien wieder aufladen. Grayson machte es offenbar nichts aus, es handele sich ohnehin um eine Sache auf längere Sicht, meinte er.

Schließlich vereinbarten wir ein Treffen am frühen Abend, ich würde an dem Tag gleich nach Dienstschluss von der Denmark Street in sein Atelier im East End fahren.

»Kommt SIE auch dazu?«, fragte ich neugierig.

»So nennt ihr sie also?« Als ob er das nicht wüsste.

»Ja.«

Grayson lachte leise.

»Nein, die Furcht einflößende Miss Haggard wird nicht dabei sein«, sagte er. »Wahrscheinlich muss sie dann gerade die Buchhaltung des Clubs auf den neuesten Stand bringen. Oder brauchen wir etwa eine Anstandsdame?«

»Die aufpasst, dass ich dir nicht den Hintern versohle?«, fragte ich.

Er lachte dröhnend.

»Hat sie dir wenigstens ein bisschen Unterricht gegeben?«, erkundigte er sich scherzhaft. »Egal, ich gehe das Risiko ein«, beschloss er dann.

Rasch huschte ich aus der feuchtkalten Herbstluft, die mir von der Themse entgegenschlug, in die Wärme von Graysons Atelier. Ich lockerte den dicken, grauen Kaschmirschal, den Leonard mir mal in der Amsterdamer Kalverstraat gekauft hatte, und putzte mir die Nase. Die klamme Kälte durchdrang alles. Einer von Graysons Assistenten war damit beschäftigt, die Hinterlassenschaften einer früheren Fotosession aufzuräumen. Er knüllte lange Papierbahnen zusammen, rollte Teppiche auf und sammelte herumliegende Requisiten ein, die er in einem großen Metallschrank am anderen Ende des Fotostudios einschloss.

»Möchtest du einen Drink?«, fragte Grayson.

»Lieber einen Kaffee.«

Grayson winkte seinen Assistenten herbei und bat ihn, uns einen Espresso zu machen. Als der junge Mann hinausgegangen war, löschte Grayson die großen Lampen und führte mich zu einem der gemütlichen Ledersofas an der gegenüberliegenden Wand. Wir setzten uns in den Lichtschein des einzigen brennenden Spots.

»Wie geht es Dagur?«

Ich zuckte die Achseln. »Keine Ahnung.«

»Was ist los?«

»Er ist auf Tournee. Auf einer langen, die noch etliche Wochen dauern wird. Aber davor haben wir uns auch kaum noch gesehen, weil die Band neue Stücke einstudiert hat.«

»Demnach wart ihr also gar kein richtiges Paar.«

»Kann man so sagen«, antwortete ich. »Ich glaube, Rockstars haben es nicht so mit der Zweisamkeit.«

»Schade«, meinte Grayson.

»Warum?«, fragte ich. Wollte er etwa einen neuen Dreier arrangieren?

»Weil ich Musiker suche.«

»Und wozu?«

»Für ein neues Projekt. Ich hatte gehofft, du könntest mir dabei helfen.«

»Ich bin ganz Ohr.« Der dünne, hoch aufgeschossene Assistent brachte uns den Kaffee und huschte dann schweigend hinaus. Kurz darauf hörte ich die Eingangstür ins Schloss fallen.

»Ich stecke bis zum Hals in Arbeit«, seufzte Grayson. »In letzter Zeit allerdings hauptsächlich Auftragskram. Natürlich bringt das gutes Geld, aber wirklich befriedigend ist es nicht.« Er trank seinen Espresso ohne Zucker, fiel mir auf, ganz anders als ich, die darin Würfel um Würfel versenkte, als müsste ich Bodenhaftung gewinnen. »Ich habe schon seit Ewigkeiten keine eigenen Sachen mehr gemacht.«

Ich nickte. Dieses Problem hatten alle Künstler, die ich kannte, ob Musiker oder aus anderen Bereichen. Entweder sie verdienten nicht genug, um das tun zu können, was sie wollten, oder sie hatten Geld im Überfluss, mussten aber ihre gesamte Zeit dafür aufwenden, den Massengeschmack zu befriedigen.

»Da ist diese namhafte Galerie in Southwark mit einem Showroom in New York. Diese Leute liegen mir schon seit Langem in den Ohren, ich solle mir ein Thema für eine Einzelausstellung überlegen. Bis jetzt ist mir aber noch kein richtig guter Ansatz eingefallen. Dabei könnte man das Projekt sogar zu einem Buch ausweiten. Mein letztes ist vor sechs Jahren erschienen.«

»Das von den Mauern im Regen?« An der gegenüberliegenden Wand hingen Abzüge. Sie waren eindrucksvoll und trotz ihrer Trostlosigkeit lichtdurchflutet.

»Ja, genau. Ich könnte wieder etwas Ähnliches machen, aber ich habe fest vor, mich diesmal mit Menschen zu befassen. Allerdings nicht mit Porträts, ich will Körper. Etwas Intimeres.«

Mir fiel ein, wie leidenschaftlich seine Augen geleuchtet hatten, als unsere Fotosession gerade im richtigen Moment durch IHR Hereinkommen unterbrochen worden war.

Aber was hatte er jetzt im Sinn? Ich konnte mir gar nichts Intimeres vorstellen als unsere Bilder von damals. Doch ich wusste genau, dass ich seinerzeit nichts unterschrieben hatte, was ihm die Nutzung dieser Fotos erlaubte. Ich war zwar kein Angsthase, aber ich konnte mir vorstellen, was für Gesichter meine Eltern machen würden, wenn sie über Nacktfotos von mir stolperten. Ich schluckte, doch meine Neugier war geweckt.

»Weshalb hast du Dagur erwähnt? Warum tut es dir leid, dass er nicht greifbar ist? Sein Management hätte sicher etwas dagegen, dass er sich vor der Kamera auszieht. Auf diese Art von Aufmerksamkeit sind sie nicht unbedingt scharf.«

»Ich weiß.« Grayson war nun ernst geworden. »Aber durch ihn ist mir die Idee mit den Musikern gekommen.« Er schwieg.

»Was ist mit den Musikern?«

»Irgendwie kommt es mir so vor, als wären sie anders als du und ich. Eher wie Leistungssportler. Sie stürzen sich geradezu in ihre Musik, so wie Athleten ganz in ihrem Sport aufgehen. Ich würde gern … diese Hingabe … einfangen. Kannst du mir folgen?«

»Aber sicher, ich weiß genau, was du meinst.« Schließlich sah ich so etwas auch ständig bei den Subs und Doms im Club, wenn sie in ihre eigene Zone abtauchten.

»Deshalb habe ich mir überlegt, eine Fotoserie von Musikern zu machen. Gern Prominente, wenn ich sie dafür gewinnen kann, aber natürlich auch Unbekannte, angezogen und nackt, mit ihren Instrumenten und wahrscheinlich in Schwarz-Weiß. Ich sehe die Bilder in Gedanken schon vor mir, kann sie aber nur schwer beschreiben. Es müsste eine Dynamik geben, von ganz harmlosen Aufnahmen bis hin zu Fotos, die alles zeigen. Etwa, wenn sie miteinander oder mit ihren Instrumenten vögeln. Vor dem Auge des Betrachters. Schockierend.«

Seine Worte sprudelten, seine Augen leuchteten.

»Natürlich«, fuhr er fort, »würde ich dafür sorgen, dass man ihre Gesichter nicht erkennt oder dass sie gar nicht auf dem Bild sind, wenn die Leute das so wollen. Und …« Er zögerte.

»Ja?«, drängte ich ihn.

»Für die geilsten Bilder habe ich schon jemanden im Auge. Sie ist mir neulich abends bei einer Veranstaltung über den Weg gelaufen. Es war nicht unbedingt der Rahmen, wo ich mit jemandem wie ihr gerechnet hätte. Aber deshalb könnte ich mir auch vorstellen, dass sie mitmacht. Summer Zahova, die Geigerin«

»Die junge Rothaarige, die Klassik spielt?«

»Genau die. Sie wäre ideal. Und irgendwas sagt mir, dass sie dazu bereit wäre. Wenn man ihr gegenübersteht, hat man den Eindruck, dass sie wie eine Motte ums Licht schwirrt. Eine faszinierende junge Frau.«

»Aber du hast sie noch nicht gefragt?«

»Nein. Wir sind uns nur kurz vorgestellt worden. Doch ich habe es fest vor. Zuerst aber möchte ich eine Mappe mit Fotos anderer Musiker zusammenstellen, um mir klarer zu werden, worauf ich hinauswill. Ich dachte, dass Dagur vielleicht dazu bereit wäre, wenn die Bilder anonymisiert sind. Oder dass er mir vielleicht Kollegen vorschlagen könnte. Hast du durch deine Arbeit im Musikladen nicht auch Kontakte?«

»Von unseren Kunden kenne ich keinen gut genug, um so etwas zu fragen. Vielleicht fällt Jonno jemand ein … keine Ahnung. Und Dagur? Durch sein Pferdetattoo ist er doch sofort zu erkennen.«

»So was war noch nie ein Problem. Dafür gibt es Photoshop.«

»Ich habe früher mal Cello gespielt und ein bisschen auf der Gitarre geklimpert. Allerdings nur zum Privatvergnügen«, platzte ich unvermittelt heraus. Offenbar ritt mich gerade der Teufel. Wie in jenem Sekundenbruchteil, als ich mich zu dem Tränentattoo entschlossen hatte.

»Wirklich?«

»Ich weiß, ich habe keine Erfahrung als Model, aber ich könnte es versuchen. Du bräuchtest mir auch nichts bezahlen.« Grayson lächelte.

»Ich finde dich schon recht fotogen«, sagte er. »Vor der Kamera zeigst du eine ganz andere Seite von dir. Und wenn du die Domme rauskehrst, hast du fast den Ausdruck, den ich haben will … hm.« Er überlegte. »Das könnte was werden.«

»Und ich habe eine Gitarre«, fuhr ich fort. »Aber durch den Laden kann ich noch an ganz andere Instrumente herankommen.«

»Und hast du Grenzen?« Grayson sah mich forschend an.

»Was meinst du mit Grenzen?«

»Wie weit würdest du gehen?«

Ich zögerte keine Sekunde. Mir gefiel die Vorstellung, dass Grayson einfing, was mein Wesen ausmachte. Vielleicht könnte die Kamera leisten, was mir selbst nicht gelingen wollte: mein wahres Ich zu finden.

»So weit wie nötig. Aber mein Gesicht darf nicht auf den Bildern sein.«

»Sicher«, sagte er. »Das wäre kein Problem. Wirklich zu schade, dass Dagur nicht da ist. Ich hätte nämlich auch gern einige Paare dabei. Aber ich glaube kaum, dass sich viele Musiker auf solche Sessions einlassen werden.« Nach kurzem Überlegen sprach er weiter. »Willst du nicht einen Freund mitbringen? Er muss nicht unbedingt Musiker sein, wichtiger ist, dass du dich mit ihm wohlfühlst. Ich habe da ein paar Ideen, die ich gern ausprobieren würde, und sehe dich schon vor mir, wie du das Cello hältst und er dich.« Grayson malte sich die Szene bereits lebhaft vor seinem inneren Auge aus.

Mir wollte zwar auf Anhieb niemand einfallen, doch ich war mir ziemlich sicher, dass ich jemanden auftreiben konnte. Vielleicht reichte ja schon einer der Typen aus dem Club.

Wir hatten den ganzen Tag im Musikgeschäft Inventur gemacht, eine der Aufgaben, die ich am allerwenigsten mochte. Um den Warenbestand mit den Lieferlisten zu vergleichen, mussten wir Kisten suchen, die im letzten halben Jahr auf unerfindlichen Wegen in irgendwelchen Ecken und Winkeln im Keller gelandet waren, wo sie nun wirklich nicht hingehörten. Es war eine mühsame Sache, und anders als in den Verkaufsräumen war es unten kalt und schmutzig, sodass ich mich geradezu nach den streitsüchtigen Kunden sehnte, die immer alles besser wussten, denen wir aber nicht widersprechen durften, oder nach den zögerlichen Typen, die eine Ewigkeit brauchten, bis sie sich für ein bestimmtes Instrument entschieden.

Irgendwann aber zogen wir das Stahlgitter vor die Tür und verriegelten die Schlösser. Ich sah einem Abend entgegen, dessen einzige Freuden darin bestehen würden, auf dem Heimweg einen Abstecher zum Supermarkt zu machen, weil ich noch Brot und Milch brauchte, und mich dann vor den Fernseher zu hocken. Jonno und die anderen wollten noch in einen Pub gehen, aber ich hatte keine Lust. Ich war zappelig und reizbar, denn in wenigen Tagen sollte die Fotosession stattfinden, mit der Grayson die Arbeit an seinem Buchprojekt aufnehmen wollte. Ich hatte schließlich Neil gefragt, ob er mitkommen konnte. Ihm vertraute ich mehr als allen anderen Männern, die ich kannte, außer vielleicht Richard. Doch Grayson würde sicher lieber einen jüngeren, knackigeren Typen ablichten als unseren Kerkermeister. Ich hatte Neil versichert, sein Gesicht werde auf den Aufnahmen nicht zu sehen sein, ihm jedoch nicht weiter erläutert, wie weit sein Beitrag möglicherweise gehen sollte. Er wusste lediglich, dass ich vor der Kamera stehen würde und, um lockerer zu sein, gern einen Freund dabeihätte. Sein anfänglicher Widerstand war dahingeschmolzen, als ich erwähnte, dass ich mich im Verlauf der Session womöglich ausziehen müsse. Daraufhin war er rot geworden und hatte mich fassungslos angesehen, als würde er seinen Ohren nicht trauen, hatte sich dann aber rasch einverstanden erklärt, mich zu begleiten.

Feiner Nieselregen im West End legte einen Schleier vor die Schaufenster und die hellen Straßenlaternen. Ich merkte, dass ich für dieses Wetter nicht die richtigen Schuhe trug. Für die anstrengende Arbeit der Inventur hatte ich ganz bewusst flache Ballerinas angezogen. Er stand am Rand des schmalen Bürgersteigs unter einem schwarzen Regenschirm und beobachtete, dass wir das Geschäft zusperrten. In der Abenddämmerung erkannte ich ihn nicht gleich, sondern hielt ihn für einen ganz normalen Passanten, für einen Mann wie jeden anderen.

»Lily!«

Leonard.

Er hatte sich nicht verändert, seit ich ihn vor Monaten zum letzten Mal gesehen hatte. Mein Herz machte einen Satz, und mein Magen krampfte sich zusammen. Wie kam es nur, dass Leonard diese unmittelbare Reaktion in mir auslöste?

»Es ist lange her«, brachte ich mühsam heraus.

»Ich weiß. Es ist so viel passiert. Arbeit, Reisen, alles Mögliche«, entschuldigte er sich.

Meine Kollegen hatten nicht gewartet, sondern steuerten eilig den Pub an. Leonard und ich standen uns im Regen gegenüber und sahen uns an. Ich zog mir die Kapuze meines Parkas über den Kopf, und er kam einen Schritt näher, um mir unter seinem Schirm Schutz anzubieten.

»Hast du was vor? Oder können wir reden?«

»Kein Problem. Ich wollte nur heimgehen.«

Unter seinem großen Regenschirm gingen wir in Richtung Charing Cross Road.

Die nächstgelegene Hotelbar an der Shaftesbury Avenue war zu erinnerungsträchtig, und in den Pubs der Gegend ging es um diese Zeit zu laut zu, um ein vernünftiges Gespräch zu führen. So landeten wir schließlich in einem der Cafés in Soho und setzten uns ganz in die Ecke, möglichst weit weg von den anderen Gästen.

»Ich muss noch immer oft an dich denken.«

»Ich auch.«

Wieder rührte mich der vertraute melancholische Ausdruck seiner Augen. Ich fühlte mich hilflos, wusste nicht, was ich sagen sollte. Leonard brachte ein mattes Lächeln zustande und strich mir über die Hand.

»Sie ist ganz kalt«, stellte er fest.

Seine Hand war warm, so warm wie sein Körper, wenn ich mich nachts an ihn geschmiegt und seine Nähe genossen hatte.

»Ich weiß. Das wird sich wohl nie ändern. Kalte Hände, kalte Füße, kalter Hintern. Nicht gerade die ideale Frau, die man im Bett gern neben sich hat, was?«

»Mich hat es nie gestört.«

»Ich hätte nicht gedacht, dass du mich noch mal sehen willst.«

»So etwas habe ich nie gesagt, und das weißt du auch, Lily. Irgendwie fehlen mir die Worte, um dir zu sagen, wie viel du mir bedeutest. Ich sehne mich immer noch nach dir. Ganz furchtbar sogar. Und wie dir ist es auch mir egal, was die Leute sagen, wenn sie uns zusammen sehen. Sie können es eben einfach nicht verstehen. Aber ich weiß es genau, dass das Ganze mit uns nicht von Dauer sein kann.«

Ich wollte protestieren, aber er brachte mich mit einer kleinen Handbewegung zum Schweigen. Als er weitersprach, klang es so, als habe er die Sätze vor dem Spiegel sorgfältig einstudiert und dulde keine Unterbrechung.

»Wie du schere ich mich keinen Deut darum, was die anderen denken. Ich weiß aber auch, dass wir keine Aussicht auf eine gemeinsame Zukunft haben. Irgendwann würde dich der Altersunterschied stören, und dann stellst du plötzlich alles infrage. Wenn diese Saat aufgeht, würde sie alles vergiften, dich und uns beide. Dann würde ich mir vorwerfen, dich um deine besten Jahre gebracht zu haben, Lily – und das könnte ich mir niemals verzeihen. Ich möchte, dass du glücklich bist. Selbst wenn das bedeutet, dass ich keine

Rolle mehr in deinem Leben spiele. Nenne es Respekt oder Feigheit, egal.«

Jedes seiner Worte fuhr mir wie ein Dolch in die Haut, so weh taten sie, und jeder Stich ließ mich in meinem Innern vor Schmerz stumm aufschreien.

Dieses Gespräch war im Grunde nicht anders als das, was wir bereits in Barcelona geführt hatten. Wieso also hatte Leonard mich wiedersehen wollen? Bloß, um die gleichen Dinge noch einmal zu sagen?

»Warum …?«

Er wich meinem fragenden Blick aus.

»Ich brauche … einen Schlusspunkt.« Das letzte Wort war nur noch ein Wispern.

Dann holte er ein zusammengelegtes Taschentuch aus der Tasche seines Jacketts und faltete es auf dem Tisch auf.

Heraus kullerte ein winziger goldener Schlüssel, der leise an meine Untertasse stieß und dann liegen blieb.

Der Schlüssel zu meinem Fußkettchen.

»Nimm ihn«, sagte Leonard.

Verdutzt starrte ich es an, dieses merkwürdige kleine Symbol der Freiheit, in die Leonard mich entließ. Wenn ich ihm glauben wollte, geschah es zu meinem Besten. Und ich glaubte ihm.

Er stand auf und küsste mich sanft auf die Stirn. Einen Augenblick schien es mir, als wolle er mich auch auf das Tränentattoo küssen, doch er bremste sich, trat einen Schritt zurück und ging, ohne sich noch einmal umzudrehen, aus dem Café.

Obwohl mein Kaffee unterdessen kalt geworden war, trank ich ihn langsam. Ich ärgerte mich über mich selbst, dass ich nicht die richtigen Worte gefunden hatte, um seinen Argumenten etwas entgegenzusetzen und unsere Beziehung zu retten. Wie bitter war es doch, dass die Umstände nicht günstiger gewesen waren und wir an diesen Punkt gelangen mussten – einfach nur, weil ich nicht im richtigen Jahrzehnt geboren war. Selbst der Kaffee schmeckte bitter. Ich hatte vergessen, ihn zu süßen.

»Versprich mir, dass du nicht ausflippen wirst.«

Neil betrachtete staunend das Wirrwarr aus Gerätschaften und orangefarbenen Kabeln im Fotoatelier, während Grayson das Licht einrichtete und ich reglos auf meinem Platz im grellen Lichtkegel stand. Graysons Assistentin hielt mir einen Belichtungsmesser vors Gesicht und rief Grayson das Ergebnis zu.

Er hatte mich aufgefordert, in meinen normalen Klamotten zu erscheinen, also fast ganz in Schwarz, denn ihm war daran gelegen, meine natürliche »Aura«, wie er es nannte, einzufangen. Das Set sollte so schlicht wie möglich sein. Neil hatte er gebeten, an der Seite stehen zu bleiben und erst einmal nur zuzuschauen.

Grayson und seine Assistentin beratschlagten sich leise und legten dann fünf, sechs verschiedene Objektive auf einem langen Tisch bereit. Der Fleck, auf dem ich stand, war mit weißem Papier von der Rolle ausgelegt, das für die Aufnahmen sowohl den Boden bedeckte als auch den Hintergrund bildete.

Dann ging es los. Grayson umschwirrte mich wie eine Biene den Honigtopf. Ich hingegen stand reglos und stumm da, obwohl mir von dem Sensorstrahl der um mich herumschweifenden Kamera und dem unentwegt aufflackernden Blitzlicht allmählich schwindelig wurde.

Dies hier war etwas völlig anderes als unsere früheren Begegnungen, als sich die Fotosessions in ein Spiel aus Macht und Verführung verwandelt hatten. Jetzt war ich vollkommen unwichtig, und Grayson hatte die Kontrolle. Er bestimmte den Grad meiner gestreckten Glieder, die Neigung meines Halses oder den Winkel zwischen meinen Armen und meinem Körper. Es ging überhaupt nicht um mich. In freudiger Selbstvergessenheit schoss er seine Bilder. Nach einer Weile schaltete ich ab und ließ ihn einfach fotografieren. Wie er den Kern meines Wesens einfangen könnte, obwohl ich mich so losgelöst von meinem Körper fühlte, war mir nicht ganz klar, doch er schien ganz zufrieden.

Nach einer Weile reichte mir Grayson die Gitarre, die ich mitgebracht hatte, und ließ mich damit natürliche und auch extrem unnatürliche Position einnehmen. Ich wusste, dass dies alles nur das Vorspiel war, ein Herantasten und Warmlaufen. Fotografieren half Grayson beim Nachdenken.

Irgendwann blieb er stehen und holte tief Luft.

»Okay. Jetzt möchte ich dich nackt haben. Kannst du dein Oberteil ausziehen?«

Er fingerte an einem Objektiv herum und sah nicht einmal zu mir herüber, als ich mir das T-Shirt über den Kopf zog. Auch diesmal war ich ohne BH gekommen, weil sich die Druckstellen von den Bügeln, wie ich wusste, nur schwer wegretuschieren ließen.

Das schimmernde Holz der Gitarre an meinem nackten Oberkörper war hart und unnachgiebig. Als ich den Kopf drehte, sah ich Graysons Assistentin gähnen und ein Stück hinter ihr Neil, der vom Anblick meiner kleinen, bleichen Brüste wie gebannt schien. Über seine Wangen zog sich eine leichte Röte, und als ich das Flackern in seinen Augen sah, wurde ich mir mit einem Schlag meiner Nacktheit bewusst – die mich Grayson und seine Assistentin mit ihrer desinteressierten Art fast hatten vergessen lassen. Obwohl ich mich bemühte, ruhig und konzentriert zu bleiben, spürte ich, dass meine Nippel hart wurden und mir das Blut in die Wangen schoss. Ich sah wieder in die Kamera, um mich von Neil abzulenken.

»Den Rock auch«, bat Grayson. In Reichweite lag ein flauschiger weißer Bademantel, damit ich mich zwischen den Aufnahmen züchtig verhüllen konnte, was mir allerdings überflüssig erschien. Da ich nun einmal ausgezogen war, hatten die anderen ohnehin alles gesehen, was es zu sehen gab.

Man brachte mir das Cello, dann einen Stuhl. Ich setzte mich breitbeinig hin und stellte mir das Instrument zwischen die Schenkel, während Grayson sich auf den Boden legte, sodass er einen unverstellten Blick bis in mein Innerstes hatte. Er wollte wohl mit der Kamera den Kontrast zwischen meinem dunklen Schamhaar oder meiner umschatteten Möse und dem orange schimmernden Holz des Instruments festhalten.

»Neil«, sagte er freundlich. »Jetzt könnte ich deine Hilfe brauchen.« Offenbar wollte Grayson vermeiden, dass Neil sich unwohl fühlte und am Ende vielleicht noch aus dem Atelier lief.

Neil kam näher und befolgte Graysons Anweisungen aufs Wort. Der gab ihm die Gitarre und bat ihn dann, sie so zu halten, dass es aus der Kameraperspektive aussah, als würde einer meiner Nippel eine stramm gespannte Saite streifen.

Doch nachdem Grayson durch den Sucher geschaut hatte, runzelte er die Stirn.

»Dein Oberhemd unterbricht die Linienführung. Könntest du es ausziehen?«

Neil zögerte kurz, dann fügte er sich.

Als Grayson Neils Zweifel sah, beruhigte er ihn rasch. »Keine Sorge. Eure Gesichter werden auf den Fotos nicht zu sehen sein. Es sind einfach nur Kompositionen. Körper an Körper, Haut an Haut, Unbekannte im Kontakt mit ihren Instrumenten. Vertrau mir.«

Als Nächstes lag Neils Hand auf meiner nackten Schulter. Dann malten seine Finger ein Muster auf meinen Rücken. Sein Arm streifte meinen Bauch. Irgendwann schwebte sein Mund nur knapp vor meiner Öffnung. Oder seine Lippen verharrten zwischen meinem Bauchnabel und der eng an meinen Körper gedrückten Gitarre.

Ich entspannte mich in Neils Nähe und genoss die leise Erregung durch seine Berührung.

Aber Grayson war noch nicht zufrieden.

»Nein«, sagte er. »So stimmt das nicht.«

Der warme, wohlige Duft von Neils Haut hatte mich so entspannt, dass es mich Mühe kostete, mich zu konzentrieren und die Posen einzunehmen, die Grayson haben wollte.

Er ging in die Hocke und sah mir tief in die Augen.

»Lily?«, sagte er mit einem deutlichen Fragezeichen am Ende.

»Ja?«

»Kannst du bitte seine Domme sein?«

»Was?«

»Ich will deinem Wesen auf den Grund gehen. Bis jetzt ist ja alles ganz nett, aber es sagt nichts über dich aus. Mit den Instrumenten wird das nichts.«

»Aber Neil ist nicht …«

»Ist schon in Ordnung«, unterbrach mich Neil.

Ich stotterte irgendwas.

»Es ist für die Kunst, Lily. Und wir sind schon so weit gekommen«, fügte er rasch mit leiser, heiserer Stimme hinzu.

Damit stand es zwei gegen eins. Und da ich bereits eingewilligt hatte, mich auszuziehen, und in vielen eindeutigen Posen abgelichtet worden war, fiel mir jetzt kein stichhaltiger Grund ein, warum ich nicht als Neils Domme vor der Kamera auftreten wollte.

»Ich bin nicht in Stimmung«, protestierte ich wenig überzeugend. Doch Graysons Assistentin war bereits nach entsprechenden Anweisungen hinausgeeilt, um zusätzliche Requisiten zu holen, wahrscheinlich direkt aus IHREM Ankleidezimmer.

Mir wurde ein Wildleder-Flogger in die Hand gedrückt. Grayson hatte die Scheinwerfer neu justiert und Neil mit nach oben gestreckten Armen an die Wand gestellt, sodass es aussah, als lehnte er an einem Andreaskreuz.

So schutzlos und verletzlich und mit abgewandtem Gesicht kam er mir gar nicht mehr wie der Neil vor, den ich kannte. Also konnte ich unbefangen seinen prallen nackten Hintern bewundern, der im Club von seiner Boxershorts verhüllt gewesen war. Ich hatte Liana zwar nicht ernst genommen, aber sie hatte schon immer gesagt, Neil habe einen knackigen Arsch. Jetzt sah ich ihn in all seiner Pracht, mit den runden Backen, die sich unter seinem Rücken wölbten, dem kleinen Grübchen gleich über der Ritze und dem feinen Flaum ingwerfarbener Härchen, die sich bestimmt ganz weich anfühlten.

Neil hatte einen Arsch, dem rote Striemen gut stehen würden.

Und so ließ ich den Flogger auf seinen nackten Hintern sausen. Neil machte einen Satz, obwohl ich nicht fest zugeschlagen hatte. Noch nicht.

»Genau! Das ist es!«, rief Grayson. »Vergiss, dass ich da bin. Mach weiter!«

Zuerst konnte ich mir partout nicht einreden, Neil und ich wären allein. Vor der Kamera und vor Graysons prüfenden

Blicken die Domme herauszukehren, war etwas völlig anderes, als sich einfach still ablichten zu lassen. Ich kam mir vor wie eine Schauspielerin, so ähnlich wie die wenigen Male im Club, als ich unter IHRER wachsamen Anleitung mit ihren Sklaven geübt hatte. Doch nun hatte ich allein die Führung, und es war ein Gefühl, das mir ausgesprochen gut gefiel.

Ich spürte, dass mir das Blut heiß durch die Adern schoss. Neil stöhnte jetzt bei jedem Schlag laut auf, und ich beobachtete entzückt jeden neuen roten Streifen, der sich auf seiner Haut zeigte, wenn das Leder auf seinen Arsch klatschte. Ich nahm mir erst die eine Backe vor, dann die andere, dann seinen Rücken hinauf und wieder hinunter bis zu den Schenkeln. Dabei passte ich Tempo und Wucht seinem Atemrhythmus und der leicht unterschiedlichen Lautstärke seines Stöhnens an, an denen ich erkennen konnte, wie viel er verkraftete. Sein Körper war für mich wie eine Trommel, ein Instrument aus Fleisch und Blut, auf dem ich, die Herrin, spielte.

Inzwischen tropfte mir der Schweiß von der Stirn, ihm lief er an den Seiten herunter. Wenn ich besonders hart zugeschlagen hatte und ihm anschließend die Hand auf die Arschbacke legte, um seinen Schmerz zu lindern, schmiegte Neil sich an mich. Dann überwältigte mich eine ungeheure Zärtlichkeit, sodass ich ihn am liebsten in die Arme genommen und wie ein Kind gestreichelt hätte.

Die Zeit stand still. Ich hörte nichts außer Neils rasselndem Atem und das Klatschen, wenn der Flogger auf seine Haut traf.

Schließlich holte Grayson tief Luft und reichte die Kameras an seine unerbittlich schweigende, ausdruckslose Assistentin weiter. »Wir sind fertig«, erklärte er.

Neil und ich waren zu Graysons Marionetten geworden, die er hierhin und dorthin dirigiert, in aufrechter und gebückter, züchtiger und unanständiger Pose abgelichtet hatte. Requisiten wie die Instrumente, auf den wir gespielt hatten.

»Ihr könnt euch anziehen, Leute!« Ich sah Grayson an, dass er noch immer tief in den Fantasien versunken war, die er heraufbeschworen hatte. Bis der nächste Musiker eintreffen und der Tanz wieder von vorn beginnen würde.

Ohne uns weiter zu beachten, zog sich Grayson in einen Nebenraum zurück. Die grellen Scheinwerfer erloschen.

Neil und ich waren entlassen.

7

SCHNEEWITTCHEN AUF DEM BALL

Der Wagen fuhr in raschem Tempo nordwärts durch die graue Innenstadt. Bald schon hatten wir die Vorstädte Londons erreicht, wo Familien in braven Doppelhaushälften mit gepflegten Vorgärten wohnten.

Es war noch hell gewesen, als wir von Graysons Studio aufgebrochen waren, aber bis wir dann aufs offene Land hinauskamen, war es dunkel geworden. Grayson saß am Steuer, SIE döste auf dem Beifahrersitz. Wir schwiegen, schon um sie nicht zu stören. Das Autoradio lullte uns mit den leisen Melodien eines Klassik-Senders ein.

Ich hatte mich vor ein paar Tagen mit Grayson getroffen, wieder in Shadwell. Er hatte mich eingeladen, mir die Fotos anzuschauen, die er von mir und Neil gemacht hatte. Sie gefielen mir ausnehmend gut. Unsere Körper wirkten darauf, als wären wir eins, und das Licht- und Schattenspiel auf unserer Haut war eindrucksvoll in seiner Einfachheit. Einige Aufnahmen zeigten nur meine Hand, die klein und zart aussah, aber dennoch kraftvoll den Flogger umfasst hielt. Neils runder Hintern reckte sich den Lederriemen wie einer Verheißung entgegen.

Mir war noch immer etwas unwohl, wenn ich daran dachte, wie viel ich von mir vor der Kamera preisgegeben hatte, aber das Resultat war überzeugend, und so wäre es mir kleinkariert vorgekommen, mich im Nachhinein zu beklagen. Wir waren nur Körper. Haut. Fleisch. Die Gefühle, die Grayson in den Fotos eingefangen hatte, erschienen mir ganz eindeutig und unbestimmt zugleich. Alles fand nur in meinem Kopf statt. Und ich hatte auch keine Kontrolle darüber, wie die Betrachter unsere ineinander verschlungenen Körper deuten würden oder meine Hand, die über Neils Hintern schwebte.

Neil hatte sich gänzlich unbeeindruckt gegeben, als ich hinterher mit ihm über das Shooting reden wollte, um herauszufinden, ob es für ihn okay gewesen war. Man hätte meinen können, er posierte jeden Tag nackt vor der Kamera eines Starfotografen und ließe sich von einer Freundin mit dem Flogger züchtigen. Dennoch wurde ich das Gefühl nicht los, dass er mir etwas verheimlichte. Aber vielleicht war es ihm einfach nur peinlich, wie weit die Sache gegangen war. Sogar ich schämte mich ja ein bisschen. Immerhin hatte ich die Verantwortung für ihn gehabt, denn Neil hatte so etwas noch nie mitgemacht. Nur war ich so sehr in meinem eigenen Film gefangen gewesen, dass ich nicht einmal kurz innegehalten hatte, um mit ihm ein Safeword zu vereinbaren oder mich wenigstens zu vergewissern, dass ihm wirklich klar war, worauf er sich einließ. Die Gegenwart von Grayson und seiner Assistentin, die Scheinwerfer und die Kamera hatten es vielleicht wie eine Inszenierung oder ein Spiel erscheinen lassen, aber in dem Augenblick, als ich die Peitsche zu schwingen begann, wusste ich, dass es für mich sehr viel mehr war. Einerseits war es Show, sicher, andererseits aber war es mir auch ganz natürlich vorgekommen. Ungezwungener jedenfalls als fast alles, was ich sonst je mit Neil erlebt hatte. Ob Neil das genauso empfand, wusste ich nicht, er äußerte sich nicht dazu. Es war eben einfacher, gar nicht darüber zu reden.

Nachdem wir uns die Aufnahmen angeschaut hatten und Grayson mir eine CD mit meinen Lieblingsbildern gebrannt hatte, zeigte er mir seine Wohnung. Zum ersten Mal durfte ich mehr als nur das Atelier sehen und war ziemlich überrascht, wie bieder die Möbel und die sonstige Einrichtung waren. Grayson und SIE zogen offenbar eine strikte Trennlinie zwischen ihrem ausgefallenen Sexleben und ihrer bürgerlichen Existenz. Da erst wurde mir klar, wie wenig ich über die beiden wusste.

Das einzig Überraschende war die Größe ihres begehbaren Kleiderschranks. Als SIE für mich die Schiebetüren öffnete, stand ich vor einer wahren Wunderkammer voller Klamotten, Schuhen und Accessoires, einer riesigen Schatztruhe, die alle Materialien und Stoffarten in den knalligsten Farben barg. Hinzu kamen ganze Regale voll furchterregender Instrumente, von denen ich die meisten noch nie gesehen hatte, geschweige denn, dass sich mir ihr Verwendungszweck erschloss.

Grayson lud mich bei dieser Gelegenheit auch zum Ball ein, und SIE erklärte sich bereit, mich passend einzukleiden.

»Der Ball findet nur einmal im Jahr statt und ist ein wirklich großes Ereignis«, erklärte SIE mir. Dabei spielte ein breites, sinnliches Lächeln um ihre dunkelroten, vollen Lippen.

»Hat er einen bestimmten Namen?«

»Nein, wir nennen ihn einfach nur den ›Ball‹. Da feiern wir alles, was wir lieben und woran wir glauben. Die Eintrittskarten gehen nur an einen ganz erlesenen Kreis. In der Öffentlichkeit ist dieser Ball praktisch unbekannt. Es wird dir bestimmt gefallen, Lily.«

»Na, hoffentlich.«

»Ich glaube, du bist reif dafür. Unsere scharfe kleine Debütantin. Dein Coming-out!«

Das klang alles ein bisschen steif, wenn auch verlockend. Am besten war es wohl, nicht allzu viele Fragen zu stellen. Diese Welt, in die ich mich langsam vortastete, war ein Reich geflüsterter Geheimnisse und voll dunkler Winkel. Es war nicht nur das körperliche Vergnügen, das mich zu ihr hinzog, sondern auch der Sinn für Rituale, die verschwörerische Gemeinschaft, die alle verband, sobald sie in ihr anderes Ich geschlüpft und hinter jenen unsichtbaren Vorhang getreten waren, der das alltägliche Leben vom Reich der Sinne trennt.

Wie verabredet, kam ich am Samstagnachmittag etliche Stunden bevor wir aufbrechen wollten, damit SIE genügend Zeit haben würde, mich herzurichten. Das erwies sich jedoch als überflüssig, da mein Kostüm äußerst schlicht war: Ein bodenlanges, enges, graues Seidenkleid, das sich wie Wasser an meinen Körper schmiegte, mit einer kurzen, perlenbestickten Schleppe in Form einer Träne, die ich beim Gehen hinter mir herzog.

»Eine Träne für unser Mädchen mit dem Tränentattoo«, sagte SIE, als sie den unauffälligen Reißverschluss in der Seitennaht hochzog.

»Hast du das extra für mich nähen lassen?«

»Natürlich.«

Das Kleid hätte fast noch als normale Abendgarderobe durchgehen können, wenn es nicht so großzügig ausgeschnitten gewesen wäre. Der vordere Ausschnitt reichte mir bis zum Bauchnabel, der hintere war noch tiefer und zeigte den Ansatz meines Hinterns. Von der Hüfte aufwärts war ich so gut wie nackt.

Zu meiner Verwunderung hatte sie dazu ein Paar flache

Schuhe ausgesucht, nicht solche aberwitzig hohen Stöckelschuhe, wie SIE sie bevorzugte und wie sie von den meisten Dommen getragen wurden. Sie gab mir ein Paar graue, perlenbestickte Seidenslipper, die mit weichem Leder gefüttert und so bequem waren, dass ich das Gefühl hatte, barfuß zu gehen.

»Du wirst den ganzen Abend auf den Beinen sein«, sagte SIE. »Das hältst du in High Heels nicht durch.« Dabei rümpfte SIE die Nase, als wäre das ein Charakterfehler. »Außerdem hast du es nicht nötig, dich größer zu machen, als du bist. Du bist eine Ausnahme, Lily. Ein Naturtalent. Du hast mehr Ausstrahlung, wenn du einfach du selbst bist.«

Mein Haar trug ich offen. SIE hatte es mit Glanzspray behandelt und sämtliche Löckchen und widerspenstigen Strähnen gezähmt. Nun hing es so glatt und schwer auf meinen Schultern wie bei Liz Taylor in ihrer Rolle als Kleopatra. Meine Ohren schmückten lange schimmernde Perlenohrringe, die bei jeder Bewegung im Licht aufblitzten.

SIE und Grayson trugen rotgoldene Uniformen, die so passgenau saßen, als wären sie ihnen erst heute Morgen auf den Leib geschneidert worden. Grayson begleitete SIE jedoch nicht als Sub auf den Ball, wie es eigentlich ihrer Beziehung entsprochen hätte. Nach außen hin gaben sie sich offenbar auch in der Kinky-Szene als Gleichberechtigte.

London lag nun hinter uns. Graysons dunkelgrüner Saab brauste über schnurgerade Landstraßen. Schließlich verschwanden die Häuser ganz, und wir sahen links und rechts nur noch Felder. Außer unserem eigenen Scheinwerferlicht, dem wir wie einem Irrlicht hinterherjagten, war in der Finsternis um uns herum nichts auszumachen.

Tief hingen die Wolken über dem Horizont. Schließlich

bogen wir in eine schmale Straße, die in einen Wald führte, und erreichten fünf Minuten später ein hohes Eisentor. Zwei bullige Wächter hakten unsere Namen auf einer Gästeliste ab und winkten uns durch. Grayson steuerte den Wagen noch hundert Meter weiter, bis sich zwischen den Bäumen eine weitläufige Lichtung auftat, hinter der sich ein eindrucksvolles Herrenhaus erhob. Außenscheinwerfer zeichneten seine Umrisse messerscharf in den Nachthimmel.

Die Wagen der Gäste waren in exaktem Halbkreis vor dem großen Landsitz geparkt. Livrierte Diener standen bereit, ließen sich von den Fahrern die Schlüssel geben und zirkelten die Autos exakt in die noch bestehenden Lücken.

SIE schlug die Augen auf, als Grayson das Radio ausschaltete.

»Wunderbar. Einfach wunderbar«, meinte sie, als sie das große Haus erblickte.

Es hätte eine Kulisse aus *Wiedersehen mit Brideshead* oder einem anderen englischen High-Society-Drama sein können. Die Fassade verriet nicht im Geringsten, welche exzentrischen Exzesse sich hinter diesen Mauern abspielen könnten.

Grayson öffnete die Wagentür, und ich folgte seinem Beispiel. Den Motor ließ er laufen. Sofort stürzte ein Diener herbei, und Grayson stieg in voller Montur aus dem Saab, übergab ihm den Wagen und nahm dafür eine Spielkarte entgegen. Ein Herz-As, wie ich bemerkte.

Erst dann stieg SIE aus. Lasziv, majestätisch, die Königin des Kink.

Ich spürte, dass uns die Blicke der anderen Gäste folgten, die den gerade vorgefahrenen Wagen entstiegen, als wir zu dritt auf die Eingangstreppe zuschritten. Ob ich wohl zwischen diesen beiden herrschaftlichen Gestalten wie ein Fremdkörper wirkte, nur wie ein grauer Schatten?

Die Türen standen weit offen, und harter Technobeat, der durch alle Räume drang, schallte uns entgegen.

Direkt vor dem Eingang durchschritten wir einen gleißenden Lichtkreis, dann traten wir über die Schwelle und standen in einer großen Eingangshalle.

Zahlreiche Frauen in antiken Gewändern, alle oben ohne, boten vor der prachtvollen Treppe Getränke an. Alle trugen das Haar zu strengen Knoten hochgesteckt. Einige waren recht üppig ausgestattet, andere, schlankere, hatten einen eher zierlichen Busen. Was mich verblüffte, war, dass alle ihre Brustspitzen passend zu ihren Gürteln silbern bemalt hatten. Wie würde ich wohl mit silbernen Nippeln aussehen, schoss es mir durch den Kopf.

Als wir an einer dieser spärlich bekleideten jungen Frauen vorbeikamen, nahmen sich Grayson und SIE ein Glas Champagner. Ich griff nach einem Glas, dessen Inhalt mir Wasser zu sein schien, falls hier nicht Wodka oder Gin in hohen Gläsern ausgeschenkt wurden. Neugierig auf Haus und Gäste, ließ ich meine Blicke schweifen. In diesem Moment hätte mich nichts wirklich überraschen können.

»Lasst uns mal die Lage peilen«, schlug Grayson vor und nahm mich und SIE an die Hand. »Wir wollen uns doch erst ein bisschen umsehen, bevor der Spaß so richtig losgeht.«

»Findet der Ball denn nicht immer hier statt?«, fragte ich.

»Nein, das wechselt. Er ist selten zweimal am selben Ort«, erklärte SIE.

Wir kamen in einen runden Salon, wo die Gäste dicht gedrängt in Grüppchen zusammenstanden. Das Stimmengewirr war mal lauter, mal leiser, Gläser klirrten, Abendkleider raschelten, Latex, Lack und Leder schimmerten im Schein der Kronleuchter.

Im Großen und Ganzen sah das alles sehr nobel und gediegen aus, so wie man sich eine Zusammenkunft Gleichgesinnter aus besseren Kreisen in einem Landhaus eben vorstellt – oder wie zumindest ich sie mir vorstellte –, wären da nicht die halb nackten Kellnerinnen an der Treppe und etliche extravagant gekleidete Gäste gewesen, die der Veranstaltung eine pikante Note gaben. Allerdings gab es auch Gäste, die eher schlicht, geradezu normal angezogen waren. Doch ich wusste längst, dass die Welt des BDSM ein Spiegelsaal ist, wo Verführung und Laster stets an der nächsten Ecke lauern, gleich hinter der beruhigend alltäglichen Fassade.

Eine große Glastür am anderen Ende des Salons führte in einen riesigen Garten hinaus, in dem Festzelte verschiedener Größen standen. Dahinter war ein Wäldchen zu sehen. Links vom Haus war der Garten mit einer hohen, mit Stacheldraht bewehrten Mauer geschützt.

»Ah«, rief SIE aus und deutete auf die Zelte. »Sicher für die heutigen Vorführungen.«

Grayson, dessen Gesicht von Vorfreude und Erwartung gerötet war, nickte und leerte sein Glas.

Wir standen noch müßig an der Glastür, als auf einmal das Gemurmel hinter uns verebbte. Alle drehten sich um.

Ein hochgewachsener Mann Ende fünfzig mit üppigem weißem Schopf und einer roten Brille schritt hoch erhobenen Hauptes durch die Menge, die sich vor ihm teilte. Das glänzende Revers seines eleganten Smokings schimmerte im Licht des Kronleuchters. Zwei Schritte hinter ihm ging eine junge Frau. Er hielt sie an einer Leine, die an ihrem dunklen Halsband befestigt war. Mit der anderen Hand umfasste er einen mit feinen Schnitzereien verzierten Gehstock, dessen silberner Knauf einen Totenschädel darstellte.

Die Frau war vollkommen nackt – wenn man von ihren unglaublich hohen Stilettos mit Leopardenmuster absah. Und natürlich von ihrem Halsband, an dem ein kleines goldenes Vorhängeschloss prangte.

Ich konnte mich gar nicht sattsehen an ihr. Sie war das zauberhafteste Wesen, das ich je in meinem Leben erblickt hatte. Und »Wesen« war das richtige Wort. Ihre Schönheit hatte etwas Überirdisches, geradezu Unheimliches, als wäre sie eigens zu einem besonders grandiosen Anlass erschaffen worden und als hätte man sie nur zum Leben erweckt, um uns Normalsterblichen unsere Unvollkommenheit vor Augen zu führen.

Ihr Gesicht war von perfekter, klarer Schönheit: grüne, kühle Augen, etwas Rouge auf den markanten Wangenknochen und das schulterlange Haar locker und lebendig wie in einer Shampoo-Reklame. Das sinnliche Rot ihrer Lippen passte perfekt zu ihrem starken Make-up, das aber zugleich elegant und diskret war. Ihre festen, hohen Brüste wippten leicht bei jedem Schritt. Trotz der hohen Schuhe, die ihr Gleichgewicht gefährdeten, ging sie auf ihren langen Beinen sicher dahin. Ihre Schenkel waren fest und straff wie Peitschenriemen, ihre zarten und doch kraftvollen Knöchel gaben ihr sicheren Halt.

Die Blicke aller waren auf das Paar gerichtet.

Sie streifte mich, als sie an mir vorbei hinaus in den Garten ging.

Ihr Venushügel war perfekt rasiert. Was aber meine Fantasie am meisten in Erregung versetzte, war, dass sie auch ein Tattoo hatte.

Nur einen knappen Zentimeter über ihrer vollkommen glatten Möse war genau in der Mitte ein Barcode eintätowiert, und daneben stand die Zahl 1.

War es ein echtes Tattoo oder nur ein Abziehbildchen?

Mein Gefühl sagte mir, dass es echt war. Sie war dauerhaft gekennzeichnet. Schon entschwand das Paar in den Garten und steuerte eines der Partyzelte an. Und ich sah nur noch ihren weißen, langsam entschwebenden nackten Hintern, der Neugier und Lust weckte.

Ich atmete tief durch.

»Alle Achtung«, sagte ich. »Welch eine Schönheit!«

Ich wollte noch etwas hinzufügen, SIE oder Grayson nach dem eindrucksvollen Paar fragen, aber SIE winkte ab.

»Ach, dieser Thomas. Immer diese theatralischen Auftritte!«

Eine Glocke ertönte.

Ein heller, heiterer Klang.

»Die Vorstellungen beginnen«, sagte Grayson. »Komm, es wird dir gefallen.«

SIE war bereits ein Stück vorausgegangen. Grayson nahm mich an die Hand, und ich folgte ihm in den Garten.

Die weiche, warme Luft war vom betörenden Duft tropischer Blumen erfüllt, obwohl außer dem weitläufigen Rasen mit den Partyzelten und den rundum stehenden Platanen nichts zu sehen war.

»Woher kommt denn dieser Blütenduft?«, fragte ich und sog die Luft tief ein.

»Aus den Heizgeräten, vermute ich«, antwortete Grayson. »Genau weiß ich es aber nicht. Bei diesen Partys ist immer auch ein bisschen Magie im Spiel.«

Große Glaszylinder, in denen Flammen züngelten, waren überall auf dem Gelände verteilt. Und da bemerkte ich, dass sie von Zeit zu Zeit mit leisem Zischen wohlriechenden Dampf in die Luft sprühten.

»Auch zum ersten Mal hier?«, sprach uns jemand mit kühler Stimme von hinten an, während ich noch überlegte, ob die Flammen in den Glaszylindern wohl echt waren. Von Weitem sah es aus, als schwebten ein Dutzend kleiner Feuerstellen über dem Rasen – als hätte sich ein feuerspeiender Drache eingeschmuggelt oder als wäre die Party von marodierenden Wikingern gestürmt worden.

Die Stimme gehörte einer großen, blonden Frau im rotblaugoldenen Kostüm von Wonder Woman. Erst beim zweiten Blick fiel mir auf, dass sie eigentlich völlig nackt und ihr Kostüm nur auf die Haut gemalt war. In der einen Hand hielt sie ein Lasso, in der anderen eine dunkle Langhaarperücke.

»Die ist mir auf Dauer zu kratzig«, kommentierte sie meinen Blick auf die Haarpracht in ihrer Hand. »Ich suche gerade einen Blumentopf, in dem ich sie verschwinden lassen kann.«

Ich musste kichern, doch Grayson ermahnte uns, leise zu sein.

»Ich heiße Lauralynn«, flüsterte sie mir ins Ohr, als wir uns ins erste Zelt schlichen und sie sich an der nächstbesten Zeltstange der Perücke entledigte.

»Lily«, wollte ich mich vorstellen, brachte aber nicht mehr heraus als »Li…«, da mir der Mund vor Überraschung offen blieb.

Wir hatten einen Wald betreten.

Das Zelt war voller ausladender, gedrungener Bäume. Sie reckten knorrige, wild verdrehte Äste in die Luft und sahen aus, als wären sie mindestens hundert Jahre alt und als würden ihre Wurzeln tief in die Erde reichen.

Nachdem meine Augen sich an das schummerige Licht gewöhnt hatten, entdeckte ich, dass nicht alle Äste aus Holz waren. Einige waren menschlich. Alle Bäume waren von dicken Hanfseilen umschlungen, in die auch nackte Menschen mit eingewickelt waren. Einige hingen zwischen den Ästen, als hätten sie sich in einem Spinnennetz verfangen. Andere waren an den Stamm gebunden, als wären sie mit ihm verschmolzen und mit seinen Wurzeln verwachsen. Wieder andere hingen wie Früchte in Trauben von den Ästen. Der Baum, der genau in der Mitte stand, war nicht eingepflanzt, sondern am Zeltdach mit Seilen aufgehängt, die ihn erst umwickelten und dann wie Wurzeln im Boden verschwanden. An sein unteres Ende waren ein Mann und eine Frau gefesselt, die sich umarmten. Von ihnen aus strebten die Seile in alle Richtungen. Sie verflochten, vereinigten, verbanden alles miteinander und machten den Wald zu einem großen Ganzen. Zu einer Einheit.

An der Decke stand in Leuchtbuchstaben das Wort *Erde* und darunter der Satz: *Was uns beschränkt, macht uns auch frei.*

»Wow. Ganz schön tiefsinnig«, meinte Lauralynn.

Ich hätte ewig dastehen und mir diesen Wald aus Seilen anschauen können. Der Anblick hatte etwas ungeheuer Friedliches. Die reglosen Gesichter der nackten, gefesselten Männer und Frauen strahlten. Sie wirkten wie irdische Engel.

Doch schon sah ich Graysons rote Jacke aufblitzen und Richtung Ausgang entschwinden. Ich eilte ihm hinterher. SIE war uns sicher schon weit voraus, und ich wollte nichts verpassen.

Im nächsten Zelt erwartete uns ein großer See, dessen Mitte von einem Scheinwerfer hell ausgeleuchtet war. Das Wasser war spiegelglatt, nicht die kleinste Kräuselung trübte seine Oberfläche. Doch Grayson, Lauralynn und andere Partygäste, die sich vorbeugten, betrachteten fasziniert etwas in der Tiefe.

Ich schob mich an den steinigen Rand und war froh, dass

SIE die Schleppe meines Kleids mit einem Bändchen versehen hatte, das an meinem Armband befestigt war, sodass ich sie anheben konnte und nicht gleich ruinierte.

Unten im Wasser lagen zwölf Männer. Alle waren sie blond, jung und von gleicher Größe und Statur. Sie waren wie die Ziffern einer Uhr im Kreis angeordnet, und ihre Köpfe zeigten zur Mitte. Nur ihre Oberkörper waren nackt. Von der Hüfte abwärts bedeckte sie ein hauchdünner weißer Stoff, der wie Seegras im Wasser wogte. Als ich ihre geschlossenen Augen sah, durchzuckte mich ein Schreck, weil ich glaubte, sie wären alle tot und uns würde ein Unterwasserfriedhof mit wunderschönen Leichen präsentiert. Doch als mein Blick dann von etwas in der Mitte des Teichs angezogen wurde, vergaß ich alles andere: noch eine Frau von so unglaublicher Schönheit, wie ich es noch nie gesehen hatte. Ihre Haut war so blass, dass sie wie feinste Gaze wirkte, und ihre Wangenknochen und Augenbrauen waren so scharf gezeichnet, dass man meinen konnte, sie wäre eine Außerirdische. Ihre weißblonden Haare umwogten ihre Schultern wie die Schlangen das Haupt der Medusa.

Sie lag in die Arme einer anderen Frau geschmiegt, die mit ihrem kurzen dunklen Haar und ihrem fast flachen Busen sehr viel kräftiger aussah. Ihre Hüften waren gerade wie die eines Mannes, ihre Taille hingegen war ausgeprägt weiblich. Um die Schenkel geschnallt trug sie ein weißes Geschirr mit einem Dildo.

Der Anblick dieser nackten, reglosen Menschen im See war so atemberaubend, dass niemand im Zelt einen Ton sagte. Wie eine Welle schlug die Stille über uns zusammen.

Plötzlich ertönte die Stimme einer Frau, einer Russin, aus den Lautsprechern.

»Ich heiße Luba.«

Im selben Augenblick geriet das Wasser in Bewegung. Die Körper wurden auf Plattformen nach oben gehoben, und kaum hatten sie die Oberfläche erreicht, fügten sich diese Plattformen nahtlos ineinander, dass es aussah, als wäre das Wasser fest wie Eis geworden.

Die dunkelhaarige Frau zog Luba auf die Beine, und die beiden fingen an zu tanzen. Die Männer um sie herum huldigten ihnen durch Pirouetten und Verneigungen. Die weißen Kostüme, die unter Wasser mich an Seegras erinnert hatten, entpuppten sich nun als Federn, die im Scheinwerferlicht schimmerten. Sie stellten Vögel dar – Schwäne. Es war eine erotische Version von *Schwanensee*, und die beiden Frauen in der Mitte tanzten einen Todestanz.

Als der Tanz dem Ende zuging, hing Luba schlaff in den Armen der anderen Frau, die ihr die Hände fest um den Hals gelegt hatte, während die beiden sich hin und her drehten. Gerade als die Musik zum Finale anhob, versenkte die Dunkelhaarige den Dildo in Luba, die daraufhin wieder zum Leben erwachte. Die beiden küssten sich leidenschaftlich. Dann geriet der Boden unter ihnen wieder in Bewegung, und die Plattformen versanken mitsamt den Darstellern, die sich unter Wasser wieder zu dem starren Anfangsbild arrangierten.

Die Umstehenden applaudierten hingerissen. Der Scheinwerfer erlosch, und wie im vorigen Zelt leuchtete eine Botschaft an der Decke auf. *Wasser*, stand da, und darunter: *Was uns ertränkt, ist uns auch Trank.*

Die Darbietung im nächsten Festzelt machte bereits von draußen durch Geräusche auf sich aufmerksam. Über das Knistern und Rascheln der Kostüme und das gedämpfte Geplauder der Gäste hinweg war unverkennbar zu hören, dass da gefickt wurde. Atemloses Stöhnen und Keuchen, das schrille Kreischen einer Frau, die einen Orgasmus erlebte, das tiefere Ächzen eines Mannes, der ebenfalls kam, das Aufeinanderklatschen von Körpern, Schreie, in denen Schmerz und Lust miteinander verschmolzen.

Doch was sich dann meinen Augen bot, war nicht das, was ich erwartet hatte. Statt einer wilden Orgie auf breiten Lagern sah ich Paare, die von der Decke hingen und in der Luft miteinander kopulierten. Alle trugen sie Flügel und trieben es wild und lustvoll, fast schon tierisch miteinander. Es roch stark nach Sex, und zum ersten Mal an diesem Abend regte sich etwas in mir angesichts all der entblößten Brüste und Schwänze. Die vorigen Shows hatten so entrückt gewirkt, dass es schwierig gewesen war, sich mit den Darstellern zu identifizieren; sie hatten meine Neugier geweckt, mich aber nicht mehr erregt als nackte Marmorstatuen oder Aktfotos. Doch in der Gegenwart so vieler Männer und Frauen, die es fröhlich miteinander trieben, wurden meine Nippel hart und meine Möse feucht.

»Ach, du Scheiße«, entfuhr es Lauralynn, die wieder an meiner Seite aufgetaucht war. »Die sind ja nirgends festgebunden!«

Ich schaute nach oben. Von jedem Paar war nur einer, jeweils derjenige mit den größeren Flügeln, die leuchtend violett, tief dunkelrot oder kräftig moosgrün waren, durch ein Geschirr an der Zeltdecke gesichert, jedoch die Männer und Frauen in ihren Armen mussten sich darauf verlassen, dass ihre Partner sie festhielten. Die ungesicherten Darsteller trugen winzige pastellfarbene Flügel in Perlweiß, Zartrosa oder Crème.

»Gefallene Engel«, flüsterte Lauralynn. »Gerettet von ihren Dämonen. Cool.«

Jemand ermahnte sie, still zu sein. Es war Thomas, der Mann im Smoking, der die Frau an der Kette führte.

Trotz ihrer heiklen Lage zeigte keiner der Engel die geringste Spur von Angst.

Diesmal stand an der Zeltdecke: *Luft: Was uns stürzen lässt, erhebt uns auch.*

»Fehlt nur noch das Feuer«, krähte Lauralynn fröhlich, ohne den bösen Seitenblick von Thomas zu beachten.

Ich erinnerte mich, dass Liana mal von Feuerspielchen erzählt und gemeint hatte, es fühle sich wie eine warme Umarmung an. Aber auf das, was nun kam, war ich nicht vorbereitet.

Das Zelt umfing mich mit Dunkelheit und totaler Stille. Es war, als wären auf einmal alle anderen Menschen wie vom Erdboden verschluckt und ich würde ins Leere laufen.

»Lauralynn?«, flüsterte ich. »Grayson?«

Keine Antwort.

Da schmiegte sich eine weiche Hand in meine, und eine Frau sagte: »Hab keine Angst. Willst du meine Herrin sehen?«

Ich nickte, aber da das in tiefster Dunkelheit keinerlei Mitteilung darstellte, schob ich zaghaft ein »Okay« nach.

Die Hand führte mich zu einer Nische, in der ein Bett stand, auf dem ich mit Mühe die Umrisse eines Menschen ausmachen konnte. Es war eine Frau. Sie schien eine Maske zu tragen, nur die blasse Haut ihres Kinns und die Form ihres Munds waren im Dunkeln zu erkennen.

»Zieh dein Kleid aus«, sagte sie. Ihre Stimme war warm und einladend, und ich fasste gleich Vertrauen zu ihr. »Und binde dir dein Haar nach hinten.« Ein Haarband wurde mir in die Hand gegeben, dann halfen mir die beiden Frauen auf das Bett, wo ich flach auf dem Bauch lag und mich entspannte. Der

Stoff drückte angenehm an meine nackten Brüste und Schenkel.

Wärme erfüllte den Raum. Dann wurde es heiß, und plötzlich hörte ich in unmittelbarer Nähe eine offene Flamme zischen. Die Hitze wurde größer, als plötzlich die Flamme über meinen Körper leckte. Doch bevor ich auch nur zusammenzucken konnte, war sie schon wieder weg. Eine zweite Hitzewelle rollte über mich, als die Frau einen Feuerstab knapp über meinen Hintern und Rücken führte, ohne meine Haut zu berühren.

Sie beugte sich über mich, und ihr Atem streichelte mich sanft, als sie mir ins Ohr flüsterte: »Gibt es eine Form, die dich besonders anspricht?«

»Eine Träne«, entfuhr es mir ohne Nachdenken.

Ich spürte etwas Kühles auf meiner Haut. Dann senkte sich der Feuerstab wieder herab, und ich sog tief die Luft ein, als die Frau das Feuerzeugbenzin, das sie mir auf den Rücken geträufelt hatte, anzündete und es in Form einer Träne auf meiner Haut aufloderte. Die Flamme erlosch so rasch, wie sie sich ausgebreitet hatte, viel zu kurz, um mich zu verbrennen. Mein Herz schlug so heftig, dass ich das Gefühl hatte, es würde mir aus der Brust springen, und es erfüllte mich ein überwältigendes Glücksgefühl, als wären all meine Sorgen in der Hitze weggeschmolzen.

Ich sank auf das Bett zurück und hörte, dass die Flamme zischend erlosch. In der Nische war es wieder ganz still. Die Frauen ließen mich noch ein Weilchen ruhen, bis ich wieder ganz bei mir war, und halfen mir dann, aufzustehen und in mein Kleid zu schlüpfen.

»Ich kann nichts sehen«, sagte ich, als die beiden mich in den stockdunklen Hauptraum zurückbrachten.

»Folge den Flammen«, entgegneten sie mir im Chor.

Alle paar Sekunden wurde ein anderer Gast in irgendeiner Ecke des Zelts in eine lebendige Fackel verwandelt, und so fand ich meinen Weg.

Auch hier leuchtete an der Zeltdecke ein Schriftzug auf. *Feuer: Was uns verbrennt, schenkt uns auch Licht.*

Lauralynn wartete schon auf mich, als ich aus dem Zelt in den Garten trat.

»Du heißt Lily, stimmt's?« Ich nickte. »Hast du was dagegen, wenn ich mich dir anschließe?«, fragte sie. »Mein Partner konnte heute Abend nicht, ich bin solo hier. Und ich glaube, wir könnten gut miteinander auskommen.«

Sie grinste wie ein Honigkuchenpferd. Mit ihren roten, kniehohen Stiletto-Schnürstiefeln – das einzige Teil ihres Kostüms, das nicht bloß aufgemalt war – war sie gut einen Kopf größer als ich in meinen flachen Slippern. Meine Augen befanden sich genau auf der Höhe ihrer Brüste mit den goldenen Nippelringen, in deren Mitte ein winziger Rubin funkelte. Hatte sie die Steine passend zum Outfit des Abends gewählt, oder trug sie sie immer?, fragte ich mich.

»Nein, gar nicht. Gern«, antwortete ich. »Es sieht ganz danach aus, als hätten mich meine Freunde im Stich gelassen.« Grayson und SIE waren schon lang verschwunden.

»Sind denn die Darbietungen beendet?«, fragte ich. Obwohl sie alle sehr eindrucksvoll gewesen waren, hatte ich irgendwie das Gefühl, es müsse noch mehr geben. Einen krönenden Abschluss.

»Es gibt noch ein fünftes Element«, sagte Lauralynn. »Im mittleren Zelt, glaube ich.«

Es war das größte Zelt und stand genau inmitten der anderen vier. Mir war gar nicht aufgefallen, dass wir beim Besuch der Darbietungen einen Kreis gegangen waren, nun fehlte noch die Gerade durch die Mitte.

»Was ist denn das fünfte Element?«, fragte ich und versuchte, mich an das bisschen Philosophie zu erinnern, das ich für mein Literaturstudium gelernt hatte. Aber außer dem Film mit Bruce Willis wollte mir nichts einfallen.

»Der Äther. Alles, was es sonst noch gibt«, erklärte Lauralynn. »Die Energie, die die Welt zusammenhält. Ich frage mich, wie sie es darstellen. Komm, lass uns nachschauen!«

Zielstrebig ging sie los, und ich beeilte mich, ihr zu folgen, nicht ohne dabei ihr wohlgeformtes Hinterteil zu bewundern. Auch Lauralynn war eine Schönheit, aber mit ihren kräftigen Gliedern und ihrem breiten Lächeln wirkte sie viel irdischer als die Tänzerin Luba oder die Frau mit den Leopardenpumps, die Thomas an der Leine herumführte.

Das letzte Zelt war eine Spielwiese. SIE und Grayson waren bereits mittendrin. Zu meiner Überraschung hatte Grayson bei dieser Session den dominanten Part übernommen. Gerade züchtigte er einen der schönen Tänzer, der sich zuvor als Schwan präsentiert hatte, mit dem Flogger. Der Mann war so an der Decke aufgehängt, dass seine Zehen gerade noch den Boden berührten, und seine über den Kopf gestreckten Arme waren an den Handgelenken zusammengebunden.

Es war faszinierend, den beiden zuzuschauen, die so ganz in ihr Tun versunken waren. Grayson hatte sein Hemd ausgezogen, unter seiner offenen roten Uniformjacke glänzte seine schweißnasse Brust. Wie in Trance ließ er die Schläge in gleichmäßigem Rhythmus auf die Haut des Mannes klatschen.

»Damit hast du nicht gerechnet, was?«, sagte SIE, die plötzlich neben mir stand.

»Nein.« Ich schüttelte den Kopf, ohne die Augen von dem

Tänzer losreißen zu können, dessen Muskeln bei jedem Schlag zuckten.

»Du solltest immer mit dem Unerwarteten rechnen«, sagte sie. »Die wenigsten Menschen kennen ihre Bedürfnisse so gut, wie sie denken. Alles ist ständig im Fluss. Doch jetzt bist du an der Reihe.«

Ich folgte ihrem Blick ans andere Ende des Zelts, wo die ganze Schar Schwanentänzer wartete. Einem waren die Augen verbunden, ein anderer kniete und hatte die gefesselten Hände flehend erhoben. Ein dritter saß mit gespreizten Beinen auf einem Stuhl, die Knöchel an die Stuhlbeine gefesselt. Sein besonders schöner Schwanz ruhte auf seinem Schenkel.

Jeder hatte ein Schild, manche hielten es in der Hand, anderen klebte es auf der Stirn. Auf dem des sitzenden Mannes, der seinen Schwanz darbot, stand: »Iss mich!« Der Mann mit der Augenbinde forderte: »Schlag mich!« Und jener mit den flehend erhobenen Händen bettelte: »Lass mich um Gnade winseln!«

»Oha«, sagte ich zu IHR. »Ich komme mir vor wie im Schlaraffenland.«

SIE ließ ein fröhliches Lachen erklingen, das wunderbar zur gelösten, vergnügten Stimmung des Abends passte. Der Raum war in weiches Licht getaucht und üppig ausgestattet mit seidenen Lagern, Fellteppichen, Nagelbetten und harten Lederliegen. Überall um mich herum lebten Leute ihre finstersten oder auch heitersten Fantasien aus. Hier in dieser Umgebung war einfach alles normal. Zum ersten Mal in meinem Leben fühlte ich mich vollkommen frei.

»Darf ich?«, fragte ich den Mann mit der Augenbinde und griff nach dem Flogger, den er im Arm hielt. Er bestand aus gleich langen Seilschlingen, die am oberen Ende verknotet waren, was ihn zu einem schweren, aber auch außerordentlich weichen Züchtigungsgerät machte. Es würde sich allerdings überhaupt nicht weich anfühlen, wenn es auf seinen Körper traf, das wusste ich.

»Natürlich, Herrin«, sagte er und lächelte übers ganze Gesicht.

Sobald ich den Flogger zu schwingen begann, nahm ich meine Umgebung nicht mehr wahr. Anfangs schlug ich ganz sanft, um ihn aufzuwärmen. Dann fester.

»Das ist eine Schmerzschlampe, Lily, da kannst du ruhig kräftig zulangen«, rief SIE hinter mir.

Es stimmte. Je härter ich schlug, umso mehr bebte er vor Lust, und als ich so richtig draufhaute, stöhnte er vor Entzücken auf.

Ich streichelte ihn, liebkoste seine Hüfte und seinen knackigen Arsch. Dann flüsterte ich ihm ins Ohr: »Heb die Hand, wenn es dir zu viel wird, ja?« Er nickte, und ich sah, dass er inzwischen eine mächtige Erektion hatte. Ich griff nach seinem Glied und streichelte es auch, aber so, dass ihn meine Fingernägel über die ganze Länge bis vorne zur Eichel leicht kratzten. Unvermittelt riss ich an seinen Eiern. Ein Liebestropfen löste sich von seiner Schwanzspitze. Ich fing ihn mit dem Finger auf und strich ihm die Flüssigkeit auf die Lippen. Dann zerrte ich seinen Kopf an den Haaren nach hinten und küsste ihn leidenschaftlich.

Viele Doms fassen ihre Subs nie an, und schon gar nicht auf sexuelle Weise. Doch ich war da anders. Ich konnte brutal sein, hatte aber auch gern das Gefühl, meinem Partner Lust zu bereiten. Damit hatte ich mich bei den professionellen Dommen, die SIE im Club dirigierte, nicht gerade beliebt gemacht. Ich vermied es daher, in ihrer Gegenwart auf die Spielwiese zu gehen, weil ich wusste, dass ich mich nicht so richtig einfügte. Ich sehnte mich nach einer Verbindung zu der Person, die ich quälte, ich wollte Zuneigung zu ihr empfinden und nicht, dass sie sich vor mir erniedrigen musste, wie sie es vor jeder Frau in Catsuit und High Heels tat, nur weil sie sich danach sehnte, wie der letzte Dreck behandelt zu werden.

Doch hier im letzten Zelt auf diesem außergewöhnlichen Fest der Sinnlichkeit, wo an der Decke das Motto *Liebe, Kink, Sex, Magie* prangte, hatte ich das Gefühl, endlich einmal tun zu können, wonach mir war.

Da hörte ich aus der Ecke, in der SIE stand, jemanden scharf und verächtlich schnauben. Ich drehte mich um.

Neil.

Er sah niedergeschmettert aus. Sein Gesicht krampfte sich zu einer Grimasse, sein Blick verriet tiefe Enttäuschung.

Wie vom Donner gerührt ließ ich den Flogger sinken. Der Mann mit der Augenbinde reckte sich mir entgegen, offenbar weil er eine Liebkosung erwartete oder weil er von mir hören wollte, was als Nächstes käme. Um ihn zu beruhigen, streichelte ich unwillkürlich mitfühlend seinen Arm.

Als Neil meine Geste der Zärtlichkeit für den Tänzer sah, rannte er fluchtartig davon. Ich versuchte, hinter ihm herzusetzen, aber es herrschte so ein Durcheinander – überall Leiber und Lagerstätten und halb nackte Serviererinnen, die Cocktails auf Tabletts herumtrugen –, dass Neil längst aus dem Zelt verschwunden war, als ich kaum in der Mitte angelangt war.

Ich drehte mich um und suchte SIE, weil ich wissen wollte, was zum Teufel das zu bedeuten hatte und warum um alles in der Welt Neil eingeladen war, ohne dass ich davon wusste. Doch SIE kniete vor dem Tänzer, der das »Iss mich!«-Schild gehalten hatte, und blies ihm einen. Ihre roten Lippen glitten seinen Schwanz hinauf und hinunter und hinterließen auf ihm Spuren von Lippenstift.

SIE auf den Knien.

Neil auf der Flucht vor mir.

Ich Neil hinterher.

Die Welt stand kopf. Ich war innerlich völlig zerrissen. Da hatte mir der Ball so ein Gefühl von Freude und Freiheit beschert und mich endlich mit meinen Begierden eins werden lassen, und dann machte Neils Reaktion mit einem Schlag alles zunichte. War er schockiert und abgestoßen oder einfach nur eifersüchtig? Ich wusste nicht, was ich davon halten sollte.

Schließlich fuhr ich einfach mit Lauralynn nach Hause.

»Komm, lass uns gehen«, sagte sie, nachdem sie den Vorfall beobachtet hatte. »Ich bin heute Abend auch nicht so richtig in Partystimmung.«

»Vermisst du jemanden?«, fragte ich rein aus Höflichkeit, denn in Gedanken durchlebte ich noch einmal alle Einzelheiten des gerade Geschehenen.

»Ja«, sagte sie und klang unsicher, was so gar nicht zu ihrem selbstbewussten Auftreten passte. »Den Typen, mit dem ich gerade zusammen bin … Dabei stehe ich eigentlich gar nicht auf Männer. Ich weiß auch nicht, was mit mir los ist. Tja, wo die Liebe hinfällt …«, meinte sie nachdenklich. »Nur in einem ist sie verlässlich, nämlich dass sie einen immer ganz überraschend erwischt.«

Als ich sah, dass sie mit dem Motorrad gekommen war, hätte ich fast einen Rückzieher gemacht. Eine schnittige schwarze Maschine, ein gefährliches Geschoss. Die Alternative wäre gewesen, auf SIE und Grayson zu warten. Doch bevor ich ihnen gegenübertrat, wollte ich unbedingt mit Neil sprechen. Also setzte ich den Helm auf, den Lauralynn mir reichte, und kletterte auf den Sozius. Sie hatte mir auch ihre Jeans geliehen, damit ich nicht fror, und begnügte sich mit ihrer Motorradjacke. Von der Taille abwärts war sie nackt – wenn man von ihren kniehohen roten Stiefeln absah.

Unser Aufzug war eine Aufforderung an jede Polizeistreife, uns aus dem Verkehr zu winken, aber wir schafften es unbehelligt bis nach Dalston. Lauralynn legte sogar einen Tankstopp ein und amüsierte sich köstlich über das verdutzte Gesicht des Kassierers, der sich wohl fragte, ob ihr blaues Sternenhöschen nun echt oder doch bloß aufgemalt war.

Als wir vor meiner Wohnung hielten, wurde es bereits hell. Da es während der Fahrt unmöglich gewesen war, sich zu unterhalten, hatte ich die ganze Zeit an Neil gedacht und geweint.

Lauralynn gab mir ihre Telefonnummer, und ich bedankte mich fürs Mitnehmen.

»Melde dich mal«, sagte sie mit unverkennbar amerikanischem Akzent. »Das meine ich ernst. Du siehst so aus, als müsstest du dich mal aussprechen.«

In dem Zustand, in dem ich war, konnte ich nur nicken und ein paar magere Dankesworte stammeln.

Als ich aufwachte, wurde es bereits wieder dunkel.

Neil hatte nicht angerufen. Da er auch nicht ans Telefon ging, als ich es bei ihm versuchte, hinterließ ich ihm eine Nachricht: »Wir müssen reden. Was immer du denkst, was mit dem Typen auf dem Ball war, es ist alles ganz anders. Ruf mich bitte an, ja?«

Ich wusste selbst nicht, was an dem Abend eigentlich geschehen war. Oder was Neil darin gesehen hatte.

Und er rief tatsächlich zurück, fast umgehend, und wir verabredeten uns.

»Beim ersten Mal neulich, bei dem Fotografen, da war es wie ein Spiel«, sagte Neil. »Wir hatten Spaß, es war ausgelassen … und etwas ganz Besonderes. Es gab nur dich und mich.«

»Dir hat es also gefallen?«, fragte ich ihn. »Mochtest du den Flogger?«

Er nickte.

Wir saßen in einem dunklen, verrauchten Club in Soho, in einer Seitenstraße der Shaftesbury Avenue, wo er seit seinem Aufstieg in die Führungsebene seines Werbeunternehmens Mitglied war. Ich hätte nie gedacht, dass Neil einmal einem Club beitreten würde, schon gar nicht so einem, wo der Tabakrauch einen fast undurchdringlichen Vorhang bildete. Manchmal hatten Leonard und ich ein Glas in einem der etwas weniger spießigen Clubs in dieser Gegend getrunken. Hier in diesem, der nicht einmal einen Namen an der Tür hatte, sondern nur eine versiffte Klingel, fühlte man sich in die fünfziger Jahre zurückversetzt, und auch die beiden stoischen Barkeeper mit ihren Bartschatten schienen aus dieser Zeit übrig geblieben zu sein. Aber es war gemütlich und intim, genau der richtige Ort, um jemandem sein Herz auszuschütten.

Neil war immer für eine Überraschung gut.

Er sah mich an.

»Ja, es hat mir gefallen, Lily«, gab er zu. Er wich meinem Blick nicht aus. »Sehr sogar. Du weißt, dass ich dich schon immer mochte. Na ja, dass ich auf dich stehe. Vielleicht sogar ein bisschen verliebt in dich bin.«

Ich wollte ihn mit einer Geste zum Schweigen bringen, aber er ließ sich nicht bremsen.

»Bitte, lass mich ausreden … Immer wenn ich dich mit einem anderen gesehen habe, fühlte ich mich total beschissen. Ich war eifersüchtig, furchtbar neidisch. Du schienst mir unerreichbar, weil du in mir immer nur den Freund oder Bruder gesehen hast und nie den Mann, den möglichen Liebhaber.«

Wieder wollte ich etwas sagen, aber sein verzweifelter Gesichtsausdruck hielt mich davon ab.

»Du hast es sicher gemerkt. Ich bin ja dauernd um dich und Liana herumgeschlichen und war wie ein braves Hündchen immer da, wenn ihr gerufen habt.«

»Ich habe gedacht, du wärst hinter Liana her«, sagte ich. Das war gelogen. Ich hatte schon immer gewusst, dass Neil auf mich stand. Das war bereits bei unserer ersten Begegnung offensichtlich gewesen.

»Nein.«

»Tut mir leid.«

»Zuneigung kann man eben nicht steuern, genauso wenig wie Ebbe und Flut«, sagte Neil. »Trotzdem habe ich immer gehofft, du hast eines Tages die Nase voll von den anderen, lässt dich nicht mehr so stark von der wilden Liana beeinflussen und findest doch noch Gefallen an einem biederen Menschen wie mir. Du warst die erste Uni-Bekanntschaft, zu der ich wieder Kontakt gesucht habe, als ich hier in London zu arbeiten anfing. Die Einzige, die mir je wichtig war.«

»Ich bin geschmeichelt.«

»Erinnerst du dich noch an den Tag damals in Brighton, als du mir dein neues Tattoo gezeigt hast?«

»Ja?«

»Ich war entsetzt, aber es gefiel mir auch. Ich fand es wunderschön, ungewöhnlich und natürlich sehr mutig. Und es passte auch hervorragend zu dir, deinem angeborenen Talent, andere Menschen, sogar deine Freunde, zu überraschen. Es schien beinahe unvermeidlich, dass du das Tattoo im Gesicht haben würdest. So als wäre alles in deinem Leben darauf hinausgelaufen. Es schien geradezu vorherbestimmt.«

»Vielleicht war es das auch«, meinte ich.

»Manchmal habe ich damals an dich gedacht, wenn ich im Bett lag, du warst so nahe, nur ein paar Wände trennten uns. Und es war immer nur diese Träne, Lily, die ich mir dabei vorgestellt habe.«

»Oh.«

»Egal, es warst immer du, und an jenem Tag, an dem wir die Session bei deinem Fotografen hatten, diesem Grayson, da war das für mich, als hättest du mir die Tür zu einer ganz neuen Welt aufgestoßen.«

Kurz fragte ich mich, ob Neil damit auf die intime Situation anspielte, zu zweit nackt in eindeutiger Pose vor der Kamera zu stehen, oder darauf, dass er sich so überraschend bereitwillig meinen Forderungen und Wünschen gefügt hatte, als Grayson mir vorschlug, ihn als Sub zu behandeln.

»Das war eine Fotosession, Neil. Schauspielerei vor der Kamera. Du solltest da nicht zu viel hineininterpretieren.« Kaum hatte ich das gesagt, bereute ich es auch schon. Ich hatte nicht geschauspielert. Es war viel mehr für mich gewesen.

»Ich weiß«, sagte er. »Du kannst dir gar nicht vorstellen, wie viele Tage und Nächte ich davon geträumt hatte, so etwas mit dir zusammen zu erleben. Dauernd musste ich daran denken, seit ich von dem Club gehört hatte, in dem du arbeitest, und was dort vor sich geht. Ich bin nicht blöd, Lily, ich kann mit dem Internet umgehen. Ich hatte gleich den Verdacht, dass du da nicht nur am Empfang arbeitest. Aber ich war mir nicht sicher, bis du mich gepeitscht hast. Mit dir zusammen zu sein, war ein Wunsch, der mich die ganzen drei Jahre in Brighton von morgens bis abends begleitet hat. Oder sollte ich lieber sagen, in meinen Nächten? Ich habe mir ständig vorgestellt, wie es sich anfühlen würde, wie es geschehen würde, wie du es empfinden würdest, aber nie im Leben wäre ich darauf gekommen, dass es so eine Wendung nehmen könnte.«

»Du meinst … dass ich die Führung übernehme?«, fragte ich vorsichtig, wohl wissend, dass unser Gespräch in heikles Terrain vorstieß.

»Nicht nur das …« Er zögerte.

»Was noch?«

»Ich meine … dass ich so darauf reagiere.« Er stotterte und rang um Worte, als ginge es um Leben oder Tod.

»Es war dir unangenehm?«, hakte ich nach.

»Das ist es ja«, platzte er heraus. »Es war mir eben nicht unangenehm! Ich hatte das Gefühl, dass du mich kontrollierst, mich benutzt, mit mir und meinem Körper spielst. Und auch mit meinem Verstand. Je länger es dauerte, desto mehr wünschte ich mir, dass du es noch weiter vorantreiben würdest. Aber kaum hatte Grayson seine Bilder, war es auch schon vorbei. Von mir aus hätte es noch ewig dauern können, aber das konnte ich dir nicht sagen. Ich hatte zu viel Angst, dass du meine Empfindungen nicht teilst. Und so ist es mir mit anderen Mädchen, mit denen ich zusammen war, noch nie ergangen. Nicht dass es da viele gegeben hätte. In dem Augenblick, als du zum ersten Mal zugeschlagen hast und deine Stimme schroff wurde und du angefangen hast, mich herumzukommandieren, ist irgendetwas in mir erwacht. Etwas, das schon immer da war, sich aber nie gezeigt hatte. Ich war völlig verwirrt. Weil ich nicht damit gerechnet hatte, dass ich so reagieren würde. Schwierig, es zu erklären. Es war, als hätten sich unsere Rollen verkehrt, und nach einem kurzen Schreckmoment wollte ich mehr davon. Mein Gefühl sagte mir, dass es so richtig war. Aber ich war gespalten. Einerseits habe ich vor Glück gejubelt, dass meine Lust erwidert wurde, andererseits wollte ich kontrolliert werden und mich willenlos hingeben.«

Ich seufzte. War es wirklich eine gute Idee gewesen, einem alten Freund mein innerstes Wesen zu enthüllen? Hatte ich vielleicht Geister gerufen, die ich nun nicht mehr loswürde?

»Auf dem Ball«, fuhr Neil fort, »habe ich dich dann mit anderen spielen sehen. Und es war, als würdest du von innen leuchten. Alles in mir sehnte sich danach, einer dieser Männer zu sein, die nur darauf warteten, von dir berührt zu werden. Und wenn du mich bemerkt hättest, wäre ich einfach vor dir auf die Knie gefallen und hätte mich dir als dein Sklave angeboten, als dein Hund. Ich hätte mir alles von dir gefallen lassen, egal wie entwürdigend oder demütigend es gewesen wäre, nur um Teil deines Lebens zu werden, Lily. Ich wollte, dass du von mir Besitz ergreifst. Aber dann habe ich gesehen, wie du diesen Kerl geküsst hast. Diesen anderen Mann. Das hast du mit mir nicht gemacht, und das war einfach zu viel für mich. Da bin ich weggerannt, Lily. Ich war völlig verunsichert. Ich wusste nicht mehr, ob ich will, dass du mich schlägst oder dass du zärtlich zu mir bist. Ich wusste einfach nicht mehr ein noch aus. Und auch jetzt weiß ich nicht, was ich will. Das macht mir Angst.«

Er schaute weg, völlig verwirrt und mit gerötetem Gesicht. Es war nicht zu übersehen, wie zerrissen er war von seinen Gefühlen für mich und dem übermächtigen Trieb zur Unterwerfung, den ich in ihm freigesetzt hatte. Offenbar hatte ich unbeabsichtigt eine Tür aufgestoßen, von der er nicht wusste, ob er sie überhaupt wieder schließen wollte.

»Was willst du denn nun von mir hören?«

Ich war wütend auf Neil. Und auf mich selbst.

Auf Leonard.
Auf Dagur.
Grayson.
SIE.
Warum nur war das Leben so kompliziert geworden?

8

WALKING ON THE WILD SIDE

Das Leben geht weiter.

Ich verstand nun besser, wie ich tickte, wusste aber auch, dass ich noch viel lernen musste.

IHRE Nachhilfestunden in den Fragen des Lebens und diese unheimliche Präzision, mit der SIE meine tief verborgenen Begierden zutage förderte; die aufkeimende Freundschaft zu der hinreißenden Lauralynn; meine immer selteneren Nächte mit Dagur, wenn er mal in der Stadt und nicht mit Viggo und der Band auf Tournee war; die schüchternen Aufmerksamkeiten von Neil; mein ungeklärtes Verhältnis zu Grayson; und die immer noch schmerzhaften Erinnerungen an Leonard – all das schwirrte mir im Kopf herum, ohne dass ich mir letztlich einen Reim darauf machen konnte.

Ich war jedenfalls nicht mehr dieselbe wie nach der Uni, als ich nach London gekommen war. Andererseits war ich aber auch noch nicht am Ende meiner Entwicklung angekommen und hatte mit einer Unmenge von Widersprüchen zu kämpfen. Als Teenager hatte ich natürlich immer vom dauerhaften Glück geträumt, obwohl ich schon damals insgeheim vermutet hatte, dass es eine Illusion war oder nur so etwas wie ein Patentrezept, das durch zahllose Filme, Bücher und Songs weit verbreitet wurde. Dennoch hatte sich die Glücksvorstellung in meinem Hinterkopf eingenistet und meldete sich lästig immer wieder zu Wort.

Einerseits war ich froh, dass ich meine Sexualität jetzt sinnvoll und zielgerichtet ausleben konnte, andererseits sehnte ich mich noch immer nach einer Art von Nähe, die ich bisher nicht gefunden hatte. Noch nicht.

Da SIE und Lauralynn mich einfühlsam anleiteten, spielte ich im Club inzwischen eine wichtigere Rolle. Ich stand nicht mehr neugierig oder verunsichert herum oder übte Knoten an Stuhlbeinen und Peitschenschläge in der Luft, sondern war jetzt eine richtige Domme, auch wenn ich tagsüber weiter in dem Musikgeschäft arbeitete. Das Leben in zwei verschiedenen Welten kam mir völlig normal vor.

Mit Liana hatte ich schon seit Wochen keinen Kontakt mehr gehabt, und ich hatte ein schlechtes Gewissen deswegen. Immerhin hatten wir uns einmal ziemlich nahe gestanden. Vielleicht rührte mein Unbehagen auch daher, dass ich zwar um ihre unterwürfige Natur wusste, aber noch immer nicht so richtig damit klarkam, wie ich abends die männlichen Subs bestrafte und mit ihnen spielte.

Bei meinen eher privaten Unternehmungen spielte ich nur mit Subs, zu denen ich eine persönliche Beziehung hatte. Nicht dass ich sie lieben musste, ganz und gar nicht, aber es schenkte mir eine gewisse Befriedigung, zu wissen, dass ich ihnen lustvolles Vergnügen bereitete und sie nicht einfach nur quälte. Doch die Arbeit im Club forderte auch bisweilen von mir, dass ich Sklaven schlug, die ich nicht gut kannte oder nicht sonderlich leiden konnte und manchmal auch für ihre Unterwürfigkeit und Schwäche verachtete. Und ich wusste, dass ich sie deswegen oft gröber behandelte. Sie liebten meine Grausamkeit, aber ich konnte mir nicht verzeihen, dass ich meine Wut oder Gehässigkeit an ihnen ausließ, statt gemeinsam mit ihnen nach Lust zu streben. Diese dunkle Seite in mir, die einfach vergaß, was richtig war und was falsch, die sich verhalten wollte wie ein Tier, drängte sich immer wieder in den Vordergrund. Ähnliches hatte ich auch bei Liana beobachtet, die sich im Gegensatz zu mir jedoch damit arrangiert hatte.

Im Laufe der Woche versuchte ich mehrmals, Liana anzurufen, aber sie ging nicht ans Telefon. Ich hinterließ ihr auch etliche Nachrichten. Da ich mich lebhaft daran erinnerte, worüber wir das letzte Mal miteinander gesprochen hatten, machte ich mir ernsthafte Sorgen um sie.

Doch dann brach das Leben wieder über mich herein, und schändlicherweise schob ich die Gedanken an sie kurzerhand beiseite. Vielleicht wollte sie mir ja lieber aus dem Weg gehen.

Doch ein paar Wochen später meldete sie sich bei mir.

»Hallo, Schlampe!«

In dem Musikladen in der Denmark Street war an diesem Vormittag nicht viel los, ich hatte bisher gerade mal ein paar Gitarrensaiten verkauft.

Ihr munterer Ton verriet mir, dass sie wieder die Alte war.

»Liana!«, rief ich so laut, dass Jonno sich missbilligend zu mir umdrehte und wie ein verkniffener Bibliothekar aussah.

»Ich weiß, ich habe ewig nichts von mir hören lassen«, entschuldigte sie sich.

»Macht nichts. Jetzt rufst du zurück, und allein das zählt.«

»Es ist eine Menge passiert«, sagte sie.

»Erzähl!« Ich war so froh, wieder ihre Stimme zu hören.

»Nun ... ich bin nach Amsterdam gezogen«, verkündete sie triumphierend.

Ich war sprachlos.

»Ach«, brachte ich schließlich heraus. »Wie denn das?«

Am Flughafen Schiphol stieg ich in den Zug, und zwanzig Minuten später hielt er am Amsterdamer Hauptbahnhof. Es war ein grauer Tag mit Nieselregen, und in den allgegenwärtigen Grachten im Stadtzentrum kräuselte sich das Wasser. Ich war erst zum zweiten Mal in der niederländischen Hauptstadt und trat durch das Portal zwischen den mächtigen Türmen und vorbei an einer Reihe wartender Taxis und einer lärmenden Baustelle auf den Vorplatz. Sogleich beeindruckte mich die wogende Heerschar von Fahrrädern, auf denen die Leute kreuz und quer durch die Straßen radelten, abbogen und umdrehten, über Straßenbahngleise holperten und unbekümmert blitzschnell Kreuzungen überquerten. Ich war seit meinem vierzehnten Lebensjahr nicht mehr Rad gefahren, doch Liana hatte versprochen, mir für meine Tage in der Stadt eines zu leihen. Bei meiner ersten Reise nach Amsterdam hatte mich Leonard am Flughafen abgeholt, und wir hatten ein Taxi in die Stadt genommen. Letztlich waren wir damals nicht weiter östlich gekommen als bis zum Dam, wo er in dem opulenten, altertümlichen Krasnapolsky Hotel abgestiegen war.

Kurz vor meiner Abreise aus London hatte mir Liana einen Stadtplanausschnitt gemailt, um mir den Weg zu ihrer Wohnung zu erklären. Zu Fuß würde ich höchstens zwanzig bis dreißig Minuten brauchen, und da mein Gepäck lediglich aus einem Rucksack mit etwas frischer Kleidung bestand, zog ich mir die Kapuze über den Kopf und entfaltete die Karte mit Lianas Wegbeschreibung, immer darauf bedacht, dass sie nicht nass wurde.

Die einzige Schwierigkeit bestand darin, die richtige Gracht mit den parallel verlaufenden Brücken zu finden, obwohl ich normalerweise nicht gerade eine begnadete Kartenleserin war.

Als ich die gepflasterten Gehwege an den Grachten entlangmarschierte, fiel mir auf, wie überraschend still es in der Stadt war, sobald man von einer der wenigen Hauptstraßen abbog. Welch krasser Gegensatz zum hektischen Rhythmus Londons. Hier schlenderten Fußgänger scheinbar ohne jede Eile an Fenstern vorbei, die auch auf Augenhöhe keine Vorhänge hatten, als wäre ein Schutz der Privatsphäre überflüssig. Eine Stadt ohne Geheimnisse. Ja, dachte ich, hier könnte ich mich wohlfühlen. Es war kein Wunder, dass es Liana, mit der ich ja viel gemeinsam hatte, hierhin verschlagen hatte.

Sie hatte erwähnt, dass sie bis nachmittags als Aushilfe auf dem Blumenmarkt arbeiten würde, ein Job, der ihr viel Spaß machte. Den Wohnungsschlüssel hatte sie bei einer Nachbarin unten im Haus für mich hinterlegt.

Weil ich mir also Zeit lassen konnte, legte ich in einem kleinen Lokal eine Pause ein, um einen Kaffee zu trinken. Ein paar Steinstufen führten in ein Kellergewölbe, wo behagliche Wärme herrschte und es verführerisch nach Likör und Zimt sowie nach einem Hauch von Tabak roch. Ich entspannte mich und wurde schläfrig.

Das Haus, in dem Liana wohnte, war ein altes, stattliches dreistöckiges Gebäude. Als ich an der Fassade hinaufsah, schienen mir auch die oberen Fenster riesig. Lianas Wohnung lag unterm Dach, sie war über eine steile, hölzerne Wendeltreppe zu erreichen.

Die alte Frau im Erdgeschoss, offenbar die Hauseigentümerin, sah aus wie eine Großmutter aus dem Bilderbuch. Als sie die Tür öffnete, blitzte in ihrem Gesicht ein Lächeln auf, und sie meinte anerkennend, ich könnte Lianas Schwester sein. Liana war wie ich ein Einzelkind, aber es geschah nicht zum ersten Mal, dass jemand diese Bemerkung machte. Dabei sahen wir uns gar nicht besonders ähnlich.

Drinnen angekommen, stellte ich meinen Rucksack auf dem Parkettboden ab und zog meinen tropfnassen Mantel aus. Dann suchte ich nach einer Möglichkeit, ihn aufzuhängen.

Ich stand in einem großen, luftigen Raum mit hohen, breiten Fenstern, die so viel Tageslicht hereinließen, dass er warm und behaglich wirkte. Als ich hinausschaute, fiel mein Blick auf die friedlich dahinfließende, schmale Gracht, neben der in ordentlichen Reihen Fahrräder abgestellt waren. Jenseits der Häuserdächer auf der anderen Seite sah ich in Richtung Oosterpark die gezackte Linie verschieden hoher Baumkronen.

Ich setzte mich auf ein kleines, schmales Sofa, auf dem eine zitronengelbe Patchworkdecke lag, und ließ meine Gedanken schweifen. Die Stille war beinahe unheimlich. Normalerweise herrscht in einer Stadt Tag und Nacht ein bestimmter Lärmpegel, man hört Stimmen und Straßenverkehr in der Ferne, doch hier war es an diesem Nachmittag totenstill. Anfangs fand ich es beunruhigend, aber als ich mich erst einmal entspannt hatte, genoss ich die friedvolle Atmosphäre, bis ich beinahe eingenickt wäre. Es war angenehm, einfach nur dazusitzen und in den Tag zu träumen, mal auf die Wände, mal auf das nachlassende Licht draußen vor den Fenstern zu blicken und ganz bewusst alles Wichtige von mir fernzuhalten. Normalerweise wäre ich auf den Beinen gewesen, hätte mir eine Beschäftigung gesucht, hätte nach einem Kaffee oder etwas zu lesen gelechzt oder mir irgendetwas einfallen lassen, um in Bewegung zu kommen. Als dann mein Handy summte, wurde ich mit einem Schlag aus meiner Gedankenwelt zurückgeholt.

Liana hatte mir eine SMS geschickt. Sie war auf dem Heimweg und würde bald da sein.

»Also, was ist passiert?«, fragte ich sie schließlich. Wir hatten uns liebevoll begrüßt und waren dann zu einem Café in der Nachbarschaft gebummelt, wo alle sie zu kennen schienen. Zu der abgeschnittenen Jeans über schwarzen Strumpfhosen und den Stiefeletten trug sie eine schlabberige graue Strickjacke, die ihr mindestens eine Nummer zu groß war.

Die Wangen ihres eigentlich blassen Gesichts waren leicht gerötet, was sie gesund und strahlend aussehen ließ. Offenbar war sie glücklich – ganz anders als bei unserer letzten Begegnung, als sie gequält und zerrissen gewirkt hatte.

»Ich habe ihn verlassen!«

»Deinen Dom in Brighton?«

Bislang hatte sie sich schlankweg geweigert, mir seinen Namen zu sagen.

»Ja.«

»Gut. Er scheint ja ein Arschloch zu sein. Aber warum Amsterdam?«

»Warum nicht? Zu Schulzeiten hatte ich hier mal einen Brieffreund und seitdem angenehme Erinnerungen an die Stadt. Das Leben ist billig, und man kommt leicht nach London.«

»Wie lange bist du schon hier?«

Sie überlegte. »Ziemlich genau vier Monate.«

Ich war baff. Ja, ich war mit meinen neuen Entdeckungen und kleinen Abenteuern ziemlich beschäftigt gewesen, sodass unser Kontakt abgerissen war, aber so lange war es mir nun doch nicht vorgekommen. Was für eine Freundin war ich eigentlich?

»Wie die Zeit vergeht!«

»Allerdings.«

Liana trank einen Schluck von ihrem Kräutertee. Rein aus

Gewohnheit hatte ich mir einen Kaffee bestellt, der aber ungewöhnlich bitter schmeckte und nur lauwarm war. Als ich von der Tasse aufblickte, sah mich Liana eindringlich an, als wollte sie gleich mit einer Beichte herausrücken. Ich kickte mir unter dem Tisch die Schuhe von den Füßen. Von Ferne drang mal lautere, mal leisere Musik an mein Ohr, obwohl es in dem Café keine Musikbox gab und das Radio nicht eingeschaltet war. Der wummernde Bass schien den Takt meines Herzschlags vorzugeben.

»Mit dem Kerl in Brighton wurde es einfach immer schlimmer«, erklärte Liana. »Ich weiß, dass ich eine Sub bin und gern beherrscht werde. Aber es gibt einen Unterschied zwischen Sub und Fußabstreifer. Und zwischen Dom und Arschloch. Was dieser Typ zweifelsfrei war. Ich habe eine Weile gebraucht, um es zu kapieren. Er hatte ein irres Charisma, und ich wollte unbedingt mit ihm wieder diese Nähe erleben wie zuvor mit Alyss. Darum tat ich Dinge, bei denen ich mich nicht wohlgefühlt habe. Ich dachte, alles würde gut, wenn ich ihm nur zu Willen bin.

Aber irgendwann wurde mir klar, dass ich ihm im Grunde total egal war. Er wollte seine Macht ausspielen und eine hübsche junge Freundin haben, das war alles. Deshalb habe ich ihn abserviert. Aber ich musste wegziehen, damit ich mich auch ganz bestimmt nicht wieder auf ihn einlasse. Manche Dinge sind wie eine Droge, und du suchst den Rausch, auch wenn du weißt, dass es schlecht für dich ist.«

Ich setzte an, etwas zu sagen. Neugierig, wie ich war, wollte ich am liebsten alle schmutzigen Details hören, um sie mit meinen Lebensumständen zu vergleichen. Aber ich wusste auch, dass es mich belasten würde, wenn sie mir tatsächlich Näheres enthüllte. Liana war meine Freundin, und es machte mich wütend, dass man sie verletzt hatte. Doch ihre Probleme kamen mir ziemlich bekannt vor. Schließlich hatte ich selbst reichlich damit zu kämpfen, meine dominante Natur zu akzeptieren und zu verstehen, wie sie meine Beziehungen zu Männern beeinflusste.

Die meisten Subs, die ich im Club schlug, waren mir ziemlich egal. Darüber waren sie sich sehr wohl im Klaren, und dennoch wollten sie sich mir unterwerfen. Manchmal hatte ich ein schlechtes Gewissen, wenn ich ihnen wehtat, selbst wenn sie darum bettelten. Und ich fragte mich, ob ich wohl einem Menschen, den ich wirklich liebte, Schmerzen zufügen könnte. Vielleicht würde ich ihn ja sogar noch härter rannehmen als die anderen, die mich nicht weiter scherten, um durch das Ausloten der körperlichen Grenzen auch bis an die emotionalen Grenzen zu gehen. Ich sehnte mich nach einer Beziehung, wie Liana sie mir beschrieben hatte. Wie sie Grayson und SIE verband oder Lauralynn und den mir unbekannten Mann. Aber ich fürchtete mich auch davor, was geschehen würde, wenn ich so einen Menschen fände. Wer und wie würde ich dann sein?

Wenn manchmal die Männer im Club, die ich als Domme unterwarf, mich allzu kriecherisch um Bestrafung anflehten, konnte ich trotz all meiner gegenteiligen Bemühungen meine Verachtung für sie nicht verhehlen. Ich schlug sie, verletzte sie an Körper und Seele, erniedrigte sie, und dennoch bettelten sie um mehr. Insgeheim aber wartete ich auf den Tag, an dem ich eine emotionale Bindung zu einem Mann haben und mein Leben nicht nur aus Spiel und Inszenierungen bestehen würde. All diese Männer waren Teil einer anonymen Menge. Doch eines Tages würde einer auftauchen, ein ganz besonderer, und damit würde sich für mich alles ändern.

»Ich verstehe«, murmelte ich. »Das hoffe ich zumindest, Liana.«

»Ich wollte benutzt werden, und er hat mich benutzt«, fuhr sie fort. »Jetzt ist mir klar, dass es für ihn allein darum ging. Ich war das Ventil für seine Grausamkeit und seinen Sadismus. Manche Menschen mögen das, sogar auf lange Sicht, aber das gilt nicht für mich. Wenn er mal irgendwann die berühmten Worte gesagt hätte oder ein bisschen zärtlich gewesen wäre, wenn er mir gezeigt hätte, dass ich ihm tief im Innern als Mensch etwas bedeute und nicht nur seine Fickmatratze bin, dann wäre ich bei ihm geblieben. Ganz bestimmt, denn so bin ich nun mal gestrickt. Entscheidend war nicht, was er mir angetan hat, sondern seine Gefühllosigkeit. Dass er sich danach nie um mich gekümmert hat. Ich habe lange darauf gewartet, dass sich die Dinge ändern. Doch eigentlich wusste ich, dass es nie passieren würde.«

»Und dann?«

»Dann habe ich ihm gesagt, dass ich die Nase voll habe. Er konnte damit nicht gut umgehen. Aber ich bin bei meinem Vorsatz geblieben, ihn nie mehr wiederzusehen, trotz seiner ständigen Mails und Anrufe, und auch als er mir voraussagte, dass ich irgendwann zu ihm zurückgekrochen käme, weil ich ihn viel mehr brauchen würde als er mich.«

»Du hast ihn durch die Arbeit kennengelernt, oder?«

»Ja, und dadurch wurde das Ganze ziemlich kompliziert.«

»Kann ich mir vorstellen.«

»Das war auch ein Grund für meinen Umzug. Ich bin ihm wochenlang aus dem Weg gegangen, obwohl ich mich innerlich so verdammt leer gefühlt habe. Und dann habe ich mich mit ein paar anderen Männern getroffen, natürlich auch Doms, die ich online aufgegabelt hatte. Der erste war ein totaler Reinfall, wieder so einer, dem es nur um sich selbst ging. Aber mit dem zweiten, ich habe mich mit ihm im Pelirocco getroffen – erinnerst du dich an das Design-Hotel am Regency Square, wo der Barkeeper immer diese verrückten Cocktails serviert hat? –, mit dem war es wirklich etwas anderes, obwohl es nicht lange gehalten hat. Er war so warmherzig, so fürsorglich …« Ihre Gedanken drifteten fort, Erinnerungen kamen an die Oberfläche und umschatteten ihre Augen.

»Es ist nichts daraus geworden?«

»Nein.« Jetzt war sie wieder in der Gegenwart. »Ich mochte ihn. Sogar sehr. Aber ich glaube, er war auf seine Art genauso durch den Wind wie ich. Tief verunsichert, was seine Rolle betraf. Als er mich ausgezogen und meine blauen Flecken und Striemen gesehen hat, ist er irgendwie in Panik geraten … und damit war es dann gleich wieder aus.«

»Tut mir leid.«

»Weil es keinen Sinn hat, sich die Augen auszuweinen, habe ich eine Entscheidung getroffen. Ich habe am nächsten Tag in der Kanzlei gekündigt, meine mageren Ersparnisse von der Bank geholt und war schon drauf und dran, eine Münze zu werfen. Eigentlich hatte ich an Paris oder New York gedacht. Aber ich spreche kein Wort Französisch, und der Big Apple war ein bisschen weit weg, und so wurde es Amsterdam. Wo jeder Englisch spricht!«

»Ich glaube, die Grachten tun dir gut«, sagte ich. »Du siehst glücklich aus.«

»Das bin ich auch. Ich finde es hier wunderschön.«

Sie senkte den Blick, und da merkte ich, dass sie mir erst die halbe Wahrheit erzählt hatte.

Ich musste grinsen. Das hat jetzt nichts mit ihrer unterwürfigen Natur zu tun, dachte ich. Liana ist einfach kein Mädchen, das zwischen ihren Männern lange Pausen einlegt.

»Du hast einen anderen kennengelernt, stimmt's? Dein Lächeln verrät dich.«

»Ja, stimmt«, bestätigte sie und war mit einem Mal gar nicht mehr verlegen.

Ich freute mich für sie. Aber ich musste fragen.

»Auch ein Dom?«

Schelmisch schaute sie mich an.

»Ein Dom. Ich treffe mich nie mit anderen Männern«, erklärte sie entschieden. »Aber – wie soll ich es ausdrücken? – einer von der richtigen Sorte.«

»Du bist unverbesserlich.«

»Ich bin, was ich bin, und das ist alles, was ich bin.« Es war ein alter Scherz zwischen uns, Popeye zu zitieren.

»O ja.«

»Er kommt heute Abend vorbei«, sagte Liana. »Ich mache euch miteinander bekannt.«

Er hieß Leroy, war Amerikaner und von New York nach Amsterdam gezogen, um seinen Doktor in Philosophie zu machen. Da seine Mutter Holländerin war, konnte er die Landessprache und hatte schon immer mal eine Weile in den Niederlanden leben wollen.

»Jeder muss an einem bestimmten Punkt zu seinen Wurzeln zurückkehren«, erklärte er. »Sonst weiß man nie mit Bestimmtheit, wer man eigentlich ist. Hab ich nicht recht?«

Leroy war ein paar Jahre älter als wir, aber da Männer in der Entwicklung ja ein bisschen hinterherhinken, wirkte er wie ein Gleichaltriger. Außerdem war er ziemlich klein, was insbesondere deshalb überraschte, weil er ein halber Holländer war. Bisher hatte Liana immer große Männer bevorzugt. Aber er war stämmig und durchtrainiert, wie die meisten Leute hier in Amsterdam von all dem Fahrradfahren. Sein Vater stammte aus Nigeria, und diesem Teil der Erbanlagen verdankte Leroy seinen hinreißenden Körperbau, die vollen Lippen und eine natürliche Sinnlichkeit, die seine Erscheinung und seine Bewegungen prägten. Abgesehen von der Körpergröße verstand ich durchaus, was Liana an ihm fand.

»Ihr zwei habt euch also im Internet kennengelernt?«, fragte ich, während Leroy in einem köstlich duftenden Eintopf rührte. Er hatte einen tollen Arsch, fiel mir auf, als er sich bückte, um einen Blick auf das Knoblauchbrot im Backofen zu werfen.

Liana und ich saßen an einem Ende des langen Holztischs in der Küche und tranken Rotwein. Sie folgte meinem Blick, als ich Leroys wohlgeformten Hintern bewunderte, und zwinkerte mir zu.

»Nicht schlecht, was?«, formte sie lautlos mit den Lippen, als er wieder mit Umrühren beschäftigt war.

Leroy drehte sich um und beantwortete meine Frage.

»Ja, im Internet. Eine andere Möglichkeit gibt es eigentlich nicht, um jemanden aus der Szene kennenzulernen. Wenn man auf anderen Wegen herausfinden will, ob einer kinky ist, geht man ein ziemliches Risiko ein.«

Ich kicherte, als ich mir vorstellte, wie ein derartiges Gespräch bei einem ersten Treffen in etwa ablief. Der Wein stieg mir bereits zu Kopf.

»Wir haben uns getroffen, und es hat klick gemacht«, ergänzte Liana. Mit einem Zwinkern gab sie mir zu verstehen, dass sie nicht nur geredet hatten. »Alles Weitere ist bekannt.«

Leroy verteilte den Eintopf auf die Teller und stellte je einen vor uns hin, dann holte er seinen eigenen.

»Mist!«, rief er, kaum dass er sich gesetzt hatte. »Das Knoblauchbrot.« Er sprang auf und riss gerade noch rechtzeitig die Backofentür auf.

Mir lagen jede Menge Fragen auf der Zunge, die mich fast zu ersticken drohten, doch bis ich den Mut aufbrachte, sie zu stellen, hatten sie sich bereits wieder verflüchtigt.

Warum?, hätte ich gern gewusst. Was treibt uns dazu, diese extremen Formen zwischenmenschlicher Beziehung zu suchen? Aber wahrscheinlich gab es darauf ohnehin keine allgemeingültige Antwort. Als ich SIE und Lauralynn danach gefragt hatte, hatten sie beide im Grunde dasselbe geantwortet: Manche Menschen fühlen sich im seichten Wasser wohl, andere wollen auf Monsterwellen surfen. Es gibt Menschen, die mögen Vanilleeis, andere Rum-Rosine. Je nachdem, wie einer gestrickt ist. Mehr steckt nicht dahinter.

Ich beobachtete Liana und Leroy, konnte aber nur feststellen, dass sie sich prima verstanden und glücklich miteinander waren. Hin und wieder machten sie kleine Gesten – die auch bei ganz normalen Paaren vorkamen, jedoch eine besondere Bedeutung annahmen, wenn ich sie in der BDSM-Szene sah.

Mir fiel auf, wie er seine Hand auf ihrem Rücken ruhen ließ, als sie nebeneinander in der Küche standen. Die Anmut, mit der sie sich ganz selbstverständlich vor ihn auf den Boden hockte und den Kopf auf sein Knie legte, statt sich in den Sessel neben ihn zu setzen, als wir ins Wohnzimmer hinübergingen. Und die Zärtlichkeit, mit der er ihr übers Haar strich.

Ich blieb zwar nur ein paar Tage, aber das Zusammenleben mit Liana in ihrer Wohnung in Amsterdam gestaltete sich, als wären wir nie getrennt gewesen. Wenn wir die Augen schlossen, fühlten wir uns beide nach Brighton in unsere Studienzeit zurückversetzt. Auch wenn wir uns in mancher Hinsicht verändert hatten und so erwachsen geworden waren, dass man uns kaum wiedererkannte, waren wir noch immer die beiden Mädels, die durch die Lanes bummelten und sich aus einer Laune heraus tätowieren ließen.

Da Liana ihren neuen Job gerade erst angefangen hatte, konnte sie während meines Besuchs nur einen Tag freinehmen. Also begleitete ich sie morgens zum Blumenmarkt, um ihr zu helfen. Der schwere Blütenduft erinnerte mich an den Ball und die tropischen Gerüche, die dort die Luft geschwängert hatten. Ich fand es ungeheuer befriedigend, körperlich an der frischen Luft zu arbeiten – ein wohltuender Kontrast zu den dunklen Nischen des Clubs, aber auch zu den hell ausgeleuchteten, jedoch beengten Räumlichkeiten des Musikladens.

Leroy ließ sich an den nächsten zwei Abenden nicht blicken, doch ich wusste, dass er und Liana sich häufig SMS schrieben. Er wolle ihr nicht zu nah auf die Pelle rücken, hatte er gesagt, sie solle die Zeit mit mir ungestört genießen können. Aber immer wieder leuchtete das Display ihres Handys auf und bei jeder neuen Nachricht von ihm auch ihr Gesicht.

Am Tag vor meiner Abreise fragte mich Liana aus heiterem Himmel, ob ich zuschauen wolle, wie sie miteinander Sex hätten.

»Ich weiß, dass es damals bei Nick ein traumatisches Erlebnis für dich war«, sagte sie. »Deshalb habe ich mir überlegt, dass du vielleicht gern mal sehen möchtest, was wir tun. Damit du es verstehen kannst. Und um dich zu vergewissern, dass mir nichts Schlimmes passiert.«

Ich stand gerade vor dem Kühlschrank und trank Orangensaft direkt aus dem Tetrapack. Fast wäre ich erstickt, so stark verschluckte ich mich. Immerhin war es das erste Mal, dass

Liana die Ereignisse jener Nacht erwähnte oder überhaupt einräumte, dass ich sie damals beim Sex beobachtet hatte.

Liana klopfte mir auf den Rücken.

»Geschieht dir recht«, grinste sie. »Hättest halt ein Glas nehmen sollen.«

»Du willst, dass ich euch beim Sex zuschaue?«, fragte ich matt.

»Ja.« Es klang, als wäre es nichts Besonderes.

»Ich weiß nicht, was ich sagen soll. Wie …?«

Ich hätte sie gern gefragt, ob sie wolle, dass ich mitmache. War Liana auf einen Dreier aus? Die Situation damals mit Nick hatte mich schockiert, aber sie hatte sich so unvorhergesehen entwickelt, und es stand außer Frage, dass ich nur zufällig Zeugin geworden war. Das jetzt wäre etwas anderes. An jenem Morgen hatte ich mich auch verdrücken können, ehe sie aufgewacht waren, sodass ich nicht mit ihnen reden musste und Peinlichkeiten aus dem Weg gegangen war.

»Du willst wirklich, dass ich zuschaue?«, wiederholte ich tonlos.

»Ja. Nur zuschauen. Nicht mitmachen. Wahrscheinlich kriegen wir gar nicht mit, dass du da bist.«

Ich wusste nicht, ob es das nicht noch schlimmer machte.

Natürlich hatte ich im Club und auf dem Ball schon vieles gesehen, und auch Lauralynn und SIE hatten mir eine Menge gezeigt. Vor meinen Augen hatten zig Leute gleichzeitig gefickt oder sich an BDSM-Spielen beteiligt. Aber Liana war eine alte Freundin, und nur mit uns dreien wäre es auch ein sehr viel intimerer Rahmen.

Schon bei dem Gedanken wurde mir mulmig. Aber ich war auch neugierig. Zu gern würde ich Leroy mal in Aktion sehen. Und beobachten, wie ein Paar miteinander umging, sodass ich mir vorstellen konnte, wie es für mich sein würde – vorausgesetzt, ich traf irgendwann mal einen, für den ich in dieser Weise empfand.

»Gut, okay«, willigte ich ein.

»Toll!«, rief sie munter, als hätte sie mich gerade zum Essen eingeladen und nicht dazu, ihr und ihrem Kerl beim Bumsen zuzusehen.

Es war nicht der beste Zeitpunkt, um das enttäuschende Erotikmuseum in Amsterdam zu besuchen, das nur etwa ein Viertel so groß war wie jenes in Paris, in das mich Leonard mal geführt hatte. Ganz gleich, ob ich nun vor dem gigantischen Modell eines Penis stand, der größer war als ich, oder vor den verschiedenen Darstellungen von Sex im Wandel der Zeiten, ich konnte an nichts anderes denken als an Liana und Leroy und unsere Pläne für diesen Abend. Da meine Konzentration gen null ging, überquerte ich ein paar Brücken zu viel, sodass ich schließlich orientierungslos am Leidseplein stand und nur mühselig den Heimweg fand.

Als die festgesetzte Stunde anbrach, sah ich erfreut, dass Leroy mindestens so nervös war wie ich. Oder war er nur erregt? Er hatte einen Seesack mitgebracht, der dumpf aufschlug, als er ihn in Lianas Wohnzimmer auf dem Parkettboden abstellte.

»Hey, Lil«, sagte er. »Na, wie geht's?«

»Gut«, antwortete ich mit aufgesetzter Fröhlichkeit.

Wir verzichteten aufs Abendessen. Vor lauter Nervosität hätte ich nichts runtergebracht. Und Leroy meinte, es würde ihn viel zu müde machen. Liana wiederum fürchtete, es würde ihr im Halse stecken bleiben. Bei der Vorstellung zuckte ich zusammen.

Schließlich ergriff Leroy die Initiative. Liana war plötzlich still geworden und schaute fragend zu ihm, als wartete sie auf etwas. So wie ich.

»Komm«, sagte er. Als sie vom Tisch aufstand und hinüber ins Wohnzimmer ging, bewegte sie sich wie ferngesteuert oder als hinge sie an einer Leine, dabei ging sie doch vor Leroy her. Unsicher, wie ich mich verhalten sollte, trottete ich den beiden hinterher und wünschte mir nicht zum ersten Mal, dass es eine Art Benimmbuch für solche Situationen gäbe. Im Biologieunterricht hatte ich gelernt, wie man ein Kondom über einer Banane abrollt, was jedoch ohne jeden praktischen Nutzen geblieben war. Gebraucht hätte ich vielmehr ein paar Lektionen, wie man sich verhielt, wenn einen die beste Freundin aufforderte, ihr beim Ficken zuzusehen. Warum gab es gerade für die kompliziertesten Situationen im Leben nie eine Gebrauchsanweisung?

»Soll ich Musik anmachen?«, fragte ich. Der Holzboden unter meinen nackten Füßen war kalt. Ich hätte mir jetzt gern Socken geholt, aber es war wohl nicht der richtige Augenblick, um an etwas zum Anziehen zu denken.

»Nein«, antwortete Leroy. »Sie mag die Geräusche.« Obwohl die beiden noch gar nicht angefangen hatten, setzte sich in meinem Kopf sofort eine pornografische Tonspur in Gang, und ich hörte das Aufeinanderklatschen schweißnasser Körper zu wollüstigem Stöhnen.

Liana war inzwischen ganz still geworden und fing an, sich mit geschlossenen Augen leise hin und her zu wiegen. Leroy umkreiste sie wie ein Raubtier seine Beute. Es schien, als wäre alle Körperspannung von ihr abgefallen und auf ihn übergegangen, denn er erinnerte an eine gespannte Springfeder. Ich setzte mich aufs Sofa – sie hatten bereits vergessen, dass ich da war.

Er küsste sie auf die gleiche Weise, wie ich den Balletttänzer auf dem Ball geküsst hatte. Zuerst schob er ihr beschützend und zärtlich die Hand in den Nacken. Sie ließ daraufhin den Kopf nach hinten fallen und bot ihm ihre Kehle dar. Dann hob er die Hand und streichelte ihr zärtlich über die Wange, bis er seine Finger in ihr Haar krallte und mit einem scharfen Ruck ihren Kopf nach hinten riss.

Obwohl sie beide fast gleich groß waren, schien er sie zu überragen, allein weil er ihren Körper seinem Willen unterwarf. Liana öffnete den Mund und maunzte leise wie ein Kätzchen, woraufhin er knurrte und seine Lippen auf ihre drückte. Es sah aus, als könne er sich nur mit Mühe beherrschen, ihr nicht die Zähne ins Fleisch zu graben. Sie hingegen küsste ihn wie ein Baby, das an der Mutterbrust saugt.

»Dreh dich um«, verlangte er sanft.

Sie beeilte sich so sehr, seinem Befehl Folge zu leisten, dass sie bei ihrer raschen Drehung fast das Gleichgewicht verlor. Leroy stützte sie mit der Hand ab.

»Rock hoch.«

Mit zitternden Händen und so unbeholfen, als hätte sie gerade ein Glas Wein getrunken, gelang es Liana schließlich, ihren weiten, langen Zigeunerrock zu raffen und bis zur Hüfte hochzuschieben. Leroy war einen Schritt zurückgetreten und sah ihr zu. Er ließ sie dastehen, ohne sie anzurühren. Und vergewisserte sich, dass ich ausgiebig ihren nackten Hintern betrachten konnte. Sie trug kein Höschen, wahrscheinlich weil Leroy sie angewiesen hatte, unten ohne zu gehen.

»Hände auf den Boden«, sagte er.

Liana bückte sich, bis ihre Hände ein Stück vor ihr flach auf dem Boden lagen und es aussah wie eine Yoga-Übung.

In dieser Stellung wirkten ihre langen, schlanken Beine noch länger. Schon unter normalen Umständen erinnerte sie an einen Stelzvogel. Sie war knochig, besaß aber mit ihren festen Rundungen die natürliche Anmut einer Tänzerin – obwohl sie meines Wissens nie getanzt hatte.

»Und jetzt Po nach hinten. Arschbacken auseinander.«

Wie sollte das denn gehen? So, wie sie dastand, würde sie dabei bestimmt mit der Stirn auf den Boden knallen. Doch Liana gelang es, sich mit durchgebogenem Rücken ein Stückchen aufzurichten und dabei den immer noch hochgeschobenen Rock zwischen Handgelenke und Hüften zu klemmen, während sie ihre Hände auf die Arschbacken legte und sie auseinanderzog.

Leroy stand immer noch so weit weg, dass er sie nicht berühren konnte, dennoch erkannte ich am Zucken ihres Körpers und ihrem leisen Stöhnen, dass sie schon kurz vor dem Höhepunkt stand. Ich vergaß meine Scheu und beugte mich vor, fasziniert von den unzähligen Emotionen, die ihr übers Gesicht huschten, während sich ihre Wangen röteten und sich ihre sinnlichen Lippen öffneten.

Wie gern wäre ich an ihrer Stelle gewesen, um wenigstens ein einziges Mal zu erleben, wie es war, sich so völlig im Augenblick zu verlieren, eine willige Sklavin der Lust zu sein. Als Domme wurde ich zwar auch manchmal mitgerissen, aber nie in diesem Maße, denn ich musste ja immer das Wohl meines Subs im Auge behalten.

Und mir wurde klar, dass Unterwerfung eine Form der Selbstaufgabe war. Deshalb wirkte Liana so entspannt. Sie ergab sich nicht nur Leroy, sondern auch dem Gefühl jedes einzelnen Augenblicks. Deshalb war es ein so intensives Erlebnis für sie. Ohne sich um irgendetwas anderes als ihre körperlichen Empfindungen kümmern zu müssen, spürte sie auch noch den allerleisesten Lufthauch auf ihrer Haut.

Schließlich schob ihr Leroy die Finger in die Möse. Sie machte einen Satz und erschauerte unter seiner Berührung, als hätte er ihr mit einem Viehtreiber einen elektrischen Schlag versetzt.

Seine Finger glänzten, als er seine Hand zurückzog. Er führte sie an den Mund und leckte genüsslich ihren Saft ab.

»Du bist klitschnass.«

Liana stöhnte.

»Was bist du?«, fragte er. »Sag es. Ich will, dass du es mir sagst.«

»Ich bin eine Schlampe. Deine Schlampe.«

»Lauter.«

»Ich bin deine Schlampe«, brüllte sie.

Genau dasselbe hatte sie damals auch Nick geantwortet. Zufall, fragte ich mich, oder brachte sie jeden ihrer Typen dazu, dass er genau das von ihr hören wollte? Ich hätte gern gewusst, wie viel von dem, was Leroy tat, auf eigenem Antrieb beruhte und wie viel auf ihre Wünsche zurückging. Aus eigener Erfahrung wusste ich, dass Subs sehr fordernd sein konnten. Wie viele Stunden hatte ich im Club schon damit verbracht, Sklaven das zu geben, worum sie bettelten. Oft hatte ich den Eindruck, dass im Grunde sie mich beherrschten und nicht ich sie.

»Du bist meine verdammte Hure«, verkündete er zufrieden. Sein Ton war drohender geworden, als hätte sich etwas in ihm gelöst, das er bis jetzt gezügelt hatte. Sein Arm schnellte vor, er packte ihr ins Haar und riss ihr grob den Kopf nach hinten. Mit der anderen Hand fuhr er so heftig in sie hinein, dass jeder Stoß schon fast ein Boxhieb war. Doch statt Angst oder Schmerz zu zeigen, entspannte sich Liana noch mehr, sie spreizte die Beine und reckte sich ihm entgegen. Dabei bebte sie, als würde sie jeden Moment kommen. Sie hatte die Augen geschlossen und lächelte.

Plötzlich ließ Leroy sie los. Sie taumelte vorwärts und versuchte nicht einmal, ihren Fall abzufangen, hielt sogar weiterhin ihre Arschbacken auseinander. Weil er ihr nichts anderes befohlen hatte, wurde mir klar. Selbst die natürlichen Schutzreaktionen ihres Körpers hatten sich Leroy unterworfen. Liana ließ sich völlig gehen und verließ sich in allem ausschließlich auf ihn, sogar dass er sie aufrecht hielt. Wenn ich stolperte, schossen meine Arme ganz unwillkürlich nach vorn, um den Fall abzubremsen. Doch ihr Körper gehorchte instinktiv Leroys Befehlen, sogar mehr als seinen angeborenen Abwehrmechanismen. Kurz bevor sie auf den Boden knallte, fing Leroy sie mühelos auf.

Dann packte er sie an den Hüften, beugte sich hinunter zu ihrer Rosette, fuhr mit der Zunge hinein und ließ sie von dort ihre Wirbelsäule hoch bis zum Halsansatz gleiten, wo er seine Zähne in ihr Fleisch senkte. Sie wölbte den Rücken und presste sich an ihn. Das war wohl ihre ureigenste Form einer zärtlichen Umarmung und wirkte seltsam traut.

Aber der zärtliche Moment währte nicht lange.

Ein unvermittelter Schubs von Leroy, und Liana sank zu Boden. Wieder zerrte er sie an den Haaren hoch, wieder so grob, dass ich mich allmählich wunderte, warum sie nicht schon kahlköpfig war. Nun, vielleicht wuchsen sie besser, wenn man ständig an ihnen riss.

Als sein Penis vor ihrem Gesicht war, nahm Liana ihn in den Mund wie eine Verhungernde die erste Mahlzeit seit Tagen. Sie leckte weder spielerisch daran herum noch wendete sie eine der Techniken an, über die sie sich damals in Brighton, als wir beide noch relativ unschuldig waren, halb schiefgelacht hatte, während ich mich vor Verlegenheit wand. Stattdessen schob sie sich das Glied hinein, als wollte sie es verschlingen. Leroy packte sie an den Schläfen und schob ihren Kopf vor und zurück, als fickte er ihre Möse und nicht ihren Mund. Ungefähr im Minutenabstand würgte sie wie eine Katze mit einem Fellklumpen in der Kehle. Und jedes Mal, wenn ich dachte, dass sie nun einfach nicht mehr könne, hielt Leroy kurz inne, damit sie Luft holen konnte. Woraufhin sie von Neuem seinen Schwanz in sich hineinsaugte, als bekäme sie die Luft zum Atmen durch ihn.

Leroy begann zu zittern, und seine Muskeln spannten sich an. Ich war sicher, dass es jetzt so weit war und er in ihrem Mund kommen würde. Dann stünde ich vor der gefürchteten Situation, dass ich irgendetwas sagen musste, aber was? Doch statt loszuspritzen, hielt er inne.

»Pschsch«, machte er. Dieser Laut wirkte wie ein gemeinsames Codewort. Liana ließ sich auf die Fersen zurücksinken, und ihre Gesichtszüge wurden weich. Sie gab den Schwanz frei und schmiegte ihr Gesicht in Leroys Schoß, küsste zart seine Innenschenkel und knabberte an seinen Eiern. Mit seinem immer noch steifen Schwanz fuhr sie sich über die Wange, als wäre es seine liebkosende Hand. In Sekundenschnelle war aus der rabiaten Liana eine Romantikerin geworden.

Er umfasste ihre Brüste. Zuerst sanft, sodass sie schnurrte und sich fester an ihn schmiegte. Dann gab es wieder einen dieser urplötzlichen Wechsel hin zum Machtspiel, auf das sie sich stumm verständigten. Er wurde wieder grob, legte die eine Hand auf ihr Brustbein, die andere auf ihren Rücken und schleuderte sie willenlos nach hinten.

Sie landete auf dem Rücken und war nun völlig entblößt, sodass ich das silbrige Funkeln sah. Liana war komplett rasiert, und weil ihre geschwollenen Schamlippen auseinanderklafften, legten sie die Piercings frei, von denen ich nichts geahnt hatte. Ein Stahlring glänzte an der Knospe ihrer Klitoris, und zwei gleiche Silberringe durchbohrten ihre Schamlippen. Liana hatte nichts davon erwähnt, dass sie inzwischen Intimschmuck trug, obwohl das zu den Dingen zählte, die sie mir normalerweise mit großem Vergnügen und in allen Details geschildert hätte. Sowohl den Plan als auch dessen Ausführung. Aber kein Wort davon.

Ich hatte schon etliche Männer und Frauen mit Piercings gesehen, die sie sich ihrem Dom zuliebe oder gleich von ihm hatten stechen lassen. Manche trugen auch eine Art Erkennungsmarke mit dem Namen ihres Besitzers darauf. Möglicherweise stammten Lianas Ringe ja noch aus der Zeit ihrer Beziehung mit diesem Dom in Brighton, was erklären würde, dass sie nie etwas davon erzählt hatte. Es würde zu Liana passen, sie weiterhin zu tragen. Für sie war die Vergangenheit nichts, das man bei nächster Gelegenheit abwarf wie lästiges Gepäck, dafür war sie viel zu pragmatisch. Liana bekämpfte ihre Dämonen nicht, sie genoss sie. Auch ihre Fehler hatten einen festen Platz in ihrem Herzen und wurden liebevoll verwahrt, damit sie sich immer daran erinnerte, wer sie war.

Wie sagte sie so schön? Ich bin, was ich bin, und das ist alles, was ich bin.

»Augen zu. Du rührst dich erst wieder, wenn ich es dir sage«, zischte Leroy.

Sie lag jetzt flach auf dem Rücken und sah nicht so aus, als ob sie irgendwo anders hinwollte.

Er wühlte in seinem Seesack und zog blutrote Bondage-Seile heraus. Auf jedes Scheppern der Gegenstände in der Tasche reagierte Liana mit leisem Stöhnen oder einem Schauder. Immer wenn sie zusammenzuckte, lächelte Leroy. Bestimmt kramte er so lange und hörbar in seiner Spielzeugtasche, weil er sie noch ein bisschen auf die Folter spannen wollte.

Kaum spürte sie das Seil, lief eine Gänsehaut über ihren ganzen Körper. Und ihr wimmernder Klagelaut erweckte den Eindruck, dass die Aussicht auf die wollüstigen Freuden zu viel für sie war.

Leroy beugte ihr die Knie und band ihr die Oberschenkel so an die Waden, dass sie sich ihm weit offen darbot und sich gerade eben noch winden konnte. Dann zerrte er ihr die Arme über den Kopf und fesselte ihr die Handgelenke. Je gröber er an dem Seil zog, desto lauter wurde ihr erregtes Stöhnen, doch seine Grobheit war nur vorgeschoben, wie ich sah. Denn obwohl er sich so grausam gab, schob er den Finger zwischen Haut und Seil, um sorgfältig zu prüfen, dass es ihr auch nirgends die Durchblutung abschnürte. Außerdem musterte er Liana immer wieder, um sicherzugehen, dass sie nicht blau anlief, und umklammerte ihre Hände, um sie zu wärmen.

Schließlich drückte er sich zwischen ihre Knie. Sein steinharter Schwanz glitzerte feucht. Er machte keine Anstalten, sich ein Kondom überzuziehen, und die Vorstellung, dass er ungeschützt in sie eindringen würde, erregte mich mehr als alles andere. Es war so ungeheuer intim.

»Sag mir, was du willst«, verlangte er mit heiserer Stimme. Sich so lange zurückzuhalten, musste ausgesprochen schmerzhaft für ihn sein, und ich musste mich beherrschen, mich nicht vorzubeugen und seinen Schwanz eigenhändig in sie hineinzuschieben.

»O Gott«, sagte sie. »Fick mich. Bitte, fick mich, bitte. Bitte, fick mich …«

Sie stammelte es wieder und wieder wie eine Wahnsinnige. Leroy knurrte, drang in sie ein und stieß dann so heftig zu, wie er nur konnte. Gefesselt und verschnürt, wie sie war, konnte sie seinen eifrigen Stößen nicht entgegenkommen, dennoch versuchte sie, schlängelnd die Hüften zu bewegen, und wand und krümmte sich, bis er ihre gefesselten Handgelenke nahm und nach hinten drückte.

Ich saß auf der äußersten Sofakante und keuchte mit ihnen im Takt. Jetzt hätte ich mir gewünscht, dass Leroy in meine Haare fasste und mich rüde an sich zog, aber ich zügelte mich und rief mir ins Gedächtnis, was im Club als oberste Regel auf allen Schildern stand: *Störe nie eine Szene!*

Lianas Körper zuckte immer stärker, zugleich rieb sie sich an ihm. Das Piercing schien ihre Klitoris zu stimulieren, und je fester sie rieb, umso schneller wurden seine Stöße, bis sie sich auf die Lippe biss und bettelte: »Oh, verdammt, lass mich kommen, bitte, lass mich kommen, bitte, ich …«

»Komm für mich!«, rief er. Kaum hatte er die Worte ausgesprochen, wölbte sie den Rücken, stemmte sich in die Seile und schrie so laut, dass ich hochfuhr und beinahe mitgeschrien hätte.

»Oh, verdammt«, keuchte er, hob ihren Hintern und hatte ihn fest im Griff, während deutlich sichtbar ein Beben nach dem anderen durch ihren Körper lief.

»Hat es dir gefallen?«, knurrte er. Sein Gesicht verriet äußerste Anspannung.

Der arme Mann platzte gleich. Jede Sekunde musste es so weit sein, denn ich glaubte einfach nicht, dass er noch länger an sich halten konnte. Aber er schaffte es, sich zu beherrschen, bis Lianas Zittern ein wenig nachließ und sie ein inbrünstiges »Ja« murmelte.

Woraufhin er sie an den Schultern packte, sich in sie hineinpresste und kam.

Als sein Orgasmus abklang und sein Körper sich entspannte, kuschelte sie sich an ihn. Er legte sie auf den Rücken, band ihr rasch Arme und Beine los, schloss sie dann in die Arme und wiegte sie wie ein Kind. »Pschsch«, machte er erneut und wiederholte es jedes Mal, wenn sie maunzte und sich noch fester an ihn schmiegte. Es sah aus, als wollte sie ihm unter die Haut kriechen. Als wäre nah niemals nah genug.

An diesem Punkt ließ ich sie allein. Ihnen beim Sex zuschauen war das eine, ihre Umarmung danach zu beobachten jedoch etwas völlig anderes. Diese intime Nähe zwischen ihnen löste gemischte Gefühle in mir aus. Einerseits war ich wahnsinnig neidisch. So etwas wollte ich auch gern mit jemandem erleben. Andererseits war es derart überwältigend, dass ich fürchtete, viel zu verwundbar zu sein, wenn ich mich jemandem in dieser Weise öffnete. Ich hatte Angst, verletzt zu werden. Und Angst, mich gehen zu lassen.

In dieser Nacht warf ich mich stundenlang schlaflos hin und her, bis ich endlich wegdämmerte. Der Sex hatte mich scharfgemacht, keine Frage, aber ich brachte es nicht über mich, mit Lianas Bild vor Augen zu masturbieren. Es hätte die Beziehung zwischen uns verändert.

Am nächsten Morgen blieb ich so lange dösend im Bett, bis ich sicher war, dass Leroy das Haus verlassen hatte und ich ihm nicht mehr begegnen würde. Das war zwar feige, scherte mich aber nicht weiter. Ich konnte ihm auch ein andermal für seine Großzügigkeit danken, mir einen derart intimen Einblick in ihr Liebesleben gewährt zu haben. Wenn ich nicht mehr ganz so verlegen wäre.

Liana war glücklich und ungewöhnlich schweigsam. Um ihr

einen Gefallen zu tun, goss ich mir den Orangensaft diesmal in ein Glas, ehe ich mich an den Küchentisch setzte.

»Hast du jetzt verstanden?«, fragte sie mich schließlich.

»Ja«, bestätigte ich. »Ich hab's kapiert.«

Am Tag nach meiner Rückkehr aus Amsterdam traf ich mich in der Mittagspause mit Neil. Zurzeit arbeitete er so lange, dass ich ihn abends kaum noch zu sehen bekam. Denn wenn er Schluss machte, hatte meine Schicht im Club bereits begonnen. Deshalb waren wir dazu übergegangen, uns mittags zu treffen, wenn wir uns die letzten Neuigkeiten erzählen wollten. Neil trug einen anthrazitfarbenen Anzug, ein tailliertes weißes Hemd, eine dunkelblaue Krawatte und schwarze Halbschuhe, die auf Hochglanz poliert waren – von Kopf bis Fuß der erfolgreiche Mann aus der Londoner City. Jedes Mal, wenn wir uns sahen, schien er sich wieder ein bisschen mehr in einen anderen Menschen verwandelt zu haben. Den Kokon der Jahre in Brighton hatte er abgestreift, und je mehr er den weichen Schmelz der Jugend verlor, desto kantiger wirkte er. Wenn ich mich hingegen im Spiegel betrachtete, fand ich mein Äußeres unverändert. Und ich sah noch immer jünger aus, als ich war.

Erwachsen zu werden, stand ihm gut.

Er hatte einen Tisch bei Kettner's reserviert, einem exklusiven Restaurant in Soho, wo ich mich in meiner legeren Kleidung und den ungeputzten, klobigen Stiefeln total fehl am Platz fühlte. Womöglich wäre ich hier selbst in meiner Fetischkleidung passender angezogen gewesen.

Neil wiederum schien ganz in seinem Element. Mit größter Selbstverständlichkeit lief er durch die Bar und betrat das Restaurant, wo uns ein Ober an unseren Tisch führte. Dabei hielt er beiläufig meine Hand.

Erst als wir über persönlichere Themen sprachen, schwand sein Selbstvertrauen.

Wie oft wollte er mir noch sagen, wie schrecklich gern er mich habe, um sich um die fatalen fünf Buchstaben herumzudrücken? Und dass er von Herzen gern einen Versuch mit mir wagen würde, auch wenn ihn mein Lebensstil erschreckte, wie er mir unbeholfen zu erklären versuchte.

Neil kämpfte mit seinen Dämonen, verzweifelt suchte er nach einer Balance zwischen seinen Gefühlen und dem, was er über meine sexuellen Neigungen entdeckt hatte, sowie den neuen Begierden, die ich damit in die Gleichung einbrachte.

Sein Herz und die altmodischen Moralvorstellungen, mit denen er aufgewachsen war, verlangten von ihm, dass er mir den Prinzessinnentraum erfüllte: die vorstädtische Doppelhaushälfte hinter einem Palisadenzaun und dazu pausbäckige Babys. Danach zu streben, war ihm von Geburt an eingetrichtert worden. Jetzt musste er diese Vorstellungen mit den Trieben in Einklang bringen, die sich bei ihm während der Fotosession mit Grayson in den Vordergrund gedrängt hatten und deren Zeuge er bei dem Ball in dem Landhaus geworden war; all das hatte ihn zutiefst verunsichert.

Neil war völlig durcheinander.

Aber ich auch. Dass er es nicht aussprechen konnte und ich in dem voll besetzten Restaurant ebenfalls nicht die richtigen Worte fand, um ihm meine Gefühle oder wahren Bedürfnisse zu erklären, machte mich noch gereizter. Unser immer wieder stockendes Gespräch wurde rasch vorwurfsvoll, und wir verabschiedeten uns nicht gerade im Einvernehmen. Meine finster umwölkte Stirn fiel Jonno und den anderen im Musikladen gleich auf, und für den Rest des Tages gingen sie mir lieber aus dem Weg.

Abends war mir dann gar nicht danach, mich in meinem Zimmer zu vergraben. Ich hatte mittags zu viel gegessen und wusste, dass ich zu Hause nur herumschleichen, Wiederholungen von Reality-Shows im Fernsehen anschauen und dabei Kekse oder Chips in mich hineinstopfen würde oder, schlimmer noch, einfach herumhing und mich elend fühlte.

Ich hatte schon lange nichts mehr von Dagur gehört. Erst war er mit der Band auf Tournee gewesen, und als er dann nach London zurückkehrte, war ich gerade in Amsterdam. Bestimmt würde mich heute Abend nichts und niemand besser ablenken als er.

Ich rief ihn an.

»Hi.«

»Hallo, kleine Träne. Dass es dich noch gibt!«

»Tja, hab viel um die Ohren.«

»Lust auf ein Treffen?«

»Gern. Hast du jetzt Zeit? Ich könnte in einer halben Stunde bei dir sein.« Dagur wohnte zusammen mit dem Bassisten der Band in einem Haus in Brixton, in einer ruhigen Straße gleich hinter dem Ritzy-Kino, nur einen Steinwurf von der U-Bahn-Station entfernt. Sein Mitbewohner war nie da, offenbar lebte er stets mit einer seiner nahtlos aufeinanderfolgenden Freundinnen zusammen, sodass wir das Haus in der Regel für uns alleine hatten.

»Dann komm.«

»Bin schon auf dem Weg.«

Ich wusste, der Sex mit Dagur würde unbeschwert sein, ohne unerwünschte Gefühlsbekundungen oder emotionale Verwicklungen. Außerdem war er nicht der Typ, der zur Unterwerfung neigte, ich würde also nicht in Versuchung geraten, die Rollen zu tauschen. Damit meine dominante Natur zutage trat, musste ein Mann instinktiv darauf reagieren, wenn ich die Führung übernahm – was nur bei denen vorkam, die sich insgeheim nach Unterwerfung sehnten.

An der U-Bahn-Station Tottenham Court Road sauste ich die Rolltreppe zur Northern Line hinunter. Wo sich die Gänge teilten, standen häufig Straßenmusiker; heute Abend sang dort ein langhaariger Gitarrist »Wonderwall«. Mir fiel ein, dass ich kurz nach meinem Umzug nach London genau an derselben Stelle voller Bewunderung einer jungen Geigerin zugehört hatte, die mit geschlossenen Augen und verzücktem Gesichtsausdruck klassische Musik gespielt hatte. Danach hatte ich sie dort nie wieder gesehen. Als ich vorbeiflitzte, sang der Typ gerade einen falschen Ton.

Es war bereits dunkel, als ich in Brixton ausstieg. Angesichts der hell erleuchteten Auslagen der Geschäfte in der High Street wurde mir ganz vorweihnachtlich zumute, obwohl es bis zu den Feiertagen noch Monate hin war.

»Es ist nicht abgeschlossen. Dreh einfach den Türknauf und komm rein«, ertönte Dagurs Stimme aus der Gegensprechanlage. Im Hintergrund lief unverkennbar »Let's Spend the Night Together« von den Rolling Stones. »Ich bin im Schlafzimmer.«

In der leidenschaftlichen Anfangszeit meiner Affäre mit Dagur hatte ich einmal eine ganze Woche jede Nacht bei ihm verbracht und war zwischen seinem Haus und der Arbeit in die Denmark Street hin und her gependelt. Daher kannte ich mich bestens aus. Sein Schlafzimmer lag im obersten Stock – ein riesiger Raum, der beim Ausbau des weitläufigen Dachbodens entstanden war.

Ich rannte die Treppe hoch und stieß die Tür auf.

Dagur lag im Bett.

Aber er war nicht allein.

Als Erstes fiel mein Blick zwangsläufig auf den perfekt gerundeten Hintern einer Blondine, deren unfassbar langes, glattes Haar ihr über den Rücken bis zu den porzellanfarbenen Arschbacken fiel, während sie Dagurs Schwanz lutschte.

Sie kniete auf allen vieren, doch selbst in dieser unvorteilhaften Position erkannte ich die endlos langen, perfekt geformten Beine eines Models.

Mir verschlug es den Atem.

Schließlich nahm mich Dagur zur Kenntnis.

»Hallo, kleine Träne«, murmelte er. Sein genießerischer Ton war zweifellos der aufmerksamen, liebevollen Zuwendung der Blonden geschuldet.

Als sie seine Begrüßung hörte, ließ sie kurz von seinem Schwanz ab und blickte sich zu mir um.

Sie hätte in die Mappe eines jeden Starfotografen gepasst: feste, kompakte Brüste, hohe Wangenknochen, meerblaue Augen. Nachdem sie mich überaus freundlich angelächelt hatte, wandte sie sich wieder ihrem Blowjob zu und schob sich Dagurs gutes Stück elegant zwischen die vollen Lippen.

Dagur blinzelte mir zu.

Bestimmt hatte ich die Augen weit aufgerissen.

»Komm doch zu uns, Lily.«

Zumindest wusste er noch, wie ich hieß.

Ich stand wie angewurzelt da.

»Nein, lieber nicht«, sagte ich ganz ruhig.

Ich war nicht eifersüchtig. Und Dagur gegenüber auch nicht besitzergreifend. Er war Musiker, Männern wie ihm und den anderen Bandmitgliedern warfen sich die Frauen reihenweise an den Hals. Wir hatten einander nie so etwas wie Treue versprochen. Wir vögelten einfach gern miteinander, und bis zu diesem Augenblick hatte mir das auch gereicht. Schließlich hatte ich mit ihm und Grayson sogar schon einmal einen Dreier hingelegt, und der Gedanke an eine ähnliche Konstellation war nicht völlig ohne Reiz. Aber ich war überhaupt nicht in der Stimmung, mich mit einer anderen Frau zu messen. Hier wäre ich nur das fünfte Rad am Wagen. Dabei wollte ich viel lieber das Sagen haben.

Ich überließ die beiden sich selbst. Eines wusste ich dabei nur zu gut: Dagur würde ich nie wiedersehen.

9

MUSIK DER KÖRPER

Ich war gebeten worden, Geigensaiten und einen von uns reparierten Bogen in ein Probenstudio im weitläufigen Barbican Center zu liefern. Da es schon später Nachmittag war, brauchte ich anschließend nicht ins Geschäft im West End zurückzukehren.

Ich überquerte die Themse auf der Millennium Bridge, die unter meinen Schritten leise schwankte, und sah den langgestreckten Bau der Tate Modern vor mir. Die blasse Herbstsonne verschwand für einen Moment hinter dem Turm, der sich mitten vor dem Museum erhebt. Es war bereits spät am Tag, die Luft wurde empfindlich kühl, und ich trug unter meinem grünen Parka lediglich einen kurzen Jeansrock und eine dünne Strumpfhose. Jetzt hätte ich gern eine wärmende lange Hose angehabt, wie ich sie meist bei der Arbeit und in der Freizeit trug.

Grayson eröffnete an diesem Tag seine Fotoausstellung mit Aktaufnahmen von Musikern in einer namhaften Galerie, die in der Nähe des Oxo Tower in Southwark lag. Auch ich hatte eine Einladung zur Vernissage bekommen. Wenige Abende zuvor hatte SIE mich im Club noch einmal daran erinnert und mir verraten, dass auch einige Fotos von mir in die Ausstellung aufgenommen seien. Das machte mich ein bisschen nervös, vor allem, wenn ich daran dachte, wie sie zustande gekommen waren. Ich wusste auch, dass Grayson danach noch eine erfolgreiche Fotosession mit Lauralynn und ihrem Cello gehabt hatte. Welche Leute ansonsten noch auf den Bildern zu sehen sein würden, entzog sich meiner Kenntnis.

Seit damals hatte ich Grayson kaum noch getroffen, und wenn, dann hing stets SIE an seinem Arm. Er war mir aber sicher nicht bewusst aus dem Weg gegangen. Womöglich war er als gefragter Modefotograf einfach viel zu beschäftigt gewesen, zumal er ja auch noch weitere Musiker für sein Fotoprojekt gesucht hatte.

Der Weg am südlichen Themse-Ufer zwischen dem Globe Theatre und der National Festival Hall war eine meiner Lieblingsstrecken in London. Darum hatte ich es nicht eilig, mein Ziel zu erreichen. Ich schlenderte über die Wege und durch die kurzen Unterführungen am träge dahinfließenden Fluss entlang, während ich die Skyline der Stadt am gegenüberliegenden Flussufer immer im Blick hatte. Als ich reichlich verspätet auf die Vernissage kam, war sie bereits in vollem Gang. Die Galerie befand sich im obersten Stock eines hohen Gebäudes, und als ich aus dem Lift trat, drängten sich im Ausstellungsraum schon stylisch gekleidete Gäste. Eindringlicher Technobeat unterlegte ihr angeregtes Geplauder und das Klirren der Gläser.

An der Garderobe im Erdgeschoss hatte ich meine Stofftasche und meinen Parka abgegeben, und schon da war mir aufgefallen, dass ich trotz meines Rocks völlig underdressed war. Die meisten Frauen trugen Designerklamotten – ein Outfit eleganter als das andere, allesamt aus kostbaren Stoffen – und stöckelten auf unmöglich hohen High Heels daher. In meinen Doc Martens hatte ich fast das Gefühl, zum angeheuerten Personal zu gehören, wären die Kellner nicht ausschließlich Männer in schwarz-weißer Livree gewesen.

Mit einem Glas Champagner oder Prosecco in der Hand, das ich mir von einem der Tabletts genommen hatte, suchte ich mir einen Platz in einer Ecke der Galerie und sah mich um.

Grayson und SIE standen zusammen mit anderen Gästen am hinteren Ende des Raums. Er trug eine Designerjeans, ein weit offenes, weißes Rüschenhemd und ein sandfarbenes Sakko. Sein Haar hatte er flott nach hinten gegelt, und auf seinem Gesicht lag ein breites Lächeln. SIE hatte einen feuerroten Latexfummel an, der sich wie eine Haut an ihre üppigen Kurven schmiegte. Lippenstift und Stiefel hatten denselben Rotton. In der einen Hand hielt sie ein Glas und in der anderen eine Leine, an der einer IHRER Sklaven hing, der wie ein Hund mit gesenktem Blick auf allen vieren zu ihren Füßen kauerte.

Es war ein mittelältlicher Typ, den ich aus dem Club kannte. Ich hatte oft beobachtet, dass er hinter ihr herkroch und SIE anbettelte, bestraft und gedemütigt zu werden. Er war nackt bis auf einen lächerlich kleinen Tanga, der seine Genitalien kaum verhüllte. Einer seiner Hoden hing heraus, was das Ganze noch alberner machte. Der String des seidenen Stoffdreiecks schnitt ihm tief in die Poritze, und auf seinen Arschbacken waren noch die roten Striemen von Peitschenhieben zu sehen.

Wenn SIE hin und wieder ihre Zigarettenasche auf seinen nackten Rücken schnippte, verzog er den Mund zu einem zufriedenen Lächeln. Einmal hatte ich sogar beobachtet, dass SIE ihm befahl, aus einem Hundenapf zu fressen. Es überraschte mich, dass er sich auf so demütigende Weise in der Öffentlichkeit vorführen ließ; hier war schließlich ein ganz anderes Publikum als im Club, wo nur ein ausgesuchter Kreis verkehrte, der an derlei Praktiken gewöhnt war.

Gerade als ich auf SIE und Grayson zugehen wollte, um sie zu begrüßen, gesellten sich drei weitere Leute zu ihrem Grüppchen. Und die drei Gesichter kannte ich.

Es war Viggo Franck, der berühmt-berüchtigte Leadsänger von Dagurs Band, den Holy Criminals, mit zwei jungen Frauen, die sich bei ihm eingehängt hatten. In meiner Zeit mit Dagur waren wir uns einige Male begegnet, hatten jedoch nie miteinander gesprochen. Ein notorischer Frauenheld, der mit seinen zahllosen Affären der Regenbogenpresse jede Menge Stoff lieferte. Er hatte sich für diese Veranstaltung genauso wenig herausgeputzt wie ich. Seine spindeldürren Beine steckten in einer hautengen geflickten Jeans, dazu trug er schwarze Schnürstiefel, einen nietenbesetzten Westerngürtel und ein schlabbriges, ausgewaschenes T-Shirt.

Die hochgewachsene Blonde zu seiner Linken, der das Haar lockig auf die Schulter fiel, trug ein langes weißes Gewand; selbst im künstlichen Licht der Galerie sah man, dass sie nichts darunter anhatte, denn ihre schlanken Glieder zeichneten sich glatt unter dem Stoff ab. Das Kleid war von unglaublicher Schlichtheit, hatte aber sicher ein Vermögen gekostet. Es erinnerte an eine ihr auf den Leib geschneiderte römische Tunika, die in der Taille von einem goldenen Gürtel zusammengehalten wurde und deren raffinierter Schnitt alle Vorzüge ihrer schlanken Figur betonte.

Als ich ihr Gesicht sah, erkannte ich in ihr sofort die Nackttänzerin aus dem Landhaus, deren Darbietungen mir den Atem geraubt hatten. Sie in Begleitung von Viggo Franck zu sehen, überraschte mich nicht. Sie war genau die Art ätherischer Schönheit, die einen Mann wie ihn anzog. Dabei hatte ich den

Eindruck, dass sie weit mehr Charisma besaß als er. Vielleicht lag es an seinen verwuschelten, hochstehenden Haaren, dass ich Viggo Franck nicht so richtig ernst nehmen konnte, sondern ihn eher für einen verwöhnten Bengel hielt.

Die andere Frau kannte ich nicht nur von vielen Fotos aus der Presse. Ich hatte sie, wie mir mit einem Schlag klar wurde, vor vielen Monaten als Straßenmusikerin in einer U-Bahnstation spielen hören. Es war Summer Zahova, die berühmte Geigerin, mit ihrer unverwechselbaren roten Mähne. Mir fiel auch wieder ein, dass Grayson unbedingt mit ihr in Verbindung treten und sie fragen wollte, ob sie sich für sein Fotoprojekt zur Verfügung stelle. Nun, vielleicht hatte es ja geklappt.

Sie trug ein knielanges, schlichtes grünes Seidenkleid und darüber – eines ihrer Erkennungsmerkmale – ein Korsett, das ihr schmale Taille so eng einschnürte, dass es fast schon an Bondage erinnerte. Ihr Gesichtsausdruck wirkte distanziert, als würde sie an etwas Wichtiges denken und als wäre sie gar nicht richtig anwesend, sondern in Gedanken bei einer anderen Person oder einem anderen Geschehen.

Es war typisch für Viggo Franck, dass er in Begleitung von zwei so schönen Frauen auf der Vernissage erschien.

Ich blieb stehen. Jetzt konnte ich unmöglich auf sie zugehen.

Ich holte mir ein neues Glas und beschloss, mir erst einmal in aller Ruhe Graysons Fotos anzusehen. Deshalb war ich schließlich hergekommen. An dem oberflächlichen Geplauder, das bei solchen Anlässen üblich war, lag mir ohnehin nichts.

Aus den Augenwinkeln sah ich, dass Lauralynn eintraf. Sie kam noch später als ich, was sie aber nicht zu stören schien. Als sie sich elegant zwischen den Menschen hindurchschlängelte, die sie allesamt überragte, wirkte sie noch amazonenhafter als sonst – sportlich, entspannt, in engen schwarzen Lederklamotten, ein wahres Raubtier. Als sie mich sah, gab sie mir mit einer Handbewegung zu verstehen, dass wir später miteinander reden würden.

Die großformatigen Abzüge waren mit geometrischer Präzision an den langen weißen Wänden aufgehängt, und jedes einzelne Foto war sorgsam mit einem Spot ausgeleuchtet. Auf dem Boden entdeckte ich einen roten Strich und in gewissen Abständen den Umriss eines Kussmunds, den ein Pfeil durchbohrte. Sie zeigten dem Betrachter – dem Voyeur? –, in welcher Abfolge die Ausstellung anzusehen sei, damit er die zunehmende Freizügigkeit auf den Bildern genau verfolgen konnte.

Grayson, oder wer auch immer die Fotos gehängt hatte, wollte uns offenbar eine Geschichte erzählen.

Ich trat näher heran und folgte gehorsam dem roten Strich. Schließlich wusste ich selbst am besten, dass das Szenario noch einiges bieten würde.

Das erste Foto zeigte einen Mann, der einem anderen einen blies. Neben den Füßen des knienden Mannes lag eine Flöte. Ein Phallussymbol – achtlos beiseitegelegt? Oder interpretierte ich zu viel hinein? Ich betrachtete das Bild genauer, weil ich sehen wollte, ob der Rücken des Mannes retuschiert war. Ich war mir nämlich sicher, dass Dagur sich für einige Aufnahmen zur Verfügung gestellt hatte, und ich wusste, dass er auch männliche Liebhaber hatte. Bei dem Gedanken schoss mir ein Schauer der Erregung durch den Körper. Am Abend unseres Dreiers hatten Grayson und Dagur sich ausschließlich auf mich konzentriert, doch hatte ich mir damals gewünscht, sie auch einmal miteinander zu beobachten.

Die zwei Frauen in inniger Umarmung auf dem nächsten

Bild konnten meine Vorstellung, dass Dagur seinen langen Schwanz in Graysons Mund schob, nicht aus meinem Kopf vertreiben. Zwar waren die weiblichen Formen für mich voller Schönheit, und grundsätzlich hatte ich nichts gegen den Gedanken, mit einer Frau Sex zu haben, doch im wahren Leben zogen mich eigentlich nur Männer an. Ich musste mir richtig Mühe geben, mich auf die Fotos vor mir zu konzentrieren, um mich nicht ganz in meinen Fantasien von Sex zwischen zwei Männern zu verlieren.

Manche Bilder waren von schockierender Unverblümtheit, doch keiner der Anwesenden schien sich daran zu stören. Vielleicht hatte man gezielt nur Gäste eingeladen, die an freimütiger Nacktheit keinen Anstoß nahmen. Das würde auch erklären, warum niemand beim Anblick des fast unbekleideten, auf allen vieren neben IHR kauernden Sklaven, auch nur eine Augenbraue hob.

Das Foto einer Frau, die sich mit einer Blockflöte stimulierte, fesselte meine Aufmerksamkeit. Sie hockte mit weit gespreizten Beinen auf einem gläsernen Couchtisch und benutzte das Instrument wie einen Dildo. Ihr Rücken war aufreizend durchgebogen, und ihr langes schwarzes Haar wallte wie Seide um ihre Schultern. Der Kopf war nicht zu sehen, doch ihr langer schlanker Hals weckte im Betrachter den Wunsch, sich vorzubeugen und ihn zu küssen.

Grayson hatte ein ähnliches Bild auch von mir geschossen. Ich war damals sogar besonders stolz darauf gewesen, weil es eines der freizügigsten der ganzen Fotosession war. Ich war zu diesem Zeitpunkt ungeheuer erregt gewesen und hatte mich verzweifelt danach gesehnt, etwas in mir zu spüren. Als er es mir dann vorschlug, hatte mich die Vorstellung nicht geschockt, sondern ich war bereitwillig auf seinen Einfall eingegangen. Grayson hätte also genauso gut die Aufnahme von mir ausstellen können, denn mein Gesicht war darauf nur unscharf im Hintergrund zu sehen.

Stattdessen hatte er sich für diese Frau entschieden und sie in meiner Pose fotografiert. Oder vielleicht war es ja anders herum, und ich hatte so posiert wie zuvor sie, und Graysons Vorschlag war gar keine spontane Eingebung gewesen, als ich nackt vor ihm saß, sondern eine Überrumpelungstaktik, die er bei jeder erregten Frau anwandte, die vor seiner Kamera stand. Sicher machte es ihn scharf, zuzusehen, dass wir uns selbst stimulierten. Oder aber er hatte meine Beine einfach zu mager gefunden und ihre wohlgeformten fülligen Schenkel vorgezogen.

Grayson war ein Künstler, und kein schmieriger Spanner. Doch obwohl ich das genau wusste, ärgerte ich mich maßlos. Als Künstler war er egoistisch; an den Menschen, die er fotografierte, hatte er kein Interesse; für ihn zählte ganz allein, was er mit der Kamera einfing. Er vereinnahmte Situationen, als würden sie ihm gehören. Ich funkelte ihn quer durch den Raum böse an, richtete jedoch nichts damit aus, da mein Blick sich in seinen Hinterkopf bohrte. Er stand mit dem Rücken zu mir und plauderte mit Luba, der blonden russischen Tänzerin. Zweifellos wandte er seinen ganzen Charme auf, um sie zu überreden, auch einmal für ihn vor der Kamera zu posieren. Mit ihrer außergewöhnlichen Schönheit und der Anmut einer Tänzerin war sie der Traum eines jeden Fotografen, das sah selbst ein Blinder mit dem Krückstock.

Mein Ärger war noch nicht verraucht, als ich endlich die Fotos von mir entdeckte. Grayson hatte sie weiter am Ende platziert, dort, wo die Geschichte sich ihrem Höhepunkt näherte. Was sie ausdrücken wollte, verstand ich allerdings noch immer nicht, obwohl die Reihenfolge irgendeine Bedeutung haben musste. Meine Bilder gehörten zum letzten Abschnitt der Serie und wechselten sich ab mit Fotos von einer Frau mit Geige. Vermutlich war es Summer Zahova.

Diesen letzten Abschnitt eröffnete ein Schwarz-Weiß-Foto, es zeigte den Rücken einer Frau von ihrem sanft geneigten Nacken bis zum Ansatz ihres Hinterns. Makellose helle Haut vor tiefschwarzem Hintergrund. Schlicht und schnörkellos. Es hätte jede beliebige Frau sein können. Auf dem nächsten Bild war nur eine Geige vor dunklem Grund zu sehen. Das dritte zeigte dieselbe Geige, doch nun in prächtigen Farben: Leuchtende Orange- und Brauntöne schienen vor dem Auge des Betrachters geradewegs zu explodieren; und die Maserung des alten Holzes war in allen Feinheiten wie unter einem Vergrößerungsglas zu erkennen. Als ich vor das vierte Foto der Serie trat, musste ich mich ein wenig vordrängeln, um einen guten Blick darauf zu haben. Wieder war es der Rücken dieser Frau – in derselben Pose –, doch nun nicht in Schwarz-Weiß, sondern in so satten Hauttönen, dass man sie am liebsten berührt hätte.

Dann kam eine Aufnahme von mir. Nach all der Spannung und Vorfreude war ich geschockt, als ich mich abgebildet sah. Dieses Foto hatte ich nie zuvor gesehen, obwohl mir Grayson damals die Bilder auf dem Computer gezeigt hatte, um all die zu löschen, mit denen ich nicht einverstanden war. Er hatte zwar nicht ausdrücklich gesagt, dass es sich dabei um sämtliche Aufnahmen handelte, hatte mir aber eindeutig diesen Eindruck vermittelt. Doch ganz augenscheinlich hatte er einige weitere für seine persönliche – und nun öffentliche – Sammlung abgezweigt. Da ich ihm meine Einwilligung zur Ausstellung nur mündlich gegeben, also nie ein Papier unterschrieben hatte, besaß ich keinerlei Handhabe, um gegen ihn vorzugehen, ob mir das Ergebnis nun gefiel oder nicht.

Grayson hatte das Foto von unten aufgenommen. Ich stand über ihn gebeugt, und meine Möse schwebte direkt über seinem Gesicht. Ich hatte ihn damals rüde beschimpft, ihn völlig fertiggemacht, während er immer noch um mehr bettelte. Wenige Sekunden später war SIE hereingekommen und hatte uns unterbrochen.

Sämtliche Muskeln meines Körpers waren angespannt. Mein Körper hatte auf dieser Aufnahme den gleichen Ausdruck wie damals Leroy, als er Liana in Amsterdam umkreist hatte. Als würde ich jeden Augenblick zuschlagen. Meine Haltung stand in krassem Gegensatz zu der der Geigerin auf den Bildern rechts und links von meinem. Während sie locker und entspannt dasaß und sich bereitwillig der Kamera darbot, kämpfte ich rebellisch gegen sie an. Mit meinen aufragenden Beinen, den weit geöffneten Schamlippen – meine Möse wie ein Schlund, der den nächstbesten Mann verschlingen wollte –, mit dem vorgebeugten Körper und den ausgestreckten Armen sah ich aus, als wollte ich dem Fotografen gleich den Kopf abbeißen. Zumindest konnte man das denken, denn das Foto zeigte mich nur vom Hals abwärts.

Vom Hals abwärts – das galt auch für die andere Frau, bei der es sich mit Sicherheit um Summer Zahova handelte. Allerdings hatte sie die Vernissage inzwischen verlassen, sodass ich keine Gelegenheit mehr hatte, sie genauer anzuschauen. Doch die Frau auf den Fotos besaß die gleiche überirdisch schmale Taille wie sie, und die Geige war natürlich ein deutliches Indiz. Außerdem wusste ich, dass Grayson in ihr die Krönung für sein Projekt gesehen hatte. Sie verkörperte genau das, was er ausdrücken wollte.

Ich war drauf und dran, aus dem Raum zu stürmen, holte aber lediglich tief Luft und zwang mich, mir auch noch die letzten Bilder anzuschauen. Unvermittelt sehnte ich mich nach Neil. Nach jemandem, an den ich mich anlehnen konnte, der mir half, mit meiner Wut und Entrüstung fertig zu werden, der für mich eintreten würde, ob ich nun recht hatte oder nicht. Liana wäre sicherlich auch eine Hilfe gewesen, aber sie hätte nur meinen Wagemut bewundert, meine Gefühle jedoch abgetan und versucht, mich zum Lachen zu bringen. Neil hingegen würde meine Ehre verteidigen bis aufs Blut, und genau das war es, was ich mir wünschte. Sub oder nicht, er würde direkt auf Grayson zusteuern und ihm eins auf die Nase geben, wenn ich ihn darum bat.

Die nächste Aufnahme von mir war eine Variante der ersten, nur dass sie mich noch aggressiver zeigte. Ich streckte die Hände drohend in Richtung Kamera und wollte gerade Grayson an die Gurgel gehen – und das sah man. Die Perspektive verlängerte meine Gliedmaßen, sodass ich wie eine todbringende Spinne wirkte, nur Arme und Beine und Wut.

Summer war auf ihrer letzten Aufnahme in fast gegenteiliger Stimmung zu sehen. Sie hatte den Oberkörper vornübergebeugt und hielt sich die Geige vor die Möse, so als wollte sie das Instrument als Waffe gegen ihr eigenes Geschlecht richten und nicht gegen die Kamera oder den Betrachter.

Ich trat einen Schritt zurück und ließ die Fotos auf mich wirken.

Plötzlich erkannte ich Graysons Absicht und die Geschichte, die er mit unseren Körpern erzählen wollte. Sex und Musik, sicher, das galt vornehmlich für die ersten Abschnitte der Ausstellung. Summer Zahova und ich aber stellten Dominanz und Submission dar. Die Verkörperung von Sexualität. Sex ohne

Gefühle, ohne Nähe. Gesichtslos. Seelenlos. Sinnentleert. All das, was ich nicht sein wollte.

Eine gewaltige Wut brandete in mir auf. Und was in meinem Bauch noch als kleine Flamme begonnen hatte, entwickelte sich zu einem lodernden Feuerkessel, als ich schnurstracks zu Grayson und IHR marschierte.

»Gray«, fuhr ich ihn grimmig an. So nannte ihn sonst nur SIE, und es war das erste Mal, dass ich ihn so ansprach. Mein Ton machte ihm wohl deutlich, dass ich ihn nicht als Kosenamen meinte.

Die beiden waren in ein angeregtes Gespräch mit Luba vertieft. Grayson drehte sich zu mir um und zog die Augenbrauen hoch.

»Ja?«, fragte er.

»Das habe ich nicht erwartet. Das habe ich nicht gewollt. Häng die Bilder ab.«

Ich baute mich mit hoch erhobenem Kopf vor ihnen auf. Auch ohne High Heels konnte ich ihnen die Stirn bieten.

SIE lachte mich aus.

»Daran hättest du denken sollen, meine Liebe, ehe du dich im Studio ausgezogen hast. Die Kamera lügt nicht, wie du weißt.« Sie deutete mit dem Kopf auf die Aufnahmen. »Die Fotos zeigen dich genau so, wie du bist, ob es dir nun gefällt oder nicht. Glaub nicht, dass hier ein falsches Bild von dir rüberkommt.«

»Euer Bild von mir interessiert mich einen Scheiß«, rief ich. »Ich will diese Fotos hier nicht haben.«

»Lily!«, versuchte mich Grayson zu beschwichtigen. Er fasste mich sanft am Arm und zog mich von den anderen fort.

Luba grinste bis über beide Ohren. Ihre Schönheit bekam etwas Boshaftes, wenn sie lachte, was mich kurz von meiner

Wut ablenkte. Unter anderen Umständen hätte ich sie gern näher kennengelernt und von ihr erfahren wollen, wie es zu dieser Unterwasser-Nummer auf dem Ball gekommen war. Wasser passte zu ihr, sie erinnerte mich irgendwie an eine Meerjungfrau.

Ich wandte mich wieder Grayson zu.

»Lily«, sagte er. »Es tut mir leid, dass du sauer bist. Aber das Risiko bist du eingegangen, als du dich an dem Projekt beteiligt hast.«

»Du hast mir diese Fotos nicht gezeigt. Nur die anderen. Das weißt du ganz genau. Du hast mich angelogen.«

»Siehst du denn nicht, wie wunderschön sie sind? Und was ich damit ausdrücken will? Das bist du, Lily. Die ideale Domme.«

Seine Stimme hatte nun einen träumerischen Ausdruck, und ich wusste, dass er in Gedanken zu jenem inneren Ort wanderte, dem seine Ideen entsprangen. Er dachte wohl schon an sein nächstes Projekt, an die nächste Aufnahme, auf der die nächste Frau die nächste Schachfigur in seinem Spiel sein würde.

»Das bin nicht ich«, wandte ich leise ein.

Aber tief im Inneren wusste ich, ich war es doch. Der Körper kann nicht lügen. Sicher zeigte mich das Bild aus Graysons Perspektive, von ihm bearbeitet und gelenkt, eingebunden in die Geschichte, die er rüberbringen wollte. Aber es war immer noch ich. Lily, die Domme. In Graysons Sicht war ich allerdings nur die Domme und nicht Lily. Ich hatte mich während des Rituals selbst vergessen und nicht mehr die Nähe gesucht, nach der ich mich so sehr sehnte. Der Sex und alles, was dazugehörte, waren seelenlos geworden.

Ich wandte mich um und ließ Grayson stehen, denn es war

sinnlos, mit ihm zu streiten. Genauso gut hätte ich einen Fluss bitten können, nicht mehr zu fließen. Grayson war ebenso Opfer seiner Begierden wie wir alle, und sein Egoismus und sein Künstlertum waren ein Teil von ihm. SIE hatte recht. Ich war das Risiko eingegangen, als ich mich bereit erklärte, für sein Projekt Modell zu stehen.

Kühle Nachtluft schlug mir ins Gesicht. Die Lichter der Stadt spiegelten sich glitzernd in der Themse, ein Anblick, der mich normalerweise entzückte, den ich an diesem Abend jedoch nicht würdigen konnte. Wütend stampfte ich in meinen schweren Schuhen davon.

Es war noch relativ früh am Abend. Die eigentliche Ausstellungseröffnung sollte erst in einigen Stunden stattfinden. Als ich ging, klebte an einigen Fotos bereits das »Verkauft«-Schildchen. Ob wohl auch jemand meine Bilder kaufen würde?, fragte ich mich. Würde ich für alle Ewigkeit bei fremden Leuten an der Wand hängen? Schlimmer noch aber war die Vorstellung, dass niemand meine Fotos haben wollte und sie nach dem Ende der Ausstellung in einer Ecke von Graysons Studio verstaubten wie eine schlechte Erinnerung.

Am Südufer der Themse fiel mir ein ganz in Schwarz gekleideter Straßenmusiker auf. Er wirkte einsam, als wäre er einen Schritt aus der Welt herausgetreten. Ich blieb stehen, hörte ihm eine Weile zu und warf ihm schließlich ein paar Münzen hin. Wenig später stand ich fluchend vor einem Café, denn ich hatte dem Gitarristen mein letztes Bargeld gegeben. Bis auf meine Kreditkarte und meinen Fahrschein für den Heimweg war ich mittellos. Das Schicksal ist manchmal echt zum Kotzen.

Ich rief Neil an. Als ich aber nur seinen Anrufbeantworter erreichte, fiel mir ein, dass er mit seinen Werbefritzen eine schicke Party feiern wollte. Sie sollte ganz in der Nähe, im Oxo Tower, stattfinden, und er hatte vorgeschlagen, dass wir uns anschließend noch treffen könnten, falls ich solange auf der Vernissage bliebe. Doch in Jeansminirock und Doc Martens konnte ich nicht einfach uneingeladen auf seinem Fest auftauchen. Luba, SIE und nahezu alle Gäste der Vernissage hätten in ihren Designerklamotten wahrscheinlich keine Schwierigkeiten gehabt, die Türsteher zu beschwatzen, ich aber sah dafür viel zu alltäglich aus. Zu alltäglich für Neil. Wie sich die Zeiten doch geändert hatten!

Schließlich entschied ich mich, nach Hause zu fahren. Nach einem heißen Bad und einer guten Mütze Schlaf würde ich den Kummer des Tages sicherlich vergessen haben. Ich war schon fast an der U-Bahn-Station angelangt, als mir ein Reisebüro ins Auge fiel. Es war das einzige Geschäft, das noch geöffnet hatte, stellte ich nicht ohne Mitleid für die Angestellten fest. Beim Betrachten der exotischen Landschaften auf den Plakaten im Schaufenster hatte ich plötzlich das Gefühl, eine Luftveränderung zu brauchen.

Bei Liana hatten sich die Dinge zum Guten gewendet, als sie nach Amsterdam umgezogen war. Vielleicht sollte ich etwas Ähnliches wagen. Irgendwo anders ganz von vorn anfangen. Mir ein neues Leben aufbauen.

Ich stieß die Ladentür auf, und eine Glocke ertönte. Hinter dem Tresen hockte ein gelangweilt wirkender Mann von Anfang zwanzig mit einer wirren roten Mähne und einem dünnen Schnurrbart. Seine Haarfarbe biss sich fürchterlich mit der knallroten Einrichtung des Geschäfts. Neben ihm saß eine rundliche, fröhliche Frau in mittleren Jahren, deren Augen bei meinem Eintreten aufleuchteten. Womöglich war an diesem Tag noch nicht viel los gewesen. Auf ihrem Namensschild stand »Sue«. Doch weil sie für meinen gegenwärtigen Gemütszustand viel zu eifrig wirkte, stellte ich mich vor den Rotschopf und wartete, dass er aufsah.

»Womit kann ich dienen?«, fragte er in einem Ton, dem zu entnehmen war, dass ihm eigentlich nicht der Sinn danach stand.

»Ich möchte verreisen.«

»Das denk ich mir.« Seine Stimme triefte vor Sarkasmus. »Und wollen Sie mir auch sagen, wohin?«

»So weit weg wie möglich.«

Das hauchte ihm etwas Leben ein. In meiner unverkennbaren Niedergeschlagenheit witterte er offenbar einen Hinweis auf eine verwandte Seele.

»Wie wär's mit Amerika?«, schlug er vor.

»Zu viele Amerikaner«, erwiderte ich launisch, ohne nachzudenken.

Er nickte verständnisvoll.

»Australien?«, fragte er.

Die rote Erde auf der Hochglanzbroschüre, die er mir hinüberschob, hatte fast die gleiche Farbe wie sein Haar.

»Zu viele Strände«, wandte ich ein. Denn ich bezweifelte, dass ich es unter all den durchtrainierten surfenden Bikini-Schönheiten lange aushalten konnte. Ich würde mir vorkommen wie in einer Coca-Cola-Reklame. Mir war nach etwas Handfesterem.

»Lieber einen Ort, wo sonst niemand hinfährt«, erklärte ich.

»Dann sollten Sie sich für Darwin entscheiden«, sagte er mit Kennermiene. »Das ist wirklich am Arsch der Welt. Ich war dort einmal auf einer Fortbildung. Lauter Leute, die vor irgendwas davonlaufen. Und dazu die Militärbasis. Eine verrückte Mischung. Aber es hat auch etwas von dem hier.« Er deutete mit seinem abgekauten Fingernagel auf den strahlend blauen Himmel, der auf der Broschüre abgebildet war. Es war wirklich ein ganz außerordentliches Blau. Viel intensiver, als ich es in England je gesehen hatte. Das gab den Ausschlag.

»Was kostet der Flug?«

»Einfach oder hin und zurück?«

»Einfach«, sagte ich entschlossen.

»Wir haben gerade eine Sonderaktion. Deshalb ist unser Büro auch so spät noch geöffnet. Aber der günstige Preis gilt nur für kurze Zeit.«

»Und was heißt das?«

»Sie müssten schon nächste Woche fliegen.«

Ich fühlte mich wieder wie in dem Augenblick, als ich mich bei Jonah für das Tränentattoo entschieden hatte. Voll überwältigender Gewissheit, das Richtige zu tun. Als ob es mir vorherbestimmt gewesen wäre und ich mich all die Jahre auf diesen einen Punkt zubewegt hätte. Als würde ich unaufhaltsam mitgerissen vom Fluss des Lebens. Sinnlos, sich gegen seine Strömung zu stemmen, letztlich trug sie einen doch mit sich fort.

Das Ticket war wirklich günstig. Doch nachdem ich mit meiner Kreditkarte bezahlt und den Papierkram ausgefüllt hatte, überfiel mich ein flaues Gefühl. Was tat ich da nur? Was würden meine Eltern dazu sagen? Was Liana und Neil?

Vielleicht sollte ich mich heimlich davonstehlen und mich erst aus Darwin bei ihnen melden.

Meine letzte Woche in England verging sang- und klanglos. Ich kündigte im Musikgeschäft und im Club. Das Gesicht, das SIE zog, als ich ihr sagte, dass ich nicht mehr wiederkomme, war mir eine besondere Genugtuung.

Neil hob ich mir bis zum Schluss auf. Da ich es ihm nicht am Telefon erzählen wollte, verabredete ich mich mit ihm zum Mittagessen. Diesmal sollte es meine Einladung sein, und ich entschied mich für ein kleines Lokal in Chinatown, das berühmt für seine ausgezeichneten Dim Sum war und mich nicht gleich arm machen würde. Bei bescheidenem Lebenswandel würden meine Ersparnisse für ein paar Monate reichen, trotzdem müsste ich mir nach meiner Ankunft in Australien so schnell wie möglich einen Job suchen.

Zehn Minuten nach der verabredeten Zeit war Neil immer noch nicht eingetroffen. Ich runzelte die Stirn. Er war eigentlich die Pünktlichkeit in Person. Da aber rührte sich mein Handy. Es hatte noch immer den Jace-Everett-Klingelton, den Liana einmal spaßeshalber darauf gespielt hatte. »I wanna do bad things to you«, plärrte es.

»Lily«, meldete sich Neil atemlos. »Es tut mir so leid, aber ich muss zu einer Besprechung mit einem Kunden. Lässt sich nicht ändern. Es geht um diesen neuen Abschluss, an dem wir gerade arbeiten ... Können wir es verschieben? Um es wiedergutzumachen, lade ich dich dann auch in ein ganz besonders nettes Restaurant ein.«

»Natürlich. Ist nicht schlimm.« Ich gab mir Mühe, die Enttäuschung nicht in meiner Stimme anklingen zu lassen. Neil ist doch schließlich nur ein Freund, ermahnte ich mich still, und dann treffen wir uns eben, wenn ich wieder mal in London bin.

»Was wolltest du mir denn erzählen?«

»Ach, nichts Besonderes. Das sage ich dir ein andermal.«

»Also dann bis bald. Nächste Woche am besten. Ich freue mich schon.«

Schon hatte er aufgelegt.

Ich trank einen grünen Tee und blieb unter den neugierigen Blicken der Kellnerinnen noch eine Stunde hocken, um meine Gedanken zu ordnen. Dann fuhr ich nach Hause und packte. Am nächsten Tag ging mein Flug.

Ich schickte Neil eine Postkarte, als ich angekommen war.

Das Jahresende war nicht mehr fern, als ich mich in Darwin einrichtete. Ich hatte einen Job in einem Musikgeschäft gefunden, das hauptsächlich mit CDs und alten Schallplatten handelte und interessante Kunden anzog. Eigentlich war ich nur als Aushilfe für die hektische Vorweihnachtszeit angeheuert worden. Doch als jemand aus der Stammmannschaft noch vor dem Fest kündigte, um zu heiraten, hatte man mir eine feste Stelle angeboten, die ich mit Freuden akzeptierte. Den Großteil meiner Ersparnisse hatte ich seit meiner Abreise aus England bereits ausgegeben, und ich war froh über das nicht gerade berauschende, aber doch regelmäßige Einkommen.

Heiligabend verbrachte ich mit Bekannten aus dem Laden ausgerechnet am Strand. Ich fand es seltsam, im Bikini und mit Sand an den Füßen Weihnachten zu feiern und zu wissen, dass die Leute zu Hause in Europa in der Kälte bibberten und sich ans Kaminfeuer flüchteten. Warmes Wetter passte für mich als Kind der Nordhalbkugel einfach nicht zu Weihnachten, da half auch die Regenzeit nicht. Es löste in mir eine merkwürdige Unruhe aus. Vielleicht lag es aber auch nur am betörenden Duft der Eukalyptusbäume, der sich wie ein chemischer Trigger auf meine Empfindungen auswirkte.

Am Weihnachtsmorgen wachte ich erst spät und mit einem schlimmen Kater auf, und als mein Blick durch mein unaufgeräumtes kleines Zimmer schweifte, erfassten mich abgrundtiefe Traurigkeit und Selbstmitleid. Ich hatte keine besonderen Pläne für den Feiertag – oder was davon noch übrig war –, und vermutlich hatten fast alle Lokale geschlossen. Ich würde mich nicht einmal in das tröstliche Dunkel eines Kinos oder in die klimagekühlte Geschäftigkeit eines Einkaufszentrums flüchten können.

Ich seufzte dramatisch, als ich mein Gesicht im Badezimmerspiegel sah.

Später würde ich vielleicht meine Eltern anrufen, die auf meinen plötzlichen Aufbruch ans andere Ende der Welt nicht sonderlich überrascht reagiert hatten. Da fiel mir ein, dass sie einmal etwas von Reiseplänen über die Feiertage erwähnt hatten. Sie würden also wahrscheinlich nicht zu Hause sein, selbst wenn ich die Zeitverschiebung berücksichtigte. Liana schickte ich eine SMS mit den zu diesem Anlass üblichen Sprüchen und dann, nach kurzem Überlegen, eine fast identische an Neil, der sich nach meiner Abreise nicht ein einziges Mal bei mir gemeldet hatte. Anscheinend hatte er meinen Umzug als persönlichen Affront aufgenommen, und ich hatte es für das Beste gehalten, ihn schmoren zu lassen.

Überraschenderweise antwortete er nach nicht mal einer Stunde, obwohl es bei ihm tiefste Nacht sein musste. Vielleicht hatte er mir inzwischen vergeben.

Du fehlst mir. Hoffe, dir geht es gut. N.

Ob er wohl auf einer Weihnachtsparty war? Oder bei einer Frau? Oder ebenso einsam wie ich?

Neil, so wurde mir klar, war einer der wenigen Freunde, die ich noch hatte, und auf merkwürdige Weise fehlte auch er mir. Wie schön wäre es, jetzt mit ihm zu reden, zu tratschen, Neuigkeiten auszutauschen.

Die Nummern von Dagur, Grayson und IHR hatte ich vor einigen Wochen aus der Liste meiner Kontakte gelöscht und diese Entscheidung seither nicht eine Minute bereut. Leonards Nummer aber hatte ich stehen lassen. Mir fehlte die Kraft, den endgültigen Schlussstrich zu ziehen – nach dem Motto, die Hoffnung stirbt zuletzt.

Hatte ich Weihnachten schon mal allein verbracht? Nein, und wie sich herausstellte, war es schrecklich. Hinzu kam, dass ich in einer Woche, an Silvester, erneut mit meiner Einsamkeit konfrontiert sein würde. Mir fielen all die ausgelassenen Unternehmungen aus meiner Studienzeit in Brighton ein, und wider Willen musste ich lächeln. Wie albern wir gewesen waren, und dazu die Nähe und dieses Zusammengehörigkeitgefühl! Das alles gab es nicht mehr.

Ich zwang mich aufzustehen, zu duschen, und rührte mir ein trostloses Frühstück aus Cornflakes und Milch zusammen. Der Tag lag wie ein dunkler Tunnel vor mir.

Ich schaltete mein Laptop ein und ging zu der Truhe, in der ich mein buntes Wirrwarr an Büchern, Zeitschriften und DVDs aufbewahrte. Die Hälfte der Filme – meist doppelte Exemplare, die ich umsonst aus dem Laden hatte mitnehmen dürfen – steckte nicht mehr in ihren Hüllen, sondern lag achtlos hingeworfen auf dem Boden der Truhe. Wahllos zog ich einige heraus, ohne zu wissen, ob mir eher nach einer Komödie oder einem Actionfilm zumute war. Liebesfilme standen jedenfalls nicht zur Debatte.

Dann trug ich Notebook und DVDs zum Bett, zog die Vorhänge zu, um das Tageslicht auszusperren, und machte es mir zwischen Kissen und Decken gemütlich. Bunt tanzten die Muster meines Bildschirmschoners im Halbdunkel. Als ich mit dem Zeigefinger über das Touchpad fuhr, erwachte der Schirm zum Leben, und die sauber aufgereihten Icons lachten mich an.

Ich wollte gerade eine DVD ins Laufwerk schieben, als mein Blick auf das blaue Skype-Icon fiel. Ich klickte darauf und scrollte mich durch meine Kontakte. Es gab nur ein halbes Dutzend, die meisten davon Verwandte, und noch einen Namen, der mir nichts sagte. Und Leonard.

Das Symbol zeigte an, dass er gerade online war.

Mein Herz setzte einen Schlag aus.

Ich skypte ihn an.

Der Schirm flackerte kurz auf, dann sah ich sein Gesicht.

»Hallo, Lily!«

Er sah müde aus, und seine Augen waren voller Traurigkeit. Im Halbdunkel hinter ihm erkannte ich ein Bücherregal. Die Umgebung wirkte schrecklich düster, und er mittendrin hatte etwas von einem Gespenst.

»Ich ...« Ich musste schlucken. »Ich wollte dir schöne Weihnachten wünschen.«

»Nett von dir, Liebes«, sagte Leonard.

»Du fehlst mir noch immer.«

»Du mir auch, Lily. Aber wir haben das alles doch schon besprochen, und ...«

Weil ich merkte, dass er ärgerlich wurde, hob ich die Hand, um ihn zu unterbrechen. Es war verlorene Liebesmüh, ihn einfach so anzurufen. Wir blickten uns an, schweigend und beide tief in Gedanken versunken. Es war merkwürdig, sein vertrautes Gesicht auf dem Bildschirm zu sehen – die Haut, die ich so gut kannte, nur eine fahle Ansammlung von Pixel. Leonard kam mir gealtert vor, als hätte sich für ihn, seit er mich zum letzten Mal berührt und meine Lippen seinen Körper erkundet hatten, die Uhr schneller gedreht. Wahrscheinlich aber lag es an diesem virtuellen Kontakt, der das Gefühl von Distanz hervorrief. Und bereits während mir dies klar wurde, empfand ich eine ungeheure Erleichterung und tiefe Zärtlichkeit für ihn. Mittlerweile konnte ich seinen Trennungswunsch besser verstehen. Er war es, der für mich ein Opfer brachte, nicht umgekehrt. Und die düsteren Wolken, die auf meiner Seele lasteten, wurden lichter.

Gerade als ich ihm sagen wollte, dass ich nun in Australien lebte, begann Leonard wieder zu sprechen.

»Du hast dich überhaupt nicht verändert«, sagte er. »Du bist so schön.«

»Danke!«

Auf eine plötzliche Eingebung hin hob ich mein dünnes Nachthemd und zeigte Leonard meine Brüste.

Er grinste von der anderen Seite der Erde herüber.

»Und die auch nicht«, stellte er fest. »Sind noch genauso klein und knackig wie damals.«

»Ich bin zwar noch jung, wie du so oft betont hast, aber trotzdem wird mein Busen nicht mehr wachsen. Mehr habe ich nicht.«

»Frech wie immer, nicht wahr?«

Ich nickte.

Dann wünschte ich ihm noch einmal frohe Weihnachten und beendete die Verbindung.

Ich würde Leonard nie wiedersehen, das wusste ich. Er hatte mich endgültig freigegeben.

Wie an jedem Tag öffnete der Himmel um halb fünf seine Schleusen, und ein heftiger Regen reinigte die Luft und die Umgebung. Gegen Abend klarte es wieder auf. So verlief die Regenzeit gewöhnlich bis in den Mai, hatte man mir gesagt.

Es war Silvester. Ich hatte versucht, mich mit einigen Arbeitskollegen zu verabreden, doch sie wollten alle im Kreis ihrer Familie feiern. Noch ein Abend, den ich allein verbringen musste.

Während ich über das vergangene Jahr mit all seinen Abenteuern nachdachte, mit den Problemen und gelegentlichen Freuden, schlenderte ich zunächst ziellos durch das Einkaufszentrum, in dem die meisten Geschäfte an diesem Tag früher schlossen, bis es mich mit fast magischer Kraft ans Meer zog.

Am Strand gab es eine Bar, die am Abend auch Essen servierte und in der ich mich recht wohlfühlte. Sie war schlicht und sauber, mit freundlicher Bedienung, die einem nicht auf die Nerven ging. Es gefiel mir immer mehr, mich in kleine Lokale zu hocken, die Gäste zu beobachten und Vermutungen über ihren Beruf, ihre Vergangenheit und ihre persönliche Geschichte anzustellen. Das hatte ich bereits im Fetischclub in London getan, bis SIE mich stärker ins Spielgeschehen einbezog. Damals hatte ich mir über unsere Gäste mit den speziellen Wünschen ausgefeilte Geschichten und oft schon halbe Romane ausgedacht. Derartige Fantasien taten niemandem weh und machten mir Spaß.

Hier in der Bar waren die Gäste natürlich nicht ganz so schillernd: Hippies auf der Durchreise, die trotz ihrer Buntheit irgendwie alle gleich aussahen; ältere Einwohner, die ihr Lebtag offenbar noch nie über ihre Provinz hinausgekommen und mit dieser Küstenstadt am Ende der Welt fest verwachsen waren; umtriebige junge Leute, die sich vermeintlich im Stil der Szene in den fernen Großstädten kleideten, jedoch meist danebengriffen und nur ihre totale Ahnungslosigkeit bewiesen.

Für mich aber verband sich mit jedem Einzelnen von ihnen eine Geschichte. Vielleicht würde ich mich eines Tages hinsetzen und sie aufschreiben.

Lily, die Schriftstellerin.

Das klang gut.

Das Lokal hatte eine Terrasse mit Palmen drumherum, mit großen weißen Sonnenschirmen und bot einen Blick auf das tiefblaue Meer. Niemanden störte es hier, wenn ich an der Theke oder in einer stillen Ecke saß und stundenlang an meinem Bier nuckelte. An diesem Tag war allerdings mehr los. Die Angestellten deckten die Tische mit großen weißen Tellern, schimmernden Gläsern, blitzendem Besteck und kitschigen kleinen Töpfchen für die Kerzen. Der Silvesterabend sorgte hier offenbar für guten Umsatz.

Als die ersten Abendgäste eintrafen, bestellte ich mir in der kleinen Nische, in der ich Zuflucht gesucht hatte, ein weiteres Bier und bat um die Karte. Mir war nicht nach einer kompletten Mahlzeit, doch es gab hier auch verschiedene Wraps und Sandwiches.

Langsam füllte sich das Lokal. Terry, die junge Kellnerin, die mich bedient hatte, wurde beim Schichtwechsel von Stellios abgelöst, einem älteren Mann mit griechischem Akzent, der hier, wie er mir mit väterlicher Anteilnahme einmal stolz berichtet hatte, schon seit über zwanzig Jahren arbeitete.

»Keine Pläne für heute Abend, Miss Lily?«, fragte er bekümmert, als er mich allein in meiner Ecke entdeckte.

Ich schüttelte den Kopf.

»Das darf doch nicht wahr sein! Eine hübsche junge Frau wie Sie. Kein Freund, kein Ehemann?«

Ich zwinkerte ihm grinsend zu.

»Aha. Eine Frau mit Geheimnissen. Da will ich lieber nicht weiter nachfragen.«

Er ließ mich auf meinem Beobachtungsposten zurück, um auf der Terrasse eine Bestellung aufzunehmen.

Ich trank mein Bier, wechselte später zu Kaffee, und während ich langsam mein Sandwich mit Truthahn und Chutney verspeiste, träumte ich vor mich hin und beobachtete das Kommen und Gehen der Gäste.

Ein älteres Paar, das an einem Tisch nahe der Terrasse saß, bekam eine große Platte mit Austern serviert. Die beiden hatten einen altmodischen Charme, wirkten auf mich jedoch auch ein bisschen unergründlich. Warum, konnte ich nicht richtig ausmachen, und mir wollte zu ihnen einfach keine Geschichte einfallen. Aber mit ihrem gewandten, weltmännischen Auftreten erinnerten sie irgendwie an ein altes Gangsterpärchen.

Stellios sauste an mir vorbei. Von den drei Tassen Kaffee auf seinem Tablett stellte er eine vor mir ab, die beiden anderen servierte er dem älteren Paar. In diesem Augenblick schaltete die Geschäftsführerin die Musikanlage ein. Süßliche Geigenklänge schallten über die Terrasse, vertraute Melodien schwebten über den Strand und schwangen durch die Lichterketten in den Bäumen. Wie auf einer Ansichtskarte, allerdings einer ausgesprochen kitschigen. Das erste Stück war ein Walzer.

Am Ende der Terrasse befand sich eine Tanzfläche aus Bambusholz.

Die beiden älteren Gäste wandten den Kopf, als jüngere Paare von den Tischen aufstanden und zu den Bambusmatten gingen. Als ich ihren Blicken folgte, sah ich eine hochgewachsene blonde Frau mit kurzem Haar und einen athletischen Mann in Jeans und weißem Hemd Hand in Hand zur Tanzfläche schlendern. Sie waren mir zuvor nicht aufgefallen, weil mir die Theke die Sicht auf ihren Tisch verstellt hatte.

Die beiden Älteren flüsterten miteinander, als würde sie sich über das attraktive junge Paar unterhalten.

Die Frau trug ein einfaches, knielanges weißes Kleid und, wahrscheinlich wegen ihrer Größe, flache Ballerinas. An ihren Ohren baumelten Bernsteine, und ihre Fingernägel waren smaragdgrün lackiert – eine tolle Farbkombination.

Die beiden begannen zu tanzen.

Ich erkannte sie sofort, obwohl sie das Haar jetzt kürzer trug als bei unseren zwei Begegnungen zuvor: Sie hatte auf dem Ball im Landhaus einen aufsehenerregenden Tanz dargeboten, und Wochen später hatte ich sie bei Graysons Vernissage mit Summer Zahova an Viggos Arm gesehen.

Eindeutig, das war sie.

Mir schien, als hätte sie sich nicht nur die Haare schneiden lassen, sondern als wären ihre Gesichtszüge weicher geworden und als wäre ihr Kern aus Eis geschmolzen. Sie tanzte mit ihrem Partner, als wären sie allein auf der Terrasse. So selbstvergessen schwebten sie über die Bambusmatten, dass ich den Blick nicht von ihnen wenden konnte.

Fasziniert überlegte ich, was sie wohl erlebt haben mochten, bis ihr Weg sie nach Darwin geführt hatte. Und schon bald ging meine Fantasie mit mir durch. Es heißt ja, das wahre Leben wäre viel fantastischer als jeder Roman. Und ich lächelte still in mich hinein, als ich mich fragte, was sich die beiden wohl über mich und meine Vergangenheit ausdenken würden, falls sie es denn versuchten. Ich glaubte kaum, dass ihnen etwas einfallen würde, das die seltsamen Wendungen in meinem realen Leben toppen könnte.

Bald kehrten sie an ihren Tisch zurück, bezahlten die Rechnung und gingen. Auch das ältere Paar war mittlerweile verschwunden; da ich aber so in meine Träumereien vertieft gewesen war, hatte ich ihren Aufbruch verpasst. Mein Kaffee war kalt geworden.

Die meisten Tische auf der Terrasse waren mittlerweile leer. Zeit zu gehen, stellte ich fest.

Auf meinem Weg zum Ausgang winkte ich Stellios zu. Er lächelte.

»Alles Gute zum neuen Jahr!«, rief er hinter mir her. Gleich darauf stand ich auf dem kleinen Parkplatz, wo ich mein Fahrrad abgestellt hatte. Ich sah auf meine Uhr. Noch eine halbe Stunde bis Mitternacht. Ich könnte nach Hause fahren und den Jahreswechsel im Fernsehen mitverfolgen.

Als ich das Haus erreichte, sah ich in der Dunkelheit eine zusammengesunkene Gestalt auf der Treppe vor meinem Haus sitzen. Verdammt, ein Besoffener, dachte ich. Hoffentlich würde er nicht ausfällig, wenn ich ihn wegscheuchte.

Ich trat mit meinem Fahrrad näher an ihn heran und machte mich schon bereit, den Schlafenden mit der Schuhspitze wach zu rütteln, als ich den Koffer entdeckte, der neben ihm stand.

Plötzlich rührte er sich und sah zu mir auf. Die nächste Straßenlampe stand einige Häuser weiter, und ich musste die Augen zusammenkneifen, um etwas zu erkennen.

»Lily! Gott sei Dank!«

»Neil?«

»Ja, ich bin's.« Riesengroße Erleichterung stand ihm im Gesicht. »Ich dachte schon, du wärst vielleicht über Silvester weggefahren, und ich hätte die ganze lange Reise umsonst gemacht.«

Ich war perplex.

Und hatte tausend Fragen.

»Was zum Teufel willst du hier?«, war das Einzige, das ich verdattert hervorbrachte.

»Ich wollte kommen«, sagte er in aller Seelenruhe.

10

IM HAUS DER BAMBUSPUPPEN

Er rappelte sich auf.

»Du wolltest kommen?«, fragte ich wie vor den Kopf gestoßen. »Du machst eine so weite Reise nur wegen mir?«

»Ja. Nur wegen dir.«

»Aber …«

»Küss mich, Dummkopf.« Mit diesen Worten zog er mich in seine Arme.

Das klang derart nach Hollywood, dass ich lachen musste, und so war mein Mund halb offen, als sich unsere Lippen berührten. Neils Zunge glitt zuckend über meine unteren Zähne, und zu meinem Erstaunen durchfuhr mich ein Schaudern.

»Oh«, sagte ich überrascht.

»Ach, Lily«, stöhnte er und küsste mich nun stürmisch.

Sein Mund war warm und feucht, und unsere Lippen verschmolzen in tiefer Harmonie. Unsere Zungen begannen einen zärtlichen Tanz, halb neckend, halb ernst.

Er vergrub seine Hände in meinem Haar und zog mich so fest an sich, dass ich das Gefühl hatte zu ersticken, wenn ich ihn nicht gleich fortschob.

Ich packte seine Handgelenke, hob sie ihm über den Kopf und drückte ihn an die Tür. Er stieß einen tierischen Laut der Lust aus, der tief aus seiner Kehle kam und mir geradewegs in die Eingeweide fuhr. Unversehens ließ ich meine Tasche fallen und gab es auf, meinen Schlüssel herauszuangeln, mit dem ich uns aufsperren wollte. Stattdessen schmiegte ich mich so eng an ihn, dass er die Beine spreizen musste, um meinen Hüften Platz zu machen. Er senkte den Kopf und begann, wild an meiner Haut zu saugen. Ich genoss das ziehende Gefühl, mein Blut an die Hautoberfläche strömen zu spüren. Seit Uni-Zeiten hatte ich keinen Knutschfleck mehr gehabt, dachte ich amüsiert, war aber gleich wieder in der Gegenwart, als ich Neils harten Schwanz an meinem Oberschenkel spürte.

In diesem Augenblick wünschte ich mir nichts sehnlicher, als ihn in die Hand zu nehmen und ihn mir in ganzer Länge in den Mund zu schieben. Doch als ich seine Handgelenke losließ, japste Neil enttäuscht auf. Und als ich mir dann an seinem Ledergürtel zu schaffen machte und an der Schnalle nestelte, hörte ich nur sein fragendes Raunen.

»Ich sehe schon, ich muss dich knebeln«, stieß ich atemlos hervor.

Er stöhnte auf.

»Ich würde dir ja mein Höschen in den Mund stopfen«, fuhr ich drohend fort. »Nur leider trage ich keins.« Das stimmte sogar. Bevor ich vorhin aus dem Haus gegangen war, hatte ich festgestellt, dass meine gesamte Wäsche noch feucht war, weil ich vergessen hatte, sie vor dem Nachmittagsgewitter hereinzuholen.

Er umklammerte meine Schultern, und sein Hinterkopf schlug an die Haustür, als wieder ein Schauer durch seinen Körper lief. Ich fürchtete schon, er könnte gekommen sein, ehe ich seine Erektion auch nur gesehen hatte, doch diese Sorge hätte ich mir sparen können. Neil war immer noch hart wie Stein.

Seine Hose fiel ihm auf die Füße, und ich umfasste sein Glied und schob mir die Eichel in den Mund. Er roch frisch – eine männlich herbe Moschusnote mischte sich mit dem Duft sauberer Haut und dem von zart zitroniger Seife.

Er war ganz allein meinetwegen diese weite Strecke gereist. Eine Woge der Zuneigung überwältigte mich. Mein alter Freund. Mehr als ein Freund. Ich wollte ihn gern besser kennenlernen, mit all seinen Facetten, und das begann ich am besten auf die elementarste Weise, die es gab.

Im Unterschied zu Liana versuchte ich nicht, seinen Schwanz bis tief in meinen Mund aufzunehmen. Wohl auch deshalb, weil es mir an Erfahrung mangelte. Es hatte mich zutiefst schockiert, als ich auf dem Ball sah, wie SIE dem devoten Typen mit dem »Iss mich!«-Schild einen blies. Eine Domme lutscht keinen submissiven Mann, lautet die Regel. Und wenn, dann spricht sie nicht darüber. Außer an jenem Abend hatte ich noch nie ein Paar dabei in der Öffentlichkeit beobachtet. Leonard hatte immer so großen Wert darauf gelegt, mich mit dem Mund zu verwöhnen, dass ich kaum Gelegenheit hatte, mich zu revanchieren. Dagur hingegen ließ sich zwar gern den Schwanz lutschen, hatte mich dabei aber stets rasch in die 69-Stellung gezogen. Und in dieser Position konnte ich mich nur schwer konzentrieren, vor allem weil ich es schwierig fand, meinen Mund in die richtige Lage zu bringen, sodass ich ihm Lust bereitete, ohne seinen empfindlichen Stellen mit meinen scharfen Zahnkanten wehzutun.

Ob oraler Sex dominant oder submissiv ist, ist ein Dauerthema der Kinky-Szene in Online-Foren oder bei privaten Treffen. Natürlich gefiel es mir, einen Mann mit meinen Lippen fest zu umschließen und zu wissen, dass er, selbst wenn er wollte, sich nicht von der Stelle rühren konnte. Und vor ihm zu knien, gehörte in meinen Augen weder zu dem einen noch zu dem anderen. Ich war kleiner und viel leichter als die meisten Männer, die ich dominiert hatte, und wusste daher schon seit Langem, dass zu einem Beweis meiner Macht und der Fähigkeit, den anderen zur Hingabe zu bewegen, viel mehr gehörte als die Stellung, die ich gerade einnahm.

Wenn ich nun also Neil in den Mund nahm, tat ich es um der Lust willen. Seiner Lust und meiner. Mehr steckte nicht dahinter. Seine seidige Haut glitt über meine Lippen. Es war überwältigend, ganz ausgefüllt zu sein. Ebenso der vertraute Vorgang, einen gemeinsamen Rhythmus zu finden und ihn mit seinem steten Auf und Ab beizubehalten. Der Klang seines Stöhnens bei meinen Liebkosungen. Ein schlichter Akt, der mir aber ungeheure Lust bereitete.

Er krallte seine Hände in meine Haare, lenkte damit aber nicht meinen Kopf, wie es die Doms im Club gewöhnlich bei ihren Subs taten oder wie ich es bei Leroy und Liana beobachtet hatte. Stattdessen strich er mir zart über den Schopf, während ich meine Zunge an seinem ansehnlichen Glied hinauf und hinunter wandern und um die Furche unterhalb seiner Eichel kreisen ließ.

Weil mir auf den Betonstufen allmählich die Knie wehtaten, ging ich in die Hocke. Neil schnappte nach Luft, als ich meine Position veränderte, denn unwillkürlich hatte ich dabei seinen Schwanz tiefer in den Mund genommen, sodass die Eichel sich an der raueren Haut meines Gaumens rieb.

»Das gefällt dir, was?«, stieß ich hervor, wenn auch kaum verständlich.

»O Gott«, stöhnte er. »Wie alles, was du tust.« Seine Stimme erstarb, und er zog scharf die Luft ein. Ich hatte nämlich seine Hoden in der Hand und kratzte mit den Nägeln leicht über ihre empfindliche Haut. Nun zog er ein bisschen heftiger an meinen Haaren und schob meinen Kopf vor und zurück, um seinen langen Schwanz tiefer in meinen Mund zu stoßen.

Der Lärm des Neujahrsfestes drang mal lauter, mal leiser zu uns. Betrunkene schlenderten auf dem Bürgersteig heimwärts, und aus einem vorbeifahrenden Auto plärrte Cold Chisels »Khe Sanh«. Lau strich mir eine Brise über die Schultern und milderte die drückende Schwüle, die um diese Jahreszeit für Darwin typisch ist und sich jeden Augenblick in Regen oder einem Gewitter entlädt. Da es in der Stadt kein nennenswertes Nachtleben gab, saß die Hälfte der Einwohner selbst am Silvesterabend im Liegestuhl draußen auf dem Balkon, trank Bier und lauschte den unentwegt quakenden Fröschen. Meine Nachbarn versammelten sich gerade auf ihrer Veranda, offenbar um sich das Feuerwerk anzuschauen. Und wahrscheinlich sahen sie auch meinen Kopf, der sich vor Neils Schoß hin und her bewegte. Aber das war mir egal.

Silvester. Neil und ich hatten in unserer Uni-Zeit in Brighton schon mehrmals das Jahresende gemeinsam verbracht, aber niemals so. Wenn der Zeiger der Uhr auf Mitternacht vorrückte, war ich stets auf Abstand gegangen, weil ich fürchtete, Neil würde mich küssen wollen. Dann hätte ich nicht gewusst, wie ich darauf reagieren sollte. Welch eine Ironie, dachte ich, dass ich an all meinen Abenden im Fetischclub zwar gelernt hatte, wie man Männer schlägt und demütigt, doch noch immer nicht richtig damit umgehen konnte, wenn sie mich verehrten.

Laut zählten meine Nachbarn die letzten Sekunden bis Mitternacht. Ich zog mich etwas zurück und griff nach Neils Glied, umschloss es mit den Fingern und drehte sie sanft hin und her. Gleichzeitig bewegte ich den Kopf rauf und runter und umspielte mit meiner Zungenspitze seine Eichel.

»Fünf, vier, drei, zwei«, erklang es einstimmig von den Gästen auf der Party nebenan.

Bei »eins« machte ich einen Finger nass und schob ihn, ohne den Rhythmus meiner Zunge zu ändern, Neil in den Arsch.

»Scheiße!«, schrie er. Sein Körper zuckte wie vom Blitz getroffen, und ein heißer Strahl ergoss sich in meinen Rachen, als die Nachbarn »Prosit Neujahr!« riefen.

Ich behielt ihn so lange im Mund und streichelte seine Oberschenkel, bis er nicht mehr bebte. Dann zog ich mich zurück und leckte mir die Lippen.

»Ein gutes Neues«, sagte ich fröhlich und lächelte ihn an. Meine Beine waren inzwischen so gefühllos, dass ich fürchtete, gar nicht mehr hochzukommen.

»Oh, Lily, Lily«, stöhnte er. »Komm her!«

»Du brauchst mich nicht zu küssen«, murmelte ich, weil ich noch den Geschmack seines Samens im Mund hatte.

»Nein, nein, ich will es. Und nie mehr aufhören.«

Damit drückte er seine Lippen auf meine.

»Vielleicht sollten wir jetzt reingehen«, sagte ich. »Sonst holen die Nachbarn noch die Videokamera raus.«

Der Augenblick war von so beschwingter Leichtigkeit, dass mir im Vergleich dazu der laut klimpernde Schlüsselbund in der Hand wie eine Last erschien.

Er strich mir die Haare aus dem Gesicht. »Lily!«, flüsterte er mir ins Ohr. Sein Atem war heiß, und ich hatte ohnehin schon eine Gänsehaut. »Es gibt etwas, das ich schon immer mal mit dir machen wollte. Darf ich?«

»Du hast mir noch nicht gesagt, was. Aber gut.«

Ich verkrampfte mich etwas. Auch wenn es Neil war, der sanfteste Mann, den ich je kennengelernt hatte, war ich es nun mal nicht gewohnt, die Zügel aus der Hand zu geben.

»Entspann dich.« Bei diesen Worten hob er mich hoch, drehte mühelos den Schlüssel im Schloss, schob die Tür mit dem Fuß auf und trug mich über die Schwelle.

Er hatte sich die Hose hochgezogen, aber nicht zugeknöpft, und nach zwei Schritten rutschte sie ihm wieder auf die Knöchel, was unser Fortkommen nicht gerade erleichterte.

»Irgendwie hatte ich mir das anders vorgestellt«, brummte er und schlurfte vorwärts. Ich prustete laut los.

»Lass mich runter«, rief ich in gespielter Empörung. »Oder du kriegst eine Abreibung!«

»Wenn das so ist, kannst du ewig warten«, antwortete er. »Ich hoffe, du hast es bequem.«

»Aah! Ich verstehe, du willst eine Luststrafe.«

»Eine Luststrafe?«

»Tu nicht so unschuldig. Als hättest du nicht im Internet alles für BDSM nachgelesen, nachdem du mich damals mit der Peitsche in der Hand erlebt hast. Eine Luststrafe ist eine Strafe, die Lust bereitet.«

»Gilt das denn nicht für jede?«, fragte er scherzend.

Ich dachte an SIE und manche der Qualen, die sie sich für ihre Sklaven ausgedacht hatte. Es hatte weiß Gott nicht lustvoll ausgesehen, aber eines war mir seit meiner Einführung in die Kinky-Szene klar geworden: Jeder hatte eine andere Vorstellung von einem lustvollen Erlebnis. Und für manche bedeutete es eben Lust, jede Folter zu ertragen, die der dominante Partner sich ausdachte – je schmerzhafter die konkrete Empfindung, desto größer dann die Befriedigung. Es war alles ziemlich kompliziert, und es erinnerte mich daran, dass

Neil und ich noch nie über unsere Vorlieben gesprochen hatten. Er hatte lediglich angedeutet, dass er dominiert werden wollte. Aber wie weit das für ihn ging und was genau ihm gefiel, wusste ich nicht.

Ehe ich ihn fragen konnte, legte er mir die Hände auf die Brust und begann langsam mit den Daumen über mein T-Shirt zu kreisen. Meine Nippel waren in Sekundenschnelle hart. Ich liebte es, wenn man mit meinen Brüsten spielte; doch da sie klein waren, hatten ihnen meine früheren Lover leider oft nicht so viel Aufmerksamkeit geschenkt, wie mir lieb gewesen wäre. Und meine Wünsche zu äußern, fiel mir schwer, zumal mein Selbstvertrauen nicht immer so groß war wie mein Verlangen.

»Steht nicht noch dein Koffer vor der Tür?«, fragte ich atemlos. Wie Blitze zuckte die Erregung durch mein Rückenmark, und ich konnte kaum noch einen vernünftigen Gedanken fassen.

»Scheiß drauf, und wenn ihn ein Dingo wegzerrt«, entgegnete Neil heftig. Er zog mein T-Shirt aus dem Taillenbund meines Baumwollrocks, schob seine Hände darunter und knetete meine Brüste. Hin und wieder zwirbelte er meine Nippel sanft zwischen seinen Fingern.

Meine Brüste und meine Möse schienen völlig im Einklang. Ich schmiegte mich an Neil und ließ alle Anspannung fahren. Mit jeder seiner Liebkosungen wurde ich nasser.

»Es gibt nichts, was ich nicht gern mit dir machen würde«, flüsterte er. »Mit dir und für dich. Wo ist dein Bett?«

Ich riss mich gerade lange genug zusammen, um ihm den Weg zum Schlafzimmer zu zeigen. Rasch zog er sich das Hemd über den Kopf, strampelte sich aus Schuhen und Hose, hob mich wieder hoch und legte mich so behutsam auf die

Matratze, als wäre ich eine empfindliche, tropische Pflanze mit besonders zarten Blütenblättern.

»Darf ich dich ausziehen?«, fragte er vorsichtig.

Ich sah Neil an. Er stand am Fußende und betrachtete mich mit einem Blick, der mir verriet, dass er mich bereits ausgezogen vor sich sah – wahrscheinlich in dem sprichwörtlichen Bad aus Rosenwasser und mit einer Krone auf dem Haupt. Ein seltsames Gefühl, so angebetet zu werden, aber auch außergewöhnlich schön. Etwas, an das ich mich gewöhnen könnte.

Neil war mittlerweile völlig nackt. Ich hockte mich auf die Knie, um ihn besser betrachten zu können. Er ging regelmäßig ins Fitnessstudio, kein Zweifel, aber er war auch immer noch so süß, so schlank und jungenhaft wie früher. Ich bezweifelte, dass er je ein richtiger Muskelprotz würde, selbst wenn er bis ans Ende seiner Tage Hanteln stemmte. Dafür hatte er nicht die richtige Statur. Neben ein paar kupferfarbenen Sommersprossen hatte er vereinzelte Härchen auf der Brust. Seine Brustwarzen waren rosarot und hart. Sein Schwanz war noch härter und schlug ihm gegen den Oberschenkel, als er befangen von einem Bein aufs andere trat.

»Nein«, sagte ich. »Du darfst mich nicht ausziehen.«

Seine Miene verdüsterte sich.

»Erst will ich dich reiten.«

Ich nahm seine Hand und zog ihn näher heran. Unsicher krabbelte er aufs Bett und wollte sich auf mich legen. Da packte ich ihn und schubste ihn auf den Rücken.

»He«, rief er erschrocken. »Du hast ja viel mehr Kraft, als man denkt.«

Ich grinste. »Augen zu«, befahl ich. »Bis ich dir sage, dass du sie wieder aufmachen darfst.«

Er gehorchte. Ich sprang auf und lief zum Kleiderschrank.

Ganz hinten hatte ich eine Tasche mit Spielzeug und anderen Utensilien versteckt, die ich in meinen letzten Monaten in London zusammengetragen und hierher mitgenommen hatte. Am liebsten waren mir die Manschetten, weil ich mit den Seilen immer noch ein wenig unsicher war. Als Domme konnte ich ja wohl kaum ewig herumfummeln und ständig in einem Bondage-Ratgeber nachschlagen, wie die Knoten richtig geknüpft wurden.

Neil schnaufte erwartungsvoll, als ich ihm an Händen und Füßen die gepolsterten Lederriemen anlegte und ihn damit an die Bettpfosten fesselte. Ich zog die Gurte so straff, dass er sich gerade noch ein bisschen krümmen und winden konnte, mir aber völlig ausgeliefert war.

Sein Glied stand kerzengerade in die Höhe, wie ein Pfeil auf der Suche nach dem Ziel. Ich fischte ein Kondom aus meiner Nachttischschublade und kroch geschmeidig wie eine Katze zu ihm. Das Gummi hielt ich zwischen den Zähnen, was Neil, der die Augen geschlossen hatte, allerdings nicht sah. Nach und nach gewann die Domme in mir die Oberhand. Es kam mir vor, als schlüpfte ich in eine andere Haut oder setzte eine Maske auf, allerdings nicht, um mich dahinter zu verstecken, sondern um eine andere Seite meiner Persönlichkeit auszuleben – wie bei diesen russischen Puppen, in denen immer noch eine andere steckt und noch eine, alle einander ähnlich und jede doch ganz verschieden.

Ich neigte den Kopf und blies ihm zart auf die Eichel, achtete jedoch darauf, sie nicht mit den Lippen zu berühren.

»Hmm«, brummte er. Seine Augenlider zuckten.

»Zulassen«, fuhr ich ihn an.

Auf meinen harschen Ton hin lief ihm eine Gänsehaut über den Körper.

Als ich die Verpackung des Kondoms aufriss, begann Neil zu beben.

»Sag mir«, forderte ich ihn auf, »was hättest du jetzt gern?«

»Egal was, Lily, ganz egal. Alles. Ich will dich, Lily!«

»Schön«, antwortete ich. »Aber kannst du nicht etwas konkreter werden? Was wünschst du dir in diesem Augenblick?«

Ich hielt ihm das Kondom auf die Eichel, sodass er es spüren konnte.

»Scheiße! Fick mich, reite mich! Reite auf meinem Schwanz. Ich will, dass du mich reitest.«

»Bitte, heißt das!«, herrschte ich ihn an.

»Bitte, Lily, bitte, reite mich, reite auf meinem Schwanz.«

»Na gut«, erklärte ich munter. Ich grinste, als er den Rücken durchbog und mir einladend seine Hüften entgegenreckte.

Obwohl ich den Geschmack von Latex nicht mag, streifte ich ihm das Kondom mit den Lippen über den Penis. Diesen Trick hatte mir Liana in unserer Küche in Brighton an einer Banane beigebracht. Ich hatte die Methode immer überzeugend gefunden. Zur Sicherheit prüfte ich noch einmal mit der Hand, ob es richtig saß.

Er glitt mühelos in mich hinein.

»Irre, bist du nass!«

»Aufmachen!«, kommandierte ich. Dann sah ich Neil in die Augen. Ein tiefer Blick. Sein Ausdruck war voll Verlangen und Erstaunen, zeigte aber noch etwas anderes – war es Liebe? Normalerweise wäre mir diese ungeheuere Intensität zu viel geworden, doch hier und jetzt mit seinem Schwanz, der mich ganz ausfüllte, offenbarten seine Züge etwas, das mich nur noch mehr erregte.

Entschlossen hielt ich seinem Blick stand und ritt ihn fest und immer fester. Er stemmte sich so kraftvoll gegen die Fesseln, dass ich schon fürchtete, die Bettpfosten könnten vom Rahmen brechen und wir würden mit dem Bett zusammenkrachen. Aber das Bett hielt – und die Fesseln auch. Und als ich mich auf ihm austobte, schrie Neil aus Verzweiflung und Lust, und ich schrie mit ihm.

Zum Teufel mit den Nachbarn.

»Sag mir, was du willst!«

Er antwortete nicht. Er hatte die Augen verdreht und war voll und ganz in seinen Empfindungen versunken.

Da ließ ich meine Hand klatschend auf sein Gesicht niedersausen.

»Oh, Scheiße, ja!«, rief er. »Noch mal! Noch mal!«

Ich schlug ihm auf die andere Wange. Er bäumte sich auf, und ich fickte ihn mit noch mehr Druck als zuvor. Ich ritt auf ihm, ich dominierte ihn, ich hatte meinen Spaß, fester und fester, und ich rieb meinen Kitzler an seinem Bauch.

»Ich will deine Titten sehen. Ich will sie anfassen«, stöhnte er. Wie gebannt starrte er auf meine unter dem T-Shirt hüpfenden Brüste. Wieder zerrte er an den Fesseln, doch da er nichts ausrichten konnte, legte er seine ganze Kraft in die Bewegungen seiner Hüften, die sich mir entgegenreckten.

»Deine Freiheit kriegst du erst, wenn ich das will«, machte ich ihm klar.

»Du sollst mich nicht freilassen«, meinte er. »Ich will dir gehören. Ich bin dein Spielzeug, dein Kuscheltier, alles, was du willst.«

Seine Augen waren tiefe Seen aus grünen und braunen Strudeln mit endlos quellendem Gefühl und Wärme. In diesem Augenblick war ich mir ganz sicher, dass Neil mich immer lieben würde, ganz egal, was ich ihm antat. Bedingungslos. Für alle Zeiten.

Plötzlich hielt ich inne und küsste ihn.

»Ich will dir auch gehören, Liebster«, flüsterte ich.

Neil erbebte und kam in mir.

»Verdammt! Tut mir leid«, sagte er. »Ich wollte mich ja zurückhalten, aber das war jetzt zu viel.«

»Ist schon gut.« Ich lachte, als ich mich daranmachte, seine Fesseln zu lösen. »Wir haben ja noch die ganze Nacht. Und den ganzen Tag.«

Eine Woche lang verließen wir kaum die Wohnung, außer um Lebensmittel und Getränke einzukaufen. Die meiste Zeit lag ich faul auf dem Bett, während Neil mich mit frisch geschälten Mangos und Papayas fütterte.

»Du bist nur so kurz hier«, sagte ich zu ihm. »Ich sollte dir wenigstens ein bisschen was von Darwin zeigen.«

»Scheiß auf Darwin«, sagte Neil. »Scheiß auf alles. Alles was ich will, ist dich ficken, Lily.«

Seit ich ihn kannte, hatte ich ihn noch nie so oft fluchen hören. Aber er versprach nicht zu viel. Wir liebten uns in allen möglichen Varianten und erfanden noch ein paar hinzu. Ich probierte meine komplette Spielzeugsammlung an ihm aus: die Seile, den Flogger, das Paddle, meinen Fellhandschuh und sogar mein Reizstromgerät, das Lauralynn mir überlassen hatte und das mir schon Angst machte, wenn ich es nur ansah. Neil war offen für fast alles, doch am meisten genossen wir den bloßen Kontakt von Haut auf Haut. Er liebte es, wenn ich ihm den Arsch versohlte oder ihn niederrang und dann auf seinen Schwanz stieg. Er tat dann so, als könnte er sich nicht wehren. Er wollte einfach genommen werden.

»Stell dir vor, du bist ein Postkutschenräuber«, sagte er, um zu beschreiben, was ihn so sehr daran anmachte, wenn er überwältigt wurde.

»Und du bist die feine junge Dame, der er das Mieder zerreißt?«, fragte ich. Lauthals lachend sank ich auf ihm zusammen.

»Warum machen wir das?«, fragte ich ihn eines Abends, nachdem ich ihm auf den Hintern geschlagen hatte, bis mir der Arm lahm wurde. Anschließend hatten wir uns wild wie die Tiere auf dem Dielenboden in der Küche geliebt.

Wie immer hielt er mich hinterher fest umschlungen und streichelte mein Haar.

»Weil zum Sex mehr gehört als ficken«, sagte er wissend. »So gerne ich es auch tue. Aber es gibt noch mehr als das.«

Neil hatte mich überredet, mit ihm nach London zurückzukehren. Er war noch immer in der Werbeagentur beschäftigt und hatte nur einen kurzen Urlaub für seine Australienreise genommen.

»Aber wenn du nicht mitkommen würdest, Lily, hätte ich ohne mit der Wimper zu zucken gekündigt. Wichtig ist nur, dass ich bei dir bleiben kann.«

Ich empfand für ihn genau das Gleiche. Wie seltsam, dass ich es nicht schon früher gemerkt hatte. Australien war zur Abwechslung ja ganz nett, aber mir lag kühles Wetter nun mal mehr als die Hitze. Und als melancholischer Mensch war das Strandleben sowieso nicht mein Ding, und dann konnte man hier wegen der vielen gefährlichen Tiere nicht einmal im Meer schwimmen.

Wir besorgten für mich ein einfaches Ticket, mit dem ich Neil auf seinem Rückflug begleiten konnte. Dazu gehörte ein Zwischenstopp in San Francisco. Ich war noch nie in dieser Stadt gewesen, hatte mit ihr aber stets etwas Besonderes verbunden. Eine Stadt mit derart lockerem Lebensstil war nach meinem Geschmack und versprach jede Menge Spaß. Daher planten wir einen Zwischenstopp von achtundvierzig Stunden ein.

Lauralynn informierte ich in einer E-Mail über meine Rückkehr nach England. Zugleich berichtete ich ihr aufgeregt von den zwei Tagen, die wir zwischen unsere beiden Langstreckenflüge geschoben hatten. Sie war Amerikanerin, und weil sie schon einmal eine Zeit lang in San Francisco gelebt hatte, bat ich sie um Tipps, was wir uns außer dem üblichen Touristenprogramm wie der Golden Gate Bridge und Haight Ashbury anschauen sollten.

Unser Hotel lag in der Innenstadt im Schatten des Coit Tower in einem öden Geschäftsviertel. Eines unserer ersten Ziele war Fisherman's Wharf, wo es Geschäfte gab, die Muscheln verkauften, in denen garantiert eine Perle zu finden war. Als ich mich endlich für eine entschieden hatte und sie geöffnet wurde, war ich aufgeregt wie ein kleines Kind bei der Weihnachtsbescherung und klammerte mich mit feuchten Fingern an Neils Hand. Die Muschel enthielt tatsächlich eine Perle, allerdings nur eine mickrige schwarze, ohne jeden Glanz oder Schimmer. In Darwin waren die Perlen viel schöner gewesen. In der Chinatown erlebten wir die nächste Enttäuschung. Sie war nicht annähernd so groß und bunt wie das chinesische Viertel in London. Auch das Essen, das uns in einem überfüllten Restaurant serviert wurde, war eher fade und schmeckte lange nicht so gut wie in der Londoner Gerrard Street.

Als es Abend wurde, war ich fix und fertig und hatte keine Lust mehr, noch weiter durch die Stadt zu streifen.

»Ach, hab dich nicht so«, meinte Neil. »Das ist eine einmalige Gelegenheit.«

Ich brummte nur. Mit jeder Minute reizte es mich weniger.

»Ich weiß nicht so recht.«

»Komm, wir sehen uns ein paar von den Sachen an, die Lauralynn dir empfohlen hat.«

Kurz vor unserer Abreise hatte ich mir ihre Antwort ausgedruckt. Die Liste war nicht lang. Zwei Adressen, die beide von unserem Hotel aus gut zu Fuß zu erreichen waren, kamen schließlich in die engere Wahl, denn wir hatten nicht mehr die Energie, noch groß in der Stadt herumzufahren. Die Karte meines Handys zeigte uns, dass die eine in der Nähe des berühmten Buchladens »City Lights« lag, den wir uns am Vormittag angeschaut hatten, ein Muss für alle Besucher San Franciscos. Ich hatte dort im Antiquariat sogar einen interessanten Schmöker gefunden, den ich auf unserem Rückflug nach London lesen wollte.

Lauralynn hatte uns vom »Haus der Bambuspuppen« lediglich den Namen und die Adresse aufgeschrieben. Ihre zweite Empfehlung war ein italienisches Restaurant namens »Buca di Beppo«, wo wir uns unbedingt in das Papst- oder das Madonnenzimmer setzen sollten. Weil Neil und ich jedoch keinen Hunger hatten, war die Sache rasch entschieden.

»Was ist das denn?«, fragte Neil.

»Keine Ahnung. Aber da der Tipp von Lauralynn kommt, werden wir uns dort wohl kaum langweilen.«

Er sah mich skeptisch an. Aus unerfindlichen Gründen hielt er nicht sonderlich viel von Lauralynn.

Das »Haus der Bambuspuppen« befand sich in einem unauffälligen Backsteingebäude nur einen Block von Chinatown entfernt, auf einer steilen Anhöhe ohne Straßenbahnanschluss.

An der massiven Holztür stand nichts weiter als die Hausnummer 19. Es gab keinerlei Hinweis, was uns im Innern erwartete.

Ich klingelte.

Durch das Guckloch sah man erst etwas Licht schimmern und dann einen Schatten.

»Bitte?«, fragte jemand leise. Offenbar sollten wir den Grund unseres Erscheinens rechtfertigen.

»Ist das hier nicht das Haus der Bambuspuppen?« Dabei blickte ich mich befangen um. Hatte mich womöglich jemand gehört? Das Ganze kam mir höchst albern vor.

»Einlass nur mit Einladung!«, erklärte die gedämpfte Stimme auf der anderen Seite. Unmöglich, sie als männlich oder weiblich einzuordnen.

Neil gab mir einen Stups, um anzudeuten, dass wir es besser sein ließen und woandershin gingen.

»Wir kommen auf Empfehlung von Lauralynn Wilmington«, sagte ich jedoch. »Wir sind mit ihr befreundet.«

Einen Augenblick lang rührte sich gar nichts, doch dann ging die Tür auf, und man ließ uns hinein. Eine große, schlanke Frau in schwarzem Smoking, Frackhemd und einem kessen Homburger stand in einem langen, dämmrigen Flur.

»Geht in Ordnung«, sagte sie. Mit einer Geste ihres unglaublich langen Arms wies sie uns den Weg zu einer zum Glück besser ausgeleuchteten Treppe.

Oben standen wir vor einer weiteren Tür, durch die Musik drang. Ich stieß sie auf, und wir betraten den Raum.

Er war mittelgroß und sah aus wie alle anderen privaten Clubs auch, mit einer langen Bar an einer Wand und vielen Flaschen und Gläsern im Regal dahinter.

Die Barfrau trug eine Baskenmütze, ein makellos weißes

T-Shirt und hatte wie ich eine blasse Haut, einen zierlichen Körperbau und wirkte jünger, als sie wahrscheinlich war. Wegen der Theke konnte ich nicht sehen, ob sie einen Rock, eine Hose oder sonst was trug. Auch ohne Tränentattoo war sie mir unheimlich ähnlich. Das verblüffte mich derart, dass ich zunächst nicht die prächtig bunte Spirale bemerkte, die von ihrem rechten Ohr über die Schulter verlief und unter ihrem T-Shirt verschwand. Wie weit sich das Reptilientattoo fortsetzte, konnte ich nur ahnen; doch so, wie die junge Frau auf mich wirkte, konnte es sich gut und gerne über ihren gesamten Körper bis zu den Füßen hinunterranken. Fast wurde ich neidisch. Wenn das nicht rebellisch war.

Ohne auf Neil zu achten, der mich am Arm zupfte, riss ich meinen Blick von ihr los und schaute mich um: etliche niedrige Tische und an den Wänden rot ausgeschlagene Nischen, in denen Gäste still vor ihren Gläsern saßen. Die meisten musterten uns neugierig.

Erst da fiel mir auf, dass es ausschließlich Frauen waren.

Nun wurden wir auch angesprochen.

»Willkommen im Haus der Bambuspuppen!«, sagte eine etwa vierzigjährige Frau. Sie trug einen eng gewickelten, schwarzen, mit feinen Goldfäden durchwirkten Kimono. Ein Schlitz enthüllte ein schwarz bestrumpftes, straffes, wohlgeformtes Bein. Dazu trug sie High Heels von Christian Louboutin, deren rote Sohlen auf mich immer Signalwirkung hatten, obwohl ich sie mir nie würde leisten können. »Sie sind wohl zum ersten Mal hier.«

Ich nickte.

»Und der junge Mann gehört Ihnen?«, fragte sie und bedachte Neil mit einem abschätzigen Blick. Er stand unruhig neben mir und fühlte sich offenkundig fehl am Platz.

Ich bejahte die Frage, fand es aber etwas merkwürdig, dass sie Neil als meinen Besitz ansah und nicht als meinen Begleiter.

»Dann darf er bleiben«, sagte sie.

»›Darf‹?«

»Wir haben hier unsere Regeln.« Ein mattes Lächeln spielte um ihre Lippen. Sie musterte Neil von Kopf bis Fuß wie einen Bullen auf dem Viehmarkt. Er trat neben mir nervös auf der Stelle.

Meine Fragen mussten mir anzusehen sein. »Ist Ihr Sub für die Allgemeinheit nutzbar oder Ihrem persönlichen Gebrauch vorbehalten?«, fuhr sie fort.

Erst jetzt dämmerte mir, dass Lauralynn mir offenbar einen üblen Streich spielte, denn sie hatte gewusst, dass ich mit Neil reisen würde. Zudem hatte ich ihr anvertraut, dass wir uns beide in unseren Rollen noch auf unsicherem Terrain bewegten. Aber für Lauralynn war das alles nur ein Spiel.

Neil warf mir einen verzweifelten Blick zu, denn auch ihm wurde klar, was hier vor sich ging. Seine Augen flehten mich an.

»Nur für mich persönlich«, antwortete ich rasch. »Ist das in Ordnung?«

»Natürlich.« Sie dachte nach. »In diesem Fall müssen Sie mir allerdings zusichern, dass der junge Mann eindeutig gekennzeichnet ist.«

Ich riss die Augen auf.

»Es ist eine der Regeln des Netzwerks, dass persönlicher Besitz eindeutig gekennzeichnet sein muss«, erklärte sie.

»Gekennzeichnet?«

»Wenn ich Sie richtig verstehe, ist er es also nicht?«

»Ähm … nein.«

»In diesem Fall können wir ihn alle nach Lust und Laune benutzen. Hat Lauralynn Sie nicht darüber informiert?«

»Nein.«

»Wie ungezogen von ihr. Aber so war sie schon immer. Jeder Gast im Haus der Bambuspuppen ist verpflichtet, als Erkennungszeichen ein Tattoo zu tragen.«

Neil und ich sahen uns um. Und tatsächlich, alle Frauen hier hatten eine Tätowierung – im Gesicht, an den Schultern oder Armen, manche gänzlich sichtbar, andere halb von der Kleidung verdeckt.

Neil schluckte schwer. Dann flüsterte er mir ins Ohr, er lasse sich auf keinen Fall im Gesicht tätowieren.

Die Frau hatte es gehört.

»Die Markierung eines Subs muss auf dem Körper erfolgen, denn nur sein Besitzer oder seine Besitzerin darf wissen, welche Rolle er oder sie spielt«, erläuterte sie.

Neil sah erst mich an und dann wieder die Frau.

»Ich lasse es machen«, erklärte er fest.

»Wie bitte?«, fuhr ich auf. »Nein, wir gehen. Für so etwas Dauerhaftes entscheidet man sich nicht unter Druck.«

Er blickte eindringlich auf mein Tränentattoo und zog die Augenbraue hoch. Und er hatte ja recht. Ich war nicht die Richtige, Einwände zu erheben oder gute Ratschläge zu erteilen.

»Ich gehöre dir allein, Lily, und daran soll sich nie etwas ändern. Deshalb will ich dein Zeichen tragen.«

»Wir haben hier eine ausgezeichnete Tätowiererin im Club«, sagte die Frau. »Kommen Sie mit!« Neils Reaktion schien sie nicht weiter zu überraschen.

Sie führte uns in ein Hinterzimmer.

»Das ist Nibbles«, stellte sie uns eine zierliche knabenhafte

Frau mit fransiger Kurzhaarfrisur und einem Nasenring vor, die vor einem Computer saß. Sie hatte blassblaue Augen und ein Tattoo aus Blumen, die sich an beiden Beinen zu ihren Füßen hinunterrankten. Nur ansatzweise neugierig sah sie auf.

»Dieser Knabe da«, erklärte die Frau im Kimono.

Nibbles' Gesichtsausdruck blieb kühl und unbeteiligt. Sie stand auf und ging hinaus, wahrscheinlich um ihre Ausrüstung zu holen.

»Wie unhöflich von mir«, sagte die Frau im Kimono, nun deutlich freundlicher. »Ich habe mich noch gar nicht vorgestellt. Gestatten, Madame Violet.« Neil ließ sie dabei links liegen, als müsse man ihn nicht weiter beachten.

»Ich heiße Lily.« Neils Namen nannte ich nicht, was wohl auch nicht erwartet wurde. Ich bekam schon ein Gefühl für die Regeln im Haus der Bambuspuppen.

Nibbles kehrte mit einem flachen Samsonite-Koffer mittlerer Größe zurück. Ihre Tattoogeräte.

Mit einer gehörigen Portion Grausamkeit in ihren wässrigen Augen musterte sie Neil von oben bis unten.

»Also?«, fragte sie an mich gewandt.

Madame Violet kam mir zu Hilfe. »Wo soll er Ihr Zeichen tragen? Und was soll es sein?« Die Entscheidung lag also bei mir.

Ich überlegte rasch. Neils angstvolle Blicke ignorierte ich.

»Auf dem Hintern«, sagte ich.

Gespannt auf meine nächsten Worte hingen Madame Violet, Nibbles und Neil an meinen Lippen.

»Meinen Anfangsbuchstaben. L für ›Lily‹.«

Für einen Sekundenbruchteil verzog sich Nibbles' blutrot geschminkter Mund vor Enttäuschung. Sie hatte wohl auf etwas weit Demütigenderes und auf eine viel peinlichere

Körperstelle gehofft. Doch das war rasch verflogen, und sie blies die Backen auf, öffnete den flachen Koffer und breitete ihre Instrumente auf einem niedrigen Tisch aus. Einige erkannte ich wieder, andere erinnerten mich an einen Horrorfilm mit Zombieärzten. Neil schluckte erneut und hielt die Luft an.

Madame Violet und Nibbles sahen ihn erwartungsvoll an.

Neil stand wie angenagelt da und war noch blasser als sonst.

»Alles halb so schlimm«, sagte ich leise zu ihm. »Und es tut auch nicht besonders weh. Ich habe es auch geschafft. Sogar im Gesicht.«

»Nun mach schon, Knabe«, herrschte Nibbles ihn an.

Neil verstand nicht, was sie von ihm wollte.

»Sorgen Sie dafür, dass Ihr Bürschchen sich auszieht, Lily!«

Nun dämmerte es Neil wohl langsam, dass es kein Zurück mehr gab. Er zog sein beigefarbenes maßgeschneidertes Baumwolljackett aus und hängte es sorgfältig auf eine Stuhllehne. Als er dann begann, sich das blaue Seidenhemd aufzuknöpfen, ging Madame Violet dazwischen und rief herrisch: »Nein, nur die Hose. Ersparen Sie uns den Anblick Ihrer Hühnerbrust!«

Ich schluckte den Protest hinunter, der mir auf der Zunge lag. Neil war zwar kein kraftstrotzendes Muskelpaket, aber auch kein mickriges Kerlchen.

Neil schien es zunehmend peinlich zu sein, von drei Frauen so schamlos betrachtet zu werden. Unsicher nestelte er an seinem Ledergürtel und öffnete die Schnalle. Dann zog er den Reißverschluss auf und schlüpfte aus seiner Hose. Als er in seiner Unterhose dastand, zögerte er nicht mehr. Da er sich nun offenbar seinem Schicksal gefügt hatte, streifte er sie mit einer geschmeidigen Bewegung ab.

Als er sich vorbeugte, konnte ich wieder einmal die vollendete Rundung seiner Arschbacken bewundern. Und als er sich aufrichtete, fiel mein Blick auf seinen langen, schlanken Schwanz. Er war halb erigiert, offenbar unfreiwillig erregt von den unerwarteten Ereignissen. Noch immer aber trug Neil seine schwarzen Socken und Schuhe, womit er ziemlich lächerlich wirkte. Das konnte ich nicht ertragen. »Zieh die Schuhe und die Socken aus, Neil. So siehst du bescheuert aus.« Jetzt übernahm ich das Kommando. Er gehorchte demütig. Nur im Hemd und völlig hilflos stand er dann schließlich vor uns.

Madame Violet ging um ihn herum. Sie griff nach Neils Schwanz, als wollte sie ihn wiegen, und ließ ihn wieder los.

»Auf den Arsch? Sind Sie sicher, Lily? Für den letzten Sub haben wir eine weit bessere Stelle gefunden …« Bei ihrem boshaften Grinsen blitzte eine ganze Parade obszöner Bilder vor meinem inneren Auge auf. Aber ich beherrschte mich.

»Auf den Arsch. Ein L«, bekräftigte ich noch einmal.

»Dann soll es so sein.« Madame Violet zog Neil an den Haaren zu einem breiten Schemel und zwang ihn, sich bäuchlings darauf zu legen, sodass sein Hintern in die Höhe ragte – fast so, als sollte er gleich mit dem Paddle oder Flogger bearbeitet werden. Neil leistete keinen Widerstand.

Nibbles rückte ihre Instrumente näher heran. Nicht gerade liebevoll verteilte sie ein Desinfektionsmittel auf Neils Arschbacken. Dann ging sie einen Schritt zurück. Mit einem Tritt gegen seine Knöchel zwang sie Neil, die Beine weiter zu grätschen, sodass seine Position noch demütigender wurde. Da ich hinter ihm stand und lediglich den obszönen Anblick seines Arschlochs vor Augen hatte, konnte ich mir nur ausmalen, welcher Schreck ihm im Gesicht geschrieben stand.

»Ich denke, in Frakturschrift kommt es am besten«, erklärte Madame Violet. Nibbles nickte und beugte sich über ihr Opfer. Dann begann die Nadel ihr monotones Summen, und Nibbles machte sich daran, Neil den Buchstaben in die Haut zu stechen. Als ich sah, wie groß er ausfiel, wollte ich sie schon bremsen, hielt dann aber doch den Mund. Mir war nämlich wieder eingefallen, wie sehr mich der tätowierte Barcode auf der glatt rasierten Scham jener Sklavin auf dem Ball beeindruckt hatte. Und voll Wärme dachte ich an all die unterschiedlichen Markierungen der Männer und Frauen im Club, sei es nun ein Schriftzug auf dem Brustbein oder in dem Rahmen eines eintätowierten Paddles, wie etwa das Wort »Schlampe« in Großbuchstaben. Auch an Lianas Genitalpiercings erinnerte ich mich.

Neil war nun auf Gedeih und Verderb für alle Zeiten mit mir verbunden. Ich hatte das nicht geplant. Unser Besuch im »Haus der Bambuspuppen« war viel aufregender geworden, als ich es mir vorgestellt hatte.

»Du hättest nur Nein sagen müssen, und wir wären gegangen«, sagte ich zu Neil. »Ich habe dich nicht gezwungen.«

Wir saßen in London in seiner Wohnung nahe der U-Bahn-Station Maida Vale. Vom Erkerfenster aus sah man an klaren Tagen die flache Stadionschüssel des Lord's Cricket Ground, und sogar ein schmaler grüner Streifen des Spielfelds war auszumachen. Seit zwei Tagen waren wir zurück, kämpften aber immer noch mit dem Jetlag. Die Leidenschaft unserer liebestollen Woche in Darwin war abgekühlt, und die Erlebnisse in San Francisco trübten zusätzlich die Stimmung zwischen uns.

Neil rutschte unbehaglich auf seinem Küchenstuhl hin und her.

»Tut es noch weh?«, erkundigte ich mich.

»Kaum. Aber ich habe ständig das Bedürfnis, mich zu kratzen. Und das darf ich natürlich nicht.«

Ich hatte das Zeichen auf seinem Hintern – mein Zeichen – nicht mehr gesehen, seit er im »Haus der Bambuspuppen« hastig wieder in seine Hose geschlüpft war. Nach ein paar Tassen Kaffee und oberflächlichem Geplauder mit Madame Violet und einigen anderen Dommen, die mehr über uns erfahren wollten, waren wir bald aufgebrochen. Der frisch gestochene, tiefschwarze, riesige Frakturbuchstabe brachte seinen blassen Hintern gut zur Geltung. Ich fragte mich, wie oft Neil ihn sich wohl im Badezimmerspiegel ansah, wenn ich nicht dabei war, und was er mittlerweile davon hielt. Von dem Zeichen und von mir.

»Wir hätten nicht dableiben und es durchziehen müssen«, wiederholte ich.

»Doch, Lily, ich habe es so gewollt«, erklärte er. »Ich wollte zeigen, dass ich mich auf unsere Beziehung einlasse.«

Auf der anderen Seite der Erde, unter tropischer Sonne, hatte seine Überschwänglichkeit so echt gewirkt, und ich hatte es genossen, von ihm verwöhnt und angebetet zu werden. Doch mein Verhalten im »Haus der Bambuspuppen« hatte mich erschreckt. Und wieder im Alltag angekommen, fragte ich mich, wie es mit uns weitergehen sollte.

Ich hatte ein furchtbar schlechtes Gewissen. Als ob ich ihn angeheizt und dann kalt hätte abblitzen lassen. Oder als hätte ich ihn wie ein Hündchen behandelt, mit ihm gespielt und seine Gefühle für selbstverständlich gehalten. Doch was immer ich jetzt für ihn empfand, er würde ein für allemal mein Zeichen tragen.

Am nächsten Tag ging sein Weihnachtsurlaub zu Ende, und

er musste wieder zur Arbeit gehen. Sollte ich weiter bei ihm wohnen oder mir eine eigene Bleibe suchen? Und eine Arbeit? Ich konnte nicht ewig auf seine Kosten leben, selbst wenn er darauf abfuhr, wie ich ihn behandelte, und sich nie darüber beklagte.

»Warum willst du gerade mich, Neil?«, fragte ich ihn, als wir eine DVD einschoben. Viel zu lange hatten wir über die zur Auswahl stehenden Filme gestritten, bis wir uns schließlich auf einen Kompromiss geeinigt hatten, der uns beide nicht vom Hocker riss. »Mit dem Job, den du hast, und so, wie du aussiehst, könntest du doch jede haben.«

Ich beobachtete, dass er sich sorgfältig die Worte zurechtlegte, schließlich aufblickte und mir offen in die Augen sah.

»Weil ich dich schon immer wollte, Lily. Vom ersten Augenblick an. Und das nicht wegen deines Aussehens, obwohl ich dich – das muss mal gesagt werden – immer wunderschön fand. Du faszinierst mich, du ärgerst mich, du machst mich manchmal wütend, und dann möchte ich dich anschreien, aber auf all das kommt es nicht an. Ich empfinde für dich etwas, das ich noch bei keiner Frau zuvor gefühlt habe.

Am Anfang wollte ich mit dir zusammen sein, um dich auf jede nur denkbare Art zu ficken, zärtlich oder grob, auf jeden Fall hemmungslos. Ich habe mich geschämt, dass ich diese schrecklichen Fantasien hatte und solche Dinge mit dir anstellen wollte. Lach nicht, aber monatelang habe ich mir vorgestellt, dein Dom zu sein und dich zu zähmen, dich wie eine Hure zu behandeln und in aller Öffentlichkeit vorzuführen. Und ich empfand eine Wut, wie ich sie nie zuvor erlebt hatte, wenn ich dir in Gedanken befahl, die demütigendsten und widerlichsten Dinge zu tun oder wenn ich dich in meiner Fantasie anderen Männern zur Verfügung stellte und dabei zusah. Krank, nicht wahr ...«

Ich wollte etwas sagen, aber er schnitt mir das Wort ab.

»Dann kannst du dir vielleicht vorstellen, wie überrascht und entsetzt ich war, als mir klar wurde, dass ich im Umgang mit dir ein Sub bin, dass ich all diese Fantasien abstellen und dein Objekt werden muss, wenn ich mit dir zusammen sein will. Anfangs hat mich deine Veranlagung abgestoßen, aber dann habe ich gemerkt, dass man auf verschiedenen Wegen zur Lust finden kann. Ich habe akzeptiert, dass ich dich so nehmen muss, wie du bist.

Und jetzt bin ich süchtig nach dir. Ich brauche dich. Mehr als je zuvor. Ich habe Angst, dass du das nicht wirklich verstehst und du irgendwann die Nase von mir voll hast und mich für ein anderes Spielzeug sitzen lässt und ich leer und ausgebrannt zurückbleibe. Es geht mir dabei nicht nur um das Körperliche, sondern auch um die Gefühle. Wenn du mich benutzt, führst du mich in Bereiche, von denen ich zuvor nie etwas geahnt habe, und so melodramatisch es klingt, ich glaube, ich muss sterben, wenn ich sie nie wieder betreten könnte.«

»Das kann ich gut verstehen, Neil. Aber wie du weißt, bin ich nicht die einzige Domme auf der Welt. Andere sind viel erfahrener. Ich muss noch einiges lernen.«

»Ich weiß. Aber zu keiner habe ich eine so persönliche Beziehung wie zu dir.«

»Ich will einfach nicht, dass du von mir abhängig bist, Neil«, wandte ich ein. »Außerdem weiß ich nicht, ob ich für dich all das sein kann, was du in mir siehst. Was du brauchst.« Wie von einem schweren Schlag getroffen, sank er in sich zusammen.

»Aber, Lily, ich trage doch jetzt dein Zeichen!« Dass er bettelte, machte mich nur wütend. Ich hatte ihn nicht um diese tiefe Ergebenheit gebeten, und ich wollte ihn nicht besitzen. Er war mein Freund. Ein guter Freund. Und mein Geliebter. Er sollte nicht mein Objekt sein, mit dem ich nach Lust und Laune spielen konnte. Das war mir zu viel Verantwortung.

Ich wusste, was ich nicht wollte.

Aber wusste ich auch, was ich wollte?

11

80 TAGE

Die Frau trug nichts als schwarze, bis über die Knie reichende Stiefel und ein dünnes Goldkettchen um die Taille. Sie stand schon längst nicht mehr in der Blüte ihrer Jugend, war etwa Mitte vierzig, aber dank ihres Fitnesstrainings und einer verdächtigen Ganzkörperbräune hätte man sie leicht für zehn Jahre jünger halten können. Nur die Fältchen am Hals verrieten sie.

Die beiden stämmigen Männer waren glatzköpfig oder zumindest kahl rasiert und so gebräunt, als kämen sie gerade von einem Nacktbadestrand in der Karibik. Von Weitem hätte man sie für Zwillinge halten können. Die Frau lag halb seitlich auf einer dicken grauen Gummimatte, sodass sie der eine Mann von hinten ficken und sie, den Kopf leicht angehoben, den Schwanz des anderen Mannes begierig lutschen konnte. Ihr Stöhnen ging einher mit dem rhythmischen Auf und Ab ihres Kopfs, denn der Mann hielt sie an den Haaren fest und zog sie mit mechanischer Regelmäßigkeit auf seinen harten Schaft. So unermüdlich, wie die beiden sie nagelten und dabei nicht ein einziges Mal aussetzten – als gäbe ihnen ein Metronom den Takt vor –, erinnerten sie an Synchronturner.

Mir blieb der Mund offen stehen.

Es war animalisch, aber auch schön. Körper in harmonischer Bewegung, ein sinnlicher Tanz der Lust.

Ich war abends in den Club gegangen, weil ich hoffte, SIE dort anzutreffen und überreden zu können, mir wieder meinen alten Job an der Garderobe und als Mädchen für alles zu geben. Mein Ärger auf SIE wegen des Fotoshootings war längst verflogen, und ich wollte ihr anbieten, Frieden zu schließen. Den Türsteher kannte ich zwar nicht, aber als ich ihm erzählte, dass ich hier mal gearbeitet hatte, ließ er mich anstandslos rein.

Während meiner Zeit in Australien war der Hauptraum komplett umgestaltet worden, und die Atmosphäre hatte sich radikal verändert. Wo an den Steinmauern das BDSM-Zubehör untergebracht gewesen war – reihenweise Gerätschaften und Spielzeug, Haken, Ketten, Flaschenzüge und eine verblüffende Auswahl von Haushaltswaren, deren Zweck sich mir nie ganz erschlossen und die ich nie im Einsatz gesehen hatte –, hingen jetzt schwere Samtvorhänge, die mich an ein indisches Vorstadt-Restaurant erinnerten. Und die einst so raffinierte Beleuchtung, die den Raum geschickt in helle und schummerige Bereiche unterteilt hatte, sodass je nach Stimmung Exhibitionismus oder auch Diskretion möglich war, hatte hellen Strahlern weichen müssen. Jetzt waren allein die Akteure dem grellen, gnadenlosen Schein weißer Lichtkegel ausgesetzt, während es rundherum düster und wenig einladend war, wie geschaffen für Voyeure und dergleichen. Der Club hatte all seinen Charme verloren.

Dennoch fesselte mich der Anblick des kopulierenden Trios, allerdings nur wegen des Gesichtsausdrucks der Frau, die bedient wurde. Sie wirkte selig, so wie ich es oft bei Subs beobachtet hatte, wenn sie irgendwann gänzlich abhoben. Vor mir lag die glücklichste Frau der Welt, die ihre Umgebung vollkommen ausgeblendet hatte und weder die Schaulustigen noch die mehr oder weniger bekleideten Paare in den Sitznischen wahrnahm und genauso wenig die Frauen, die in gefährlich hohen High Heels zu irgendwelchem grässlichen Synth Rock allein auf der Tanzfläche herumstolperten, besoffen wie Matrosen auf Landgang.

Nein, der Club war nicht wiederzuerkennen, er war zu einem Sexschuppen verkommen. Ich löste den Blick von dem rammelnden Trio, als die Geräusche aus der Kehle der Frau einen verzweifelten Unterton bekamen, weil sie den Höhepunkt erreichte, ohne dass das unermüdlich Duo seine orchestrierten Bemühungen einstellte.

Es befanden sich etwa ein Dutzend Leute im Raum, und mir fiel auf, dass ihre Aufmachung anders als früher billig und vulgär war. Keine Spur mehr vom Glamour der BDSM-Nächte. Es war eher, als wäre eine Hochzeitsfeier von einer lauten, ordinären Motorradgang gestürmt worden.

Auch an der Bar kannte ich keinen der Angestellten.

Ich schlenderte zu der Treppe, die in den Dungeon hinunterführte. Ein geschlossener Vorhang verwehrte den Zutritt ins Untergeschoss.

Als ich zurück zum Einlass ging, wechselten die zwei Männer gerade ihre Plätze in der Frau, und ich sah aus den Augenwinkeln, dass sich derjenige, der sie vorher in den Mund gefickt hatte, ein Kondom überstreifte.

»Der Club hat sich ja total verändert«, sagte ich zu dem neuen Türsteher, der beinahe zwei Köpfe größer als ich und wie ein Freistilringer gebaut war. Der schwarze Stoff seines T-Shirts spannte über seinem Bizeps. »Neue Leute, andere … Aktivitäten.«

Er sah mich merkwürdig an. Dann lächelte er.

»O ja, Schätzchen. Die Besitzer haben gewechselt. Jetzt

ist hier ein Swingerclub. Nichts mehr von all dem Leder und Sadomaso-Kram … Hast du das nicht gewusst? In ein paar Wochen wird das Untergeschoss zu einer Sauna umgebaut, dann sind wir komplett ausgerüstet, und es wird laufen wie geschmiert.«

Als ich an ihm vorbeiging und hinaus auf die Straße trat, bemerkte er meine Enttäuschung und rief mir lachend hinterher: »Tut mir leid, Mädel, Pech gehabt. Aber komm doch mal wieder, dann verpass ich dir ein 1-A-Privatspanking. Musst nicht mal dafür bezahlen.«

Ich zeigte ihm den Mittelfinger.

Was war aus den ganzen Stammkunden geworden? Wo steckten SIE und Richard? Gab es einen neuen Treffpunkt, oder waren sie nun, der Stätte ihres Vergnügens beraubt, heimatlos und in alle Winde verstreut?

Da SIE sicher noch mit Grayson zusammen war, würde ich die beiden in Shadwell ausfindig machen können. Oder sollte ich das hier als Omen sehen, als Zeichen, dass dieser Teil meines früheren Lebens zu Ende war? Denn eines wusste ich genau: Ob mit oder ohne Neil, ich würde mich ganz bestimmt nicht an Swinger-Partys beteiligen.

Auf dem Rückweg zu Neils Wohnung, wo ich mir in Ruhe überlegen wollte, wie es für mich weitergehen sollte, musste ich an den entrückten Gesichtsausdruck der Frau denken, die von den beiden Männern gefickt wurde. Sie schien an einen Ort gelangt zu sein, der wohl außerhalb meiner Reichweite lag. Selbst beim Liebesspiel mit Leonard, wenn er mich mal zärtlich, mal grob genommen hatte und mein Inneres ebenso dahingeschmolzen war wie mein klarer Verstand, hatte ich mich nie so gehen lassen können. Ebenso wenig als Domme. Das war eine ganz andere Form der Lust.

Mit bitterem Lächeln rief ich mir ins Gedächtnis, was Leonard eines Abends in Barcelona zu mir gesagt hatte: »Das Problem von Leuten wie uns ist, dass wir zu viel denken, Lily. Deshalb beherrschen wir uns oft. Schlichtere Gemüter sind da viel unkomplizierter, wenn es um ihre Lust geht. Sie lassen sich vorbehaltlos darauf ein.«

Mein liebenswerter trauriger Philosoph und weichherziger Don Juan.

Wo er sich jetzt wohl gerade aufhielt? Eines war sicher, in meinem Leben war er nicht.

Den Club, wie ich ihn gekannt hatte und wo ich den Großteil meiner sexuellen Ausbildung absolviert hatte, gab es also nicht mehr. Ein billiger, vulgärer Schuppen, in dem die Gäste ungerührt ihre Partner tauschten oder sich auf dem Altar des beziehungslosen Sex anboten, hatte ihn ersetzt. Ich fand den Ort schmierig, aber schon geriet ich in einen Zwiespalt. Was bildete ich mir eigentlich ein, über Leute zu urteilen, die dahin gingen und mit ihrem Los zufrieden schienen? Bestimmt würden sie mich, wenn sie Bescheid über mich wüssten, als ausgeflippt oder pervers betrachten – die Kleine mit dem Tränentattoo, die es scharf machte, wenn sie als Domme mit den Männern ein grausames Spiel spielte, als Ventil für ihren Ärger und ihre Wut, und sich dabei für etwas Besseres hielt. Sie würden mich nicht verstehen und könnten nicht nachvollziehen, wie ekstatisch der Höhepunkt für die Subs war, die sich vor mir erniedrigten. Wir verkörperten zwei Seiten der Medaille, und mir wurde klar, dass man nicht sagen konnte, wer von uns schiefgewickelt war. Jeder von uns lag richtig und falsch zugleich. Und zwischen allen Stühlen saß ich, Lily im Wunderland, Schneewittchen mit der Peitsche.

Neil kam gegen sieben aus dem Büro nach Hause. Er hatte mir eine Nachricht geschickt, dass ich nicht kochen solle. Er wolle heute Abend mit mir zum Chinesen gehen.

»Aus dem Fetischclub ist inzwischen ein Sexschuppen geworden«, erzählte ich ihm. »Er sieht … richtig billig aus. Hast du das gewusst?«

»Ja, das war ein paar Wochen nach deinem Umzug nach Australien«, antwortete er.

»Warum hast du mir nichts davon erzählt?«

»Ich dachte, du wüsstest Bescheid.«

»Nein. Wie hast du es denn erfahren?« Ich konnte mir nicht vorstellen, dass Neil noch mal ohne mich in den Club gegangen war.

»SIE hat es mir erzählt.«

»Du stehst mit ihr in Kontakt?«

Neil sah mich an und wurde rot.

»Was ist?«

»Ja.«

»Ja, was?«

»Ich habe mich ein paarmal mit ihr getroffen. Nach deiner Abreise«, erklärte er stockend.

»Und weißt du mehr darüber?«

»Die Immobiliengesellschaft wollte das Haus sanieren und hat den Mietern gekündigt. SIE hatte dann Grayson zu überreden versucht, selbst ein Angebot für den Kauf des Clubs zu machen. Aber irgendwas ist schiefgelaufen, und die Stadtverwaltung hat die Genehmigung zum Umbau verweigert. Das Gebäude ist dann in die Hände von irgendwelchen Sauna- und Swingerclub-Betreibern übergegangen. Seitdem war ich nicht mehr dort.« Er wich meinem Blick aus.

»Aber vorher warst du öfter im Fetischclub?«

Ihm schien nicht ganz wohl in seiner Haut zu sein.

»Ähm … ja.«

»Allein?« Ich war einfach nur neugierig. Das klang gar nicht nach dem Neil, den ich kannte.

»SIE war dabei, Miss Haggard.«

»Ach?«

»SIE hatte mich angerufen, wollte wissen, wo du abgeblieben bist. Damals hatte ich nicht die geringste Ahnung, wo du steckst, du hattest dich ja nicht mehr gemeldet. Und das habe ich ihr auch gesagt. Es schien sie nicht weiter zu beunruhigen. Und dann wurde sie plötzlich sehr freundlich. Na, du kennst sie ja. Natürlich war sie auf etwas aus, aber ich hatte ja nichts zu verbergen. Das Gespräch kam dann auf die Dinge, die du mit mir angestellt hast. Mir war klar, dass sie dich unter ihre Fittiche genommen und ausgebildet hatte. Sie ließ dann überdeutlich durchblicken, dass sie mir … na ja, mehr bieten könne. Mir zeigen …«

»Neil!«

»Du warst nicht da, Lily. Aber du hast mich auf den Geschmack gebracht. Ich sehnte mich danach, wieder so zu empfinden. Deine Spiele haben ganz neue Gefühle in mir geweckt.«

»SIE und du?« Ich hatte gesehen, wie sie mit ahnungslosen, aber willigen Opfern zugange gewesen war. Dagegen war ich ein Waisenkind, eine kleine Nachwuchs-Domme in der Ausbildung. Sie war grausam und roh und gnadenlos.

Die Erkenntnis traf mich wie ein Blitz, und ich spürte, dass sich der Stachel der Eifersucht tief in mich bohrte. Ausgerechnet SIE hatte Neil »besessen«. Obwohl sie wusste, dass er mir gehörte.

Meine Augen verrieten mich. Eine Träne kullerte und zerstörte die Fassade meines scheinbaren Gleichmuts. Stumm flehte Neil mich an, ich möge ihm verzeihen. Aber musste er denn überhaupt um Verzeihung bitten? War es nicht vielmehr an mir?

Ich musste es wissen.

»Erzähl mir mehr.«

»Willst du es wirklich hören?«

Ich wappnete mich.

»Ja.«

Ein tiefer Seufzer.

»Ich bin ein paarmal in den Club gegangen. Und auch zu ihr nach Hause. Es war mit ihr anders als mit uns … aber ich will dich nicht anlügen, mit ihr war es schwindelerregend, der reine Wahnsinn. Wie ein Drahtseilakt in einem Albtraum. Ständig war es so, als würde ich gehalten und könnte dennoch jederzeit fallen. Ich befand mich hunderte Meter über dem Erdboden, ohne dass ich das Seil sehen oder auch nur spüren konnte.«

Ich nickte ihm aufmunternd zu. Mit seinem Bedürfnis, am Rand des Abgrunds zu balancieren, erinnerte er mich an Liana. Doch das Gedankengebäude, das dahinterstand, kannte und verstand ich bereits. Mich interessierte viel mehr, was SIE mit ihm angestellt hatte. Obwohl ich bereits spürte, dass sich mir die Nackenhärchen aufstellten wie bei einem Muttertier, das sein Junges verteidigt.

»SIE hat mich so hart mit dem Flogger bearbeitet, dass ich vierzehn Tage lang nicht sitzen konnte – und Misery Sticks eingesetzt … an meinem Schwanz.«

Ich zuckte zusammen. Verglichen mit einer Reitgerte oder einer Peitsche sahen diese dünnen, elastischen Stäbe harmlos aus, konnten jedoch, je nach Handhabung, enorme Schmerzen verursachen. Und im Gegensatz zu der schnell nachlassenden Wirkung anderer Hiebe spürte man ihr brennendes Pochen ewig. Was ein Sub ertragen musste, wenn ihm ein Misery Stick auf den Penis schnellte, wollte ich mir lieber nicht genauer ausmalen. Und da ich gesehen hatte, wie SIE ihre Sklaven damit bearbeitete, wusste ich, dass sie nicht gerade sanft vorging.

»Es gab noch mehr. Demütigungen. Ich habe ihr die Stiefel geleckt. Durfte mich ihr nur auf Knien nähern. Habe alberne Kostümierungen getragen. Ein rosa-weißes Rüschenröckchen und High Heels. Ein pinkfarbenes Nietenhalsband für die Leine.«

»Wie hast du dich dabei gefühlt?« Das war etwas, das mich wirklich interessierte.

»Die Kostümierungen waren nicht mein Ding. Ich hatte noch nie das Bedürfnis, Frauenkleider zu tragen. Aber wahrscheinlich ist es genau deshalb so demütigend. Ansonsten würde es ja Spaß machen. Und die anderen Sachen? ... Ich habe mich dabei als Ganzes gefühlt. Als würde ich endlich zugeben, dass ich nicht mehr wert bin als die Hundescheiße an ihrer Schuhsohle. Mich damit abzufinden, hat mir Frieden geschenkt.«

Ich wollte protestieren.

»Nein, sag nichts. Es ist sowieso schon schwer genug, darüber zu reden. Lass mich einfach nur erzählen.«

Meine Widerworte blieben mir wie ein Kloß im Hals stecken.

»Ich habe mich von ihr ficken lassen. Mit einem Umschnalldildo. Und mir dabei vorgestellt, du wärst es, nicht SIE. Du nimmst dafür deinen Finger, aber ich habe mir immer schon mehr gewünscht.«

Ich nickte stumm.

Während Neil seine Geschichte erzählte, spiegelte sich auf seinem Gesicht eine riesige Bandbreite von Gefühlen. Seine Miene war mal entschuldigend, mal wollüstig, mal flehend oder beschämt. Er war aufgewühlt und durcheinander.

Schließlich kam er zum Schluss. Er beschrieb, wie SIE ihn gepfählt hatte, während eine ganze Kohorte ihrer anderen Subs pflichtschuldigst, aber auch hoch konzentriert dabei zusah. Entweder weil sie sich danach sehnten, ebenso geritten zu werden, oder weil sie fürchteten, dass ihre intimsten Öffnungen demnächst ebenfalls von dem harten Werkzeug ihres Zorns aufgerissen würden. Neils Gesicht zeigte einen fiebrigen Mix aus Schmerz und Ekstase.

»Hat es wehgetan?«, fragte ich. Soviel ich an ihm auch ausprobiert hatte, nie hatte ich ihn derart brutal gefickt, sondern nur hin und wieder mit dem Finger seine Prostata stimuliert, um ihn geiler zu machen. Verglichen mit dem grausamen Elfenbeindildo hatte sich das wohl eher wie eine Liebkosung angefühlt. Ich hatte erwachsene Männer heulen sehen, als SIE ihnen mit dem Teil rücksichtslos hinten hineinfuhr.

Mir drehte sich fast der Magen um. Ich wusste aus eigener Erfahrung, dass Analsex etwas Wundervolles sein konnte, sofern der Partner behutsam war. Doch wenn ich früher, als ich mich damit noch nicht so gut auskannte, mit jemandem zusammen war, dem es ebenfalls an Erfahrung mangelte, war die aufkommende Lust zunächst von einem schier unerträglichen Schmerz überlagert gewesen. Dabei hatte kein Schwanz, der mich je von hinten gefickt hatte, auch nur annähernd die Größe oder Härte des japanischen Umschnalldildos gehabt, den SIE benutzte. Und dass sie behutsam vorgegangen war, bezweifelte ich.

»Ja«, sagte Neil. »Sehr.«

Mitleidig schloss ich die Augen.

»Sicher, SIE hat mich hart rangenommen, aber alles, was sie tat, habe ich gewollt. Manches war eine Befreiung für mich und nicht mehr. Ein Weg, mich selbst zu akzeptieren. Aber anderes hat mich unheimlich angemacht. Der Schmerz. Als der Misery Stick mich am Schwanz traf, bin ich gekommen, Lily. Nur davon.«

»Warum hast du damit Schluss gemacht?«

Er schlug die Augen nieder und flüsterte: »Weil du es sein solltest, Lily. Ich habe mich ihr unterworfen, weil ich dafür bestraft werden wollte, dass ich dich fortgelassen habe. Es war mein dummer Versuch, Buße zu tun. Aber letztlich musste ich mir eingestehen, dass ich einfach nur dich wollte, niemanden sonst. Also bin ich zu dir nach Australien geflogen ... «

»Du bist ein Idiot, Neil.« Etwas Besseres fiel mir nicht ein. Doch im selben Moment taten mir meine Worte auch schon wieder leid.

Ich erntete nur, was ich gesät hatte.

Und mein Herz machte einen Satz.

»Komm her«, sagte ich zu ihm.

Scheu, erwartungsvoll, verletzlich trat er auf mich zu. Einen kurzen Augenblick wäre ich gern an seiner Stelle gewesen. Nur um zu wissen, was für ein Gefühl es war, so bedingungslos zu lieben. Sich auf Gedeih und Verderb auszuliefern.

Ich umarmte ihn, und wir küssten uns.

Völlig überrascht stellte ich fest, wie weich seine Lippen waren, und mir fiel auf, dass wir uns noch nie zärtlich und voller Unschuld geküsst hatten. Selbst bei unserem Wiedersehen in Darwin waren unsere Küsse Ausdruck eines schmerzlichen, zornigen Verlangens gewesen. Dabei war es doch so einfach.

Unsere Zungen spielten miteinander, unser Atem verschmolz, und meine Hände fuhren unter sein Hemd und wanderten über seine straffen Bauchmuskeln.

Ich zog ihn aus.

Und leckte neckisch seine Brustwarzen, biss spielerisch hinein und zog an ihnen. In aller Ruhe wanderte mein Blick seinen fast haarlosen Oberkörper hinunter, und ich entbot Leonard mit seinem dichten dunklen Brusthaar in Gedanken einen Abschiedsgruß und verbannte ihn auf immer aus meinem Kopf.

Neil stöhnte. Als wüsste er bereits, wie unser Paarungstanz weiterging. Dass ich an seinen Haaren zerren würde, bis ihm die Tränen in die Augen traten. Dass ich seine empfindsamen Eier eisenhart umklammern und mit meinen rasiermesserscharfen Zähnen an der Furche seines Schwanzes nagen würde. Und ihm mit der flachen Hand die weichen Arschbacken versohlen würde, ein Vorgeschmack auf seine Reise ins mentale Nichts, in das er sich fallen lassen konnte, wenn ich zusätzlich Flogger, Paddle, Leder, neunschwänzige Katze und sonst was in Gebrauch nahm, was ich aus dem Dungeon hatte mitgehen lassen. Sein ganzes Ich bebte auf der Schwelle zum Unbekannten und sehnte sich nach Schmerz, nach Unterwerfung, danach, mir zu Willen zu sein und mir meine Wünsche zu erfüllen. Er schauderte auch deshalb, weil er nicht wissen konnte, was als Nächstes passieren würde, und gerade dieses Nichtwissen war wesentlicher Bestandteil. Es machte ihn hilflos, sodass der nächste Schlag oder der nächste Befehl eine Erlösung für ihn sein würde, eine Gnade, die ich ihm gewährte.

Wir lösten uns voneinander.

Ich stand auf. Legte die Kleider ab.

Stumm kniete sich Neil vor mich und sah zu mir auf wie ein Bittsteller vor dem Altar.

»Nein«, sagte ich und hob abwehrend die Hand. »Heute fickst du mich. Und ich liege unten.«

Ich breitete die Arme aus.

Durch die dunkle Fensterscheibe fiel das Licht der Straßenlaterne vor dem Haus auf sein Gesicht. Im Widerschein schimmerten seine Augen wie Glühwürmchen vor dem Nachthimmel.

Er stand auf.

Ich bückte mich und nahm seinen tröstlich warmen Schwanz tief in den Mund. Neil hielt die Luft an.

Heute Nacht wollte ich einfach nur gefickt werden. Und ich hegte die leise Hoffnung, dass mein Gesicht beim Höhepunkt fast ebenso schön sein würde wie das der Frau, die in dem erbärmlichen Sexschuppen von den zwei Männern durchgevögelt worden war. Das war doch nicht zu viel verlangt, oder? Und falls es Neil nicht reichte, konnte ich ihm später immer noch ein Spanking verpassen oder ihm mit den Fingernägeln den Rücken zerkratzen.

Ich beschloss, dass das Mädchen mit dem Tränentattoo, das verwirrte Schneewittchen an der Weggabelung, sich dem Leben nunmehr von beiden Seiten nähern und es uneingeschränkt auskosten würde.

Ich wollte alles.

EPILOG

Der triste Londoner Winter wich endlich ersten Anzeichen des Frühlings. Früh am Morgen war es jedoch noch immer kalt, und unter dem makellos blauen Himmel waren die Windschutzscheiben der im Schatten geparkten Autos auch um neun Uhr noch vereist.

Lily hatte wieder im Musikgeschäft in der Denmark Street zu arbeiten angefangen. Ihre alten Kollegen hatten sie mit offenen Armen empfangen, es war, als wäre sie nie fort gewesen. Aber da ihr klar war, dass dieser Job keine Aufstiegschancen bot, hatte sie sich an einer Fernschule für Journalistik eingeschrieben. Die ersten beiden Lernmodule hatte sie bereits erfolgreich abgeschlossen.

Ob sie wirklich Journalistin werden wollte, wusste sie noch nicht, aber ihr gefiel die Vorstellung, freiberuflich etwas mit Medien zu machen. Neulich war die berühmte Geigerin Summer Zahova nachmittags im Laden gewesen und hatte sich nach diversem Zubehör umgeschaut. Dabei waren sie ins Gespräch gekommen. Lily hatte sie über Dominiks Buch ausgefragt, das ihr auf der Reise in die Hände gefallen und offenbar von Summer inspiriert war. Sie wollte gern Näheres über den Autor wissen. Mit gequältem Lächeln hatte Summer schließlich zugegeben, dass er ihr Freund war. Diese Enthüllung war wie eine Befreiung für Lily. So vieles fügte sich mit einem Schlag zu einem stimmigen Bild zusammen.

Nachdem sie die letzte Prüfung mit Bravour bestanden hatte, wollte Lily sich etwas gönnen. Auf dem Heimweg zu Neils Wohnung machte sie einen Umweg durch Covent Garden und erstand in einem edlen Laden unweit der Seven Dials ein Geschenk – nicht nur für sich selbst, sondern auch für Neil.

»Gleich auspacken«, verlangte sie, räumte grinsend die Teller vom Küchentisch und legte ein mittelgroßes, in Goldpapier eingeschlagenes Päckchen hin.

»Für mich?«

»Nein«, antwortete sie. »Für uns.«

Er wog das Päckchen prüfend in der Hand. Schwer war es nicht. Sorgfältig wickelte er eine längliche Schachtel aus dem Papier, bemüht, es ja nicht zu zerreißen. Lily musste kichern. Wenn sie ein Geschenk auspackte, riss sie immer hastig und gnadenlos das Papier in Fetzen.

Er stutzte, doch dann zog er den schlanken, schwarzen Ledergriff beherzt aus dem Seidenpapier. Weiche Wildlederriemen glitten schlangengleich aus der Schachtel. Neil ließ den Flogger einmal über den Tisch schnalzen.

»Für uns beide, hm?«, sagte er. »Soll wohl eher heißen, ein Geschenk für dich, mit dem du mich foltern willst?« Er grinste über beide Ohren.

»Selbst wenn«, gab sie zurück. »Tu bloß nicht so, als würde es dir nicht gefallen.«

»Das kann ich jetzt nicht behaupten.«

»Schau bitte mal genauer nach.«

Ungeduldig rutschte Lily auf ihrem Stuhl hin und her. Weihnachten mit Neil konnte ja heiter werden, wenn er bei jedem Geschenk so langsam machte.

Er fummelte eine halbe Ewigkeit in dem Papier herum, bis er endlich den zweiten Flogger zutage förderte.

»Zwei?«, fragte er verwundert. »Willst du die etwa gleichzeitig schwingen wie eine Feuertänzerin ihre Pois?«

Sie seufzte auf, nahm ihm die beiden Flogger ab und hielt ihm die Griffenden entgegen.

Er strahlte übers ganze Gesicht.

In goldener Frakturschrift war auf dem einen Griff »Er« eingraviert, auf dem anderen »Sie«. In derselben Schrift wie der Buchstabe »L« auf seinem Hintern.

»Ich darf einen an dir ausprobieren?«

»Ja«, antwortete sie. »Wenn es passt und dir danach ist.«

Mit Lauralynn verband Lily ein freundschaftliches Verhältnis, die beiden heckten so manches gemeinsam aus. Eines Tages lud Lauralynn Lily an ihrem freien Tag zum Nachmittagstee ins Ritz ein, nicht ohne sie zuvor zu ermahnen, sich entsprechend anzuziehen. Lily, die das Provozieren nicht lassen konnte, hatte einen kurzen Burberry-Schulmädchenrock gewählt, der weit oberhalb der Knie endete. Neil lief immer knallrot an, wenn sie ihn bei ihren Spielen anhatte. Dazu trug sie eine enge, weiße, gestärkte Bluse und eine Krawatte, die sie sich aus Neils Kleiderschrank geborgt hatte.

Lauralynn erschien in einem strengen Herrenanzug. Wir sehen aus wie Laurel und Hardy, dachte sie, als der Türsteher mit leichter Verbeugung an seine Mütze tippte und sie durch die Drehtür die belebte Lobby des Ritz betraten. Etliche Köpfe drehten sich zu ihnen um, aber niemand verweigerte ihnen den Zutritt. Sie hatten den Dresscode des Hotels überlistet.

Lauralynn liebte Klatsch und hatte immer tausend skurrile,

lustige oder indiskrete Geschichten über Gott und die Welt auf Lager. Lily plauderte stets gern mit ihr. Etwas enttäuscht zeigte sich Lauralynn darüber, dass Lily und Neil nun je nach Stimmung und Laune abwechselnd die dominante Rolle übernahmen.

Sie verriet ihr, dass es einst einen Mann in ihrem Leben gegeben habe, mit dem sie wohl ein ähnliches Verhältnis hätte aushandeln können. Doch bevor es dazu gekommen sei, habe er eine andere Frau aus ihrem Bekanntenkreis kennengelernt, und so sei seine unterwürfige Seite nie voll zum Durchbruch gekommen.

»Wer war das denn?«, fragte Lily neugierig, erhielt aber keine Antwort.

»Kenne ich ihn?« Lily ließ nicht locker. Sie merkte, dass da noch ein ungelöstes Rätsel wartete.

»Ja, du kennst ihn«, gab Lauralynn zu. »Trotzdem bleibt es mein Geheimnis.«

»Spielverderberin«, schmollte Lily.

Lauralynn, ganz Dame von Welt, führte das letzte Kuchenstückchen zum Mund und hielt mit der anderen Hand die zierliche Porzellantasse in der Luft. Nachdem sie die Tasse abgesetzt hatte, schaute sie Lily ins Gesicht, als wollte sie ihr etwas besonders Pikantes eröffnen.

»Was gibt's?«, fragte Lily.

»SIE macht den Club wieder auf.«

»Echt?«

»Am selben Ort. Die Investoren haben die Immobilie abgestoßen, weil sie wahrscheinlich doch nie eine Umbaugenehmigung bekommen hätten, und die hoch geschätzte Miss Haggard hat ihr Fotografenschätzchen, den großen Mister Grayson, davon überzeugen können, das Haus zu kaufen.«

»Wow.«

Tausend Erinnerungen stürmten bei dieser Neuigkeit auf Lily ein.

»Du hast immer noch keinen Kontakt zu ihr aufgenommen?«, fragte Lauralynn.

»Nein.«

»Auch nicht zu Grayson?«

»Nein, zu dem auch nicht.«

»Sie sprechen sehr wohlwollend von dir«, verriet Lauralynn.

Lily reagierte zurückhaltend. »Ich weiß nicht, ob ich noch so richtig in ihre Welt passe«, gestand sie schließlich.

»Blödsinn, Lily, es liegt dir im Blut. Ich sehe doch, wie es bereits in deinen Augen funkelt. Das ist ein Teil deines Lebens.«

Im Grunde wusste Lily, dass Lauralynn recht hatte. Sie seufzte. Diesmal, das schwor sie sich, würde es aber anders laufen. Nicht nur für sie, auch für Neil.

»Die Wiedereröffnung ist am Valentinstag«, sagte Lauralynn. »Ich besorge dir und Neil eine Einladung.«

SIE hatte etwas ganz Besonderes mit dem Club vor. Die Idee dazu war ihr bei einer Besichtigung des Gebäudes mit einem Vertreter des Bauamts gekommen. Was für ein Blödian, dachte sie, als er verunsichert hüstelte. Sie stellte sich vor, dass sie ihn auf allen vieren auf dem kalten Steinboden herumkriechen ließ und jedes Mal, wenn er den Mund aufmachte, herrisch an seiner Leine zerren würde. Diese Vorstellung hob ihre Laune beträchtlich. Vielleicht würde sie ihn ein Halsband mit Stacheln an der Innenseite tragen lassen. Sie beobachtete, dass sein Adamsapfel beim Sprechen hüpfte, und malte sich aus, wie die Spitzen sich in seinen weichen, faltigen Hals bohrten.

Seine Worte brachten sie in die Gegenwart zurück. »Ich glaube wirklich nicht, dass es eine Möglichkeit gibt …«

»Reden Sie keinen Unsinn«, erwiderte SIE. »Es gibt immer eine Möglichkeit.«

Bevor die Swingerclub-Betreiber, die den Laden zwischenzeitlich übernommen hatten, das Projekt wieder aufgaben, hatten sie bereits angefangen, das System alter U-Bahn-Tunnel zu öffnen, das wie ein Spinnennetz um den ursprünglichen Dungeon lag. In der guten alten Zeit, in der man sich noch nicht so sehr mit Hygiene- und Sicherheitsvorschriften herumschlug, hatte man in diesen kühlen Tunneln und Nischen Waren für den nahe gelegenen Smithfield Market gelagert. Die Swinger hatten eine unterirdische Sauna- und Badelandschaft geplant, die dem Projekt einen seriösen Anstrich geben sollte – die Gäste hätten so tun können, als würden sie nur ein Wellnesscenter besuchen und nicht auf Abenteuer in einem zwielichtigen Sexetablissement aus sein.

SIE hielt nicht viel von Swingern und Wellnesscentern, und noch viel weniger davon, beides zu kombinieren. Doch als sie die Tunnel entdeckte, war sie in einem ihrer seltenen Momente ungezügelter Begeisterung aus ihrer Rolle der gestrengen Miss Haggard gefallen, hatte Grayson am Arm gepackt und wie ein Kind im Spielzeugladen gejuchzt.

»Schau dir das an!«, schwärmte sie und klatschte in die Hände. Ihre Begeisterung steckte ihn an, und jedes Mal, wenn wieder eine Rechnung für die Renovierungsarbeiten eintrudelte, erinnerte er sich an den glücklichen Gesichtsausdruck seiner geliebten Herrin und sagte sich, dass dies jeden Penny wert sei.

Die diversen Genehmigungen, an denen die Pläne der Swinger letztlich gescheitert waren, stellten für SIE keine Hürde dar. Einer ihrer Sklaven arbeitete in höherer Position bei der Baubehörde, und es genügte, an einigen Strippen – besser gesagt, an einigen Ketten – zu ziehen.

Als sich die Renovierungsarbeiten dem Abschluss näherten, machte SIE sich an die Planung der Eröffnung und ließ Einladungen verschicken. Sie hatte eine sehr exklusive Gästeliste zusammengestellt. Wer nicht darauf stand, hatte keine Chance teilzunehmen. Aussehen, Geld oder Alter spielten bei ihrer Auswahl keine Rolle. SIE legte ausschließlich ihre ganz persönlichen, besonders strengen Kriterien zugrunde.

»Nur Leute, die wirklich verstehen, worum es geht«, erklärte SIE Grayson. »Nur die echten Enthusiasten. Keine Touristen, egal wie lang ihre Beine oder wie tief ihre Taschen sind.«

Die Einladungen kamen auf dickem weißem Bütten mit Prägedruck, die Schrift war dunkelrot mit etwas Goldflitter auf den Buchstaben und glänzte im Licht. Es stand nichts weiter darauf als das Datum, 14. Februar, und die Adresse.

»Nicht schon wieder eine Hochzeit, Dominik«, jammerte Summer Zahova, die rothaarige Geigerin, als sie die Karte am Kühlschrank entdeckte, direkt neben der Speisekarte des Chinesen um die Ecke, der den besten Entenbraten machte, den sie je gekostet hatte.

»Nein«, erwiderte er. »Das ist von dem Club in Smithfield, zur Wiedereröffnung, glaube ich. Keine Hochzeit.«

»Na, Gott sei Dank.« Sie seufzte erleichtert. »Noch eine ertrage ich auch nicht. Gehen wir dahin? Ist ja schon eine Weile her, dass wir zuletzt dort waren.«

»In der Tat«, sagte er, legte die Hände auf ihre Hüften und zog sie an sich. »Eines wundert mich allerdings: dass SIE gar nicht gefragt hat, ob du bei der Feier spielen willst.«

»Jetzt, wo du es sagst«, entgegnete sie, »fällt mir ein, dass meine Agentin angerufen hat. Irgendwas wegen einer Eröffnung, wo ich mich auf keinen Fall blicken lassen, geschweige denn spielen darf.«

Dominik lachte. »Und wahrscheinlich hast du sofort angefangen zu üben, was?«

Auf der anderen Seite der Hampstead Heath fluchte Viggo Franck innerlich über die letzte Aufgabe, die er unter dem wachsamen Auge von Lauralynn erledigen musste. Er hatte gerade den wöchentlichen Hausputz beendet, als es an der Haustür klingelte. Der Postbote stand mit einigen Briefen und einem Päckchen, das nicht durch den Türschlitz passte, auf der Schwelle.

»Und wenn Sie die Queen persönlich wären«, meinte der Postbote, als ihm Viggo über die Gegensprechanlage anbot, ihm den Code durchzugeben, sodass er die Tür öffnen und die Sendungen unten einfach auf den Boden legen könnte. »Das reicht nicht, ich brauche Ihre Unterschrift. Ohne die riskiere ich meinen Job.« Er war unerbittlich.

»Mach schon«, sagte Lauralynn. »Geh an die Tür!« Ein belustigter Ausdruck trat auf ihr Gesicht, und ihre Augen funkelten.

Viggo zögerte und sah an sich hinunter. Er trug ein geschmackloses, billiges Hausmädchenkostüm aus Plastik. Keines in Schwarz und Weiß, nein, viel schlimmer. Die Scheußlichkeit bestand aus einem kurzen, üppig mit Rüschen besetzten rosa-weißen Kleidchen, das beim Gehen nicht einmal mitschwang, sondern ihm schlaff über den Hintern hing, was besonders trashig aussah. Er hasste es. In der Rechten hielt er einen dazu passenden Staubwedel mit hässlichem Plastikgriff.

»Und erzähl mir nicht, dass da draußen die Paparazzi lauern. Kein Mensch schert sich darum. Die ganze Welt weiß inzwischen, dass du ein schräger Vogel bist.«

Ja, hätte er am liebsten gesagt, aber da gibt es solche und solche, und niemand wusste, zu welchen er gehörte. Das war Teil des Spiels.

Aber gegenüber Lauralynns Befehlen war er machtlos, und so stakste er in seinen knallrosa High Heels ungeniert zur Haustür und öffnete sie so würdevoll, wie er nur konnte. Wenige Augenblicke später kam er mit einem Stapel Post und dem Paket zurück. Er konnte noch nicht wissen, dass es ein neues Spielzeug enthielt, das Lauralynn gekauft hatte, nachdem sie Wind davon bekommen hatte, dass SIE bereits Einladungen verschickte.

»Hier ist ein Päckchen für dich«, sagte Viggo ohne jede Spur von Ärger. »Ich glaube, in Zukunft ist der Postbote nicht mehr so stur. Falls er je wiederkommt.«

Lubas Einladung musste die weite Reise nach Darwin zurücklegen. Sie hatte gerade ihr Fahrrad an den Ständer vor dem Schmuckgeschäft angeschlossen, als sie den weißen Umschlag erblickte, der unter der Tür hervorlugte. Chey war schon drinnen, aber so mit einer sehnlich erwarteten, kostbaren Bernsteinlieferung beschäftigt, dass er die Post gar nicht bemerkt hatte.

Er stand auf, um sie zu begrüßen, und strich ihr die blonden Locken aus der Stirn, die der Fahrradhelm zerdrückt hatte. Luba trug ihre Haare noch immer kurz. Immer wenn er sie ansah, musste er daran denken, dass er ihr auf der Flucht vor den russischen Mafiosi, die ihm nach dem Leben trachteten, die langen blonden Locken abgeschnitten hatte, um ihre weiblichen Reize zu kaschieren. Mittlerweile hatten sie sich in Australien eine neue Existenz aufgebaut.

Luba legte mehrere Flyer von Pizzalieferanten und Rechnungen auf den Schreibtisch und drehte den weißen Umschlag in den Händen. »Da ist keine Briefmarke drauf«, sagte sie. »Und auch kein Absender.« Hastig und ängstlich riss sie den Brief auf. Waren ihnen Cheys Feinde am Ende doch noch auf die Spur gekommen, obwohl Viggo Franck, der ihnen gemeinsam mit Lauralynn, Summer und Dominik in jener schicksalsreichen Nacht zur Flucht verholfen hatte, etliche falsche Fährten gelegt hatte, um die Verfolger abzuschütteln?

Doch kaum hatte sie die rote Schrift mit Datum und Adresse gesehen und die kurze Begleitnotiz gelesen, entspannte sie sich. »Das kommt vom Netzwerk. Ich soll mal wieder tanzen, sie wollen alles organisieren.«

»Ist das denn nicht zu gefährlich?«, fragte Chey.

»Ich kenne diese Leute gut. Das sind wahre Zauberkünstler. Es würde bedeuten, dass wir Europa besuchen können und ich ein allerletztes Mal tanzen kann.«

Sanft drückte er ihr einen Kuss auf die Stirn.

Neil hatte endlich den Mut aufgebracht, den mit »Er« gekennzeichneten Flogger auf Lilys blanken Hintern herabsausen zu lassen, als es an der Wohnungstür klingelte.

»Verdammt«, sagte er. »Warte hier.«

»Als ob ich mich vom Fleck rühren könnte«, entgegnete Lily trocken.

Neil hatte einen beachtlichen Bonus eingestrichen, nachdem er einen wichtigen Kunden gewonnen hatte, und mit diesem Geld die ganze Wohnung in ein Set für einen BDSM-Film verwandelt. Lily stand mit gespreizten Armen und Beinen splitternackt im Wohnzimmer, die Hände und Füße in schwarzen Ledermanschetten an ein Andreaskreuz gefesselt, und wartete darauf, dass Neil zurückkam und sie weiter peitschte.

»Irgendwas Wichtiges?«, rief sie, als sie seine Schritte hörte.

»Nichts, das so wichtig wäre wie das, was ich jetzt mit dir mache«, antwortete er und warf den weißen Umschlag ungeöffnet auf eine Ablage.

Endlich war es so weit. Es war ein herrlicher Abend, wenn auch eiskalt. Kein Lufthauch regte sich. Leichter Frost lag auf den Gehwegen und Autoscheiben. Als Lily aus dem Taxi stieg, ballte sich ihr Atem in der Luft zu einem Wölkchen.

Neil hielt ihr die Tür auf und half ihr mit der Schleppe ihres grauen Abendkleids. Er trug einen eleganten schwarzen Smoking, dazu ein blütenweißes Hemd mit Fliege, allerdings nur für die Fahrt hin und zurück. In den Armen hielt er eine große Tasche, die unter anderem ein winziges Gummihöschen enthielt, auf dessen Hinterteil in Silberbuchstaben die Aufschrift »Eigentum von Lady Lily« prangte.

Lily wickelte sich fester in ihren weißen Kunstpelzmantel. Das Kleid darunter, dasselbe, das sie auch auf dem Ball getragen hatte, war zwar schön, bot aber keinerlei Schutz vor der Witterung. Ihre Doc Martens knirschten, als sie auf die Tür des Clubs zuschritt. Drinnen würde sie in die zum Kleid passenden seidenen Slipper schlüpfen. Aber falls Neil nicht artig war, würde er vielleicht auch eine Stiefelsohle ins Kreuz bekommen.

»Was ist da wohl dahinter?«, fragte sie Neil und deutete auf einen schwarzen Samtvorhang an der Fassade.

»Keine Ahnung«, antwortete er. »Aber wir werden es sicher bald erfahren.«

Drinnen erwartete sie eine Art Empfangskomitee, um sie zu begrüßen, ihnen die Mäntel abzunehmen und sie herumzuführen.

»Möchten Sie lieber eine Alice oder ein Kaninchen?«, fragte die Chefin des Begrüßungsteams, eine kleine, kurvenreiche, dunkelhaarige Frau in einem prachtvollen, nahezu transparenten Spitzenkleid, das wirklich nichts mehr der Fantasie überließ. Ihre Haut war silbern, blau und schwarz mit Sternen und Monden bemalt – ein Nachthimmel.

Lily musterte das Angebot. »Ein Kaninchen, bitte«, antwortete sie.

Die Alices waren die schwanengleichen Balletttänzer vom Ball. Sie trugen nun hellblaue Kleidchen mit Spitzenschürzen und dazu passende weiße Handschuhe und Söckchen. Die Kaninchen waren Frauen, aber nicht wie die üblichen Playboy-Häschen ausstaffiert, sondern in weißen Latex-Smokings und mit schwarzen Zylindern, die ein rotes Hutband zierte. Dazu trugen sie rote Einstecktücher und hatten alle eine große silberne Taschenuhr. Über den leuchtend rot geschminkten Mündern waren kleine geschwungene Schnurrbärte aufgemalt.

Sogleich sprang ein Kaninchen herbei und machte Lily und Neil ein Zeichen, ihm zu folgen.

»Hier entlang«, kreischte es. »Ich führe euch herum!«

Das Kaninchen verschwand, und sie eilten ihm hinterher, um es nicht zu verlieren. Dabei liefen sie durch Gänge, die Lily noch nie zuvor gesehen hatte, obwohl sie doch so oft in diesem Gebäude gewesen war. Alles ging so schnell, dass sie nicht einmal Zeit gefunden hatten, ihre Mäntel abzulegen oder sich umzuziehen. »An der Garderobe kommen wir noch vorbei«, quietschte das Kaninchen, als hätte es Lilys Gedanken erraten.

Der erste Raum war in einem gleißenden Hochglanzweiß gestrichen und hatte das Flair einer Mondlandschaft. Lily streckte die Hand aus. Etwas schien von der Decke zu rieseln. Schneeflocken oder ganz feiner glitzernder Nieselregen? Doch es war weder das eine noch das andere, nur ein Bühnenzauber, der die Illusion hervorrief, alles wäre von Licht durchdrungen.

Rundherum zog sich an den Wänden entlang ein Bartresen, auf dessen Oberfläche winzige eingearbeitete Kristalle funkelten. Alle Barkeeper dahinter waren wie der Hutmacher von Alices verrückter Teeparty ausstaffiert und servierten Cocktails in langstieligen, dünnwandigen Gläsern und alten Porzellantassen.

Lily griff sich eines der hohen Gläser, das auf einem Tablett vorbeischwebte, und setzte es an die Lippen. Prüfend ließ sie einen Schluck im Mund kreisen. Granatapfel, dachte sie. Und Wodka.

»Dein Mund ist voller Glitter«, staunte Neil, als sie das Glas absetzte. »Der klebt am Glasrand.«

»Bis der Abend vorbei ist, wird er überall und auf allem kleben!«

»So ist es wohl gedacht«, antwortete er.

Der nächste Raum bot einen starken Kontrast zum ersten. Seine Wände waren tiefschwarz, Kronleuchter spendeten Licht. Ein berauschender Moschusduft lag in der Luft.

»Aha, für die Gothics«, sagte Neil und bestaunte die schweren silbernen Ketten an den Wänden.

Gleich hinter der Tür saß auf einem altarähnlichen Podest ein nicht mehr ganz junges, viktorianisch kostümiertes Paar. Sie wirkten wie zwei Vampire, die auf Opfer lauern. Beide hielten eine purpurfarbene Untertasse in der Hand und tranken aus den dazu passenden Teetassen. Der Glitter hatte sich schon auf ihre Zähne gesetzt, sodass sie die beiden jungen Leute, die gerade eingetreten waren, mit einem funkelnden Lächeln empfingen.

»Ich kenne sie irgendwoher«, sagte die Frau zu dem Mann an ihrer Seite. »Haben wir sie nicht schon mal irgendwo gesehen?«

»Hm«, überlegte er. »Kann gut sein.«

»Dieses Tränentattoo, Ed. Es kommt mir bekannt vor.«

Doch bevor Clarissa die Erinnerung zugeordnet hatte, war das junge Paar samt dem Kaninchen schon wieder entschwunden. Nun, sie würden ja höchstwahrscheinlich wieder zusammentreffen, und dann unter intimeren Bedingungen.

»Igitt«, sagte Neil. »Ob wir in dreißig Jahren wohl auch so aussehen?«

Ich muss ihm dringend einen Knebel verpassen, dachte Lily, die, seit sie den Club betreten hatten, kaum ein Wort herausgebracht hatte. Sie wollte einfach nur alles auf sich wirken lassen. Und staunen. Ihr war, als wäre sie aufgewacht und mitten im glücklichsten aller Tagträume gelandet und hätte festgestellt, dass sie ihn nie aufgeben müsste.

Der nächste Tunnelabschnitt umfing sie mit schwüler Wärme. Sie hatten ein Gewächshaus voll tropischer Pflanzen und Blumen betreten. Vögel zwitscherten, und eine sanfte Brise strich um Lilys Schultern.

Mitten im Raum stand eine wunderschöne blonde Frau. Sie war vollkommen nackt, hielt die Arme über den Kopf und war wie die Blüte einer Lilie bemalt. Neils Blick glitt unwillkürlich an ihrem Körper hinab, was ihm selbst peinlich war. Er versuchte, seine voyeuristische Neigung so gut wie möglich zu beherrschen, aber manchmal hatte er sich einfach nicht im Griff.

»Ist das eine Pistole?«, flüsterte er Lily zu. Das winzige Tattoo befand sich direkt neben ihrer Möse. Neil wusste nun schon seit Längerem, dass er nicht der einzige Mensch auf der Welt war, der ein Tattoo an einer intimen Stelle trug. Der Gedanke gefiel ihm. Es gab also durchaus Menschen, mit denen er etwas gemeinsam hatte.

»Ja.« Lily lächelte. »Wir müssen unbedingt ihren Tanz sehen. Sie ist hinreißend. Die anderen Räume können warten.«

Luba entfaltete ihre Arme und begann sich hin und her zu wiegen. Es dauerte nicht lange, und die klaren Töne einer Violine erklangen.

Vivaldis *Vier Jahreszeiten,* wieder einmal. Lily sah sich um und wollte ausmachen, wo die Musik herkam.

Summer Zahova stand auf einer gläsernen Plattform, die hoch oben unter der Decke hing. Lily sah zwar bloß ihr flammend rotes Haar und die vertrauten Kurven ihres Körpers, aber Summers Spiel erkannte sie sofort. Und die Geigerin war vollkommen nackt, sodass jeder, der nach oben schaute, freien Blick auf ihre langen, schlanken Beine hatte, und wenn sie das Standbein wechselte, konnte der glückliche Betrachter mit eigenen Augen feststellen, dass sie wirklich von Natur aus rotes Haar hatte.

Im Hintergrund stand Richard, der alte Kerkermeister, in voller Montur wie der unbestrittene Herrscher über dieses Reich.

Da erst bemerkte Lily, dass im Hintergrund, halb verdeckt von den Pflanzen, zwei weitere Männer saßen. Einer war dunkelhaarig und der andere blond, beide trugen hautenge Latexhosen und Netzhemden. Ein schönes Paar, zweifellos, trotzdem sahen sie irgendwie belämmert aus. Da stehen zwei aber unter der Fuchtel ihrer Frauen, so ist das richtig, dachte Lily und grinste zufrieden in sich hinein. Beim zweiten Blick erkannte sie, dass einer von ihnen der Mann war, dem sie vor einigen Jahren in der Denmark Street eine Geige vermietet hatte.

Dominik.

»Bravo, wunderbar«, rief jemand dreist von hinten mitten in die Darbietung.

Es war Lauralynn, die sich in ihren Lieblings-Catsuit gegossen hatte, zu dem sie hochhackige Stiefel trug. Sie hatte Viggo im Schlepptau, der splitternackt auf allen vieren hinter ihr herkroch. Gnadenhalber hatte sie ihm gestattet, Hand- und Knieschoner zu tragen. Beim Anblick seines Analstöpsels bekam Lily beinahe einen Lachanfall. Es war ein rosa Ringelschwänzchen.

»Komm bloß nicht auf die Idee, so was von mir zu verlangen«, zischte ihr Neil zu. »Das geht zu weit!«

Lily tätschelte ihm beruhigend das Knie.

»He!«, rief da jemand. Es raschelte im Farn hinter ihnen.

Liana und Leroy kämpften sich aus dem Pflanzendickicht.

»Wir haben schon mal angefangen«, sagte sie und wischte sich ohne Anzeichen von Scham den Mund ab. Leroy war damit beschäftigt, sein Hemd wieder in die Lederhose zu stopfen, die ihm noch halb über die Knie hing. Lily bemerkte etwas Glitter auf seinem nackten Schwanz.

»Hier ist heute Abend ja die ganze Truppe versammelt«, sagte Lily.

»Ja«, sagte Liana. »Ist das nicht großartig?«

Schlag Mitternacht wurden alle Gäste auf den Bürgersteig hinausgebeten. Der Champagner floss aus ihren übervollen Gläsern, manche waren bereits betrunken, andere nur angeheitert, einige noch angezogen, andere bereits mehr oder weniger nackt. Es war eine fröhliche, bunte Gesellschaft, die da in Leder, Seide, Latex, hauchdünner Baumwolle und allen anderen Stoffen unter der Sonne auf die enge Gasse strömte.

»Es ist so weit«, rief SIE laut. Sie trug ein hautenges Outfit aus unglaublich dünnem Latex, das mehr enthüllte als verbarg, und schwindelerregend hohe, diamantbesetzte High Heels. Mit einem Ruck an einem pinkfarbenen Bondage-Seil zog sie den schwarzen Samtvorhang beiseite und enthüllte den neuen Namen des Clubs. Einen Moment blieb alles noch dunkel, und alle hielten den Atem an. Dann flackerte der Neonschriftzug auf, und die Buchstaben erwachten zum Leben.

EIGHTY DAYS

»Hiermit ist der Club getauft«, verkündete SIE mit lauter Stimme der jubelnden Menge.

Als die Gäste einer nach dem anderen in den Club zurückgingen, geriet Lily im Gedränge einen Augenblick an die Seite der überglücklichen SIE. Die oberste Domina lächelte sie mit blitzenden Zähnen an.

»Warum EIGHTY DAYS?«, fragte Lily. »Was bedeutet das?«

SIE lachte laut auf.

»Nichts, Lily. Das ist uns einfach so eingefallen. Es bedeutet überhaupt nichts. Aber jetzt können wir glücklich leben bis ans Ende unserer Tage.«

DANKSAGUNG

Seit die beiden Autoren – aus denen Vina Jackson besteht – sich durch Zufall in einem Zug Richtung Westengland kennenlernten, war es ein berauschendes Abenteuer, die *80 Days*-Serie zu schreiben und zu veröffentlichen.

Dazu haben viele Menschen beigetragen, denen wir für ihre Hilfe, ihre Unterstützung und ihr Vertrauen danken.

Selbstverständlich zählt unsere Respekt einflößende Agentin Sarah Such von der Sarah Such Literary Agency zu ihnen, ebenso unser Verleger bei Orion, Jon Wood, und unsere Lektorin Jemima Forrester sowie die für die Lizenzverkäufe zuständige Rosie Buckman und die vielen Verleger im Ausland, die uns in ihr Programm genommen haben. Sie alle ebneten uns den Weg zu den Bestsellerlisten, ohne sie wäre unser Erfolg nicht möglich gewesen. Danke.

Viele Ideen für *80 Days* verdanken wir einer großen Zahl von Freunden aus unserem privaten Kreis, ehemaligen und jetzigen Lebensgefährten sowie nahen und entfernten Verwandten, die wir namentlich nicht aufführen können, da unser Pseudonym auf höheren verlegerischen Beschluss hin weiter gewahrt bleiben soll. Wenigstens wollen wir ihnen allen an dieser Stelle sagen, wie unendlich wichtig sie für uns waren. Ihr wisst, wer gemeint ist!

Die eine Hälfte von Vina Jackson schuldet außerdem ihrer freundlichen Arbeitgeberin großen Dank, die ihr keine Steine in den Weg gelegt hat, sowie Gideon K von Black Hay für die kreative Ermunterung und musikalische Unterstützung und Kaurna Cronin, einem Straßenmusiker, der von Vinas Existenz keine Ahnung hat. Sie blieb an einem sonnigen Vormittag in Berlin bei der Recherche zu *80 Days – Die Farbe der Erfüllung* bei ihm stehen, um seiner erstaunlichen Interpretation von Springsteens »I'm on Fire« zu lauschen. Scarlett French sei gedankt für Florence und Reitstiefel, Garth Knight für seine inspirierenden »Enchanted Forest«-Bilder, Matt Christie für die Fotos und Sacred Pleasures für Unterstützung und technischen Rat. Ella Vakkasova hat freundlicherweise unsere Beschreibungen von Kreuzberg überprüft und uns das Café Matilda empfohlen. Verde & Co in Spitalfields soll bedankt sein für das gemütliche Ambiente und den besten Cappuccino Londons.

Die andere Hälfte von Vina Jackson möchte Kristina Lloyd danken, die die geografischen Angaben zu Brighton gecheckt hat, und Richard Kadrey, dem Autor der großartigen *Sandman Slim*-Serie, der außerdem ein bemerkenswerter Fetisch-Fotograf ist. Er hat uns unabsichtlich auf das Haus der Bambuspuppen aufmerksam gemacht, das wir hinter seinem Rücken von Los Angeles nach San Francisco verlegt und zu einem etwas anderen Etablissement umgestaltet haben.

Die *80 Days*-Serie besteht unterdessen aus fünf Bänden, da ist es an der Zeit, sich von Summer, Dominik, Lauralynn, Luba, Chey, Lily, Liana, Leroy, SIE, Grayson, Viggo, Dagur, Neil und all den anderen, die uns ans Herz gewachsen sind, zumindest vorübergehend zu verabschieden.

Doch *80 Days* kommt bald zurück, mit einer ganzen Palette neuer Charaktere und besser denn je.

Behalten Sie also die Regale bei Ihrem Buchhändler im Blick!

Vina Jackson, Dezember 2012